KB120650

권력의 가문 메디치

I MEDICI
UN UOMO AL POTERE

MEDICI

권력의 가문 메디치

피렌체를 사로잡은 남자

마테오 스트루쿨 지음 | 이현경 옮김

2

메디치

일러두기

권두 사진들의 출처는 Wikimedia Commons와 Shutter Stock입니다.

화가 아그놀로 브론치노가 그린 로렌초 데 메디치

화가 베노초 고촐리가 그린 〈베들레헴으로 가는 동방박사들〉

로렌초 기베르티가 제작한 천국의 문

산타 마리아 델 피오레 대성당

마상 시합이 벌어진 산타크로체 광장

파올로 우첼로 〈산 로마노 전투〉 연작

레오나르도 다 빈치의 자화상(추정)

등장인물

메디치가 사람들

로렌초 데 메디치 주인공

클라리체 오르시니 로마 귀족, 로렌초의 아내

루크레치아 토르나부오니 로렌초의 어머니

피에로 데 메디치 로렌초의 아버지

줄리아노 데 메디치 로렌초의 동생

피렌체 사람들

루크레치아 도나티 로렌초의 연인

레오나르도 다 빈치 예술가

안드레아 델 베로키오 레오나르도의 스승

체사레 페트루치 피렌체의 최고행정관

동맹

브라초 마르텔리 로렌초의 친구

젠틸레 데 베키 로렌초의 가정교사

갈레아초 마리아 스포르차 밀라노 공작

니콜로 마르첼로 베네치아 통령

정적

지롤라모 리아리오 이몰라 군주

프란체스코 데 파치 피렌체의 귀족

야코포 데 파치 파치 일가의 대표

베르나르도 반디니 피렌체의 귀족

프란체스코 델라 로베레/시스토 4세 교황

조반 바티스타 다 몬테세코 교황군 대장

프란체스코 살비아티 피사의 대주교

라우라 리치 노르치아의 주인

루도비코 리치 라우라 리치의 아들

차례

1469년 2월

MEDICI

1. 마상 창 대회

공기가 차가웠다. 로렌초가 숨을 깊이 들이마셨다. 로렌초는 자신이 타고 있는 준마 폴고레*가 긴장하는 것을 느꼈다. 그가 사랑하는 준마, 윤기 나는 눈부신 검은 털의 폴고레가 작은 돌로 포장된 광장 바닥을 신경질적으로 긁어댔다. 폴고레가 자꾸 빙빙 돌아서 로렌초는 겨우 진정시켰다. 기도 소리 같은 웅얼거림이 연단과 나무로 만든 관람석에서 흘러나왔다. 로지아**와 발코니, 창문과 회랑에서 탄식이 쏟아졌다. 로렌초가 루크레치아의 눈을 찾았다. 귀족인 루크레치아 도나티는 그날 화려한 차림이었다. 남색 치오파***를 입고 있었는데, 흑요석 같은 강렬한 눈동자 때문에 그 색이 빛바래 보이는 듯했다. 보석이 아로새겨진 가무라****는 부드러운 가슴 곡선

* '번개'라는 뜻의 이탈리아어.

** 이탈리아 건축에서 한쪽 벽이 없이 트인 방이나 홀을 이르는 말.

*** 중세에 성별을 가리지 않고 착용하던 치마 모양의 긴 옷.

**** 15~16세기 피렌체에서 유행하던 드레스로 상의는 몸에 딱 붙고 치마가 풍성한 스타일.

을 은근히 드러냈다. 루크레치아는 아름다운 하얀 어깨에 흰 여우털 스톨을 둘렀고, 말을 잘 듣지 않아 한밤의 거센 파도 같아 보이는 숱 많은 검은 머리를 맵시 있게 손질했다. 로렌초는 그날 루크레치아에게 승리의 영광을 바칠 수 있을지 자문했다.

그는 목에 두른 스카프를 한 손으로 만졌다. 루크레치아가 그를 위해 직접 수를 놓은 스카프였다. 스카프에서 나는 수레국화 향기를 깊이 들이마셨다. 천상에 오른 기분이었다.

잠시 조금 전 풍경이 주마등처럼 스쳤다. 마상 창 대회장에 도착하는 자신, 몸에 달라붙는 초록 조끼를 입은 멋진 동생 줄리아노, 그리고 전날까지 피와 부패에 빠져 있던 도시의 용맹한 사람들을 달래기라도 하려는 듯 봄날같이 산뜻한 색깔의 군복을 입은 2백 명의 병사들…. 피렌체는 로렌초의 아버지 피에로 데 메디치가 통풍에 걸려 건강이 좋지 않은데도 놀랄 만큼 열성적으로, 게다가 힘겹게 지켜낸 도시였다. 아버지는 어둠 속에서 메디치가에 대항할 음모를 짜고 여러 차례 함정을 파고 습격을 하며 저항하는 가문들로부터 이 도시를 지켰다. 피에로는 로렌초에게 지치고 쇠약해져 혼자 힘으로 서 있기 힘들어 곧 무너져내릴 공화국을 넘겨주었다. 하지만 오늘은 로렌초의 친구 브라초 마르텔리의 결혼식을 위해 1만 피오리노라는 큰돈을 들여 마상 창 대회를 연 날이었고, 덕분에 피와 고통을 잠시 잊을 수 있었다. 아마 그 돈이 적어도 얼마 동안은 두려움과 원한을 씻어줄지도 몰랐다.

로렌초는 앞을 보았다. 광장의 반대쪽 끝까지 뻗은 나무 장벽이 보였다. 그 끝에 판금板金 갑옷을 입은 피에르 소데리니가 있었다.

이미 얼굴가리개를 내리고 있어서 반구형 투구가 더욱 위협적으로 보였다. 한 손에는 물푸레나무로 만든 긴 창이 들려 있었다. 때맞춰 군중이 함성을 질렀다. 귀가 먹먹할 정도로 요란한 사람들의 목소리가 깔때기 모양의 산타크로체 광장에서 회오리쳤다.

로렌초는 마지막으로 자신의 방패를 확인했다. 그가 탄 말 휘장에 새겨진 메디치 가문의 문장이 물웅덩이에 비쳐 그의 눈에 들어왔다. 여섯 개 공으로 된 문장으로, 그 공 가운데 다섯 개는 빨간색이었고 여섯 번째 공에는 프랑스 왕이 사용을 허락해준 백합 문양이 귀족의 상징으로 그려져 있었다. 깃발 위의 공 여섯 개가 위협적으로 선명하게 두드러져 꼭 지옥의 깃발 같았다. 그가 맡은 여러 책임과 기다림이 로렌초를 초조하게 만들었을지도 모른다. 얼굴가리개를 내리자 눈앞의 세상이 차디찬 한 줄의 띠로 변했다. 로렌초는 단호하게 창을 들고 말에 박차를 가했다. 폴고레가 더 이상 머뭇거리지 않고, 살아서 고동치는 바위덩어리처럼 바람보다 더 빠르게 피에르 소데리니를 향해 돌진했다. 로렌초는 쏜살같이 달리는 준마의 근육이 꿈틀거리는 걸 느꼈다. 말이 달릴 때 공중으로 튀어오른 진흙이 말의 휘장을 더럽혔다. 소데리니도 막 출발했지만 로렌초는 벌써 둘을 갈라놓은 거리의 반 이상을 지났다. 소데리니가 방어를 위해 방패를 들어올리고 표적을 맞추기 위해 물푸레나무 창을 비스듬히 들었다.

군중은 숨을 죽였다. 관중석 높은 자리에 앉은 루크레치아는 로렌초에게서 눈을 떼지 않았다. 그녀는 두렵지 않았다. 오로지 그 순간을 머릿속에 간직하고 싶었다. 그녀는 사랑하는 로렌초가 이 대회를 위해 얼마나 많은 준비를 했는지 잘 알고 있었다. 물론 로렌초는 비범한 용기를 지녔다. 그는 그 용기를 벌써 증명했다. 로렌초는 자신의 어머니가 고른 로마 귀족 클라리체 오르시니와 이미 약혼을 했지만 루크레치아는 그날만큼은 신경 쓰지 않을 생각이었다. 그를 향한 사랑을 숨기려 애쓰지도 않을 것이다.

마찬가지로 피렌체와 피렌체 시민들에게도 신경을 쓰지 않을 작정이었다. 피렌체 시민들은 두 연인을 흐뭇하게는 아니지만 그래도 너그럽게 봐주고 있었다. 시뇨리아*를 맡아서 이끌 남자가 어머니와 공범이 되어 로마 여자를, 물론 그 여자가 고귀한 혈통이기는 해도, 아내로 맞으려 한다는 걸 받아들이기 힘들어서였다.

어쨌든 그날은 그런 생각에 빠져 있을 때가 아니었다. 말들의 뜨거운 콧구멍에서 푸르스름한 콧김이 얼음같이 찬 공기 속으로 퍼져나갔다. 단단한 강철 갑옷에서 빛이 번득였고 깃발들은 화려한 색을 뽐내며 펄럭였다.

드디어 충돌의 순간이 다가왔다.

천둥 같은 굉음이 울려 퍼지며 나무와 쇠가 부딪쳤다. 로렌초의 창이 방어하는 소데리니의 허를 찔렀고 갑옷을 두른 가슴 한가운데를 공격했다. 물푸레나무가 산산조각 났다. 공격을 받은 소데리니는 뒤로 밀려나며 말안장에서 튕겨져 나갔다. 소데리니가 쿵 소리와 함께 광장에 쓰러지는 사이 로렌초는 계속 말을 달렸다. 폴고

* '지배, 통치, 군주제도, 군주의 권력' 등을 뜻하는 단어로 13세기 이후 이탈리아 북부와 중부 도시국가의 정치체제를 가리키기도 한다.

레가 맹렬하게 질주하다가 가야 할 길의 끝에 이르자 동작을 멈추고 앞발을 공중 높이 들더니, 요란하게 울어대며 빙글빙글 돌렸다.

로렌초가 질주를 끝내자 빨리 달리기로 유명한 폴고레 때문에 그 순간 넋이 나가버린 듯 조용하던 관중이 곧 깜짝 놀라 소리를 질렀다. 그리고 조금 뒤 기쁨이 뒤섞인 함성을 지르며 열광했다. 메디치가 지지자들은 목이 터져라 환호했다. 남자들은 우레 같은 박수를 쳤고 여자들은 환하게 웃기도 하고, 안도의 한숨을 쉬기도 했다.

로렌초는 아직도 믿어지지 않았다. 자신이 누구보다 먼저 놀랐을 정도로 모든 일이 순식간에 벌어져서 대회가 어떻게 끝났는지 알아차릴 새도 없었다.

피에르 소데리니의 부하 병사와 하인이 응급 처치를 하려고 그에게 달려가고 있었다. 하지만 소데리니는 다친 데가 하나도 없는 게 분명했다. 벌써 일어나는 중이었으니까. 그가 얼굴가리개를 벗고 빨갛게 상기된 얼굴을 저었다. 짜증이 나기도 하고, 믿기지 않아서이기도 했다. 그는 가슴 한복판을 급습당했다!

루크레치아가 두 손을 가슴 위로 모았다. 그녀의 아름다운 얼굴은 매혹적인 미소로 환히 빛났다. 로렌초는 얼굴가리개와 철장갑을 벗었다. 거의 본능적으로 스카프를 만졌다. 루크레치아의 향기, 정신을 아득하게 하는 가볍지만, 많은 약속이 담긴 향기를 맡았다. 그는 루크레치아를 열렬히 사랑했다. 잘 다듬어지지 않은 소네트를 써서 그녀를 향한 열정을 표현해보려는 시도도 했다. 많은 이가 그가 쓴 소네트를 훌륭하다고 했지만 그는 이 세상의 어떤 단어로도 가슴속 감정을 제대로 보여주지 못한다는 걸 잘 알았다.

그는 그렇게 살아 있는 기분을 느꼈다. 루크레치아의 시선이 자신에게로 향하자 축복을 받은 기분이었다. 오닉스 빛깔을 띤 긴 속눈썹과 눈동자는 어둠을 유혹하려는 듯했다. 그보다 아름다운 눈동자는 이 세상에 없었다. 군중들은 두 사람이 주고받는 미묘한 눈길과 몸짓을 하나도 놓치지 않는 것 같았다. 곧 아까보다 훨씬 더 요란한 함성과 박수갈채가 쏟아졌다.

피렌체는 로렌초를 사랑했다. 루크레치아도 마찬가지였다. 그녀는 한순간도 더 양보할 수 없었다. 로렌초는 끝없는 탄식과도 같은 그 눈길에 빠져들었고, 알게 되었다. 로렌초는 자신이 사랑할 여인은 루크레치아 한 사람뿐이라고 생각했다. 어머니가 이미 그의 아내로 로마 여인을, 로마와 동맹을 강화하고 가문에 도움을 줄 귀족 가문 여인을 점찍어놓았지만 그는 다른 여자, 오로지 루크레치아를 향한 진심을 간직할 것이다.

그가 이런 생각에 깊이 빠져 있는 사이 심판이 대회 결과를 알렸다. 명백한 결과에 따라 로렌초는 마상 창 대회의 승자로 선포되었다. 귀족 친구들과 고위 관리들은 로렌초의 승리를 예상한 듯했다. 제일 먼저 관중석에서 뛰어내려 축하 인사를 하러 온 사람은 브라초 마르텔리였다. 그는 로렌초가 하인들의 도움을 받아 말에서 내려와서 가슴의 강철판과 각반을 벗고 있는 곳까지 달려가 로렌초에게 박수갈채를 보내도록 관중을 유도했다.

브라초는 기분이 너무 좋아서 로렌초의 이름을 박자에 맞춰 한 음절씩 불렀다. 군중들이 그를 따라했다. 로렌초의 동생 줄리아노는 제일 높은 단에서 환하게 웃었다. 줄리아노는 키가 크고 세련된 외모를 가지고 있었다. 힘이 있고 선이 굵은 형과는 전혀 다르게 그의 이목구비는 곱고 여렸다.

루크레치아는 자기도 모르게 탄성을 질렀다. 지금까지 한 행동만으로도 이미 사람들의 주목을 충분히 받았지만 그에 개의치 않고 손으로 키스를 보내고 고급스러운 리넨 손수건을 승자에게 던졌다. 로렌초가 손수건을 두 손으로 받았다. 수레국화 향기에 거의 숨이 막힐 것 같았다. 피렌체 사람들은 그 순간 완벽하게 하나가 되어 도시가 가장 사랑하는 아들 주위로 모여들었다.

그런데 이렇게 기뻐하는 사람들 중에 이상한 인물 하나가 동물처럼 촉각을 세운 채 여기저기 기웃거렸다. 체형과 이목구비로 보면 젊은 청년 같았다. 게다가 아주 잘생긴 외모였다. 하지만 일그러진 새빨간 얇은 입술에 맴도는 냉소 속에 소름끼치는 뭔가가 뒤섞여 있었다.

이 모든 조화가 산산조각 나는 날이 멀지 않았다고 그 조용한 구경꾼은 생각했다.

2. 지롤라모 리아리오

외삼촌 말이 완벽하게 맞았다. 외삼촌은 곧 교황이 될 것이다. 그 점에 대해서 한 점 의심도 없었다. 다만 시간문제일 뿐이었다.

지롤라모 리아리오가 청년을 보았다. 적갈색 머리에 깊은 파란색 눈동자를 가진 청년이었다. 얇은 입술에는 잔인한 미소가 맴돌았다. 리아리오는 청년의 사악하고 잔인한 성질을 직관적으로 알아차렸다. 세련되었지만 칼날처럼 날카로운 외모가 그런 성질을 아슬아슬하게 가려주었다.

리아리오가 한숨을 쉬었다. 은밀한 계획이 그의 마음을 갉아먹었다. 아직 계획이 완성되지는 않았다. 아니, 어떻게 보면 불확실한 가설, 간절히 원하는 가설에 가까웠고 실행에 옮기기가 몹시 힘들 가능성이 컸다. 그렇지만 그는 희망을 버리지 않았다. 그에게는 무엇보다 중요한 동기가 있었다. 그리고 지금 앞에 앉은 청년은 상당히 훌륭했다. 그리고 믿을 만했다.

리아리오는 긴 앞머리를 매만졌다. 회색빛 눈동자가 번득였다. 그는 이 작은 독사가 악마같이 똑똑하다는 것을 알았다. 그래서 지나치게 성급한 판단일 수도 있지만, 이 청년에게 순진하게 속내를 드러내고 싶지 않았다.

"내게 한 말 틀림없겠지?"

"틀림없습니다, 나리." 청년이 대답했다.

"그들을 봤나?"

"지금 나리를 뵙듯 제 눈으로 똑똑히 보았습니다. 피렌체 전체가, 눈길을 주고받는 그들에게 박수를 보냈습니다."

맞다! 로렌초 데 메디치가 루크레치아 도나티를 사랑한다는 건 이제 비밀도 아니었다. 그리고 부적절하게 끝날지라도 비난할 만한 일은 아니었다. 어쨌든 노골적으로 비난할 수는 없었다. 외삼촌도 물론 그런 문제를 중요하게 생각하지 않을 것이다. 어쩌면 교황도 마찬가지일 수 있다. 두 사람의 관계는 새롭지도 않았고, 눈길을 주고받았다고 파문을 하기에는 너무 부족했다. 그리고 정략결혼은 관습이어서 로렌초가 루크레치아 도나티에게 마음으로든 육체적으로든 사랑을 품은 건 아무 의미도 없었다. 아니, 오히려 피렌체 사람들은 완전히 부적절한 그 관계를 노골적으로 지지했다.

빌어먹을 피렌체 놈들, 리아리오가 생각했다.

"또 뭘 봤나?"

"피렌체를 봤습니다, 나리."

리아리오가 놀라서 눈이 휘둥그레졌다.

"피렌체라니?"

"피렌체는 그 남자를 존경하고 있습니다."

"정말인가?"

"인정하기 유감스럽지만 그렇습니다."

리아리오가 한숨을 쉬었다. 다시 한 번 더. 그는 뭔가 해야만 했다. 그렇다. 하지만 무엇을? 자신이 강렬히 바라는 그 계획이 그렇게 중요한 게 분명할까?

"조반니 데 디오티살비 네로니와 이야기를 해보게."

"피렌체 대주교 말씀이십니까, 나리?"

"그럼 다른 누가 있나?"

"물론 그렇지요. 그런데 여쭤봐도 괜찮다면 무슨 이유이신지요?" 청년이 비웃는 듯한 표정으로 말했다. 그렇기는 해도 그의 질문은 합당했다. 리아리오는 그에게 호통을 치고 싶었다. 감히 어떻게 이런 태도를 보인단 말인가? 한편으로는 호기심이 가시지 않았다. 뭐라고 대답해야 하지? 그는 머리를 짜냈다. 쓸데없이 너무 말이 많은 이 빌어먹을 고질병이 문제였다. 조반니 데 디오티살비 네로니 이름은 왜 입에 올렸단 말인가? 영감이나 암시, 번득이는 발상이 떠오르길 기대했기 때문이었다.

아무 생각도 나지 않았다.

그는 자신의 내면에서 넘쳐나는 힘을 느꼈다. 또한 자신이 번득이는 구상을 떠올릴 인물이 아니라는 걸 알 정도의 머리는 있었다. 그가 원하는 만큼의 놀라운 생각들이 떠오르지는 않았던 것이다. 그런데 이 청년의 악마 같은 머리에서 나온 용의주도한 아이디어는 최고였다. 과거에 이미 그를 시험해보았다. 어쨌든 네로니는 상황이 어떻게 돌아가는지 파악하고 있을 가능성이 있었다. 적어도 외삼촌이 교황좌에 오르기를 기다리며 사보나와 트레비소* 사이에 머물고 있는 그보다는 말이다.

"적어도 피렌체 귀족들의 분위기를 좀 더 알게 되고 메디치의 적들이 얼마나 굴욕감을 느끼고 분노하는지 정도는 알 수 있겠지."

명쾌하고, 완벽하고, 칼날처럼 예리한 생각이었다.

"제가 조언을 드려도 괜찮겠습니까?" 지옥에서 온 듯 무시무시한 청년이 계속 말했다. 리아리오가 고개를 끄덕였다.

리아리오는 이 모든 대화가 자신을 어디로 안내할지 알지 못했다. 하지만 메디치를 제거하기 위한 계획, 더할 나위 없이 완벽한 계획을 세우는 지점에 이르게 된다면 이 순간을 기억해둬야 할 것

* 사보나는 이탈리아 북서부의 항구도시이고, 트레비소는 북동부의 베네치아 평야에 위치한 도시. 당시 리아리오는 북부 내륙 지방에 머물고 있던 것으로 짐작된다.

이다. 솔직히 말하자면 그가 찾는 것은 바로 그런 순간이었으니까.

"말해 보게." 그가 재촉했다.

청년은 생각을 집중하는 듯했다.

"그러니까 형세를 살핀다는 발상은 매력적입니다, 나리. 감히 말씀드리면 뛰어난 생각이고…."

"요점을 말하게!" 리아리오가 그의 말을 잘랐다.

"알겠습니다. 그러니까 나리께서 주장하셨듯이 피렌체 대주교인 조반니 데 디오티살비 네로니께서 메디치 가문에 적대적인 세력 중 가장 강력한 가문이 어느 가문인지 확인하실 수 있다면, 바로 그 가문을 부추기라고 조언드릴 수 있습니다. 로렌초를 제거할 음모를 꾸미는 데 그 가문 사람들을 이용할 수 있게 말입니다. 로렌초와 그 동생을 추방시킬 계획 말이지요. 피를 흘리는 건 절대 좋은 생각이 아닙니다. 오히려 그들의 조부처럼 추방을 해서 멀리 보내는 게 가장 이상적인 해결책이 될 겁니다."

"확실히 그럴 것 같나?" 리아리오가 물었다.

"확신합니다. 들어보십시오, 나리. 로렌초는 어떤 의미에서는 자신의 도시와 한 몸입니다. 도시를 빼앗으면 그가 가질 수 있는 모든 힘을 빼앗는 셈입니다. 그리고 솔직히 말하면 그의 아버지 피에로는 허약해서 메디치 일파의 힘을 약화시켰지요. 로렌초는 우리의 골칫덩이가 될 수 있습니다. 하지만 지금 당장 우리가 행동을 한다면 로렌초는 아직 젊고 미숙하니 쉽게 해결할 수 있을 겁니다. 그러면 나리의 주장을 수용하고 나리 편에 서게 될 가문에게 길을 열어주게 되겠지요."

"기발한 생각이군, 친구. 기발하지만 모호하기도 해. 자네가 말한 대로 로렌초를 추방하려면 어떤 죄로 고발을 해야 한다는 것인지 궁금하네."

"나리, 사실 고발할 이유는 아주 많을 겁니다. 하지만 그의 권위를 실추시키고 형벌을 시행하는 데 가장 정당한 이유는 단 하나뿐입니다." 청년은 능수능란한 정치가처럼 말했다. 리아리오는 악마의 자궁에서 태어난 자와 이야기를 하고 있는 듯한 불쾌감을 느꼈다.

"그게 뭔가?" 그가 눈에 뜨일 정도로 조바심을 드러내며 물었다.

"대역죄입니다." 청년이 주저 없이 대답했다.

지롤라모 리아리오가 깜짝 놀랐다.

"들어보십시오, 나리. 피렌체에 아직 유명하지는 않지만 특별한 자질을 타고난 예술가가 한 명 있습니다. 사실대로 말하면 기술자이자 발명가이지요. 그렇게 똑똑하고 재주가 많은 남자는 이 세상에 없을 겁니다. 아직 상당히 젊지만 곧 유명해질 게 분명합니다. 로렌초가 이 남자와 함께 어떤 국가에든 치명적일 수 있는 무기를 발명하기 위해 힘을 합쳤다는 사실을 우리가 증명한다면, 아니, 더 정확히 말하면 우리와 동맹을 맺을 가문이 그렇게 할 수 있다면 가능합니다. 두 사람이 개발한 무기가 주변 왕국을 공격하려 해서 결과적으로 피렌체가 모두에게 증오와 두려움의 대상이 될 테니, 시에 이로울 게 하나 없다고 주장하는 거지요. 그렇게 되면 메디치 일당을 몰아내고 나리 편인 가문을 통해 도시를 나리의 것으로 만드는 데 아무 어려움이 없으리라 생각합니다. 전쟁을 맹목적으로 믿고, 교회에서 정한 선을 넘는 수준의 학문을 전적으로 신뢰한다는 이유를 들어 로렌초를 대역죄나 이단으로 고발할 기회가 언제든지 있을 겁니다." 청년은 여기서 말을 멈추었다. 리아리오가 너무 놀라 눈이 휘둥그레진 채 그를 뚫어지게 보았다.

잠시 후 그가 말했다. "훌륭해. 훌륭하네, 친구! 물론 복잡하고 미지수가 많은 계획이기는 하지만 그래서 더 가치 있을 수 있지. 그러면 가보게. 우리 계획이 결실을 맺게 만들어봐. 서두르지 말게. 시간은 충분해. 나를 지지하는 사람들이 아직 힘을 더 키워야만 하니까. 그사이에 우리는 우리 편이 될 가문을 찾아야 해. 그런 다음 메디치 가문을 꼼짝 못 하게 할 요인들을 모두 끌어모아야지. 우리 힘이 최고조에 달했을 때 공격을 할 걸세. 메디치 가문이 다시는 일어설 수 없을 정도로 말이야. 자네 어머니에게 가서 아들의 조언을 아주 높이 평가한다고 전하게. 그리고 이 말을 확인시켜줄 변치 않는 존중의 표시를 받아주게." 지롤라모 리아리오는 이렇게 말하면서 마호가니 책상 서랍에서 진보라색의 조그만 벨벳 가방을 꺼내 청년에게 던졌다.

루도비코 리치가 금화들이 부딪힐 때 나는 특유의 낭랑한 소리를 내며 날아오는 가방을 받았다.

"나리, 정말 너그러우십니다."

그러고 나서 돌아서서 문을 향해 걸어갔다.

"루도비코, 마지막으로 하나만 묻겠네."

청년이 걸음을 멈추고 주군을 향해 돌아섰다.

"자네가 말했던 그 천재의 이름이 뭔가?"

"레오나르도 다 빈치입니다." 젊은 리치가 대답했다.

3. 루크레치아와 로렌초

"눈이 크고 강인한 성격이라고 하는구나. 네 마음에 꼭 들 거야. 그리고 네가 원하는 대로 맞춰줄 줄 아는 아이일 거다, 로렌초. 무엇보다 중요한 것은 이 결혼이 다른 가문과의 동맹과 우정을 보장해준다는 거야. 지금까지 네게 막혀 있던 길을 열어주는 거지. 우리 가문에게 지혜롭고 민첩한 행동이 얼마나 필요한지는 하느님만이 아실 거다." 루크레치아 토르나부오니의 말에는 막힘이 없었다. 그녀는 클라리체가 피렌체에 새로운 삶을 가져다줄 전령이라도 되듯 칭찬을 했다.

하지만 로렌초는 그렇게 생각하지 않았다. 전혀. 물론 국가의 입장을 이해했다. 그는 생각 없는 사람이 아니었다. 그렇기는 해도 장래의 신부에 대해 들려오는 말에 그는 전혀 매력을 느끼지 못했다. 그녀는 신앙심이 깊고 세심하고 사려 깊은 여자 같았다. 물론 가볍게 여길 미덕은 아니었지만 그는 그런 것들에 전혀 흥미를 느끼지 못했다. 이런 두 사람이 어떻게 마음이 맞을 수 있을까?

그는 어머니에게 자신의 당혹스러움을 최소한이라도 전해보려 했다. 그는 순수하게 외교적으로, 할 수 있는 한 공손하게 말을 꺼냈다.

"어머니, 지금 하신 말씀을 들으니 물론 저는 기분이 좋습니다.

어머니가 저를 위해 애쓰셨다는 것도 잘 압니다. 그래서 감사하고요. 그러면서도 한편으로는 어머니께서 클라리체가 그 나이 또래 아가씨들 특유의 활기 넘치는 지혜와 매력도 가지고 있다고 생각하시는지 궁금합니다."

그 말을 들은 루크레치아는 차가운 눈으로 아들을 보았다. 그녀는 우아했지만 차가운 여인이었다. 그녀의 이목구비는 단정하면서도 준엄해서 필요할 때 언제든 냉혹한 표정을 지을 줄 알았다.

"로렌초, 지금 말하는 게 좋겠구나. 이번 한 번만 말하고 다시는 이 문제를 거론하지 않을 게다. 네가 루크레치아 도나티에게 이상하게 깊이 빠져 있다는 것 나도 안다. 그 아가씨가 눈길을 줄 만한 여자가 아니라는 말이 아니야. 하지만 분명히 알아야 해. 이제 그 눈길을 거둬야 한다. 그것도 빨리. 난 네 성격을 잘 알아. 게다가 더 안 좋은 건, 그 아가씨 성격도 안다는 거지. 그 아가씨는 내면에 불이 있어. 그건 네게 아무런 도움이 되지 않을 거야. 내 말 믿어도 된다. 더 이상 뭐라 할 것 없이 오늘 이후로 몰래 집을 빠져나가는 일은 그만두어라. 클라리체가 로마에서 오고 있다. 그 애는 유서 깊은 로마 귀족 가문 중의 하나인 오르시니 가문 출신이야. 이 사실만으로도 이미 그 애에게는 거부할 수 없는 매력이 있다고 할 수 있지. 나도 안다. 피렌체가 그 애를 받아들이는 데 시간이 걸리겠지. 그렇지만 네가 먼저 시작해야 해. 그러면 나머지 사람들은 저절로 그렇게 된단다. 더 이상 이런 저런 말 하고 싶지 않다. 때가 되면 너도 슬쩍 한눈을 팔 생각을 해도 될 거야. 무엇보다 나 자신이 그 문제에 대해서는 좀 안단다. 네 아버지가 다른 여자에게서 낳은 아이를 우리 가족으로 받아들였고, 네 아버지가 한 일을 용서했으니까. 네 아버지는 병약하고, 통풍 때문에 예전과 같은 남자로 더 이상 살아갈 수 없으시다. 이제 네 시대가 왔다. 그러니 공화국을 이끌 임무에서 벗어날 생각은 하지 말거라. 클라리체 오르시니와 결혼을 하고, 피렌체를 통치하게 될 테다. 따라서 네가 먼저 적응을 하도록 해. 우리 모두에게 그게 훨씬 좋을 테니."

로렌초는 어머니 말에 아무런 반박도 할 수 없다는 걸 너무나 잘 알았다. 그리고 어머니가 처음에는 로마에서, 지금은 피렌체에서 얼마나 많은 문제와 음모에 부딪혔는지도 알고 있었다. 오로지 메디치 가문과 오르시니 가문 사이의 협력을 보장하고 신분의 장벽을 뛰어넘어 고상한 로마 귀족의 세계로 들어가기 위해서였다. 그렇지만 넘쳐흐르는 관능미와 시선, 몸매, 옷차림과 걸음걸이까지, 루크레치아 도나티의 모든 게 매력적이고 유혹적이었으며 신비이자 모험이었다. 그래서 로렌초에게는 그녀가 필요했다. 루크레치아는 로렌초에게 자신이 살아 있고, 사랑을 받고 있으며, 그리고 천하무적이라는 확신을 주었다. 하지만 어머니가 듣고 싶어 하는 말이 그런 게 아니라는 걸 잘 알았다.

"정신을 차리고 부끄럽지 않은 아들이 되겠습니다." 그가 말했다. "적들을 조심하고 아버지와 할아버지의 가르침을 잘 따르겠습니다. 그러니까 균형감각을 유지하겠습니다. 품위를 지키고 공감을 만들어내는 원료니까요. 하지만 어느 누구도 제게 루크레치아 도나티를 잊으라고 말할 수는 없을 겁니다."

어머니가 한숨을 쉬었다. 다시 한 번 아들의 눈을 똑바로 보았다.

"사랑하는 아들아, 이해한다. 내가 원하는 건 네 행복이야. 내 말 믿어주려무나. 네 말을 들으니 안심이 된다. 네가 루크레치아를 잊어야 한다고 말할 사람은 아무도 없어. 그렇지만 클라리체 오르시니를 아내로 존중할 마음의 준비를 하거라. 피렌체의 운명이 그 애에게 달려 있으니까. 몇 마디 더 하마. 도시가 그 애에게 어울리는 환대를 하도록 네가 신경을 써야 해. 내 짐작으로는 그 애에 대한 냉담하고 무심한 이런 분위기가 너의 경솔한 행동 때문인 게 분명하니까. 그러니 사람들의 마음을 누그러뜨리고 그 애를 여왕처럼 환영하게 설득해야 해. 네 아내가 될 테니 너도 그에 맞는 대우를 해야 한다. 지금 그 어느 때보다 로마와 피렌체의 동맹이 필요하다는 걸 명심해라. 훌륭하신 교황 바오로 2세께서는 물론 우리 쪽에 호의적이신 게 확실하지만 다음 교황도 그러리라고는 자신할 수 없단다. 그러니 우리가 준비를 하고 있어야 하지. 하지만 오르시니 가문이 우리 편이면 아마, 그러니까 이건 가정인데, 새로 선출된 교황이 우리에게 그다지 우호적이시지 않더라도 우리에게는 희망이 많을 거다. 내 말 이해하겠니?"

"당연히 이해하지요." 로렌초가 약간 짜증스러운 기색으로 대답했다. "필리포 데 메디치를 피사의 대주교에 임명한 배후 인물이 비오 2세라는 것도 잘 알고 있습니다. 게다가 코시모 할아버지의 압력이 있어서 그런 일이 가능했다는 것도요. 마찬가지로 피렌체의 대주교가 우리에게 적대적이라는 데에 추호의 의심도 없습니다. 그것을 보여주는 증거들이 한둘이 아니었으니까요. 뿐만 아니라 아버지가 카레지 길에서 기습 공격을 받았을 때 그걸 막은 사람이 바로 저였습니다. 기억하시죠?"

루크레치아가 고개를 끄덕였다.

"그런 사악한 음모 뒤엔 항상 피렌체 대주교가 있었어요. 그러니 두말할 필요도 없이 저를 고통에 빠뜨릴 사건이 일어나기만을 기다리는 게 분명하고요." 로렌초가 잠시 멈추었다가 곧 다시 말을 이었다. "어머니, 잘 들어주세요. 전 한 가지만 분명히 하고 싶습니다. 이제 어머니께 제 행동 때문에 심려를 끼치지 않을 테니 걱정하지 마세요. 저는 모범적인 남편, 아내를 배려하는 남편이 될 겁니다. 그렇지만 그 여자를 사랑하라고는 말씀하지 마세요. 그건 할 수 없을 겁니다. 적어도 당장은. 전 제 임무가 뭔지 알고 있습니다. 저의 적들이 얼마나 잔혹한지도 분명히 압니다. 한편으로는 제 성격 덕분에 사람들에게 약간의 영향력을 미칠 수 있다고 생각해요. 그저께 브라초 마르텔리의 결혼식을 축하하는 마상 창 대회에서 시민과 하층민, 그리고 일부 귀족들까지 제 편이라는 인상을 받았습니다. 간단히 말하면 그런 것을 포기하고 싶지 않아요. 제 마음속에서 뜨거운 불이 타오르고 있습니다. 잘 다스리면 우리 가문에 도움이 될 불길입니다. 어머니께서 이것만은 인정해주셔야 합니다."

"한번 안아보자꾸나." 아들의 말을 듣던 루크레치아가 말했다. "나를 실망시켰다는 자책은 단 한순간도 하지 마라. 방금 한 말은 다 네 행복을 위해서 한 말이니까. 난 너를 진심으로 존중해. 그래서 네 아버지가 하던 일, 거기서 더 나아가 살아생전 널 그리 아끼셨던 코시모 할아버지가 하시던 일을 이어받아 메디치 가문이 응당 누려야 할 영광을 가져다줄 사람은 너, 내 아들 너밖에 없다고 생각한단다."

"할아버지가 정말 그리워요." 로렌초가 말을 마쳤다. 그는 소파에서 일어나는 어머니에게로 다가갔다. 그리고 애인을 포옹하듯 격정적으로 어머니를 꼭 껴안았다.

4. 레오나르도 다 빈치

레오나르도는 2월 아침의 차가운 공기를 들이마셨다. 긴 금발 머리가 바람에 헝클어졌지만 아랑곳하지 않고 갈색의 들판을 바라보았다. 들판을 뒤덮은 서리가 얇은 금속판처럼 무지개 색으로 빛났다. 자연에는 특별한 힘이 있어서 그것을 목격할 때마다 숨이 멎을 것만 같았다. 레오나르도는 자신이 한없이 작고 무의미한 존재라는 생각이 들 때면 매일 세상이 그에게 선물해주는 이런 광경을 보며 경이로움과 감사함을 경험하곤 했다.

하지만 인간은 이 모든 것을 중요하게 생각하지 않는 듯했다. 이제 레오나르도 자신도 전쟁과 무분별하고 잔인한 복수를 위해 일하는 중이었다. 인간들이 수치스러운 목적, 그러니까 권력을 쥐고 영토를 정복하려는 목적을 달성하려고 주고받는 복수를 위해서 말이다.

오로지 목적만을 위해 타인의 자유를 부인하는 일이 만연했다. 수치스러운 일이었다. 이 때문에 레오나르도는 로렌초를 위해 일하기로 결심했다. 로렌초의 눈빛은 총명했다. 일면 고집스러운 구석도 있지만 폭군이나 전쟁에 미친 군주의 눈과는 다르다는 사실을 얼마 전에 알아차렸다. 레오나르도가 협력하기 시작하자 로렌초는 레오나르도에게 지식을 연마하고 다양한 실험을 하면서 메디치가를 위해 일해달라고 청했다. 그러니까 오로지 방어 목적으로만 사용할 무기를 제작해달라는 것이었다. 다른 도시를 공격하는 데에는 절대 사용하지 않겠다고 말했다. 로렌초는 할아버지와 아버지의 가르침을 따르면서 피렌체가 미래에 평화와 번영을 누리고 예술과 문학이 꽃피는 도시가 되리라 확신했다. 물론 충돌은 없을 것이다.

그래서 레오나르도는 그런 조건으로 메디치가를 위해 무기를 제작하기로 했다. 그는 계속 안드레아 델 베로키오의 공방에 머물렀다. 아직 스승에게 배워야 할 게 많았고, 특히 그 무렵 그가 처음으로 회화에 열정을 느끼기 시작했기 때문이기도 했다. 동시에 뛰어난 병기 제작 기술 덕에 그는 매달 1백 피오리노의 금화를 받아서 상당히 안정된 생활을 했다. 솔직히 말해 언젠가는 자신의 작업실을 마련할 자금을 모을 가능성이 있었다.

그날 아침 그런 생각에 빠져 있다가 호위대와 함께 다가오는 로렌초를 발견했다. 말들이 비포장 길을 달려 곧 언덕 위에 도착했다. 사이프러스 나무들 사이로, 레오나르도가 쟁기로 갈아놓은 밭들과 눈에 보이지 않는 바람을 바라보고 있는 바로 그곳으로 왔다. 바람은 살을 엘 듯 차갑고 매서웠다.

언덕에 도착하자 로렌초가 말에서 내렸다. 그는 진초록의 화려한 더블릿에 같은 색 망토를 걸쳤다. 뚜렷한 이목구비로 인해 그의 눈은 흔들림이 없어 보였고 강렬하게 빛났다. 그의 비범한 눈빛 덕분에 그가 어떤 행동을 하든 그 행동은, 보기 드문 것을 넘어 어디에서도 찾아보기 힘든 생명력을 뿜어냈다.

레오나르도가 전염성이 강한 활력과 감사의 마음을 담아 로렌초와 악수했다. 늘 느껴온 감동적인 우정과 사람을 거의 무방비 상태로 만드는 솔직함이 레오나르도에게 전해졌다. 이런 남자는 실망시키지 않는 게 좋다. 그날 레오나르도는 로렌초를 위해 깜짝 선물을 준비하고 있었기 때문에 자신이 있었다.

"친구," 로렌초가 말했다. "자네를 만날 때마다 얼마나 기쁜지 모른다네. 곧 기적을 목격할 것 같은 느낌이 드니까."

"이런, 과장하지 마십시오, 나리. 제게 너무 너그러우십니다. 어쨌든 제가 나리를 위해 준비한 게 있는데 그걸 보면 정말 깜짝 놀라실지도 모르겠습니다."

"그렇다면 난 내 느낌이 틀림없이 맞을 거라고 보네."

메디치가의 남자들이 말에서 내리는 동안 레오나르도가 자신의 설계를 설명하기 시작했다.

"존경하는 로렌초 나리." 그가 로렌초를 보며 말했다. "보시다시피 이 모의실험에서 최상의 결과를 만들어낼 목적으로 며칠 전에 허수아비들을 준비해놓았습니다." 그렇게 말하면서 그들이 서 있는 곳에서 몇 발짝 떨어진 곳에 실제로 마련된 허수아비 몇 개를 가리켰다.

"이제," 레오나르도가 말을 이었다. "모든 군대에서 가장 중요한 병사가 쇠뇌* 사수라는 데에 나리도 동의하실 겁니다. 앙기아리 전투에서 어떻게 승리했는지 우리 모두 기억하고 있습니다. 제노바의 막강한 쇠뇌 사수들이 없었다면 아마 우리가 오늘 여기 서서 이런 대화를 나누지도 못했을 겁니다. 그들은 경사진 언덕에서 측면으로 내려가면서 아스토레 만프레디의 군대를 공격해서 완패시켰지요." 레오나르도는 잠시 뜸을 들이며 로렌초에게 자신이 한 말을 곱씹을 틈을 주었다. 그는 뛰어난 연설가여서 중간에 잠깐 말을 멈추는 게 중요하다는 사실을 잊지 않았다. 레오나르도는 발명이나 설계의 가치를 최대한 높일 수 있게 연극조의 행동과 말을 하는 데 재능을 타고났다. 작품을 소개하는 데에도 작품을 만들 때만큼이나 세심하게 신경을 썼다. 적절한 리듬으로 이야기를 이끌어서 호기심과 관심을 불러일으키는 게 중요했다.

잠시 후 레오나르도는 다시 입을 열었다. "어쨌든 저희가 다 알다시피 쇠뇌는 역사가 깊은 무기입니다. 그래서 발사 가능한 장소에서, 화살의 사정거리와 힘을 증가시키는 게 목적입니다. 그리고 실제로 그 부분에 변화가 있었습니다. 힘과 정확성이 보완되면 쇠뇌는 최고의 성능을 가진 무기라고 할 수 있답니다."

레오나르도는 이렇게 말하며 그들이 있는 공터에 준비해놓은 탁자로 다가갔다. 그가 다소 뽐내는 듯한 몸짓으로 올이 성긴 리넨 천을 들어올리자 나무로 만든 쇠뇌 몇 대가 반짝이며 모습을 드러냈다.

"그러니까 복잡하고 아주 전략적인 무기라고 할 수 있습니다. 한

* 쇠로 된 발사장치가 있는 활.

편, 더 강력한 쇠뇌들이 제작되면서 효능이 점점 사라지고 있습니다. 화살을 재장전하는 과정이 지나치게 복잡해서 무기의 성능을 해치고 있으니까요. 실제로 화살을 사용하게 되면서 성능이 월등히 좋아지기는 했지만, 사용 시에 명백하게 드러나는 문제점들도 수용해야 합니다. 활을 당기기가 너무 어려워서 사수가 양손을 다 이용해도 제 위치에 활시위를 갖다 놓지 못하지요. 그래서 레버나 권양기, 아니면 멈춤쇠의 도움을 받을 수밖에 없습니다. 엄청나게 시간을 낭비하는 어리석은 짓입니다. 게다가 목숨이 위태로운 상황에 사수를 계속 노출시켜야 하고요."

"두말할 필요도 없이," 로렌초가 끼어들었다. "사수가 운반해야 하는 외부 장비 때문에 전장에서의 기동성도 확연히 떨어지겠지."

"바로 그렇습니다. 덧붙여 말씀드리자면, 화살을 장전하느라 귀중한 시간을 허비할 필요가 없어졌습니다."

레오나르도가 다시 말을 멈추며 자신의 이야기를 듣는 사람들이 애타게 설명을 기다리게 만들었다가 곧 이어 문제의 핵심을 이야기했다.

"이런 이유로 오늘 나리에게, '고속 쇠뇌'라고 이름 붙인 무기를 보여드리고자 합니다. 이것은 근본적으로 화살을 장전하는 체계가 아주 빠른 쇠뇌입니다. 나리께서도 보다시피 쇠뇌의 몸통이 두 부분으로 나뉘어 있습니다. 튼튼한 경첩이 달린 아랫부분은 쉽게 열려서…." 레오나르도가 탁자에 놓인 쇠뇌를 하나 집었다. "그리고 이 안에 있는 지렛대 시스템을 이용해서 암나사를 활시위에 접근시켰다가 제자리로 돌려놓아 정확한 발사 방향으로 화살이 날

아가게 하는 겁니다."

그 순간 딸깍 소리가 들렸다. 로렌초와 그의 일행은 발사할 화살이 장전되고 활시위가 당겨져 있는 모습을 보며 감탄을 금치 못했다. 레오나르도는 시간을 허비하지 않고 그들 앞의 나뭇가지들에 기대 세워놓은 허수아비 쪽으로 쇠뇌를 겨누고 화살을 쏘았다.

방아쇠를 누르자 화살이 날아갔다. 화살은 휘익 하고 공중을 날아가서 음산하고 치명적인 소리와 함께 허수아비의 머리를 완전히 관통해버렸다.

로렌초는 흥분을 감출 수가 없었다. 그와 함께 있던 호위병들도 놀라 벌어진 입을 다물지 못했다. 화살을 장전하는 전 과정이 순식간에 이루어졌다. 그들이 모두 넋을 잃고 바라보는 동안 레오나르도가 벌써 두 번째 화살을 장전해서 발사했다. 다시 화살이 날아가는 소리가 들리고, 날카로운 쇠 화살촉이 다른 허수아비의 머리에 꽂혔다. "놀랍군!" 로렌초가 감탄하며 말했다. 그는 믿어지지 않는 쇠뇌의 매력에 저항할 힘을 잃기라도 한듯 탁자에 놓인 쇠뇌를 집었다. 몸통을 열었다가 닫는 것만으로, 활시위를 건드리지도 않고 아무런 외부 장치를 사용하지도 않고 화살을 장전했다. 그저 믿기지 않을 따름이었다.

"이런 식으로 장전 과정이 매우 빨라지는 거지요. 그렇지 않습니까, 나리?" 레오나르도가 물었다. 대답 대신 로렌초가 발사한 화살이 세 번째 허수아비의 심장 부근에 박혔다.

"잘 하셨습니다, 나리!" 오늘 아침 말을 달려 여기까지 로렌초와 동행한 호위대장이 감탄해서 외쳤다.

"굉장해, 레오나르도." 젊은 메디치가 크게 기뻐하며 말했다. "자네는 정말 천재야. 우리 도시의 자랑이고! 자네의 설계로 쇠뇌가 강력하고 빨라지기만 한 게 아니라 훨씬 효율적이고 치명적인 무기가 되었네."

"공격을 당했을 때 효과적인 방어에 이용할 최고의 무기가 될 겁니다." 레오나르도가 강조했다. 어두운 그림자가 그의 파란 눈을 검게 물들였다. 순간의 일이었지만 로렌초는 분명하게 알아차렸다.

"물론이네, 친구. 내 약속은 내가 지켜야 할 의무라네. 적의 공격이 있을 경우 방어에만 이 무기를 사용할 걸세."

레오나르도가 고개를 끄덕였다.

로렌초의 입으로 직접 약속의 말을 들어야 했다. 물론 말이라는 게 공기 같고 불확실한 형식에 불과하지만 로렌초 같은 남자의 말은 땅을 뒤흔들 수도 있었다. 레오나르도는 그 사실을 잘 알았다. 그래서 이 친구에게 더욱 감사했다. 나이가 젊은 만큼 혈기왕성하다고 하지 않을 수 없는데도 그런 성질에 자신을 맡기지 않을 뿐더러 또래 남자들이 대개 그렇듯 폭력과 공격의 유혹에 경솔하게 빠지지 않는 사람이라고 확신했기 때문이었다.

레오나르도는 로렌초보다 나이가 훨씬 많은 것도 아니면서, 아니, 오히려 그보다 몇 살 어린데도 마치 한참 어른이라도 되는 양 그를 바라보았던 자신을 생각하며 빙긋 웃었다. 어쨌든 로렌초는 전투나 충돌, 전쟁터 같은 것에 전혀 흥미가 없었다. 그는 필요한 경우 자신을 방어할 줄 알았지만 결투를 우선순위에 두지 않았다.

뿐만 아니라 그 이유를 알 수 없을 정도로 전쟁이 어리석고 무의미하다고 생각했다. 아마 이웃 국가의 군주들은 그런 부분 때문에 로렌초를 이해할 수 없는 것인지도 몰랐다.

그러나 현실은 로렌초의 생각과 달랐다. 피렌체, 이몰라, 포를리, 페라라, 밀라노, 모데나, 로마, 베네치아…, 사람들은 이 모든 영토를 자신에게 영속시키려면 필사적으로 싸워야 할 필요라도 있는 것처럼 자신의 존재를 확인하기 위해 불가피하게 전투를 벌이고 충돌했다.

레오나르도가 고개를 저었다. 늘 이런 식이다. 또 잡다한 생각에 빠져버렸다. 레오나르도가 다시 정신을 차린 바로 그 순간 로렌초가 그를 포옹하며 감사 인사를 했다.

"레오나르도." 로렌초가 말했다. "자네의 우정과 협조가 자랑스럽네. 자넨 매일 피렌체의 영광을 드높이고 있어. 이렇게 어마어마한 일을 했으니 충분히 보상을 받을 걸세. 지금 나하고 같이 피렌체로 가세. 이 모형들은 내 부하들이 다 제자리에 갖다놓을 거야. 자네가 너그럽게 마음을 내서 내 기술자들과 의논을 해줄 수 있다면 이런 놀라운 쇠뇌를 최소 2백 개 정도 주문하고 싶네."

"이건 제가 선물로 드리는 거니 받아주십시오." 레오나르도가 쇠뇌 하나를 로렌초에게 내밀며 말했다. "지금까지 제가 제작한 것 중 가장 잘 만들어지고 멋진 쇠뇌입니다."

"최고야." 로렌초가 기뻐 소리쳤다. 이런 선물을 받아 자랑스럽고 영광스러워하는 기색이 목소리에 역력했다. "그래도 지금 나하고 피렌체로 가세. 내가 아주 중요하게 생각하는 일 하나를 의논하고 싶어서그래. 자네도 틀림없이 기뻐할 걸세."
"무슨 일입니까?"
"적당한 때에 설명해주겠네. 나를 믿게."

5. 루크레치아 도나티

로렌초는 민트와 쐐기풀 냄새가 나는 검은 오닉스강에서 길을 잃었다. 루크레치아는 이 세상 그 어떤 것으로도 지울 수 없는 아름다운 여인이었다. 벽난로에서 장작이 후두둑 소리를 내며 타올랐다. 검붉은 불꽃이 빨갛게 달아오른 반딧불처럼 위로 날아올랐다. 루크레치아는 야성적인 눈으로 그를 보았다. 검게 빛나는 눈동자가 로렌초의 마음속 깊은 곳까지 탐색하며 그의 마음을 빼앗아버렸다. 로렌초는 그녀에게서 눈을 뗄 수가 없었다. 그녀는 아름답기만 한 게 아니었다. 그 이상의 뭔가가 있었다. 경이로운 자연과 그리 다르지 않은 매력, 조상 대대로 내려오는 신비하고 영원한 매력이 그를 사로잡았다.

루크레치아가 고개와 등을 뒤로 젖혔다. 그러자 촛불에서 번지는 금속성의 불빛에 풍만한 가슴이 더욱 강조되었다. 그녀의 엉덩이는 최고의 시소였다. 로렌초는 공간과 시간도 지각하지 못할 정도로, 이 세상 어떤 일도 중요하지 않을 정도로 그 쾌락의 소용돌이 속으로 점점 빠져 들어갔다. 그 야성적인 열정 속에는 순수한 쾌락에 대한 필요와 욕망 이외의 것은 뭐든, 순식간에 없애버리는 힘이 있었다. 그는 그녀의 몸속에서 길을 잃었다. 눈이 멀어 아무것도 보이지 않았고 그녀에게 압도되고 말았다.

루크레치아가 기쁨으로 숨을 헐떡였다. 계속 그의 몸 위에서 격렬하게 몸을 움직였다. 그의 성기는 정액으로 그녀를 흠뻑 적실 준비가 되어 있었다. 마침내 그녀가 소리를 질렀다. 두 팔로 그의 가슴을 밀고 젖꼭지를 할퀴며 그와 함께 몸이 산산조각날 것같이 격렬한 절정에 올랐다. 로렌초가 사정을 했다. 루크레치아가 천천히 그의 몸에 자신의 몸을 맡겼다. 그녀의 가슴이 그의 가슴에 닿았고 두 팔이 로렌초의 팔 위에 놓였다. 잠시 방 안이 빙빙 도는 기분이었다. 회전목마처럼 빙글빙글 돌며 회오리치는 감정들이 마음을 갈기갈기 찢었다. 두 사람은 뜨겁게 포옹을 한 채 아무 말도 하지 않았다. 그들의 사랑을 조금도 인정하려 하지 않는 세상의 소리에서 멀어져 영원히 있고 싶은 사람들처럼 그렇게 한 몸이 되어 가만히 사랑의 보호를 받고 있었다.

그런 생각에 루크레치아는 눈물을 흘렸다. 그녀의 눈에서 떨어지는 눈물이 로렌초의 얼굴을 적셨다. 그는 눈물의 이유조차 물어봐서도 안 되었다. 사물의 윤곽이 서서히 드러나며 벽과 천장의 경계와 일상생활의 양식들이 눈에 들어오기 시작하자 그런 감정을 부정해야 한다는 게 폭력적일 정도로 부당하게 여겨졌다.

그래서 루크레치아는 잠시 침묵을 지키며 기다렸다가 입을 열었다. 어쩌면 그의 목소리를 듣고 싶어서였는지도 몰랐다. 어쩌면 그들이 방금 경험한 감정에 대한 징표, 손으로 만질 수 있는 세속적인 표시가 필요했는지도 몰랐다. 마치 말 한마디가 현실세계에서도 그들의 사랑이 영원히 살아남으리라는 것을 그녀에게 보장해 주는 통행권이기라도 하듯.

그녀가 요구했다.

"나만 사랑하겠다고 맹세해요." 그에게 말했다.

"맹세하오."

로렌초에게는 생각할 필요도 없는 문제였다. 루크레치아에 관해서는 모든 게 단순했고 경이로웠다. 루크레치아는 로렌초가 갈망하는 게 뭔지 정확히 알았다. 그녀와 같은 여자는 어디에도 존재할 수 없었다. 그런 일은 불가능하다고 로렌초는 생각했다. 그는 루크레치아에게 경외와 감사의 마음을 동시에 느꼈고, 눈부신 별빛이 어둠을 환히 밝힐 때면 그런 감정이 가슴을 뜨겁게 불태웠다. 물론 이런 노골적인, 거의 뻔뻔하다고 할 사랑이 그는 두렵기도 했다. 하지만 두려움은 그가 받아들일 수 있는, 받아들이고 싶은 사치스러운 감정이었다. 때가 되면 결과대로 상황에 맞춰 행동하게 될 것이다. 그는 루크레치아를 보호해주려 했다. 그건 확실했다. 루크레치아는 그에게 이 세상에서 둘도 없이 중요한 사람이었다.

"클라리체가 와도?" 그녀가 물었다.

"맹세하오." 그가 다시 말했다.

"내가 늙어 백발이 되고 쭈그렁이 할머니가 되어도 날 사랑할 거예요?"

"그때도. 그보다 더 할 때에도."

"필요하면 나를 지켜줄 생각도 하고 있나요?"

"지켜줄 거요."

"난 원하는 게 없어요, 로렌초. 그렇지만 앞으로 당신이 약속을 지키지 못하리라는 것도 분명히 알아요. 지금 당신은 맹세하고 약속하지만 시간이 흐르면 당신이 어떻게 변할지 누가 알겠어요? 당신이 어떤 사람이 될지 어떻게 알아요? 지금은 이 방이 천국 같지만 곧 너무 좁고 초라하게 느껴질 거예요. 그리고 나는 당신이 안았던 여러 여자 중의 한 사람에 불과해지겠지요. 잘 알아요."

그가 그녀의 얼굴을 두 손으로 감쌌다. "농담으로라도 그런 말 하지 마오!"

루크레치아의 입술에 씁쓸한 미소가 번졌다.

"로렌초, 당신은 피렌체 군주가 될 사람이에요. 곧 피렌체가 당신의 발밑에 있게 되겠죠. 이미 그렇기는 하지만 지금보다 훨씬 더. 진짜 권력과, 죽음과 고통을 양산하는 더러운 권력을 비교해야만 해요. 잔혹한 적들을 상대해야 하고 당신의 백성과 당신 도시의 행복을 위해 타협도 해야 할 거예요. 마음이 무겁고 손은 피로 더러워졌을 때 나에 대한 어떤 기억을 떠올릴까요? 탐욕과 약탈에 몸을 던진 소인배들이 비겁하게 공격할 때, 당신이 신뢰하는 것들을 방어하기 위해 다른 방법을 찾아야 해서 전쟁 생각에 골몰할 때 날 기억이나 할까요?"

"당신의 사랑을 영원히 기억할 거요." 로렌초가 대답했다. 사랑이라는 감정의 힘을 굳게 믿었기 때문에, 어떤 식으로든 그러한 감정이 끝날 리 없다고 생각했기에 그는 주저 없이 그렇게 말했다.

"우리는 우리에게 불평을 토로하는 일상의 소리를 듣는 데 여념이 없어서 우리가 가졌던 것을 잊어버리고 있소. 우리가 가졌던 것은 적지 않소. 그런데 우리는 종종 현재의 일로 과거를 어둡게 만들곤 하지. 우리 자신을 더 나은 존재로 만들고 싶어서 스스로를 자극했던 사실마저도 좋지 않게 생각하는 거요. 당신의 사랑은 내 영혼의 보석 상자에 간직할 거요. 누구도 그 속을 들여다보지 못하겠지. 나만의 것이니까 어린 아기처럼 품에 잘 안고 있을 거요. 기쁜 날이든 슬픈 날이든. 이 사랑이 내게 힘을, 고통을, 기쁨과 씁쓸함을 알려주겠지. 그렇지만 사랑은 살아 있을 거고 절대 잊히지 않을 거요."

그녀가 고개를 들었다. 이제 눈물은 멎었다.

"마음을 울리는 아름다운 말이에요." 그녀가 말했다. "당신의 말대로 된다면 얼마나 아름답겠어요."

"다 우리에게 달려 있소, 루크레치아. 다른 누가 아니라. 앞으로 어떤 일이 벌어져도 우리는 우리의 원칙과 감정에 흔들림이 없어야 하오. 그렇게 되면 우리의 사랑은 영원히 살아남을 거요. 우리가 사랑을 잃는다면 그건 우리 잘못이겠지만 그래도 한 번이라도 그런 사랑을 해본 적은 있다고 하겠지. 이 한 가지 이유만으로라도 나는 삶에 감사한다오."

루크레치아가 그의 눈을 한참 동안 바라보았다. 검은 눈동자였지만 촛불의 불빛에 두 눈이 반짝였다. 곧 루크레치아가 다시 눈물을 흘렸다. 지나치게 아름다운 것은 영원히 지속될 수 없음을 알기 때문이었다.

1469년 4월

MEDICI

6. 천상의 음악

식탁이 호화롭게 차려졌다. 식사 시중을 드는 시종들이 식탁 옆에 서서 음식이 부족하지 않은지, 모든 게 적재적소에 준비되어 있는지를 세심하게 확인했다. 식기 담당과 컵 담당 시종, 음식을 운반하고 고기를 자르고 생선뼈를 발라주는 시종들이 분주히 움직이며 고기와 생선을 자르고, 잔에 포도주를 채우고, 파이와 푸딩을 크게 잘라 접시에 내려놓았다. 손님들의 미각을 즐겁게 해줄, 좋은 향을 사방에 퍼뜨리는 여러 종류의 맛있는 과일들도 식탁을 장식했다. 다양한 케이크와 속을 채운 파스타, 설탕에 조린 색색의 과일들도 빠지지 않았다. 특히 과일 조림은 로렌초가 어머니를 위해 피렌체 최고 제과 장인 몇 명에게 일부러 주문해서 만들었다.

이 파티는 매년 라르가가에 자리한 팔라초 메디치에서 로렌초가 개최하는 여러 파티들 중 하나로 피렌체 최고의 지성인들 몇몇과 유능한 상인들이 초대되었다. 뛰어난 지성인 중에는 당연히 마르실리오 피치노*가 포함되어 있었는데 그날도 언제나처럼 붉은 옷을 입고 있었다. 키는 그다지 크지 않았고 마르기는 했지만 튼튼한 체격이었다. 명석한 두뇌와 지식에 대한 사랑에 몸 바친 남자의 균형 감각이 그의 본성을 드러냈다. 그는 여러 공적이 있었으나 그것을 과시하지 않았다. 간단히 말해 최근 일은 아니지만, 서유럽을 위해 번역에 몰두한 적이 있었다. 번역한 책 중에는 헤르메스 트리스메기스투스**의 저서와 플라톤의 저서도 있었다.

반면 두 번째 그룹에서는 프란체스코 데 파치를 빼놓을 수 없었다. 파치 가문은 피렌체에서 가장 두각을 나타내는 가문으로 중단을 모르는 듯 거침없이 힘이 커지고 있었다. 프란체스코는 자신이 제일 좋아하는 색상인 검은색 벨벳 옷을 입었는데 지나칠 정도로 얼굴을 찌푸리며 어떤 도발에도 응수할 자세를 취했다. 도발이 없을 때도 마찬가지였다. 부유함에서 비롯된 거만함에 다혈질인 성격이 더해져 오만이 몸에 배어 있었다. 지나칠 정도로 불손하고 때로는 천박한 그 태도는 번개처럼 강렬하게, 더 정확하게 말하면 수천 마디 말보다 더 분명하게 피렌체 하늘로 몰려드는 폭풍우를 암시했다.

로렌초와 줄리아노는 물론 파치 가문 사람들을 두려워하지 않았다. 부유한 귀족 가문의 일원이며, 두말할 필요도 없이 똑똑하고 행운도 있는 파치가 사람들은 아무리 값비싼 옷으로 치장을 해도

* Marsilio Ficino, 1433~1499. 이탈리아의 철학자, 인문주의자. 르네상스시대의 대표적인 플라톤 연구자이다.

** 그리스어로 '세 배나 위대한 헤르메스'라는 뜻으로, 연금술의 창시자로 알려진 전설 속의 인물.

항상, 그리고 어쨌든 결코 무대 전면에 등장하지 않고 배경에만 머무는 인물들이었다.

프란체스코 데 파치는 충동적인 기질과 분노를 애써 억누르고 있었지만 집주인들에게 특별히 호감을 가지고 있지 않다는 것을 노골적으로 드러냈다. 잉크처럼 보일만큼 검은 눈동자로 매섭게 홀 곳곳을 노려보는데, 한 번 보는 것만으로도 로렌초와 줄리아노를 공격할 때 사용할 유용한 정보를 머릿속에 담아둘 수 있는 것처럼 굴었다.

그러니까 팔라초 메디치 홀은 귀족 신사와 귀부인들로 북적였다. 그들 각자가 상황에 따라서 자신의 권력 혹은 매력을 유감없이 보여주기에 바빴다. 그런데 갑자기 그들의 얼굴과 의상, 그리고 거기서 빛나던 빛이 순식간에 힘을 잃고, 형체조차 흩어져 버렸다. 로렌초의 귀에 음악이 들리던 바로 그 순간의 일이었다.

한없이 감미로운 음악이 로렌초의 귀를 사로잡았다.

꿀이 폭포수처럼 흐르는 듯한 음악이 그의 귀에 나지막이 와닿으며 그의 의지와 관심을 모두 빼앗아 넋을 잃게 만들었다. 부드럽게 넘쳐흐르는 선율에 깜짝 놀라 잠시 숨이 멎었다. 갑자기 낯선 차원의 세계에 떠돌고 있는 기분이었다. 그를 에워싼 세계, 그러니까 장식과 홀과 손님들 모두가 갑자기 다 지워져버린 것 같았다.

로렌초는 눈을 감고 가만히 음악을 들었다. 처음에는 이 놀라운 선율을 만든 사람이 누구인지 궁금하지 않았다. 아름다운 연주를 듣는 것은 평소에 자주 누리지 못한 기쁨이었기에 그는 음악에 귀를 기울였다. 그는 감정을 조절하기 위해 매우 자주 말과 목소리에 의존하곤 했지만 이번에는 바라던 대로 되지 않았다. 그건 마치 얼음덩어리를 가지고 형상을 빚으려고 애씀에도 결국 불확실한 윤곽과 삐죽삐죽한 모양만 남는 상황하고 비슷했다. 어쨌든 그런 모양을 보고 마음속에 어떤 감정을 지녔는지 짐작해볼 수 있긴 하다. 그런 이유로 그는 자신이 쓰는 소네트가 부자연스러워 보였고 일그러지고 거짓된 이미지를 보여주는 기분이 들었다. 진짜 그의 마음속에 키우고 있는 이미지와는 전혀 다르게 말이다. 언어로는 지금 이런 음악을 충분히 묘사하지 못할 게 분명했다.

수레국화 향이 났다. 로렌초에게 너무나 익숙한 은은한 향기였다. 눈물이 얼굴을 적셨다. 눈물의 힘이 그의 의지보다 훨씬 강했다. 그는 무슨 일이 일어나는지 이해하지 못했다. 하지만 그런 건 조금도 중요하지 않았다. 설명할 수 없이, 이해할 수 없이 그렇게 아름다웠다.

음이 올라갔다가 다시 내려갔다. 흡사 오르락내리락하며 감정을 한없이 높은 미지의 장소로 이끄는 그네 같았다. 격정적이던 선율이 곧이어 부드럽고 우아하게 이어졌다. 로렌초는 음악에서 흘러넘치는 거부할 수 없는 관능미를 느꼈다. 류트 연주자들이 어찌나 가볍게 현을 뜯던지 류트가 저 혼자 소리를 내는 듯했다.

음악이 서서히 잦아들다가 멎었다. 잠시 후 이번에는 우수에 젖은 구슬프고 우울한 음악이 시작되었다. 잔잔하면서 적절히 조절된 우수 어린 음 속에는 연주하는 이의 감정이 담겨 있었다. 로렌초는 그 순간에 이르러 연주자가 여자가 분명하다고 확신했다. 매혹적인 향의 달콤한 과일주를 맛보듯 순간순간 그 음악을 음미했고 발견의 기쁨을 맛보았다.

그러다가 눈을 떴다. 바로 그 순간 이미 직감했던 광경이 그의 눈앞에 펼쳐지는 듯했다. 그의 가슴이 일찍부터 느끼고 있던 뭔가를 시선이 따르기만 했을 뿐이니까. 그의 눈앞에 눈부시게 아름다운 루크레치아가 나타났다.

그녀는 왼쪽 팔에 비스듬히 기대어 배 위에 놓은 류트의 현을 고운 갈색의 가냘픈 손가락으로 가볍게 뜯었다. 그녀는 고개를 류트 쪽으로 살짝 기울였는데, 연주할 현에 주의를 기울이기 위해서이기도 했지만 그녀 역시 로렌초처럼 악기가 만들어내는 선율에 깊이 빠져 있었기 때문이기도 했다. 조화로운 선율에 몸을 맡긴 그녀의 피부는 뜨겁게 달아올라서 계피를 연상시키는 원래의 관능적인 미묘한 피부색에 진홍색이 뒤섞였다. 꿈꾸는 듯한 검은 눈에서 일순간 번개 같은 빛이 번득였다. 거울 같은 검은 눈동자를 금방이라도 산산조각낼 것 같은 빛이었다.

로렌초는 루크레치아가 연주를 하는 광경을 보리라고 상상도 하지 못했다. 아니, 좀 더 정확히 말하면 루크레치아가 류트를 연주하는 줄도 몰랐고, 그런 재능이 있다는 것도 알지 못했다. 로렌초에겐 홀 한가운데에서 불길같이 새빨간 벨벳 가무라를 입고 열정적으로 연주를 하는 아름다운 그녀의 모습 말고 다른 것은 눈에 보이지도 않았다. 반면 그의 어머니의 눈은 자신의 집에서 벌어지고 있는 이 무례하기 짝이 없는 광경으로 인해 분노와 불안으로 흔들렸다.

약속을 하고 맹세를 했지만 로렌초는 방금 마음을 뒤흔든 음악에 감탄하지 않을 수 없었고, 감정을 제어하기 힘들었다. 로렌초만

이 아니라 손님들 역시 음악이 끝나자마자 진심으로 우레 같은 박수갈채를 보냈다. 보석같이 반짝이는 루크레치아의 재능은 부인할 수 없었고, 또 당황스럽기도 했다. 결혼을 앞두고 있지만 로렌초는 앞으로 방금 들은 음악을 어떻게 해도 지울 수 없으리라.

처음에는 박수조차 칠 수 없었다. 박수가 방금 들은 음악을 모욕하는 기분이 들었다. 로렌초는 가만히 그녀를 뚫어지게 바라보았다. 아무 말 없이. 그 순간 자신의 마음과 그녀의 마음이 만나는 것을 직감했다. 그는 그녀와의 사이에 약속이 이루어졌다고 생각했다.

그 순간에는 어떤 말도 필요 없었다.

그는 여전히 그녀를 바라보고 서 있었다.

그러다가 갑자기 뭔가에 의해 그 조화가 깨지는 기분이 들었다. 보이지 않는 유리에 생긴 보이지 않는 틈이 시간이 흐를수록 넓어지고 깊어져서 결국 유리를 산산조각내고 말았다. 그녀에게서 눈을 돌리던 로렌초는 자신을 뚫어지게 바라보는 프란체스코 데 파치와 눈이 마주쳤다. 그제야 로렌초는 루크레치아를 얼마나 위험한 상황에 노출시켰는지를 알아차렸다. 로렌초는 그녀를 잃더라도 반드시 지켜줘야 한다고 스스로에게 일렀다. 하지만 솔직히 이미 너무 늦었을까봐 두려웠다.

1469년 6월

MEDICI

7. 클라리체 오르시니

하늘 높이 뜬 태양이 밝게 빛났다. 금빛 햇살이 팔라초와 성당의 전면을 장식한 밝은 대리석과 지붕들을 흠뻑 적셨다. 포장도로와 피렌체의 광장, 그리고 로렌초 기베르티의 천국의 문과 산타 마리아 델 피오레 대성당의 빨간 돔까지 햇살로 반짝였다.

클라리체는 기사 50여 명의 호위를 받으며 피렌체에 도착했다. 그녀는 전사처럼 말을 타고 도착했는데, 순수 로마 귀족 혈통이라는 사실을 강조하기 위해서만은 아니었다. 로렌초와 소문이 무성한 이 도시 출신의 여자, 루크레치아 도나티에게 도전하기 위해서였다. 소문대로 그 여자가 로렌초를 사로잡았다면 그 행운을 계속 누리도록 너그러이 봐줄 수는 없었다.

사람들이 수군거리는 소리가 조각상과 성상이 놓인 벽감들 사이로, 처마도리와 벽에 새겨진 글자들 사이로 슬금슬금 새어나갔고 클라리체의 도전이 어떤 결과를 가져올지 기다리듯 공중에서 사라지지 않았다.

줄리아노가 말을 타고 클라리체 옆에서 달렸다. 산타 마리아 델 피오레 대성당에서 출발해서 팔라초 메디치가 있는 라르가가까지 색색의 마차와 잘 차려진 잔칫상과, 메디치 가문의 문장, 그러니까 금빛 바탕에 빨간 공과 프랑스 왕가의 문장처럼 백합이 그려진 깃발들이 줄을 이었다. 온갖 색과 형태의 향연이었고 화려함과 힘을 증명하는 자리였다. 또한 로렌초가 할아버지인 코시모와 지금은 병들고 쇠약해진 피에로의 영광을 물려받으며 가문을 책임지게 되는 순간이기도 했다.

클라리체를 본 로렌초는 그녀가 매력적인 여인이라는 사실을 부인하기 어려웠다. 긴 적황색 머리에 짙은 초록색 눈은 우아하면서도 흔들림 없는 매력을 드러냈고, 입술은 파란 바닷물 속의 산호 같았다. 사냥의 여신 디아나처럼 어깨를 드러낸 얇은 드레스를 입었다.

로렌초는 어머니의 선택이 옳았다고 생각했다.

그러나 아름다운 몸매와 단호한 눈길의 그 여인은 차가워 보였고, 거리감이 느껴졌다. 로렌초가 보기에는 자신이 맡은 역할에 갇혀 있는 듯했다. 꼭 자신처럼. 그녀에게서 깊은, 그러면서도 피할 길 없는 슬픔이 느껴졌다. 지금의 모습으로 살아갈 수밖에 없는 현실이 어쩌면 그녀를 괴롭히고 있는지도 몰랐다. 이성과 본능, 관습과 자유 사이를 끊임없이 오가며 하루하루 내적으로 더욱 갈등하고 있는지도 몰랐다.

행렬이 팔라초 안뜰에 도착했다. 하인들이 클라리체가 말에서 내리는 것을 도와주려 달려나왔지만 클라리체는 가히 거만하다

할 만한 태도로 하인들이 도와주기도 전에 혼자 말에서 내렸다. 파티에 참석한 귀족과 손님들이 환영의 뜻으로 그녀의 양옆으로 모여들었다. 적지 않은 사람들이 그녀가 어떤 여인인지 확인하기 위해 호기심 어린 눈으로 바라보았다.

어떤 사람들은 루크레치아 도나티의 얼굴을 힐긋 보았다. 그녀는 갈색 피부를 한층 돋보이게 하는, 목이 깊이 파이고 소매에 보석이 아로새겨진 짙은 하늘색 가무라를 입고 있었다. 루크레치아는 격노한 눈빛을 감출 수 없었다. 그 자리에 있던 적지 않은 사람들이 자신들의 눈앞에서 두 여인이 비교되는 순간을 즐겼다.

로렌초의 어머니인 루크레치아 토르나부오니가 벌써 클라리체의 손을 잡고 아들 로렌초에게로 안내하자 로렌초는 클라리체 앞에 무릎을 꿇었다. 그러고 나서 눈앞에 선 그녀의 두 손을 잡았다.

"오래 기다렸습니다, 마돈나.* 마침내 제게 오셨군요. 긴 여행을 무사히 마치신 것을 두 눈으로 확인하니 안심이 됩니다. 특별한 매력을 지니셨으리라 예상했지만 그 예상을 훨씬 뛰어넘는 아름다운 분이셔서 기쁩니다. 당신을 잘 호위해온 제 동생에게 한층 감사한 마음입니다." 그러고는 줄리아노에게 고개를 살짝 숙였다. 그는 자신이 맡은 역할을 연기하는 기분이었다. 궁정 어릿광대가 그를 곤란한 상황에 몰아넣고 죽을 때까지 괴롭히려고 작정해서 쓴 짧은 독백을 암송하는 기분이었다. 그러다가 프란체스코 데 파치의 눈길이 떠오르자 갑자기 모든 회한이 순식간에 사라졌다. 그는 루

* 귀부인에 대한 존칭.

크레치아를 생각해야 했다. 그러나 그녀를 위험과 적들의 검은 음모에 노출시킨다면 그녀를 생각하는 게 무슨 도움이 된단 말인가?

그녀를 위험에 빠뜨릴 수는 없었다.

클라리체가 로렌초를 일으켜 그의 손을 잡았다.

"사랑하는 로렌초, 전 로마를 떠날 때 솔직히 아무것도 모르는 당신을 만나는 게 두려웠어요. 피렌체는 이번이 처음이지만 이 도시가 얼마나 형언할 수 없는 아름다움이 넘치는 곳인지를 알겠네요. 당신 어머님이 이번에도 옳았어요. 줄리아노는 자상했어요. 마침내 제 손으로 힘찬 당신 손을 잡게 돼서 행복해요. 제 앞에 있는 당신은 영향력이 있는 분이에요. 물론 매력적이고요. 우리 가문과 한 가족이 되어주어서 한없이 기쁘답니다."

로렌초가 그녀의 손에 입을 맞추었다. 그때 그의 아버지가 넓은 계단을 내려왔다. 걸음걸이는 불안했지만 결단력 있고 지혜로워 보이는 두 눈은 살아 있었다. 그는 보라색 더블릿에 윗부분이 불룩한 같은 색의 바지를 입었다. 지친 얼굴이었지만 독수리처럼 매서운 눈으로 뜰을 가득 메운 하객들을 재빨리 살폈다.

클라리체와 로렌초는 피에로가 계단을 다 내려올 때까지 기다렸다. 계단을 내려온 피에로가 며느리를 포옹했다. 다른 누구도 아닌 그가 자기도 모르게 씁쓸히 냉소를 지었다. 피에로는 특히 이 신부를 아껴야만 했다. 그녀가 가져온 지참금 6천 피오리노는 코시모가 황금을 가득 채워 넘겨줬지만 피에로 스스로의 나약함 때문에 텅 비어버린 메디치 가문의 금고를 단번에 채워줬으니 말이다.

그뿐만 아니라 이 결혼은 위험한 적들로부터 그를 보호해주었다. 그 무렵 적들이 공격을 망설이는 이유는, 교황 바오로 2세가 오래전부터 메디치 가문 편이라는 점 하나 때문이었다. 하지만 언제까지 교황의 비호에 의존할 수 있을까? 교황의 건강은 좋지 않았다. 메디치 가문의 적들이 이를 갈며 상황이 허락하기만 하면 메디치 사람들의 목을 겨냥할 칼을 준비하고 있다고 사방에서 수군거렸다.

두말할 필요도 없이 피렌체 대주교는 메디치가에 호의적이지 않았다. 어쨌든 쓴웃음을 지으며 상황을 견디고 있는 게 분명했다. 파치 가문과 피티 가문 역시 마찬가지였다. 이 가문들은 메디치 가문을 피렌체에서 몰아내기 위한 공격의 날만을 손꼽아 기다렸다.

하지만 지금, 이 오르시니 가문과의 새로운 동맹은 전열을 정비하고 피에로와 로렌초가 믿음을 가지고 미래를 바라볼 수 있게 해주었다. 루크레치아 토르나부오니는 로마 메디치 은행을 맡고 있으며 귀족과 친분이 두터운 동생의 도움으로 이런 걸작을 완성했다. 몇몇 손님들도 같은 생각을 하는 중이었다. 피에로는 이 세상에서 가장 소중한 여인을 포옹하듯 며느리를 안으며 미소를 숨기지 못했다. 그러면서 동시에 경고하듯 아들을 재빨리 쏘아보았다.

루크레치아 도나티는 현실을 받아들여야만 했다. 너무나 많은 일들이 이 결혼에 달려 있었다. 로렌초는 아버지 눈동자에 스치는 그늘을 놓치지 않았고 그 의미를 이해했다. 로렌초의 눈길이 자연스레 루크레치아에게로 향했다. 그녀의 두 눈은 비통함과 분노로 활활 타올랐다. 또 다시 그녀의 눈동자에 잠시 빠져들었지만 그녀를 보지 않은 척했다. 로렌초는 곧 후회했다. 그녀가 했던 말들이 떠올랐기 때문이다. 그러니까 이렇게 쉽게 마음을 바꿀 수 있었단 말인가? 순식간에 국가의 이익에 굴복할 수 있단 말인가?

아니, 전혀 그렇지 않았다!

그가 다시 그녀를 보았지만 이제 그녀가 로렌초의 시선을 피했다. 로렌초는 그걸로 됐다고 생각했다. 그녀를 비난할 수 없었다. 정말 중요한 것은 그녀가 표적이 되지 않게 하는 것이다. 어느 날엔가 그녀도 이를 이해할 것이다. 그 역시 그 사실을 항상 기억해야 했다.

로렌초는 다시 클라리체를 바라보며 그녀의 손을 잡았다. 그리고 부모를 따라 정원으로 향했다. 하객들도 뒤를 따랐다. 초록으로 물든 뜰 주변의 로지아*에는 고급스러운 다양한 음식과 맛 좋은 포도주가 곁들여진 화려한 식탁이 준비되어 있었다.

라우라가 거울을 보았다. 가차 없이 흐르는 세월은 그녀에게도 흔적을 남겼다. 여전히 아름다웠지만 피부는 탄력을 잃었고 부드럽지도 않았으며 풍성했던 검은 머리는 희끗희끗했다. 그러나 복수에 대한 갈망은 예전과 다름이 없었다. 아니, 깊어질 수 있는 대로 깊어졌다. 이 때문에 그녀는 메디치 가문을 증오하며 아들을 키웠다.

자신을 사랑해주었던 유일한 남자, 라인하르트 슈바르츠를 한 번도 잊어본 적이 없었다. 메디치 가문은 그마저도 빼앗아갔고 죽

* 개랑開廊, 한쪽에만 벽이 있는 복도.

였다. 그자들을 결코 용서하지 않을 작정이었다. 그녀는 지체가 낮은 귀족을 알게 되어 그의 첩이 되었다. 그리고 아들 루도비코를 낳았다. 지금 그 아들이 그녀 앞에 앉았다.

루도비코는 이곳저곳을 돌아다니다가 피렌체에서 가장 힘 있는 가문과 그 도시의 우두머리 로렌초를 공격할 치명적인 음모를 위한 순례에서 이제 막 돌아온 참이었다. 사람을 사귀고 동맹을 맺기 위한 여행이었다.

라우라는 수년간 필리포 마리아 비스콘티의 총애를 이용해서 귀족 작위와 영지를 얻어내는 데 성공했다. 그녀는 노르치아 귀부인이 되어 노르치아 지역의 여주인으로 그 땅에서 살았다.

"얘야." 라우라가 루도비코를 보며 말했다. "그래, 지롤라모 리아리오라는 자는 어떤 것 같더냐?"

"어머니, 그자는 우리보다 더 메디치 가문을 증오하는 게 분명합니다. 그가 마음속에 품은 감정은 질투와 개인적인 성공을 갈망하는 야심 속에 깊이 뿌리박혀 있더군요. 특별히 영리한 사람 같지는 않았어요. 저는 그자를 배제하려고 해요. 이따금 조잡하고 유치한 해결책을 내놓을 때가 있거든요. 아, 물론 조언을 듣고 동맹을 맺을 준비는 되어 있더라고요."

"그럴 줄 알았다. 아들아, 그래도 지롤라모는 영향력이 있는 남자야. 그리고 무엇보다 많은 사람이 다음 교황으로 생각하는 추기경의 조카이고. 그러니 너는 지롤라모의 시종이 되어야 한다. 그렇게 되면 너는 조만간 메디치 가문의 최대 적수가 될 남자를 수행하게 될 테니까. 그에게 적절한 충고를 해줄 수 있으면 네게 감사하는 마음을 가질 테고 그러면 세상에서 네게 적합한 자리를 얻게 될 거다. 게다가 네겐 다른 선택의 여지가 없어. 솔직히 지체 낮은 귀족의 아들은 평민의 아들이나 별 차이가 없단다. 내 말을 믿으렴. 그러니까 어떤 의미에서 보면 권력의 빛을 먼발치에서 바라볼 수는 있지만 손에 넣을 수는 없는 위치라는 거야. 하지만 지롤라모의 비호 아래에 있으면 넌 신분의 장벽을 뛰어넘을 수 있고 계급 피라미드의 꼭대기에 올라갈 수 있게 된다. 난 확신해. 난 아주 오래전 너는 상상조차 하지 못할 정도로 가난하게 살았고 핍박을 받았다. 그보다 더 끔찍한 일은 없어. 난 내 아들이 그런 경험을 하지 않길 바란다."

"어머니, 어머니는 제 빛이고 어두운 밤을 비추는 등불이세요. 어머니의 사랑으로 위로를 받고 그 힘으로 저를 지탱하고 있어요. 전 어머니의 충고라면 한 치의 망설임도 없이 따를 거예요. 어머니도 아시다시피 몇 달 전 지롤라모가 제게 피렌체 대주교, 조반니 데 디오티살비 네로니의 의견을 물어보라고 부탁을 했습니다. 그러니까 메디치 가문과 싸울 준비가 된 사람이 있다면 바로 대주교인 거지요."

라우라는 깜짝 놀랐고 그 만남의 결과를 서둘러 자세히 알고 싶어 했다.

"그래서?"

"생각처럼 쉽지는 않아요. 네로니 가문과 피티 가문이 온힘을 다해 메디치 가문을 끝장내려고 하다 실패한 뒤로 이제 파치가가 그 일에 전념하는 것 같아요. 물론 프란체스코가 제일 눈에 띄는 대표적 인물이죠. 성질이 불같고 쉽게 분노하는 사람이에요. 프란체스코는 음모를 주도하고 성공시킬 자질을 모두 갖추고 있지요. 그렇지만 아직은 시기상조예요. 우선 대주교 말에 따르면, 소데리니와 네로니가 피에로 데 메디치를 제거하기 위해 음모를 꾸몄다는 의심이 제기되었고, 아직 그 의심이 사라지지 않는 모양이에요. 그래서 그 악마의 가문은 눈을 크게 뜨고 종이 바스락거리는 소리만 나도 귀를 쫑긋 세운답니다. 또 파치 가문이 아직은 그리 강력하지 않아서 피렌체 귀족들이 크게 염려하지 않는다고 해요."

"그렇지만 애석하구나. 지금처럼 메디치 가문이 허약한 때가 없었으니 말이야. 피에로는 통풍으로 산송장이나 다름없고 로렌초는 욕망에 불타는 어린 청년에 불과한데. 지금이 아마 가장 적합한 때일 거야."

"저는 피렌체 대주교의 확고한 생각만을 어머니에게 전하는 거예요. 사실 메디치 가문 사람들은 어려운 상황이어서, 요새 같은 자신들의 팔라초에서 꼼짝도 하지 않는다더군요. 로렌초가 이동을 할 때는 호위대가 철통같이 호위를 하고요. 조심을 하는 거죠. 로렌초의 어머니인 루크레치아 토르나부오니는 클라리체 오르시니와 로렌초의 결혼으로 오르시니 가문과 결속을 다졌어요."

"사악한 독사 같으니라고!" 이렇게 말할 때, 여전히 아름다운 라우라의 얼굴이 일순 분노로 이글거렸다.

"전 어머니를 사랑해요. 다른 어떤 여자도 이렇게 사랑하지 못할 거예요. 어머니는 눈부셔요." 루도비코가 말했다. 분노한 어머니의 모습을 보자 아들이 어머니에게 갖는 감정이라 하기에는 부적절한 뜨거운 열정이 마음속에서 불타오르는 듯했다.

"바보 같은 소리. 예전의 나를 봤어야 하는데." 그녀가 씁쓸하게 시인했다. "리날도 델리 알비치 밑에서 일했을 때나 얼마 뒤 밀라노 공작 필리포 마리아 비스콘티의 카드점을 쳐주던 때 말이다. 그때는 정말 아름다웠어."

"어머니는 여전히 누구도 따라올 수 없을 만큼 특별하고 저항할 수 없게 매력적이세요." 루도비코가 우겼다. 이런 말을 할 때 그의 눈은 감탄의 빛으로 다시 반짝였다. 그러한 감탄 속에서 불순하고 성적인 뭔가가 드러났다. 루도비코는 어머니를 열렬히 사랑했고 어머니에게 완전히 종속되어 있었다. 어머니의 무엇인가가 그의 감각을 뒤흔들었고, 어머니를 보호하고 지켜주고, 필요하면 복수까지 해주겠다는 의지를 다지게 했다. 그는 끝없이 어머니에게 헌신했다.

라우라는 그것을 알았다. 그리고 아들의 헌신 앞에서 관능적인 애정을 표현하지 않을 수 없었다. 그녀가 아들의 뺨을 쓰다듬었다. 그런 다음 아들의 손을 잡아 입술에 대고 입을 맞췄다. 어머니로서의 키스라기에는 다소 어울리지 않았다.

"넌 나의 영웅이다, 루도비코. 절대 나를 실망시키지 마라. 맹세하렴!"

"어머니, 어머니를 위해서라면 무슨 일이든 할 거예요. 제게 명령만 내려주세요. 제가 해야 할 일이라면 어떤 일이라도요."

"그럼 엄마에게 키스하렴."

루도비코가 그녀에게 다가갔다.

그녀의 붉은 입술에 자신의 입술을 댔다. 곧 라우라의 혀가 격정적으로 그의 입속으로 불쑥 들어가 그의 혀와 하나가 되었다. 루도비코는 어머니의 손톱이 가슴에 와닿는 것을 느꼈다. 부드러운 혀가 그의 젖꼭지에 닿더니 점점 더 아래로 향했다. 아플 정도로 성기가 단단해졌다.

"이제 날 가져라." 라우라가 아들의 귀에 대고 속삭였다. "내게 들어오렴. 널 갖고 싶구나."

8. 루크레치아의 초상화

루크레치아는 얼마 전부터 로렌초가 자신을 잊어버린 듯한 느낌을 받았다. 예상했던 일이고 그녀 자신이 예언한 대로이기는 하지만 그렇지 않겠다고 다짐했던 애인은 클라리체가 도착한 뒤로 연락이 뜸해졌다. 이러리라고는 상상하지 못했다. 그래서 로렌초가 레오나르도에게 그녀의 초상화를 그려달라고 주문했을 때 루크레치아는 그런 관심을 기꺼이 받아들였다. 그녀는 로렌초가 이 젊은 화가에게 얼마나 호의적인지 잘 알았다.

약속한 날이 되었다. 레오나르도가 그녀의 집으로 왔다. 레오나르도는 특별한 아름다움을 지닌 청년이었다. 똑똑해 보이는 두 눈이 형형하게 살아 있었다. 긴 금발 머리와 살짝 난 턱수염이 우아하면서도 섬세하고 여성적인 이목구비의 얼굴을 감쌌다. 아니, 좀 더 정확히 말하면 천사처럼 우아하고 아름다웠다.

말투는 매력적이었다. 루크레치아는 그의 눈에 매료되지 않을 수가 없었다. 두 눈은 대화를 나누는 상대에게 조용히 마법의 힘을 발휘하는 것 같았다. 설득력 있는 목소리와 결합된 그 눈으로 인해 그녀는 무한한 공간 속의 줄에 매달린 기분이었다.

"파란색 옷을 입도록 해요." 레오나르도가 그 색을 좋아한다는 것을 아는 로렌초가 말했다. 파란색은 루크레치아의 뜨거우면서도 야성적인 면과 대비되어 그녀의 매력을 강조하는 색이기도 했다. 그녀가 하늘색 가무라를 입고 나타나자 레오나르도의 두 눈이 반짝였다.

눈부시게 맑은 날이었다. 레오나르도가 그녀에게 집에서 가장 큰 응접실의 넓은 창문 옆으로 가줄 수 있냐고 물었다. 그들이 있는 곳은 보통 크기의 공간이었다. 루크레치아는 하급 귀족의 딸이어서 그녀의 집은 피렌체의 권세 있는 귀족들의 넓은 집과 비교할 수조차 없었지만 응접실은 격조 높게 장식되어 있었다. 무엇보다 중요한 것은 큰 창문들이 여러 개여서 빛이 환하게 넘쳐흐른다는 점이었다.

레오나르도는 시간을 낭비하지 않고 그림 그리는 데 필요한 준비를 한 뒤 곧 초상화를 그리기 시작했다. 루크레치아는 레오나르도가 어떤 식으로 자신을 그릴지 알지 못했지만 대충 보아도 레오나르도의 의도를 쉽게 알아차릴 수 있었다. 빛에 에워싸인 그녀의 모습을 포착하려는 것이었다. 태양이 흑단같이 검은 그녀의 머리에 햇빛 왕관을 씌워주는 것 같았다.

이미 조금 전부터 레오나르도의 말수가 줄었다. 곧 전혀 입을 열지 않았다. 루크레치아는 그가 말한 대로 시선을 유지하려 애썼다. 위엄 있고 눈부신 미를 구체적으로 보여주려 하면서 얼굴을 들고 거의 대담해 보이는 표정을 지었다. 레오나르도에게 정확한 포즈를 취했다는 확인을 받기 위해서였다. 루크레치아는 입가에 번지는 미소를 참을 수 없었다. 그녀는 자신의 매력에 만족하며 칭찬을 즐기는 여자가 아니었지만 어떤 여자가 레오나르도같이 이미 성공가도를 달리는 젊은 화가의 칭찬에 기뻐하지 않을 수 있겠는가? 그런데 레오나르도의 말은 칭찬과는 전혀 상관없었다. 말 자체로 가치가 있었다. 그의 말은 판결문처럼 무미건조했고 본질적인 내용뿐이었다.

레오나르도는 뛰어나지만 뭐라 정의하기 힘든 젊은이였다. 어떤 범주에도 속하지 않았는데 어떤 의미에서는 공기나 하늘에 속한 것 같기도 했다. 그는 인생을 관찰할 수 있어서 행복했다. 그가 보기에 개인적인 성공에 대한 갈망은 패러디나 조악한 희극 따위와 마찬가지였다. 그것은 결코 인간의 광기에 굴복되지 않고 관조되어 마땅한 완벽한 실재를 오염시키기만 할 뿐이었다. 하지만 바로 이런 이유로, 다른 사람들에게는 금지된 듯이 보이는 일을 그가 해내는지도 몰랐다. 로렌초는 건축과 공학에서 레오나르도가 거둔 성공과 그가 최초로 나는 기계(그런데 인간이 나는 게 가능할까?)나 방어용 도구를 제작할 때 사용한 특별한 해법들을 여러 차례 칭찬했다.

레오나르도가 주의 깊게 루크레치아를 보았다. 정말 보기 드물게 아름다운 여인이었다. 하지만 그가 깊은 인상을 받은 이유는 비단 이 때문만은 아니었다. 그는 루크레치아에게서 자유분방한 정신, 귀족 작위나 혈통에서 기인한 게 아니라 내면의 대담하고 야성적인 천성에서 나올 법한 품위를 읽어냈다. 바로 그런 이유로, 또 가볍고 소박한 가무라의 파란색을 이용해서 그는 전혀 다른 두 가지 요소를 대비시키고 충돌시켜 볼 생각이었다. 공간에 넓게 퍼지는 빛을 통해 이성과 감정이라는 대립하는 두 요소를 조화롭게 표현할 수 있을 것이다. 레오나르도는 이런 생각을 하며 미소를 지었다. 화폭에 나타나는 이미지를 보자 흡족했다.

그는 초록색과 파란색으로 작업하는 것을 좋아했지만 검은 색조나 뜨거우면서 매력적인 음영을 만들어내는 홍조를 띤 살구색도 아주 좋아했다. 불과 얼음, 빛과 어둠, 이 이원성을 강조할 것이며 어중간하게 표현하지는 않으려 했다. 여인의 정신을 포착해서 되도록 진실하게 화폭에 옮기기 위해 붓이 움직였다. 그녀에게 특별한 뭔가가, 순종이나 인습과는 전혀 상관없는 특별한 분노가 있었기 때문에 그렇게 하고 싶었다. 그 자신 역시 둘 다를 별로 신뢰하지 않는 사람이었다.

그제야 레오나르도는 자신과 루크레치아의 만남을 고집한 로렌초가 얼마나 예리하고 영리한 사람인지를 깨달았다. 레오나르도는 너무나 아름답고 당당한 그녀를 계속 바라보며, 로렌초의 깊은 통찰력에 감탄을 금치 못했다. 무엇보다 로렌초는 사람의 마음을 읽을 줄 아는 듯했다.

레오나르도는 자신이 로렌초를 과소평가했다고 생각했다. 앞으로 그를 더욱 신뢰할 것 같은 예감이 들었다. 레오나르도가 그를 존중하지 않은 것은 아니었다. 뿐만 아니라 사실 레오나르도는 그에게 많은 빚을 졌다. 지금 그에게 들어오는 의뢰와 그가 모은 재산은 모두 로렌초의 관대함과 지혜가 만들어낸 결과였으니까. 레오나르도는 자신이 스스로를 과신하기 때문에 오히려 약하다는 사실을 다시 한 번 더 깨달았다.

레오나르도는 애써 거만하게 행동하지 않으려 했지만 자신이 평범한 사람이 아님을 잘 알았다. 그러나 자신에 대한 믿음이 가끔 지나칠 때가 있어서 자신과 관련이 있는 사람들이 모두 정치적인 평가에만 신경 쓴다고 생각해버리는 경향이 있었다. 로렌초는 분명 유능한 남자였다. 그러나 그의 행운은 아주 멀리서, 특히 인간 마음의 본질을 깊이 있게 포착하는 능력에서 비롯되었다. 레오나르도는 그런 점 때문에 즐거웠지만 루크레치아의 초상화가 서서히 모습을 드러내면서 이상한 불안감이 고개를 드는 것을 막을 수 없었다.

그런 재능을 가진 남자가 이르게 될 곳은 어디일까?

1469년 12월

MEDICI

9. 메디치가의 유산

겨울이 다가왔다. 가을은 아예 모습을 보이지 않기로 작정했는지 살을 엘 듯 날이 추웠다. 자연마저도 온화한 계절을 건너뛰어버리면서 아버지를 잃은 로렌초의 깊은 슬픔을 함께 나누는 것 같았다.

팔라초 메디치는 텅 비고 추웠다. 수장의 죽음과 함께 모든 게 힘을 잃어버린 모습이었다. 그림의 색깔들은 예전처럼 선명하지 않았고 불빛은 힘을 잃었으며 정원은 황량하고 쓸쓸했다. 때맞춰 내리기 시작한 눈이 모두의 마음을 차디찬 눈의 장막으로 뒤덮어버렸다.

로렌초는 벽난로 앞에 앉아 있었다. 장작이 타고 있었지만 홀은 추웠다. 며칠 전부터 그는 아무것도 먹을 수가 없었다. 고통으로 온 가족이 절망에 빠져서 각자 자신들만의 방식으로 아픔을 견뎌내고 있었다. 어머니인 루크레치아는 방에서 꼼짝도 하지 않았고 벌써 사흘 넘게 방 밖으로 나오지 않았다. 그래서 로렌초는 어머니가 이성을 잃은 행동을 할까봐 하인들에게 자주 들여다보라고 일렀다. 줄리아노는 독서에, 클라리체는 기도에 빠졌다. 할머니 콘테시나는 카레지 별장으로 돌아가서 죽은 아들을 생각하며 오랜 시간 산책을 하곤 했다.

고통이 그들을 갈라놓았다. 그들은 각자 피에로 없이 자신들의 조각난 삶을 다시 이어보려 애썼다. 그의 아버지는 무엇으로도 채우기 힘든 공허감을 남겨놓고 떠났다. 피에로는 선량하고 똑똑하고 학식이 높고 예술을 사랑해서 예술가들을 재정적으로 지원하는 일도 소홀히 하지 않았다. 때문에 모두의 사랑을 받았다. 그가 통치하던 시기에 모두가 그의 편은 아니었지만 어쨌든 메디치 가문이 피렌체에서 주도권을 유지할 수 있었다. 그러나 이제 권력에 공백이 생기면서 로렌초가 그 책임을 맡게 되었다.

그는 이런 날이 오리라는 걸 예상했지만 그 전까지는 통치자로 대접받을 뿐 진짜 피렌체의 통치자는 아니었다. 그런 대접은 약속이자 예고이자 실제적인 문제에서가 아니라 순전히 이론적인 차원으로만 존재하는 무엇이었다. 하지만 이제 그런 사실을 인식해야 할 의무가 생겼다. 뿐만 아니라 당황스럽기는 해도 지금 형성되어 가는 기대감에 부응해서 일관되게 행동할 필요성을 느꼈다.

지금 그 앞에 준비된 임무를 그가 수행할 수 있을까? 너그러운 마음으로 자상하게 많은 가르침을 주던 아버지의 지도 없이 잘 해나갈 수 있을까? 로렌초는 아버지가 정말 특별하고 다시 만나기 어려운 훌륭한 본보기를 보여주었다고 생각했다. 지금 그가 가진 모든 게 다 아버지 덕이었다. 물론 아버지와 어머니 모두의 덕이었다. 하지만 이제 피에로는 이 세상에 없었다. 단호하지만 활기차고 열정에 넘치는 아버지의 목소리를 들을 수 없다는 사실만으로도 그는 무너져내렸다.

로렌초는 활활 타오르는 벽난로의 불, 홀을 따뜻하게 덥히지 못하는 핏빛 불꽃을 바라보았다. 그도 혹시 저렇지 않을까? 지도자가 되기에 부적절한 게 아닐까? 무엇보다 이게 정말 자신과 자신의 미래를 위해 하고 싶은 일일까? 피렌체의 통치자가 되어 그 밖에 모든 일을 포기하는 게? 로렌초는 자신이 루크레치아 도나티를 너무나 사랑하며 그녀와의 도주를 진심으로 갈망하고 있다는 것을 잘 알았다. 아버지에 대한 기억과 그의 집안 전체가 불명예스러워지는 걸 감수하고라도 말이다. 그러나 이는 그저 이성을 잃은 생각에 불과했고 그가 빠져들곤 하는 어리석은 유희였다. 적어도 머릿속으로나마 아직 자유로운 남자라는 착각에 빠지고 싶었으니까.

그런데 루크레치아를 보호하겠다고 다시 맹세하지 않았던가? 그러기 위해 그녀가 그리워서 하루하루 자신이 망가지더라도 다시는 그녀를 만나지 않겠다고 스스로에게 다짐하지 않았나? 그때 하인이 손님들의 방문을 알렸다. 로렌초에게 남아 있던 마지막 꿈의 조각마저 완전히 산산조각 나버렸다.

잠시 후 하인의 안내를 받아 젠틸레 데 베키와 안토니오 디 푸치오 푸치가 들어왔다. 둘 다 피에로의 형제 같은 친구였고 메디치 가문의 변함없는 용감한 동맹자였다. 베키는 로렌초의 가정교사여서 어려운 선택을 할 때 늘 그와 함께했다. 안토니오는 로렌초의 할아버지 코시모가 동생 로렌초와 함께 피렌체에서 추방당해 처음에는 파도바로, 그후 베네치아에서 머물 때 코시모 곁에 있었던 푸치오 푸치의 아들이었다.

베키는 평상시처럼 우아한 차림이었다. 붉은기가 도는 갈색 더블릿에 같은 색의 망토를 두르고 다이아몬드가 박힌 아름다운 핀으로 망토를 여몄다. 머리에는 초록 벨벳 모자를 썼다. 짙은 회색 옷을 입은 안토니오의 차림은 훨씬 단순하고 소박했다. 베키는 로렌초가 얼마나 고통스러워하는지 잘 알았다. 그래도 자신의 임무를 저버릴 생각은 없었다.

"사랑하는 로렌초." 그가 말했다. "요즈음 얼마나 상실감이 클지 잘 알고 있고, 자네 마음도 어떤 상태인지 이해하네. 슬프고 비통해 보이는군."

"제 마음이 어떨지 짐작도 하시지 못할 겁니다." 로렌초 메디치가 말했다.

"그래도," 젠틸레 데 베키가 대답했다. "지금 같은 시기에 피렌체에 자네가 얼마나 필요한지를 모르는 사람은 없을 거야. 아니, 나는 자네와 선친, 그 이전에는 조부의 동맹자들이었던 피렌체 유력자들의 염원을 전하려고 하네. 자네가 맡아야 할 것, 그러니까 메디치 가문 지지자들의 지도자가 되고 피렌체를 통치하는 일 이상도 이하도 아닌 일을 맡아달라는 거라네."

젠틸레 데 베키가 말을 돌리지 않고 요점으로 바로 들어갔다.

"그렇습니다, 군주님. 피렌체 사람들은 모두 바로 그걸 기다리고 있습니다." 푸치가 같은 말을 했다. "시기상조인 것 같기도 하고 무례해 보일 수도 있지만 오늘 저희가 이곳에 온 이유는 선친과 조부의 영광을 물려받으시라고 부탁하기 위해서입니다. 군주님이 원하시든 아니든 군주님은 피렌체 그 자체시니까요."

로렌초는 아무 말도 하지 않았다. 두 손을 모은 채 벽난로를 뚫어지게 보았다. 이렇게 때가 된 것이다. 모두가 자신의 개인적인 것을 죄다 한쪽으로 밀어두고 도시와 권력과 정치에 몸을 바치라고 요구하고 있다.

그는 솔직히 이날을 예상하고 있었다. 그의 어머니가 클라리체와의 결혼식 전날 분명하게 예고를 했고, 어떤 의미에서 보면 그는 그 임무를 위해 교육받고 성장해왔다. 이미 몇 년 전 그에게 맡겨진 일종의 사명과도 같았다. 그러한 사실을 인지한다고 해서 그 사명이 덜 힘들고 덜 어려워지지는 않았다. 물론 자유를 모두 포기하며 그것을 받아들이고 싶은 생각은 없었다. 그 길로 들어선 순간 다시는 되돌아오지 못한다는 것을 잘 알았으니까. 그를 영원히 다른 사람으로 만들 길이었다.

그런 독배를 들 의향이 자신에게 있을까? 전혀 확신이 없었다. 그는 자신의 이런 망설임을 최대한 있는 그대로 표현해보려 했다.

"두 분께서," 그가 입을 열었다. "인도하고 통치해야 한다고 말씀하시며, 저를 군주라 칭하셨습니다. 저는 거울에 비친 제 모습에서 아버님의 얼굴을 찾아보았습니다. 오히려 두 분께서 바로 그와 같은 임무에 더 적합하신 것 아닙니까? 공공의 문제에 대해, 스무 살밖에 되지 않은 저보다 훨씬 경험이 많고 더 지혜로우시잖아요? 물론 두 분이 여기까지 오신 이유를 너무나 잘 압니다. 그렇지만 제가 반대하는 이유 역시 의미가 있다고 생각하지 않으세요? 제발 신중히 생각해주십시오."

젠틸레 데 베키가 자애로운 눈으로 그를 보았다.

"로렌초, 우리는 자네를 너무나 잘 이해한다네. 타당한 말이고 사려 깊은 말이라는 것도. 하지만 어쩌겠나? 자네 부친은 돌아가셨어. 그래서 자네에게 메디치가 지지자들을 이끌어달라고 부탁하러 이곳에 온 것일세. 이와 같은 순간에 이런 제안을 받을 정도로 그 이름에 걸맞은 어떤 남자가 어찌 냉소적이고 타인의 운명에 무관심할 수 있겠나? 우리는 자네가 뭘 염려하는지 잘 알고 있네. 그렇지만 우리는 지금이 중요한 시기라는 걸 기억해야만 하네. 도시에서 권세를 누리는 가문들이 계속 갈등하며 충돌하고 있어. 피티, 스트로치, 파치, 바르디, 카포니, 그리고 귀디 가문 등, 몇몇 가문만 거론해도 이 정도라네! 그런데 이 여러 가문이 그렇게 적대시하며 경쟁하는데도 오래전부터 이 가문들 중 특히 한 가문이 두각을 나타내었다네. 훌륭한 통치와 뛰어난 기술로 다시는 사라지지 않을 균형을 이루어냈기 때문이지. 바로 메디치 가문이야. 이미 30년 이상이 흘렀는데 그들이, 아니 오로지 그들만이 불가능한 일을 가능하게 만들었어. 물론 그와 같은 일에 예외적인 상황이나 어려운 순간이 없었다고 말하려는 건 절대 아니네. 그렇기는 하지만 자네 가문만이 피렌체에 질서를 가져올 수 있어. 우리가 자네에게 청하는 길로 걸음을 떼어놓기 어렵기는 하겠으나 피렌체에는 그런 청을 할 만한 사람이 자네 말고는 아무도 없다네."

로렌초가 한숨을 쉬었다. "젠틸레 스승님 말씀이 너무 훌륭하십니다. 스승님이 훌륭한 연설가라는 건 잘 알고 있었지만 지금 말씀은 매력적이면서 설득력이 있습니다. 그래도 너무 빠른 게 아닌지, 조금 더 기다릴 수는 없을지 자문하게 됩니다."

베키가 다시 다정하게 그를 보았다. 그의 인내심과 로렌초에 대한 신뢰에는 흔들림이 없었다. 바로 이 때문에 그는 포기하지 않았다. 그의 선량한 눈에서 굽힐 줄 모르는 고집이 엿보였다.

"절대 그래서는 안 되네." 그가 반박했다. "그런 기회를 이용해서 적들이 담합을 하게 해서는 안 돼. 그럴 바에는 차라리 앞으로 모든 야망을 버리는 게 더 나을 거야. 있을 수 없는 일일세, 로렌초. 오히려 지금이 바로 우리가 강력하다는 걸 증명할 시기라네. 자네의 적은 우리의 적일세. 그자들은 피에로가 세상을 떠났다고 해서 메디치 가문이 끝난 게 아니고 그 주도권도 잃지 않으리라는 걸 분명히 알고 있을 거야. 그러나 그 주도권을 유지하려면 자네가 일주일이나 한 달 혹은 일 년 뒤가 아니라 지금 당장 이 임무를 받아들여야 하네. 날이 갈수록 망설임과 우유부단은 한 마디로 말해 허약함으로 받아들여질 테니까. 훌륭한 정치적 유산을 남겨주시기는 했지만 지금 상황은 자네 조부이신 코시모의 시대처럼 호의적이지 않다는 말을 자네에게 하지 않을 수가 없군."

로렌초가 생각에 잠겼다. 그는 이미 정해진 자신의 운명을 피할 수 없다는 걸 알았다. 반대의 운명을 상상해보기는 했지만 선택의 여지가 없었다. 그가 일어서서 홀 안을 성큼성큼 걸었다. 촛불에서 흘러나온 불빛이 넓은 공간을 환히 비추었다. 홀은 아름다운 벨벳 소파와 파올로 우첼로*의 걸작인 〈산 로마노 전투〉 연작, 우아한 조각이 새겨진 세련된 고급 나무 탁자들로 품위 있게 장식되어 있었다. 특히 로렌초는 파올로 우첼로의 그림들을 늘 가까이 했고, 자신의 거처로 옮기려고 생각 중이었다.

촛불에 은식기들이 반짝였다. 불빛은 라르가가 쪽으로 난 커다란 창문에 반사되었다. 젠틸레 데 베키와 안토니오 푸치는 인내심과 신뢰로, 간절한 마음으로 그의 승낙을 기다렸다. 로렌초도 그런 두 사람의 태도에 깊은 인상을 받았다. 이런 행동을 하는 두 사람의 진심이 어떠한 것인지 확인하자 이상한 기분이 들었다. 물론 불쾌한 감정은 전혀 아니었다. 바로 이 순간에 이르러서야 권력의 기분 좋은 유혹을 선명하게 느꼈다. 자신이 결단을 내리는 데에 꼬박 하루가 걸릴지도 모르지만 베키와 푸치는 그 시간 내내 꼼짝 않고 자신의 대답을 기다리리라는 것을 알았다.

로렌초는 그런 저열한 생각을 한 자신이 부끄러웠다. 하지만 내면에 권력과 돈을 기본으로 하는 정치적 타협과 규칙을 기꺼이 받아들일 어떤 성질이 있기라도 하듯, 그런 생각에 완전히 관심이 없지는 않았다.

로렌초는 마침내 두 사람에게 다시 눈을 돌렸다.

"좋습니다." 그가 말했다. "두 분이 원하는 사람이 되겠습니다. 하지만 앞으로 이 점은 잊지 말아주십시오. 제가 여러분의 지도자가 된다 해도 아버지와 할아버지처럼 하지는 않을 겁니다. 지도자가 되겠지만 그건 제 방식대로입니다. 선택을 하십시오."

* Paolo Uccello, 1397~1475. 15세기 피렌체의 화가. 메디치 가문의 의뢰를 받아 피렌체와 시에나 사이 벌어진 산 로마노 전투 연작을 그렸다.

이번에는 푸치가 먼저 입을 열었다.

"우리가 듣고 싶었던 말이 바로 그겁니다." 그가 강조했다.

"그럴 수도 있겠지요, 안토니오." 로렌초가 말했다. "그런데 분명히 말하지만 어쩌면 언젠가 두 분이 후회하실 수도 있습니다."

이 말을 하면서 로렌초는 왠지 제 무덤을 판 기분이었다.

1470년 4월

MEDICI

10. 권력의 문제

로렌초는 사형은 죄를 지은 사람을 벌주는 게 목적이 아니라던 아버지와 할아버지의 말을 기억했다. 형벌을 내리는 데에는 두 가지 목적이 있다. 우선 형벌에는 거부당할 수도 있는 불안정한 권력을 합법화하기 위한 싹이 담겨 있다. 다른 하나는 혹시라도 감형이 있을 경우 사회적으로 좋은 평가를 얻게 된다는 것이다. 권력은 주의깊게, 어느 하나 지나치지 않게 사용해야만 하는 그런 도구들이 적절히 균형을 이룰 때 유지되었다.

형벌이나 사면을 행할 때를 적절히 구별하는 게 진정한 정치적 재능이었다. 진정한 권력을 지닌 남자는 주저하면 안 된다. 망설이다가는 손쉽게 반란과 음모의 대상이 될 수 있었다. 피에로는 그러한 교훈을 뼈저리게 얻었고, 로렌초에게 가르쳤다. 시작도 하기 전에 도시에 대한 통치권을 잃지 않으려면 예외를 허용하지 않아야 했다.

그러니까 베르나르도 나르디는 사면을 받을 가치가 전혀 없었다. 어떤 식으로도. 불과 며칠 전 그는 무장한 사람들을 이끌고 프라토*에 잠입해서 코무네 청사를 무력으로 차지하고 포데스타**인 체사레 페트루치를 감옥에 가두었다. 이는 명예나 품위를 전혀 고려하지 않은 비열한 짓으로 시민들의 분노와 증오를 불러일으켰다. 나르디에게는 오로지 피렌체에 대한 악감정을 강화시키는 목적밖에 없었다. 피렌체에 도전하기 위한 첫발로 피렌체가 그 부속 도시들 중 하나와 대립하게 만들려고 했다.

다만 베르나르도 나르디가 예상하지 못한 게 있었으니 정치적 이유로 망명해 프라토에 머물던 피렌체인들이 그를 지지하기는커녕 오히려 용감하게 그와 대항해 싸운 일이다. 조르조 지노리는 몇 안 되는 신의 있는 남자들을 이끌고 베르나르도와 그 수하들을 물리친 뒤 반역자를 로렌초와 피렌체의 손에 넘겼다.

베르나르도 나르디 같은 사람에게는 관용을 베풀 필요가 없었다. 로렌초가 관용을 베풀면 자신의 나약함을 인정하는 꼴이었다. 그러면 누구나 피렌체를 향해 자신들이 하고 싶은 대로 하게 될 것이다. 그런 일은 있을 수 없었다.

로렌초는 사형 선고를 내려야 한다는 게 썩 내키지 않았지만 여러 날 동안 시민들이 이를 요구한다는 것을 알아차렸다. 나르디가 팔라초 델 포데스타 감옥에 수감된 뒤부터였다. 집행을 더 이상 미룰 수도, 피할 수도 없었다. 그 자리에 나가지 않을 방법조차 없었

* 피렌체 근교에 있는 성곽 도시.

** 중세의 도시 행정관.

다. 그는 꼭 참석해야만 했다. 어떤 핑계도 통하지 않았다. 그래서 그렇게 했다.

주랑에 둘러싸인 뜰 한가운데에 교수대가 높이 서 있었다. 주랑의 둥근 아치 천장들이 이제 시작되려는 일의 공포를 배가시키는 듯했다. 여섯 개 밧줄이 교수대 들보에 매달려 축 늘어져 있었고 그 밑, 교수대 한가운데 밧줄 수만큼의 걸상들 사이에 나무 받침대가 놓여 있었다.

사형 집행인이 안뜰을 가득 메운 사람들을 둘러보았다. 그는 검은 모자가 달린 외투에 금속 징이 박힌 검은색 상의를 입었다. 무릎까지 오는 갈색 장화에는 진흙이 잔뜩 묻어 있었다. 그는 긴 도끼 손잡이에 몸을 기대고 있었다. 짙은 구름 사이로 띄엄띄엄 비치는 차가운 햇빛이 길고 예리한 도끼날에 반사되어 번득였다.

로렌초는 발코니에 서서 그 지옥을 바라보았다. 그는 8인위원회의 사법관들과 죄인이 그곳으로 호송되어 오길 기다리는 중이었다. 하층민과 시민, 심지어 귀족들까지 수군거리며 죄인을 기다렸다. 그들의 숨죽인 속삭임은 석탄에 시커멓게 그을고 불길에 빨갛게 달아오른 큰 냄비에서 악마가 삶아대는 썩은 고기가 부글부글 끓어오르는 소리 같았다.

끔찍한 광경이었지만 권력을 행사할 때 드러날 수 있는 결과를 솔직하고 사실적으로 보여주는 광경이기도 했다. 이와 같은 시련을 극복할 준비가 되어 있지 않다면 어떻게 피렌체 같은 도시를 통치하겠다고 주장할 수 있겠는가? 로렌초는 복잡한 생각을 떨쳐버리려는 듯 고개를 저었다. 솔직히 말해 그는 자신이 생각했던 것보다 훨씬 차분했다. 어쨌든 나르디는 스스로 자신의 운명을 만든 사람이었다. 나르디 자신만이 운명을 책임질 수 있었다.

로렌초는 이 기회를 이용해서 권력을 확고히 해야 했다. 그는 현 상태의 공화국에 뭔가를 할 의향이 전혀 없었다. 노골적으로 시뇨리아 체제*로 바꾸지 않을 것이다. 하지만 어떤 결정이든 그것을 내릴 사람은 오로지 자신밖에 없다는 사실을 모두가 알아야만 했다. 물론 그는 할아버지와 아버지가 그랬듯이 정치 기구들을 유지했다. 그렇다고 정치적인 결정이 그의 측근과 가문에 가장 충성스러운 사람들의 영향을 받지 않는다고 주장한다면 위선일 것이다.

그는 코시모나 피에로 모두가 평생 그랬던 대로 지나치게 눈에 띄지 않고 조심스레 행동하는 역할을 계속 맡을 생각이었다. 하지만 그건 외적인 모습과 관련된 문제에 국한해서였다. 그는 마음속에서 불길을, 그를 집어삼키는 야망을 느꼈다. 이를 잘 조절한다면 적들을 이길 훌륭한 무기가 될 수 있을 터였다.

로렌초는 그 뜨거운 열정을 꺼버리고 싶지 않았다. 아니, 오히려 그 불길을 키울 것이다. 마침내 그는 처음의 당혹스러웠던 감정은 자신이 방금 내린 선택과, 지금부터 시작하게 될 여정으로 인해 생겼을 뿐이라는 사실을 알아차렸다. 그는 절대 두려워하지 않을 것이며 언제나 자신의 책임을 다하고, 삶이 그를 위해 준비해둔 임무를 수행하리라고 스스로에게 맹세했다. 가문의 위신과 명예를 드높이고 지배권을 확장하기 위해서.

* 도시국가의 통치 권력이 1인에게 집중된 체제.

이렇게 행동 방침을 정한 로렌초는 한 팔을 들어 보초들에게 나르디를 교수대로 데리고 나오라는 신호를 보냈다.

11. 가문의 위계

클라리체는 격노했다. 그녀는 이 집에 온 뒤로 온갖 모욕과 굴욕을 당했다. 다른 여자를 사랑하는 남편에서부터 시작된 일이었다. 남편은 그녀가 피렌체에 오기도 전에 그 여자에게 뜨거운 열정을 품고 있었다. 로렌초는 그런 감정을 없애기 위한 노력을 전혀 하지 않았다. 그것이 남편의 의무를 수행하는 데 방해가 되지는 않았지만 그의 마음을 다 차지한 루크레치아에 대한 관심을 클라리체는 참기 어려웠다. 고통이 하루하루 그녀를 지치게 만들었다. 남편의 열정에 저항할 방법을 모르기 때문에 상황이 더욱 좋지 않았다.

클라리체는 화장대 거울을 보며 눈물을 흘렸다. 자기도 모르게 손톱으로 나무 화장대를 긁고 있었다. 분노가 커갈수록 무기력에서 비롯된 씁쓸한 감정이 점점 더 커져서 그 속에서 헤어나오기 힘들 지경이었다. 그녀는 아름다운 드레스를 찢거나 몸에 상처를 내고 싶었다. 처음 있는 일이 아니었다.

낮 시간 동안 그녀를 집어삼키는 절망감을 잠재우기 위해 칼로 벤 상처들이 두 팔에 빼곡했다. 그녀는 남편을 곁에 두지 못하는 무능력하고 아무 쓸모도 없는 자신을 벌줘야만 했다. 기도에 몰두해 보려는 시도도 했고 성공을 하기도 했다. 그러나 온갖 거짓말로 안 그런 척해보려 했지만 어떤 일에 몰두를 해도 원하는 결과를 얻지 못했다.

물론 애인을 만들 수도 있었다. 하지만 그녀는 다른 남자들에게 관심이 없었다. 그녀는 로렌초를 원했지만 그의 마음을 얻을 수가 없었다. 그녀가 원하는 대로, 그녀에게 필요한 대로 그렇게 할 수가 없었다.

최근에 로렌초는 예전과 달리 루크레치아를 그리 자주 만나지 않았다. 그래도 여전히 시를 쓰고 그녀 생각을 했다. 클라리체가 총애하는 귀부인 마리아가 염탐을 하고 정보를 가져다주었는데 그로 인해 클라리체의 마음속에서 분노의 불길이 더욱 거세져서 잠을 자지도, 휴식을 취하지도, 일상생활을 해나가지도 못할 지경이 되었다.

그래서 시어머니인 루크레치아 토르나부오니를 만나보기로 결심했다. 시어머니도 이런 상황과 견딜 수 없는 그녀의 상태를 알아주길 원해서였다. 그녀는 오르시니 가문의 딸로서 이런 모욕을 참기 힘들었다. 만일 가문의 이름을 사용할 필요가 있었다면 주저하지 않았을 것이다. 따지고 보면 화려함과 권력을 그렇게 자랑하는 메디치 가문도 사실 무젤로에서 양모를 팔던 상인 출신의 졸부에 불과했다. 은행업으로 재산을 일구었지만 유서 깊은 고귀한 혈통이라고 자랑할 게 전혀 없었다.

클라리체는 일어나서 자신의 방을 나가 루크레치아의 거처로 갔다. 그녀는 방문을 미리 알리지 않았다. 시어머니가 어떤 마음의 준비도 안 한 상태에서 그녀를 만나주길 바랐다. 아니 적어도 깜짝 놀라게라도 할 생각이었다.

시어머니는 전실 역할을 하는 작은 응접실로 들어오게 했다. 시어머니의 손에 들린 촛대에서 희미하고 불그스레한 불빛이 벽에 반사되었다. 클라리체는 이미 몇 달 전부터 그녀를 짓눌러오던 분노와 억울한 마음을 시어머니에게 다 털어놓을 작정이었다. 그리고 그렇게 했다. 클라리체는 자리에 앉지도 않았다. 선 채로 하고 싶었던 말들을 거침없이 전부 쏟아냈다.

"저는 지쳤어요, 어머니. 참고 견디는 데요. 마음도 열정도 없는 여자 취급을 당하는 데도요. 이 결혼을 원한 건 제가 아니에요. 물론 제 생각이란 게 아무 의미도 없지만 매일 저를 모욕하고 굴욕감을 안겨주는 어머니 아들의 행동을 더 이상 참을 생각이 없다는 걸 알아주셨으면 해요. 그냥 제 말을 들어주세요. 명실상부한 피렌체의 군주인 그 사람에게는 어울리지 않는 행동이에요."

희미한 촛불 아래에서 클라리체는 시어머니가 미소 짓고 있다고 느꼈다. 그녀는 자신이 잘못 봤기를 바랐다. 루크레치아가 자리에 앉았다. 오후의 부드러운 햇살이 들어오도록 커튼을 여는 대신 고집스레 어둑한 곳에 앉아 있었다. 희미한 촛불에 비친 그녀의 눈빛은 더욱 알 듯 모를 듯 애매했다.

한참 동안 아무 말이 없던 루크레치아가 마침내 입을 열었다.

"클라리체, 네 말을 잘 들었고 네 기분도 알았다. 이런 말을 물어도 된다면 로렌초가 어떤 식으로 너를 존중하지 않더냐? 여러 뜬소문들이 있기는 하지만 내가 보기에는 로렌초가 널 배신한 적이 없는 것 같아서 하는 말이야. 피렌체에 떠도는 소문을 말하는 거라면 분명히 말하지만 그 소문에 신경 쓰지 말거라. 지금 이 순간 넌 모든 여자들이 가장 부러워하는 여자니까. 장담하마."

하지만 명백한 사실을 축소시키려는, 아니, 아예 부정하려는 그 부드러운 태도는 역효과를 내서 오히려 클라리체의 목소리만 더 날카로워졌다.

"그런 말로 제 분노를 충분히 가라앉힐 수 있다고 생각하신다면 아마 지금 어머니 앞에 있는 여자를 다른 여자로 착각하시는 걸 거예요. 뜬소문이라고 하셨어요? 로렌초가 그 수준 낮은 여자에게 바치는 시를 얼마나 많이 썼는지 모르세요? 게다가 그 여자는 귀족도 아니에요! 내가 아는 귀부인들 말로는 결혼식을 올리기 전에 이미 로렌초가 루크레치아 도나티에게 빠져 있었다고 하던데요! 브라초 마르텔리의 결혼을 축하하는 마상 창 대회에서 거둔 승리도 그녀에게 바쳤고요! 그런데 나는 참아야만 하니…."

"내 아들이 결혼 전에 어떻게 했든 그건 너와 상관없는 일이야." 루크레치아가 갑자기 클라리체의 말을 가로막았다. "로렌초가 불성실했다는 증거가 있냐고 물었는데 넌 증거를 하나도 대지 못했어. 그 애가 너를 존중하지 않았을 수 있겠지. 그런데 그건 내가 깊이 고려할 필요조차 없는 추측이야. 앞으로 내 아들을 비난할 때는 조심하도록 해라. 클라리체, 넌 지금 피렌체에 살고 있어. 사랑받고 존중받고 있어. 이런 생활에서 얻을 수 있는 수천 가지 기회에 만족할 수 있을 텐데 너는 실체도 없는 사람과의 소문 때문에 불평을 하는구나."

클라리체는 아무 말도 하지 않았다. 작정했던 말들을 다 했지만 냉담하고 준엄한 루크레치아의 태도에 실망했다. 마음이 텅 빈 기분이었고 너무 놀라 할 말을 찾지 못했다.

그러면 전부 자신의 상상이란 말인가? 자신이 감사함을 모르고 망상에 사로잡힌 여자에 불과하다는 건가? 클라리체는 잠시 자신이 믿었던 게 모조리 사라져버리는 기분이 들었다. 루크레치아는 기회를 놓치지 않고 클라리체가 망설이는 순간을 이용했다.

"우리 가문에는, 말하자면 일종의 위계가 존재한다는 걸 기억하길 바란다. 네 역할은 분명하게 정해져 있고 이미 아주 오래전에 네 아버님과 그 점에 대해 합의를 했다. 너는 로렌초의 아내로 우리 가문에 들어왔으니, 당연히 메디치가 사람이 된 거다. 네가 불쾌해하지 않았으면 좋겠지만, 내 방까지 찾아와서 네 상상을 늘어놓는 건 사려 깊은 행동이 아닌 것 같구나. 더 최악은 내 시어머니이신 콘테시나를 존중하는 마음이 전혀 없다는 것이다. 이런 태도는 완전히 부당한 방식으로 콘테시나를 하잘 것 없는 여인의 위치로 내모는 것이니까."

최악의 상황으로 치닫고 있었다. 이제 클라리체는 남을 존중하지 않는 사람이 되어버렸다. 게다가 절박함이 무지로 받아들여진다면, 어쩌겠는가, 자신의 의도를 오해하게 내버려둘 수는 없었다.

"절대, 단 한순간도 할머니를 무시하려는 의도는 없었어요. 수치심 때문에, 그리고 더 이상 참을 힘이 없어서 여기까지 오게 되었어요. 콘테시나 할머니에게 이 일을 먼저 알려야 한다면…."

하지만 이번에도 루크레치아 토르나부오니가 그녀의 말을 가로막았다.

"네가 찾아온 이유 잘 안다, 아가야. 내가 해줄 수 있는 말은, 네가 한 말 중에는 내 아들을 비난할 게 하나도 없고, 어머니에게 알려 불편을 끼칠 일도 없다는 거다. 이 점에 대해서는 네 생각이 맞다. 다만 우리 가문에 분명한 위계가 존재한다는 걸 네게 이해시키려고 그런 말을 했던 거야. 먼저 너는 집안 여자들 중 제일 아랫사람이라는 걸 받아들이렴. 그게 네게 훨씬 이로울 테니."

클라리체는 자신이 잘못 들었기를 바랐다. 하지만 그런 것 같지는 않았다. 루크레치아가 계속 말했다.

"내 기억이 맞다면, 우리의 친애하는 젠틸레 데 베키 씨가 이런 경우에 딱 맞는 두툼한 기도서를 네게 선물했을 게다. 검은색 표지에 은과 수정으로 장식되어 있고 파란 바탕에 금색으로 기도문이 적힌 그 책 말이야. 내 기억이 맞니?" 물론 루크레치아는 대답을 기다리지 않았다. "그래서 조언을 해주고 싶구나, 아가. 기도와 네게 맡겨진 제일 중요한 임무에 집중하거라. 바로 자손을 낳는 일 말이다. 로렌초가 네 처소를 찾지 않는 것도 아니고 자기 의무를 소홀히 하는 것 같지도 않으니, 너희 두 사람을 생각하라고 충고하는 거야. 특히 자손을 낳는 게 우선이니까."

클라리체는 자신의 귀를 의심했다. 그러나 반박하기엔 이미 늦었다. 그녀는 자신이 루크레치아 토르나부오니의 허를 찔렀다고 생각했지만 오히려 루크레치아가 그녀를 당황스럽게 만들었고, 그 어떤 망설임이나 배려도 없이 상처를 입혔다.

그러니까 이게 바로 집안의 위계였다! 그녀의 자리는 위계의 맨 마지막이었다. 그날 이후로 자신은 산송장에 불과하다는 것을 알게 되었다. 암캐나 암말처럼 아직 태어나지도 않은 자손들을 기다려야 하는.

"이제 그만 가줬으면 좋겠구나." 시어머니가 자리를 떴다. 클라리체의 말을 기다릴 것도 없이 방으로 들어가서 문을 닫아버렸다. 클라리체는 그 자리에 그냥 서 있었다. 이전보다 훨씬 쓰디쓴 눈물이 흘러내렸다.

12. 베르나르도 나르디

남자 여섯 명이 나무에 매달린 썩은 과일처럼 교수대에 매달려 있었다. 시커먼 얼굴은 숨을 거두며 경련이 일다가 곧 굳어버렸다. 너덜너덜한 옷은 유령의 망토 같았다. 주위에 있던 군중이 고함을 쳐서 뜰은 함성으로 들끓는 경기장으로 변했다.

처형당한 사람들을 보자 군중은 이성을 잃었고 자신도 모르게 터져나오는 비명을 참지 못했다. 본보기로 진행된 사형 집행을 통해, 피렌체의 힘을 선명하게 감지했기 때문이었다. 그 교수형은 줄타기 곡예처럼 아슬아슬하게 유지되어오고 있는 힘의 균형을 무너뜨리려는 수많은 사람들의 의지를 꺾어놓는 듯했다. 언제 깨질지 모르는 힘의 균형 때문에 군중은 진정한 미래, 계획적인 미래, 희망의 미래, 안전한 미래에 대한 확신을 가질 수 없었다.

나르디는 눈을 크게 떴다. 차갑게 번득이는 눈에 의심이 가득했다. 앞으로 일어날 일이 전혀 믿어지지 않는 듯했다. 로렌초는 주저하지 않았다. 질서를 전복시키고자 했던 저주받을 야심을 더 늦기 전에 꺾어놓아야 했다. 로렌초가 교수형에 처해진 여섯 명을 보았다. 그들은 로렌초를 노려보았으나 그 눈은 이미 죽은 자의 것이었다.

로렌초가 지체하지 않고 고개를 끄덕였다. 사형 집행인이 모자 밑으로 로렌초의 눈을 보았다. 나르디의 손은 밧줄에 묶여 등 뒤에 있었고, 머리는, 도끼로 패려고 놓아둔 통나무처럼 교수대에 놓여 있었다.

사형집행인이 거대한 도끼를 들었다. 도끼날이 한낮의 햇빛 속에서 음산하게 번득였다. 태양이 구름을 가르고 모습을 보였다. 죽기에 정말 좋은 날이었다.

군중이 웅성거리기 시작했다. 그렇게 다시 흥분하기 시작한 군중은 그 어떤 양심의 가책도 느끼지 않으려 애썼다. 사람들은 숨죽여 수군거리면서 다른 사람들에게서 공감대를 찾으려 했다. 그러면서 공동체를 위험에 빠뜨리려 했던 남자의 피를 더욱 위협적으로 요구했다. 무엇보다 그것은 의식이고 증명이었다. 피비린내 나지만 상징적인 가치가 크기 때문에 놓칠 수 없는 장면이었다.

까마귀들이 처형자들이 매달릴 교수대 위를 날다가 교수대를 횃대 삼아 내려앉아 울기 시작했다. 까마귀들은 기묘한 울음소리로 죽음이 임박했음을 알렸다. 나르디가 눈물을 흘렸다.

잠시 시간이 흘렀다. 사형집행인이 도끼를 내리쳤다. 공중에서 쉬익 소리를 내던 도끼가 나르디의 목을 쳤다. 날카로운 소리와 함께 몸에서 떨어져 나온 머리가 앞으로 구르다가 나무 바닥에서 두 번 튀어오르더니 다시 밑으로 떨어졌다. 선홍빛 피가 분수처럼 솟구쳐 올랐다.

로렌초가 자리에서 일어나자 군중이 그를 향해 박수를 쳤다. 다른 사법관들도 로렌초를 따라 일어났다. 베르나르도 나르디에게 퍼붓는 욕설과 고함이 팔라초 델 포데스타에 울려 퍼졌다. 바로 그 순간 로렌초는 공포와 사형 집행의 힘을 실감했다. 그는 배신자에게 검으로 참수당하는 명예로운 죽음을 허락하지 않기로 했다. 이 피렌체의 적은 비열한 방법을 택해 반란을 일으키려 시도했으니까.

로렌초는 처형 광경을 지켜보며 자신의 행동이 옳았다는 것을 알아차렸다. 그는 나르디의 모든 것을 빼앗았다. 심지어 기사의 무기인 검을 사용해서 조금의 위신이라도 세울 기회까지 말이다. 도끼는 검보다 야만적이고 잔혹하다. 도끼는 명예로움이 아니라 격렬한 분노와 폭력을 상징했다. 나르디는 동물이나 나무가 죽듯이 죽음을 맞았다.

교수대 밑에 있던 군중은 로렌초의 뜻을 완전히 이해했다. 그래서 힘껏 함성을 질러 동의의 뜻을 알렸다. 로렌초는 높은 발코니에서 그들을 뚫어지게 보았다. 꼭 필요한 행동이었지만 동시에 그의 마음 깊은 곳 한 모퉁이에서 뭔가가 무너지기 시작했다. 하지만 순간일 뿐이어서 찌르는 듯 극심한 통증, 어렴풋한 느낌 이상은 아니었다. 분명하게 말할 수 없지만 마치 폭력과 열기가 작은 불꽃을 만들어내는 기분이었다. 그 불꽃이 커진다면 그를 집어삼킬지도 모를 일이다.

그런 느낌은 하층민과 시민들의 의기양양한 승리의 함성 속에서 빛바래긴 했지만 아예 사라지지는 않았다. 로렌초는 그 작은 불꽃을 원래 있던 마음 한구석으로 다시 내몰았지만 순간 그 불꽃이 커지고 번져나가는 걸 막진 못했다. 그는 자신이 그 불꽃을 조절할 수 있다고 믿었다. 마음 한 모퉁이에서 고개를 내밀던 복수라는 측면에서의 만족이나 혹은 더 최악으로 쾌감은 결코 맛볼 일 없으리라고 확신했다. 그는 뜰에 구름처럼 모인 남자와 여자들에게 인사를 했다. 계속 있는 힘을 다해 뚜렷하게 연호하며 그를 지지하는 함성이 들렸다. "팔라! 팔라! 팔라!"* 군중은 베르나르도 나르디와 그의 오만함을 벌주기 위해 8인위원회가 아니라 로렌초 데 메디치가 어떠한 선택을 했는지를 떠들썩하게 큰 소리로 강조했다. 그리고 그런 선택에 관해 아무도 의구심을 보이지 않았다.

다른 사법관들이 두려움과 질투가 뒤섞인 눈으로 로렌초를 바라보았다. 로렌초는 그들 중 여럿에게서 적의와 증오의 씨앗이 싹트는 것을 보았다. 기회주의자인 그들은 신중하게 그런 감정을 금방 감추었다. 하지만 그들의 눈동자에서 미묘한 흔들림을 감지할 수 있었다. 그런 감정은 잡초처럼 뿌리내리는 중이었다.

그는 신경 쓰지 않았다. 새삼 새롭지도 않았다. 그리고 배반할지도 모른다는 의심이 드는 사람들을 모두 처벌한다면 아마 일 년 내내 목을 베어야 할지도 몰랐다. 그때 무슨 말이라도 해야 한다는 생각이 들었다. 그래서 8인위원회를 향한 함성이 울려 퍼지는 가운

* '팔라'는 '공'이라는 뜻으로, 메디치가 문장인 여섯 개의 공을 가리킨다.

데 두 손을 들고 시민들에게 말했다.

"사랑하는 피렌체 시민 여러분," 그가 말했다. "제가 아는 바로는 오늘의 사형 집행으로 우리 마음이 공포에서 벗어나게 되었습니다. 8인위원회의 이름으로, 여러분이 보신 이 광경이 잔인하기는 하지만 꼭 필요했다고, 아니, 더 정확히 말하자면 집행해야만 했다고 확실히 말씀드릴 수 있습니다. 피렌체가 갈구하는 평화와 조화를 되찾고 우리가 마땅히 누려야 한다고 생각하는 번영을 확실히 누리기 위해서 말입니다. 나는 누구보다 먼저 오늘과 같은 일을 피해보려 애썼습니다! 그렇기는 해도 프라토의 반란을 용인할 수는 없었습니다. 프라토에서 그런 일이 일어났으니 다른 부속 도시들도 모두 똑같이 반란을 일으킬 수 있습니다. 그러나 우리는 피렌체와 그 주위의 형제 도시들이 하나라고 믿을 겁니다. 공화국은 그러한 통합을 완전히 실현시킬 수 있다고 말입니다. 그러니 이제 기쁜 마음으로 집으로 돌아가셔도 됩니다. 오늘 이 단 한 번의 사형 집행으로 우리는 내일의 수많은 전쟁을 피하게 되었다고 자신 있게 여러분에게 말할 수 있으니까요!"

그 말을 듣자 피렌체 사람들이 함성을 터뜨렸다. 남아 있던 공포의 불꽃을 다 사그라지게 하는 카타르시스의 순간이자 로렌초 데 메디치가 다시 한 번 도시의 영웅이라는 게 확인되는 순간이었다. 사형집행인이 서둘러 베르나르도 나르디의 머리를 주웠다. 수비대원들의 창끝에 꿰어서 피렌체인들의 안전을 위협할 마음이 조금이라도 있는 사람들에게 경고할 용도로 사용하려는 것이었다.

모자 달린 검은 망토로 몸을 숨긴 레오나르도 다 빈치는 고개를 가로저었다. 납득할 수 없을 만큼 급격히 변신한 로렌초를 지켜보는 게 너무나 고통스러웠다. 어쨌든 로렌초 내면에서 무엇인가가 변하고 있었다. 행동 방식만이 아니라 말하는 태도도 변했다. 예전처럼 솔직하지 않고 오히려 애매하게 뭔가를 숨기는 미묘한 말투였다.

레오나르도는 자신이 잘못 보았기를 바랐지만 모든 인간이, 심지어 누구보다 훌륭한 사람들까지 얼마나 쉽게 변할 수 있는지 그는 잘 알았다. 게다가 피에로 데 메디치가 죽고 난 뒤 많은 일이 벌어졌다. 피렌체는 로렌초에게 도시에 필요한 인물이 되라고 요청했다. 그리고 그는 그렇게 변해가는 중이었다.

1471년 5월

MEDICI

13. 황금공

레오나르도는 밤새도록 천장이 높은 공방 한가운데에 놓인 금빛으로 물든 구리 공을 관찰했다. 그는 스승인 안드레아 델 베로키오가 그 공을 어떻게 만들었는지를 떠올렸다. 구리를 녹이는 방법으로는 원하는 결과를 얻지 못한다는 게 이미 증명되었기 때문에 베로키오는 그 방법을 피하고 구리를 박편으로 만들어서 마지막에 각기 다른 박편들을 결합시켜 공을 만들었다.

손목이 떨릴 정도로 힘겨운 도전이었다. 조반니 디 바르톨로메오와 바르톨로메오 디 프루오시노를 비롯해서 안드레아 이전에 시도를 했던 사람은 모두 실패했다. 조반니와 바르톨로메오는 공을 얹을 놀라운 받침대를 구리로 제작했다. 그러나 구리를 직접 용해하는 실험까지 시도했지만 공을 만드는 작업은 포기해야만 했다.

베로키오는 여섯 개 박편을 연결하고 금가루를 공에 뿌릴 준비를 했다. 레오나르도는 부지런히 스승을 도왔다. 절친한 사이인 로렌초 디 크레디와 레오나르도는 산타 마리아 델 피오레 대성당 채광창 위로 받침대를 끌어올리는 데 필요할 권양기의 일부분을 제작하느라 땀을 흘렸다. 그게 전부가 아니었다. 두 사람은 밧줄이 튼튼한지도 확인했고 공과 받침대를 이동하고 들어올리는 데 사용될 이상한 장비와 희한한 다른 기계들을 제작하는 일에도 힘을 보탰다. 멋지고 보람 있는 일이었다. 레오나르도는 색색의 가루들을 빻고, 에나멜을 준비하고, 회반죽을 뒤섞고, 석고로 얼굴을 만드는 일보다 공학 기술의 비밀을 알아가는 게 더 즐거웠다.

그에게 안드레아 델 베로키오 공방은 경이의 왕국이었다. 넓은 작업장에 마련된 용광로와 풀무, 모루는 철과 청동 작업에 사용되었다. 두말할 필요도 없이 실제 모델보다 훨씬 큰 조각상을 만들 때 필요한 어마어마한 나무 비계와 트레슬*, 발판도 있었다. 레오나르도는 그 공간을 사랑했다. 천장에는 넓은 채광창이 있어서 대낮에는 햇살이 쏟아져내렸다.

게다가 그 놀라운 작업장 너머에서 어두운 미로가 시작되었는데, 미로는 프레스코 벽화와 상감 작업을 하는 작은 방들과 목공 작업대가 빼곡한 방들로 이어졌다. 그리고 밀랍이나 미지근한 물에 개면 찰흙처럼 부드럽지만 건조를 시키면 돌보다 더 단단해지는 부드러운 흰색 가루인 석회를 보관하는 창고들도 있었다.

레오나르도는 자신의 심장이 쿵쾅거리는 소리를 들었다. 밤의 어둠이 물러가고 뿌옇게 동이 틀 무렵 레오나르도는 양피지에 손

* 사다리 두 개를 이어붙여 벽에 기대지 않고 사다리를 이용할 수 있는 구조의 물건.

으로 그린 설계도 몇 개를 완성했다. 공을 들어올리기 위해 안드레아 델 베로키오가 제작하게 한 거대한 도르래 설계도였다. 그의 스승은 도르래를 연구했고, 산타 마리아 델 피오레 돔을 건축한 위대한 건축가 필리포 브루넬레스키의 모델을 바탕으로 도르래를 만들게 했다.

레오나르도가 계산을 하고 스케치를 했다. 그 며칠 동안 레오나르도와 마찬가지로 베로키오의 제자인 적지 않은 동료들이 알파벳을 오른쪽에서 왼쪽으로 쓰고 여러 낱말을 바꿔쓰기도 하는 레오나르도의 이상한 글쓰기 방식을 호기심과 약간의 질투가 뒤섞인 눈으로 훔쳐보았다. 레오나르도는 다른 사람들에게 견습공 자리를 넘기고 싶었고 가능한 한 빨리 그렇게 되길 바랐다. 아무도 그를 견습공으로 생각하지 않은 지 상당히 오래되었지만 말이다.

로렌초 데 메디치가 그를 높이 평가하는 게 다른 사람들 눈에 띄지 않을 리가 없었다. 그의 동료들과 스승은 피렌체의 군주가 그에게 일을 맡기고 충분한 대가를 지불했다는 사실은 알지 못했다. 그러나 모두가 레오나르도의 수준이 어떤지 한눈에 알 수 있었다. 어쨌든 최근 성공과는 별개로 레오나르도는 되도록 스승에게 제대로 가르침을 받고 그것을 잘 연마해서 수많은 결과물을 만드는 데 자신의 기력을 모두 사용했다. 그러한 미래의 작업이 공기와 하늘이라는 파란 종이 위에, 정확히 말해 바로 그의 눈앞에서 모양을 갖춰가는 게 보였다. 그는 세세히 기록을 하며 그것을 자신의 것으로 만드는 데 신경을 썼다. 그와 동시에 공학과 건축에서와 마찬가지로 예술에서도 모든 성공의 기저에 있는 비밀을 유지했다.

레오나르도는 로렌초 디 크레디를 비롯해 자기보다 나이가 많은 동료들이 자신이 고안한 일종의 마법을 목격하고 입을 다물지 못하는 모습을 즐겼다. 물론 거꾸로 알파벳을 쓰고 몇몇 단어들을 뒤섞어 쓰는 것은 기발한 착상이었다. 그 방법은 심지어 페루지노와 보티첼리같이 전도유망하고 경험이 많은 제자들까지 초조하게 만들었다. 레오나르도는 웃음이 났다.

레오나르도는 다시 거대한 공으로 눈을 돌렸다. 너무나 중요한 기회였고 기대 역시 매우 높았다. 그는 모든 게 최선의 방향으로 진행되길 바랐다. 베로키오는 곧 그를 칭찬했다. 그가 놀라운 일을 해냈기 때문이었다. 그래서 이른 아침부터 다른 제자들과 함께 스승을 따라, 금색 공을 실은 수레를 끌고 광장으로 향했을 때 레오나르도는 한없이 뿌듯하고 감개무량했다.

기적 같은 장면이 펼쳐지길 기다리며 많은 사람이 모여 있었다. 베로키오는 자신감이 넘쳐 보였다. 그는 받침대 위로 공을 완벽하게 끌어올리는 데 필요한 계산을 수도 없이 했다. 며칠 뒤 공 위에 올려놓게 될 십자가를 안전하게 지탱하기 위해 쇠사슬을 준비해 두었다.

광장에 도착하자 레오나르도는 수레에서 내려 멀찍이 떨어져 있었다. 그는 양피지 몇 장을 가지고 왔다. 곧 유심히 관찰하기 시작했다.

“그 여자가 내게서 당신을 떼어놓으려 하는데 내가 계속 조용히 있을 거라고 생각한 거예요?”

클라리체는 분노했다. 하지만 분노했기 때문에 그 어느 때보다 아름다웠다. 로렌초는 그 점을 인정하지 않을 수가 없었다. 엉덩이는 탄탄했지만 몸매는 날씬하고 호리호리했다. 가슴은 희고 풍만했으며 거의 불꽃처럼 새빨간 머리카락은 그녀의 분위기를 더할 나위 없이 도전적으로 만들었다.

그녀는 자존심이 매우 강한 여인이어서 자신이 두 번째 여인이라는 사실을 인정하지 않았다. 결혼 후 2년 동안 자신의 자리를 요구했을 뿐만 아니라 까다로운 여인이라고 하지 않을 수 없는 로렌초의 어머니에게도 자신의 주장을 굽히지 않았다. 그녀는 다혈질이고 권위를 내세우는 성격에 가까웠지만 노골적으로 파렴치하지 않아 로렌초는 그런 그녀가 마음에 들었다.

2년 동안 클라리체는 모순의 의미를 놀라운 방식으로 몸소 증명했다. 사랑이 넘치는가 하면 금방 까칠하게 변했고 해석하기 불가능한 오묘한 기분 사이를 오락가락하는 일이 지나치게 많았다. 로렌초는 널을 뛰는 그녀의 감정이 자신이 그녀에게 기울이는 관심의 여부에 달려 있다는 걸 잘 알았다. 클라리체는 로렌초의 사랑이 오로지 한 여인, 루크레치아 도나티에게 향해 있다는 걸 알기 때문에 자신을 사랑하는 로렌초의 희한한 방식에 그렇게 반응했다. 그렇다고 이것이 어떤 의미에서든 그에게 부담을 주지 않는 것은 결코 아니었다.

한편 로렌초는 클라리체를 무시하지 않았다. 그녀를 무시하지 않는 건 말할 것도 없이 루크레치아를 보호하기 위해서였다. 그가 해결해야 하는 수많은 임무들과 끊임없이 거의 매일같이 그에게 가해지는 위협들이 루크레치아를 표적으로 삼을 수도 있다는 사실을 부정하기 힘들었다. 그리고 그것은 그가 절대 원치 않는 일이기도 했다.

"내가 사랑하는 사람은 당신밖에 없소, 클라리체." 두 눈에 스치는 장난기를 감추지 못한 채 그가 서둘러 말했다.

"지금 날 놀리는 거예요, 로렌초?"

"무슨 말이오!"

"당신 눈은 당신이 하는 말과 다른 말을 하는데요?"

"그런 말을 들으면 슬퍼진다오."

"점심 식사에 멧돼지 대신 닭 요리가 나오는 걸 알게 되었을 때보다 더 슬프지는 않을 걸요." 클라리체가 벌컥 화를 내며 말했다.

"그렇지 않소. 어쨌든 어떻게 해야 당신에게 용서를 받겠소?"

클라리체가 깜짝 놀랐다.

"진심으로 하는 말이에요?"

"물론이오." 로렌초가 고개를 끄덕였다.

"그 여자를 절대 안 만나겠다고 맹세해요."

"그럴 수는 없소."

"아, 그래요! 봤죠? 당신은 이런 대답을 듣고 나서 내가 무슨 생각을 할 거라고 생각해요?"

클라리체는 매번 몹시 흥분해서 그를 다그쳤는데, 이따금 그런 흥분은 분노로 이어지기도 했다. 로렌초는 이런 식으로 계속 살아갈 수 없다는 걸 알았다. 그녀를 안심시켜야만 했다.

"여보, 내 말 오해하지 말아요…." 이렇게 말하며 다가가서 손등으로 부드럽게 그녀의 목을 쓰다듬었다. 클라리체의 맑은 눈이 반짝이는 동시에, 마치 자신의 몸을 방어라도 하듯 뻣뻣하게 굳었다.

"내 말은 루크레치아 도나티가 피렌체의 귀부인이니 당신이 말한 약속을 지키기 어려울 거라는 거요. 그녀를 연회에 초대하지 않으면 쓸데없는 소문만 무성해질 테니."

"그런 식으로 쉽게 빠져나가지 못할 걸요. 그 여자는 하급 귀족이잖아요." 클라리체가 차갑게 대꾸했다.

로렌초가 짜증스러운 듯 숨을 몰아쉬었다.

"자, 그만, 이제 내게 너무 가혹하게 굴지 말아요. 무도회나 연회 때 말고는 절대 만나지 않겠다고 약속하오. 언제나 적당히 거리를 지키겠다는 것도."

클라리체가 자기도 모르게 한숨을 쉬었다.

"사랑하는 로렌초, 내가 당신을 얼마나 소중하게 생각하는지 알지요? 내가 질투하는 거 잘 알아요. 그렇지만 그와 동시에 피렌체의 군주가 내게 복종을 요구할 수 없다는 것도 분명한 사실이에요. 무엇보다 내가 누구인데 명령을 하는 거죠? 나는 오르시니 가문 여자이며 내가 당신을 존중하듯 나도 똑같이 존중받을 가치가 있다는 사실에는 변함이 없어요. 당신이 레오나르도 다 빈치라는 청년에게 루크레치아의 초상화를 그리라고 주문했을 뿐만 아니라 그 그림을 지금 당신 방에 걸어뒀다는 걸 최근에서야 알게 됐어요. 그런 사실을 알고 내가 얼마나 괴로웠는지 말하는 건 부질없는 일이겠지요. 이렇게 몇 번의 애무로 내 마음을 달랠 수 있을 거라 생각한다면, 2년 동안 같이 살았어도 당신은 내가 정말 어떤 여자인지 하나도 모르는 거예요."

클라리체는 다른 말을 기다릴 것도 없이 방에서 나가버렸고 홀로 남은 로렌초는 생각에 잠겼다.

1471년 12월

MEDICI

14. 교회군 총사령관

별들마저 마침내 세상일이 자신에게 유리하게 돌아가리라 암시하는 것 같았다. 교회군 총사령관이라니. 지롤라모 리아리오는 이보다 더 좋은 자리를 바랄 수 없었다. 교황군의 사령관이 된다는 건 충분한 병력을 마음대로 이용할 수 있다는 뜻이었다. 그는 외삼촌인 교황 식스토 4세 덕분에 사령관에 임명된 뒤로 찾아온 온갖 기회를 아끼지 않고 이용했다. 그는 폭력과 야심에 흠뻑 취해 맹수처럼 죽음의 냄새를 맡았다.

화재로 검게 그을린 집들은 시커먼 오두막으로 변했고 소도시의 거리마다 가득 고인 들치근한 더러운 피 냄새가 붉은 불꽃에 배어 한밤의 대기를 수놓았다.

이단자들.

리아리오는 망설이지 않고 그 소도시를 초토화시켰다. 가축을 약탈하고 여자들을 겁탈했으며 남자들의 목을 베었다.

리아리오가 씨익 웃었다.

힘, 그에게 필요한 건 바로 힘이었다. 원한도 있었다. 원한을 키워나가야 했다. 영원히. 힘과 원한으로 온몸을 채우리라. 그 둘을 이용해 마침내 메디치가를 산산조각 낼 작정이었다. 필요하다면 마을들을 차례로 불태울 것이다. 그는 어부의 반지*의 도움을 받고 있다. 더 바랄 게 뭐가 있겠는가? 그의 발밑에서 오렌지색 불길이 어둠을 환히 비추었다. 불길들이 카스텔 델 오르소의 잔해를 휘감아 잿더미로 만들었다. 목숨을 부지해보려 그가 있는 쪽으로 달려오는 두 남자가 보였다.

그는 말의 엉덩이에 박차를 가해, 먹이를 본 야수처럼 두 남자에게 달려들었다. 그리고 남자들이 있는 곳에 도착하자마자 검을 빼서 가차 없이 목을 베어버렸다. 몸통에서 떨어져 나온 머리가 좁은 포장도로로 굴러갔다. 결국 개의 먹이가 될 것이다.

"하느님의 가호가 있기를, 더러운 비역쟁이 놈들!" 주체할 수 없게 흥분해서 소리쳤다. "한 놈도 살려두지 마라, 제군들! 짐승만도 못한 이놈들이 교회의 명예를 더럽혀서 하느님의 분노를 샀다!" 다시 고함을 쳤다.

"사령관님." 등 뒤에서 누군가 외쳤다.

교회군 총사령관이 자신이 탄 말의 머리를 돌렸다. 교황이 하사한 두 가지 색의 털을 가진 근사한 말이었다. 거의 불속에서 밖으로 튀어나오듯이 한 젊은이가 그의 눈앞에 나타났다. 오래전부터 리아리오 곁을 지켰고 끝을 모르는 그의 충성심 때문에 좋아하게 된

* 반지 모양의 교황의 공식 인장.

청년이었다.

"말하라, 루도비코."

"카스텔 델 오르소를 약탈하라고 해도 되겠습니까?"

"잘 듣게, 루도비코." 리아리오가 대답했다. "내가 원하는 건 도시를 약탈하는 것만이 아니야. 이 벌레 같은 인간들과 강간범 소굴의 돌 하나 남겨놓지 말게. 이단자들은 우리 하느님과 이 땅에서 하느님을 대신하는 교황님의 분노가 어떤 것인지 알아야 해. 자비를 베풀어 이런 놈들과 비슷한 자들이 고개를 들 용기를 얻게 해서는 절대 안 돼. 그러니까 루도비코, 카스텔 델 오르소의 그 어떤 것도 남기지 말라고 전달하게. 내 말 알았나?"

"명령대로 하겠습니다, 사령관님!" 이 말을 마치기가 무섭게 루도비코는 성문 쪽으로 말을 돌려 질주했다. 생존자가 단 한 명도 없다는 것을 확인하러 아직 무너지지 않은 집과 탑들 속으로 들어갔다.

젊은 친구가 잔인한 명령을 전달하러 시내로 들어갔다는 것을 확인한 지롤라모 리아리오는 다시 자신의 표적에 생각을 집중했다. 그는 로렌초 데 메디치가 자신과, 그리고 점점 커가는 자신의 힘을 의식하길 바랐다. 앞으로 2년 안에 피렌체의 군주가 자신을 의식하지 않을 수 없게 만드리라 스스로에게 맹세했다. 이생에서든 저생에서든.

로마는 이제 지배권을 확장해야 했다. 그리고 그는 로마의 예리한 창이 될 것이다. 그런 계획을 그리며 두 눈과 정신이 뜨겁게 타오르는 동안 주위에 내리는 하얀 눈을 바라보았다. 새하얀 들판의 한가운데서 이미 카스텔 델 오르소는 임종을 맞고 있었다. 지옥의 굴뚝에서처럼 연기가 무럭무럭 피어올랐다.

"이 명반 사건으로 우린 큰 타격을 입을 거야, 틀림없어!" 줄리아노가 화가 나서 분통을 터뜨렸다. 지저분한 머리카락이 얼굴로 흘러내렸다. 그는 볼테라에서 급히 돌아와 지금은 노심초사하며 형을 경호하는 중이었다.

"진정해라." 로렌초가 그에게 명령했다. "무엇보다 우리가 겁낼 게 뭐가 있지? 피렌체는 볼테라를 관리할 수 있어. 난 그렇게 확신한다."

"정말이야?" 줄리아노는 빈정대고 싶은 마음을 누르기 힘들었다. "말은 쉽지. 그런데 행동은 전혀 다른 문제야. 형은 볼테라시 사람들이 어떻게 저항했는지 못 봤잖아!"

"줄리아노, 그러면 내가 네게 임무를 맡겨 파견한 이유가 뭐일 것 같으냐?" 이제 로렌초는 슬슬 짜증이 나기 시작했다. 그는 줄리아노의 빈정거리는 말투를 무시했다.

"그래, 아마 형이 내 말보다 형 스스로를 더 믿는지도 모르지. 날 파견한 게 바로 형이었으니까."

"맞아! 그러니 무슨 일 때문에 지금 그렇게 단정적으로 말하는지 설명을 좀 해봐."

줄리아노가 형을 노려보면서 커다란 벽난로 쪽으로 몇 발짝 가까이 다가갔다. 추위를 피하려고 입었던 두꺼운 망토를 소파에 던지고 손을 녹이기 위해 두 손을 장작불 쪽으로 뻗었다. 불길에 그의 얼굴이 환히 빛났다. 두 눈이 강렬하게 반짝였다. 그는 아무 말도 하지 않았다. 생각을 정리한 뒤 좀 더 논리적으로 전달할 방법을 찾기 위해 정신을 집중하고 싶은 듯했다.

잠시 후 다시 이야기를 시작했다.

"전부, 그 빌어먹을 명반 광산이 발견되면서 시작됐어…." 줄리아노가 한숨을 쉬더니 곧 말을 이어갔다. "일이 어떻게 됐는지 우리 모두 잘 알잖아. 볼테라의 유력 가문들이 이 새롭고 막대한 부를 차지하려고 서로 싸웠어. 코무네는 광산 채굴 계약을 어떤 회사에 맡기기로 결정했지. 그 회사 소유주가 바로 광산을 찾아낸 사람이야. 시에나 사람 벤누치오 디 크리스토포로 카파치 말이야. 그런데 그게 회사이기 때문에 명반 광산의 이익은, 회사의 다른 구성원들에게도 돌아가는 거야. 그러니까 피렌체 시민인 지노 디 네리 카포니와 베르나르도 디 크리스토포로 부오나주스티뿐만 아니라 볼테라 시민인 베네데토 디 베르나르도 리코발리와, 페코리노라는 별명을 가진 파올로 단토니오 인기라미에게 말이야. 볼테라 시민들이 아니라 그 사람들이 부자가 될 찰나였어. 폭동이 일어난 게 이 때문인지 아니면 인간들 특유의 탐욕 때문인지는 별로 중요하지 않아. 도시는 혼란에 휩싸였으니까. 그리고 형, 형이 인기라미 쪽에 서기로 결정했을 때, 모사꾼들이 분노를 부추겨 도시를 뒤흔들었어."

"그 이야기라면 나도 잘 안다. 어쨌든 그럼 내가 달리 어떻게 했어야 하지? 볼테라 사람들이 직접 내게 중재를 해서 그 문제를 해결해달라고 애원했다고." 로렌초가 강조했다. "심지어 볼테라 코무네가 그런 결정에 동의했고."

"나도 분명하게 기억해. 올해 1월 산타 마리아 델 피오레 성당에서였지. 그런데 형은 이제 상황이 바뀌었다는 걸 모르고 있어. 볼테라가 배신을 하고 있어. 자신들의 결정과 형의 의지를 짓밟으면서 말이야. 내가 그 사실을 알아차린 거고."

"그것도 내가 아는 일이야. 내가 아직 모르는 새로운 사실을 이야기해봐. 그런 결론을 내리게 된 의미 있는 뭔가를 말이야."

"형이 이렇게 집요하게 물어보니 대답해주지. 로렌초 형, 형은 파올로 인기라미를 그가 속한 도시 사람들의 화살에서 지켜주었지. 그런데 볼테라 사람들은 광산이 가져다줄 막대한 부를 빼앗아 간 그 치명적인 계약을 무효화시키고 싶어 했어. 그 인기라미가 탑에 감금되어 용감하게 방어하다가 팔라초 델 포데스타 우물에 빠져 죽었지. 잘 들어야 해. *수아 스폰테** 거기에 빠진 게 아니야. 누군가 창문을 부수고 그를 우물 쪽으로 밀어버렸어. 몇 미터 아래로 추락한 거지. 머리가 학살당한 돼지처럼 짓이겨졌어. 그뿐만이 아니었다고. 볼테라 사람들이 시내 거리로 시신을 끌고 다니는 걸 내 눈으로 똑똑히 봤어."

"감히 어떻게 그런 짓을?"

"인기라미 부하들의 목을 베서 창에 꿰어 모두가 보라고 성벽에 세워놓기도 했는걸."

로렌초는 생전 처음 주체할 수 없게 온몸이 분노로 떨리는 걸 느

* sua sponte, '자기 의지로'라는 뜻의 라틴어.

겼다. 손에 들고 있던 포도주 잔을 벽에 던져 유리잔이 산산조각 났다. 마음속에서 점점 커지는 분노 때문에 목소리가 떨렸다.

"그게 사실이라면 그 뻔뻔스러운 놈들에게 전쟁을 선포할 테다!"

"형, 그건 좋은 해결방법이 아니야." 줄리아노가 로렌초의 분노를 가라앉혀 보려 했다.

"네가 무슨 말을 하려는지 다 알아. 그래도 나는 이제 더 이상 볼테라의 변덕에 휘둘리는 걸 참을 수가 없어. 그자들은 광산 채굴에 대한 적절한 합의를 이끌어내지 못했어. 그자들이 불행을 자초한 거지! 병사를 보낼 거야. 페데리코 다 몬테펠트로가 그자들에게 도리를 일깨워주겠지."

"그렇게 하면 도시의 일부가 우리를 적대시하리란 건 잘 알고 있겠지?"

"상관없어. 더 이상 보고 있을 수만은 없으니까. 지금 망설이면 우리 정적들은 이걸 핑계로, 우리가 허약하고 우유부단하다고 생각할 게 분명해. 아버지가 돌아가신 지 벌써 1년이 지났어! 볼테라는 점령당하기만을 바라는데, 난 기다리는 데 지쳤다고."

"내가 염려하는 건 대다수 사람들이 우리가 이걸 구실로 도시를 공격하고 침묵하게 만들었다고 생각하는 거야."

줄리아노의 눈빛은 진지했다. 그는 형에게 좀 더 뛰어난 덕목, 그러니까 균형감과 명철함에 의지해보라고 간청하는 중이었다. 물론 1년 전 프라토에서 벌어진 일 때문에 그런 덕목이 부분적으로나마 훼손되었을까봐 걱정이 되긴 했다. 베르나르도 나르디를 처형한 뒤로 로렌초는 더 이상 예전의 그가 아니었다. 줄리아노는 아직 그 사실을 인정할 준비가 되지 않았지만, 마음으로는 정말 그렇다고 느꼈다. 한편으로 볼테라가 가하는 모욕을 무시할 경우 사람들은 로렌초가 나약해졌다고 생각할 것이다. 줄리아노는 이 점도 분명히 알았다. 복잡한 문제였다. 어떤 면에서 보면 형에게는 기다리거나 공격하는 것 이외에 별다른 대안이 없었다.

하지만 이제 한계에 도달했으므로 로렌초는 세상일에 초연한 남자로 인식되려는 사치를 더 이상 부릴 수 없었다. 볼테라는 프라토처럼 피렌체의 부속 도시였다. 피렌체가 자신들의 지배를 받는 사람들의 결정을 다 용인한다면, 한 번이 아니라 수백 번의 폭동에 길을 열어주는 꼴이 될 것이다. 힘들고 어려운 결정이었다.

"좀 더 생각해보마, 약속해. 그래도 별다른 방법이 없을까봐 걱정이다."

로렌초가 내뱉은 말에 대기가 흔들리는 듯했다. 그 말을 듣는 바로 그 순간에 뭔가가 깨졌다. 줄리아노는 그게 뭔지 정확히 말할 수는 없었지만 이제 모든 게 예전과 같지 않으리라는 걸 직감했다. 형은 이제 눈에 보이지 않는 경계를 넘었고, 거기서 되돌아오지 않을 것이다. 로렌초는 현명한 사람이었다. 줄리아노는 형이 전쟁의 유혹에 빠져 길을 잃을 사람이 아니라는 건 잘 알았다. 하지만 그 순간만큼은 놀라지 않을 수 없었다. 로렌초의 눈동자에서 붉은빛이 번득이더니 눈동자가 뜨겁게 활활 타오르는 듯한 느낌을 받았기 때문이다. 베르나르도 나르디의 사형 집행 때 로렌초가 손을 잡은 악을 볼테라가 키워주고 있는 듯했다.

줄리아노는 자신이 설득에 실패했다는 것을 알고 한숨을 쉬었다. 물론 형이 얼마나 어렵게 그런 결정을 내렸는지 모르지 않았다. 로렌초는 이번에는 돌이킬 수 없는 방법으로 힘을 선택했다. 피렌체의 모두가 피렌체를 지키기 위해 그것을 원했기 때문에 그렇게 해야만 했다. 누구보다 피에로 데 메디치, 그리고 클라리체 오르시니와의 결혼을 추진한 어머니 루크레치아의 뜻이었다. 그리고 젠틸레 데 베키, 안토니오 푸치, 브라초 마르텔리, 기타 모든 이의 바람이었다.

그래서 로렌초는 모든 사람이 기대하는 남자가 되었다.

어떤 의미에서는 메디치의 유산이라 할 수 있었다. 그가 짊어지고 가야 할 크고 한없이 무거운 짐이었다. 그는 모든 것을 가질 수 있는 동시에 다 잃을 수도 있었다. 다른 가능성이 없었다. 피렌체의 군주로 살려면 다른 선택의 여지가 없었다. 최소한 이미 불가피해진 볼테라와의 전투가 어느 날 영광스러운 승리로 끝나기만을 바랐다. 하지만 정말 그렇게 될지 자신이 없었다.

15. 전쟁의 바람

"그 점은 분명해 보이네. 그 문제를 놓고 이러쿵저러쿵할 생각도 없고."

레오나르도는 그 말을 듣고 몹시 실망을 했다. 그는 납득이 가지 않았다. 로렌초는 큰 실수를 하고 있었다. 그들의 우정의 토대가 되었던 공통의 가치를 이제 더 이상은 공유할 수 없어 보였다. 하지만 그 문제에 대한 레오나르도의 태도는 처음부터 한결같이 선명했다.

로렌초의 행동에는 변명의 여지가 없었다. 레오나르도는 권력에 대한 유혹 말고 친구가 변한 진짜 이유를 찾기 어려웠다. 로렌초는 그게 아니라고 집요하게 말했지만, 지배욕이 그의 행동을 이끌고 있다는 게 너무나 분명했다. 레오나르도는 그와 공범이 되지 않을 것이다. 하지만 로렌초는 계속 뜻을 굽히지 않았다. 두 사람은 설계도와 용도를 알 수 없는 난해한 도구들에 둘러싸여 앉아 있었다. 미치광이의 토굴에 가까운 작업장 벽마다 기이한 계산이 적혀 있었다. 화가의 작업과 발상이 쌓여 있는 올트라노의 지하 작업실이었다. 레오나르도는 아직 원하는 만큼은 아니었지만 조금씩 자신이 계획했던 목표에 다가가고 있었다. 물론 건물의 다른 층들까지 구입하려면 돈이 필요하겠지만 시간이 흐르면 분명 자신의 뜻을 이룰 수 있을 것이다.

레오나르도는 이 작은 왕국을 위해 로렌초가 주문한 일을 마친 뒤 넘치는 보수를 받았다는 것을 잘 알고 있었다. 그래서 지금 나누는 대화가 젊은 예술가에게는 더욱 힘들었다. 레오나르도는 자신의 모순을, 자신의 잘못을 인정하지 않을 수 없다는 사실을 깨달았다. 하지만 그것을 구실로 같은 실수를 반복할 수는 없었다.

"레오나르도, 부탁일세. 우리가 한 약속은 잘 아네." 로렌초가 계속 말했다. "그러니 피렌체가 압제자가 아니라 희생자라는 내 말을 꼭 좀 믿어주길 바라네. 볼테라의 행동은 나에 대한 노골적인 도전이라는 걸 알아야만 해. 내가 지금 대응하지 않으면 나의 망설임을 나약함으로 착각하게 될 거야!"

"설사 나약하면 어떻습니까? 뭐가 문제입니까? 혹시 힘이라는 게 한 남자가 죽일 수 있는 사람의 숫자로 측정할 수 있다고 생각하시는 겁니까?" 분노가 담긴 말이 입에서 튀어나왔다. 그리고 지금의 대화가 그에게 얼마나 큰 혐오감을 불러일으키는지를 증명이라도 하듯 침을 뱉었다. 이어 나무 탁자에 빼곡하게 놓인 여러 증류기와 용기들을 한 손으로 쓸어버렸다. 테라코타에 나무가 긁히는 소리와 유리 깨지는 소리가 뒤섞이며 내용물이 바닥에 떨어졌다.

"아량과 관용을 보이시는 게 더 좋지 않겠습니까? 혹시 나리께서 두려워하시는 게 바로 그것입니까? 최근 나리의 행동으로 미루어보건대 믿을 만한 구석이 전혀 없어서 말입니다! 어떻게 그리 쉽게 이성의 힘을 잃으실 수 있습니까? 나리의 경솔함과 권력에 대한 야망 때문에 벌을 받을지도 모른다고 생각하시지 않습니까? 그날 팔라초 델 포데스타에서 나리를 봤습니다! 목이 잘려나간 베르나르도 나르디의 시신 앞에서 나리가 한 말을 들었습니다! 그런데 지금 이곳에 오셔서 제 귀에 달콤한 말을 몇 마디 들려주며 저를 설득하시려는 겁니까?"

로렌초는 레오나르도의 말에서 뭔가 이상한 느낌을 받았다. 루크레치아가 예언했던 말이 떠올랐다. 그가 숨을 몰아쉬었다. 그는 피곤했다. 적어도 그를 좋아하는 사람들만이라도 이런 순간에 그의 편이 되어주길 바랐다. 하지만 모두들 그의 실수를 대놓고 비난하느라 바쁠 뿐, 그가 얼마나 어려운 위치에 있는지는 이해하지 못했다.

"내 말을 못 알아듣는군, 레오나르도! 나와 같은 임무를 가진 남자의 마음에는 연민이나 동정 같은 감정을 위한 자리가 없어! 난 이상주의자가 될 수 없어. 자네와 루크레치아는 똑같아, 빌어먹을! 둘 다 똑같이 동화의 세계에 산다고. 마치 나에게 내가 해야 할 일을 선택할 힘이 있는 것처럼 생각하지. 그렇지 않아! 내게는 의무들일 뿐이라고, 알겠나? 내가 맡은 책임이란 말일세! 자네야 전쟁과 폭력을 쉽게 비난하지. 하지만 도시를 보호하는 사람은 자네가 아니야!"

레오나르도가 고개를 저었다.

"무엇으로부터 도시를 보호한다는 겁니까? 어디 한번 이야기 해 보시지요! 어떻게 볼테라가 피렌체의 위험으로 간주되는지 분명하게 이해가 안 돼서요!"

"어떻게 이해를 못 하는 거지? 볼테라는 시작일 뿐일세. 도시가 하고 싶은 대로, 아무 저항 없이 할 수 있게 내버려두면 누구든 나와 내 가족을 공격할 수 있다고 생각할 거야. 난 그걸 허용할 수 없다고."

"그래서 제가 나리와 함께할 수 없습니다, 아시겠습니까? 전 원치 않아요. 제 원칙을 부인하는 무슨 일인가를 하려는 사람 옆에 있을 생각은 추호도 없습니다." 그러더니 한숨을 쉬었다. 가슴이 아파서였다. 예리한 통증이 온몸으로 퍼져나가며 그를 고통스럽게 했고 차츰 그를 허약하게 만들었다. 그의 목소리에서 힘이 빠졌다. "죄송합니다, 로렌초. 어떤 식으로든 나리가 우리 우정을 소중하게 생각하신다면 제가 나리 군대를 위해 만들어드린 쇠뇌는 사용하지 말아주십시오. 기억하십니까? 얼마 전 그것을 만들 때 공격이 아니라 방어용으로만 사용하겠다고 이야기하셨잖습니까?"

"잘 기억하고 있네. 그때 우린 친구였지. 그런데 지금은?"

"우리가 어떤 사이인지 이제 모르겠습니다." 레오나르도가 씁쓸하게 말했다.

사실이었다. 분노에 찬 대화로 인해 레오나르도는 완전히 새로운, 그리고 어떤 면에서 보면 예상치 못한 진실을 발견하게 되었다. 그는 누군가에게 애정을 느끼기가 너무나 어려웠다. 그런데 로렌초에게는 기적처럼 그럴 수 있었다. 아니, 적어도 한 번 정도는 가능하리라고 생각했다. 그게 불가능하다는 사실을 알게 된 지금, 레오나르도는 절망에 빠졌다.

"지금 협박하는 건가?" 로렌초가 다그쳤다.

"천만에요. 하지만 제가 한 약속을 지키지 않을 수 없습니다."

"나도 마찬가지일세."

"그러시다니 조금이나마 위안이 됩니다."

"내가 공격을 하지 않겠다는 말이 아니야. 다만, 자네의 쇠뇌를 사용하지는 않을 거라는 걸세."

"완벽하게 알아들었습니다." 레오나르도의 목소리에 체념한 기색이 역력했다. 말은 그렇게 했지만 잠시나마 다른 대답이 나오길 바라기라도 했던 것처럼.

"그러니까 이제 우리 갈 길이 서로 갈라지는 거지요?" 마침내 레오나르도가 물었다.

"그걸 원하는 건 내가 아니지만 자네에게 간청할 수는 없군. 지금까지 했던 것 이상으로는 말일세. 자네가 선택하게."
"결국 문제되는 건 자존심뿐인 것 같군요."
"그렇지 않나?" 로렌초가 물었다.
"전혀 아닙니다."
"그러면 뭐지?"
"원칙의 문제지요." 레오나르도가 대답했다.
"같은 말일세. 물론 원칙의 문제지. 그렇지만 그 원칙이 내게는 가치가 없어. 안 그런가? 자신에게 주어진 역할을 받아들이고 그에 맞게 행동하는 데에는 아무런 원칙이 없다고."
"그게 약한 도시를 공격한다는 의미라고는 생각하지 않습니다."
"거센 말들로 나를 공격하는군."
"오늘 제 머리에 떠오른 건 그런 말밖에 없어서요. 그리고 부탁드리는데 나리 가문에 저를 묶어 놓은 계약을 해지하는 건에 대해 생각해봐주십시오."
"그런 말 하지 말게." 로렌초가 고집스레 말했다. "어쨌든 나는 그럴 생각이 절대 없으니까. 오고 싶을 때면 언제든 나를 찾아올 수 있네."
"기억해두겠습니다." 하지만 레오나르도의 얼굴에는 실망의 기색이 역력했다.
로렌초는 그 사실을 알아차리자 예리한 칼날에 찔린 기분이었다.
"알겠네, 친구. 다만 자네와 루크레치아에게 묻고 싶네. 이게 내 운명이어서 내가 선택할 다른 길이 없다는 걸 왜 이해해주지 않는지 말일세."

레오나르도의 눈빛은 흔들리지 않았다. "그러면," 레오나르도가 입을 열었다. "친구들로부터 미움을 받는 것도 나리의 운명이라는 뜻입니다." 그렇게 말을 마치더니 등을 돌리고 로렌초가 작업실에서 나가길 기다렸다.

16. 페데리코 다 몬테펠트로

팔라초 메디치 정원이 눈으로 새하얗게 변했다. 겨울은 기세등등했고 모든 게 수정처럼 투명한 얼음에 뒤덮였다. 나무들 사이에 남아 가지들을 뒤흔드는 12월의 혹한 탓에 추위에 도전하려던 인간의 심장마저 얼음 속에 갇힌 듯했다. 페데리코 다 몬테펠트로가 정원을 뒤덮은 눈처럼 차가운 눈으로 로렌초를 보았다.

"7천 명의 병사가 군주님의 명령에 따라 볼테라 성벽까지 진군할 거요." 로렌초가 단호하게 말했다. "당연하지만 봄까지 기다렸다가 공격할 것이오. 그래도 지금부터 잘 준비하도록 하시오. 난 볼테라가 포위공격을 당해 패배하기만 바랄 뿐이오. 약탈이나 폭력은 절대 용납할 수 없소. 지금부터 분명히 알아두길 바라오. 보수는 충분히 받을 수 있을 테지만 상황을 장악하지 못하면 그 대가를 치러야 할 거요."

몬테펠트로가 고개를 끄덕였다. 그는 우르비노의 군주였다. 용병대장이기도 했으며 과묵한 성격이었다.

"그렇게 하겠습니다, 군주님."

"이번 공격을 계획하면서 내 마음이 무거웠소. 그렇지만 피할 수가 없구려. 이해하시겠소? 이 때문에 어떤 야만적인 행동도 허용하지 않을 생각이오. 볼테라 시민들에게 피해를 입히게 될 그 어떤 부당한 행위도 내가 직접 책임을 질 거요. 그 사람들의 머리카락 한 올이라도 다치게 하면 안 되오!"

페데리코 다 몬테펠트로가 그의 눈을 똑바로 보았다. 그러더니 마지못해 말했다. 몇 마디 되지 않는 그 말을 하는 것도 말로 표현할 수 없게 고통스러운 듯했다.

"군주님, 저는 군주님의 명령에 따를 생각입니다. 제가 신경을 써서 병사들이 과도한 행동을 하지 않게 만들겠습니다. 그건 그렇고 군주님이 무엇 때문에 고민하시는지 알 것 같습니다. 이건 전쟁입니다. 아무리 전쟁의 모습을 가리고 싶어도 전쟁의 원래 모습보다 더 나은 모습을 만들어낼 방도가 없습니다. 피로 얼룩지고 사방에 피가 흐를 겁니다. 누구도, 어떤 일도 이 사실을 바꿀 수는 없습니다. 군주님이라도. 그래서 여쭤보는 겁니다. 왜 이런 말씀을 하시는 겁니까?"

로렌초가 한숨을 쉬었다. 몬테펠트로의 말이 맞았다. 그리고 자신이 틀렸다. 하지만 로렌초는 친구들을 잃게 되어 마음이 무거웠다. 물론 관계가 회복되기를, 다 끝난 게 아니기를 아직도 바라고 있었다.

"피렌체의 군주가 된 뒤로 모두가 다 내게서 멀어지고 있소. 내가 전염병 환자라도 되는 듯이. 난 친구가 없소, 페데리코. 물론 가족이 있소만 내 인생에서 벌어지는 일 중 내가 실제로 선택한 게 얼마나 있겠소?"

"군주님은 이미 권력이 있는 분입니다. 그러므로 손해도 이득도 없을 겁니다. 대신 군주님을 시기하고 시커먼 속셈으로 군주님이 통치권을 잃기를 바라는 수많은 사람을 조심하셔야 할 겁니다. 사실 저는 별로 말이 많지 않은 남자입니다. 하지만 오늘 군주님께 조언을 드리고 싶습니다. 군주님의 적이 머뭇거리길 바라지 마십시오. 먼저 공격을 해요, 로렌초. 그리고 할 수 있으면 공격을 해서 적들을 죽여 버리십시오. 이제 더 하실 말씀이 없으면 저는 물러나겠습니다."

로렌초가 고개를 끄덕이며 허락을 했다. 몬테펠트로의 말이 그의 귓가에 크게 울렸다. 몬테펠트로는 다른 말을 더 기다리지 않고 출입문 쪽으로 걸어갔다. 정원의 돌을 밟는 무거운 발소리가 묵직하게 울려 메아리치는 동안 로렌초의 마음은 차디찬 그날 아침 공기 속에서 길을 잃고 헤맸다. 하늘은 점판암을 조각한 것 같았고 헐벗은 나무는 죽음을 예고하는 듯했다.

지금 뭔가 잘못되어 가고 있었다. 로렌초와 이야기를 하고 그를 올바른 길로 다시 데려와야만 했다. 그 명반 광산들이 그가 가진 모든 걸 포기할 만큼 그렇게 소중한 걸까? 루크레치아는 정말이지 그 사실이 믿어지지 않았다. 그녀는 로렌초가 점점 자신에게서 멀어지는 것을 보았다. 그리고 이젠 레오나르도의 이야기도 듣지 않았다.

루크레치아는 지난 밤 레오나르도와 이야기를 나누었다. 그녀가 들은 말에는 의심의 여지가 없었다. 전쟁이라는 이름으로 시작된 모든 일이 절대 좋은 결과를 가져올 리가 없었다. 고통과 죽음밖에는. 그녀와 로렌초가 침대에서 포옹을 하며 그들의 영원한 사랑을 꿈꾸었던 시간이 까마득한 옛날 일만 같았다!

그와 이야기를 나눠야만 했다. 그런 식으로 볼테라를 공격하는 건 정말, 완전히 미친 짓이었다. 물론 루크레치아도 피렌체에 반항하는 부속 도시를 아무런 처벌 없이 그냥 내버려두어서는 안 된다는 것 정도는 알았다. 하지만 피와 무기에 대한 갈망은 도시에서 로렌초에 대한 반감을 확산시키게 될 것이다. 자신이 가는 길에 걸리적거리는 사람은 누구든 제거할 준비가 된 잔혹한 군주로 그려질게 뻔했다.

그가 원하는 게 이걸까? 사람들에게 두려움의 대상이 되는 것? 물론 통치를 위한 제일 쉽고 즉각적인 결과를 얻을 방법이었다. 하지만 가장 적절한 방법일까? 그녀가 아는 로렌초는 절대 그런 일을 할 사람이 아니었다. 그는 대화와 외교 같은 다른 해결책을 찾았어야 했다. 그렇게 현명하던 청년은 갑자기 어디로 가버린 걸까? 이제 더 이상 이해할 수 없었다. 루크레치아는 추운 밤길을 빠르게 걸었다. 그녀는 해 질 녘에 집을 나섰다. 금방 온 도시가 어둠에 빠졌다. 산 풀리나리 광장 여기저기서 붉은 횃불이 반짝였다. 루크레치아는 넓은 검은색 망토를 걸쳤고 얼굴이 보이지 않게 모자를 푹 눌러썼다. 그녀는 사람들의 무분별한 시선을 끌고 싶지 않았다. 그 시간에 길을 나선 건 좋은 생각이 절대 아니었다. 두 사람이 만날 일이 있을 때 항상 그랬듯이 로렌초가 마차를 보내주길 기다릴 수 있었지만 이번에는 그녀가 먼저 알아서 하고 싶었다.

마치 그녀의 걱정을 확인이라도 시켜주듯 갑자기 어둠 속에서 사람의 형체가 또렷이 나타났다. 순식간이었다. 그녀를 잠깐 흘깃 보는 것 같았지만 그녀가 돌아보았을 때에는 눈앞에 허공밖에 없었다. 루크레치아는 자신이 얼마나 어리석고 감상적인지를 다시 한 번 확인했다. 그리고 그런 자신이 믿어지지 않는 듯 고개를 저었다. 그래서 서둘러 걸었다.

로렌초의 습관을 너무나 잘 알기 때문에 어디로 가면 그를 만날 수 있을지 알았다. 그 시간쯤이면 분명 그의 이름과 같은 성당에 있을 것이다. 메디치 가문 사람들이 모두 묻힌 성당이었다. 그는 시간이 허락할 때마다 그곳에서, 자신이 사랑하던 사람들의 영혼과 함께 시간을 보내는 것을 좋아했다. 어떤 결정을 내려야만 할 때 그곳에서 영감을 얻는다고 그가 말하곤 했다. 그러니 지금도 그곳에 있는 게 틀림없었다.

이게 올바른 처신이 아니라는 걸 그녀 자신이 너무나 잘 알았다. 이런 식으로 갑자기 그 앞에 나타나는 건 숨어서 그를 지켜보고 있다가 튀어나온 것 같은 인상을 줄 테니까. 하지만 무엇이든 해야만 했다. 그를 만날 수 없다고 생각하면 견딜 수가 없었다. 아니, 모든 이들이 그의 곁을 떠나는 모습을 지켜볼 생각을 하면 더욱 참기 힘들었다.

목적지에 도착했을 무렵 루크레치아는 뭔가가 자신의 뒤로 휙 지나가는 걸 느꼈다. 그게 뭔지 알아차리기도 전에 어떤 손이 그녀의 입을 틀어막았고 얼음처럼 차가운 칼날이 목에 닿았다.

"이 시간에 집밖에 나와 뭐하는 거요, 마돈나? 무슨 일을 벌이러 가는 거요?"

귀에 와닿는 까칠하면서도 날카로운 목소리를 듣자 루크레치아는 기절을 할 것만 같았다. 그러니까 진짜였다! 누군가 그녀를 미행했고 지금 그녀는 경솔함의 대가를 비싸게 치러야 한다. 반항을 해보려 했다. 비명을 지르려 했지만 목소리가 목에 걸려 나오지 않았다. 갑자기 두려움이 엄습했다.

"아무 말 마시오." 그 목소리가 계속 말했다. "아무 소용없으니, 내 말 들어요. 내 손에 죽지 않으려면."

그러더니 그녀를 잡은 남자는 다른 말을 덧붙이지 않고 골목에서 제일 어두운 모퉁이로 그녀를 끌고 갔다. 거기서는 아마 누구의 눈에도 띄지 않을 게 틀림없었다. 멀리서 타오르는 횃불의 불빛이 골목 쪽으로 희미하게 비칠 뿐이었다. 운이 조금만 좋으면 남자는 아무 방해도 받지 않고 자기 마음대로 할 수 있었다. 그녀의 물건을 빼앗아 달아나거나 성폭행을 하거나 살해를 하거나.

그녀는 포장도로에 닿는 남자의 장화 굽과 움직이는 다리를 보며 필사적으로 저항을 해보려 했다. 그녀를 공격한 남자의 목소리는 거의 어린 청년에 가까웠지만 힘은 결코 약하지 않았다. 남자는 별로 애쓰지 않아도 그녀를 자기가 원하는 곳으로 데려갈 수 있을 것 같았다. 지금 당장 저항을 하고 무슨 행동이든 해야만 했다! 더 기다리면 아예 기회가 없을지도 몰랐다. 어쩌면 너무 늦었는지도 모른다. 그녀의 머리에는 한 가지 생각밖에 떠오르지 않았고, 그 생각을 실행에 옮겼다. 자신의 입을 틀어막은 손가락을 깨물었다. 있는 힘을 다해 힘껏.

17. 쇠뇌

그날은 평상시보다 일찍 성당에서 나가기로 했다. 뭐라 정확히 말하기 힘들지만 그의 마음을 괴롭히는 게 있었다. 특히 페데리코 다 몬테펠트로와 나눈 대화 때문이었다. 볼테라를 공격하기로 어렵게 내린 결정과 레오나르도와의 일까지도.

상념에 잠겨서 무슨 일이 벌어지고 있는지도 거의 알아차리지 못한 채 다른 길들보다 훨씬 좁고 몹시 어두운 골목길로 들어섰다. 벽에 걸린 횃불의 희미한 불빛만 골목을 비출 뿐이었다. 그 불빛은 골목을 환히 밝혀주지는 못했지만 칠흑처럼 어둡지는 않았다. 그때 골목에서 불안하면서도 잔인한 비명 소리가 들렸다. 격투하는 남자의 입에서 나오는 신음 소리 같기도 했다.

로렌초는 무슨 일이 벌어졌는지 알아차리기도 전에 눈앞에 펼쳐진 광경에 자기 눈을 의심했다. 골목은 바로 그의 앞에서 왼쪽으로 휘어졌다. 그 모퉁이 부근에서 뒤얽혀 벽에 기댄 두 사람의 형체가 눈에 띄었다. 처음에는 어떤 상황인지 이해할 수 없었지만 곧 한 사람이 다른 사람에게서 벗어나 그가 있는 쪽으로 비틀비틀 달려오는 게 보였다. 희미한 횃불의 불빛만으로도 로렌초는 루크레치아의 얼굴을 알아보았다. 긴 머리카락들이 어두운 공기 중에서 검은 촉수처럼 흔들렸고 반짝이는 두 눈은 공포에 사로잡혀 번득였다. 시커먼 뭔가로 얼룩져 있는 아름다운 입술이 곧 눈에 들어왔다.

그는 시간을 허비하지 않았다. 허리에 차고 있던 쇠뇌를 잡아서 순식간에 공격자를 향해 겨누었다. 방아쇠를 누르자 화살이 쉬익 소리를 내며 발사되어 공기를 가르더니 공격자의 손바닥에 박혔다. 공격자의 입에서 아까보다 더 끔찍한 두 번째 비명이 터져 나왔다. 화살이 별 힘들이지 않고 볼품없는 과일을 관통하듯 손을 뚫고 나왔지만 남자는 포기하지 않았다. 그는 손에 뭔가를 움켜쥐고 있었다. 누르스름하고 불그레한 횃불의 불빛 아래 번득이는 칼날이 로렌초의 눈에 띄었다. 남자는 대담하게 자신의 손아귀에서 빠져나간 여자를 등 뒤에서 공격하려 했다.

루크레치아가 로렌초 쪽으로 계속 달려오는 동안 로렌초가 작은 화살통에서 두 번째 화살을 꺼냈다. 손잡이 부분을 열자 활시위가 다시 장전 위치에 왔다. 활에 두 번째 화살을 장전하고 아까보다 더 정확히 표적을 겨누었다. 잠시 후 공격자가 두 손으로 목을 잡았다. 화살이 그의 목을 관통한 것이다. 검붉은 피가 목 한가운데서 뿜어져 나오더니 물줄기 같은 검은 피가 방사상으로 튀었다. 남자가 무릎을 꿇더니 이내 옆으로 쓰러져버렸다. 곧 루크레치아가 로렌초의 품에 안겼다. 그에게 몸을 맡기자마자 정신을 잃었다.

미소 짓는 루크레치아를 보고 로렌초가 다가왔다. 루크레치아는 깨끗한 시트가 깔린 침대에 따뜻하고 포근한 이불을 덮고 누워있었다. 로렌초가 묽은 수프를 가져오게 했다. 두 손으로 스프 그릇을 잡았다.

"마셔요, 루크레치아." 그녀에게 말했다. "이걸 마시고 나면 훨씬 좋아질 거요."

로렌초는 맛좋은 냄새가 나는 뜨거운 수프를 그녀가 마실 수 있게 도와주었다.

"앞으론 이렇게 경솔한 짓을 하지 않겠다고 약속해요. 내가 당신을 얼마나 소중하게 생각하는지 알지 않소? 레오나르도의 쇠뇌가 없었으면 당신에게 끔찍한 일이 벌어졌을지도 몰라."

그가 흥분해서 절박하게 말했다. 진심으로 걱정하는 마음 때문에 목이 잠겨 말도 제대로 잇지 못했고 그런 모습에 루크레치아는 깜짝 놀라지 않을 수 없었다. 로렌초는 자신이 그녀를 버린 것이나 마찬가지라고 생각했고, 그에 대해 스스로를 용서하지 않았다. 루크레치아에게 혹시라도 무슨 일이 일어나면 그의 책임이었다.

"레오나르도의 쇠뇌." 그녀가 가느다란 목소리로 말했다. "잠시나마 우리 셋이 하나가 되었네요, 안 그래요?"

두려움과 감정의 동요로 이따금 말을 잇지는 못했지만 그 말 속에 비난은 티끌만큼도 담겨 있지 않았다.

"로렌초." 그녀가 다시 말했다. "목숨을 구해줘서 고마워요. 당신을 만나러 가는 길이었어요. 더 이상 당신과 멀리 떨어져 있을 수가 없어서요."

그 말을 듣자 한없는 슬픔이 밀려들었다. 한편으로는 자신도 그녀와 멀어진 뒤로 공허하게 살아간다고 절규하고 싶었지만 다른 한편으로는 그런 감정을 부채질하면 루크레치아는 지금보다 훨씬 더 목숨이 위태로워질 것이라는 사실도 잘 알았다.

"내 사랑…." 이런 말밖에 나오지 않았다. 그러나 잠시 후 용기를 내보았다. "당신은 내 곁에 있을 수 없소. 내가 손을 대면 모든 게 저주의 불길처럼 활활 타오르니까. 그렇게는 놔둘 수 없소. 아까 보지 않았소? 오늘도 당신은 거의 목숨을 내놓고 나를 찾아 왔지 않소."

"상관없어요. 당신 품에 안기지 못한다면 사는 게 의미가 없어요." 루크레치아가 대답했다.

그녀가 너무나 아름답다고 생각했다. 아름답고 우아한 얼굴에 전투적인 비장함이 감돌아서 산봉우리에서 싸우는 전사 같았다. 그는 두 손으로 수프 그릇을 받아서 검은 나무로 만든 작은 탁자에 내려놓았다. 그리고 그녀의 얼굴을 잡고 오랫동안 키스를 했다. 그녀를 향한 사랑은 너무나 강렬해 저항하기 힘들었다. 어떤 형벌을 받는다 해도 상관없었다. 이와 같은 특권을 누리는 데 형벌이라는 비싼 대가를 치러야 한다면 언제든 치를 준비가 되어 있었다.

루크레치아의 혀가 이 사이로 재빠르게 들어오더니 그의 입술을 핥는 게 느껴졌다. 로렌초가 그녀를 안았다. 루크레치아는 자신을 그에게 맡겼다. 그러자 로렌초는 더 이상 참을 수가 없었다. 그녀의 옷을 벗기는 사이 그녀는 그의 더블릿의 끈을 풀었다. 로렌초가 옷을 다 벗기자 루크레치아가 그의 손을 잡아 자신의 풍만한 가슴에 올려놓았다. 잠시 후 로렌초의 공격이 점점 더 뜨거워졌다. 그가 검은 유두를 꼬집자 그녀는 믿을 수 없을 정도로 희열을 느꼈다. 로렌초의 혀가 계속 그녀의 이와 입술을 빨며 혀를 찾았다. 루크레치아는 하늘로 붕 뜨는 기분이었다.

그녀가 팔과 다리를 침대에 대고 엎드렸다. 로렌초의 혀가 그녀의 다리 사이를 탐색하며 그녀 몸 가운데 가장 달콤한 곳에 와 닿자 그녀는 그에게 완전히 빠져들었다. 그와 동시에 저항할 수 없는 불안감을 느끼기도 했다. 루크레치아는 그를 원했다. 그녀가 더 이상 참을 수 없을 정도로 흥분한 바로 그 순간을 정확히 아는 듯이 로렌초가 그녀에게로 들어갔다. 루크레치아는 몸 속으로 밀려오는 그를 느끼며 온몸으로 그를 맞았다. 등을 구부리고 엉덩이를 내밀었다. 그는 자신이 가진 모든 것으로 그녀를 가득 채웠다.

1472년 6월

MEDICI

18. 볼테라 약탈

매일 동이 틀 무렵이면 쉴 새 없이 대포가 터져 성벽을 무너뜨리고 돌을 가루로 만들고 탑을 쓰러뜨렸다. 집중포격 이후 연기와 공포의 굉음이 사라진 뒤 병사들이 평원으로 내려갔다. 막강한 병력과 대포의 포격에 의지한 갑옷과 창의 물결이 볼테라를 향해 돌진하며 공격을 시작했다. 이제 막 떠오르기 시작한 태양이 병사들의 갑옷을 희미한 분홍빛으로 물들이는 사이 여기저기 바위들이 솟은 언덕의 구불구불한 능선에는 밝은 커튼이 드리워져서 뾰족한 바위의 끝이 그 커튼 뒤로 사라진 듯했다.

그러나 마침내 대포사격이 끝나고 병사들이 요새화된 도시의 성벽 밑에 도착했을 때 보루의 사수들은 머뭇거리지 않고 그들을 향해 쉴 새 없이 창을 던져서 대열을 흩어놓았다. 곧 볼테라 성문 앞이 피로 물들며 시체로 뒤덮였다.

사람을 찌르느라 피가 뚝뚝 떨어지는 창들이 서로 부딪히며 부러지는 소리와 고통의 비명 소리가 귀청을 찢을 듯했고 투구들은 흙먼지 속을 굴렀다. 마지막 숨을 내쉬는 병사들은 호흡에 필요한 공기를 잡으려는 듯 쇠장갑 낀 손을 허공에서 휘저었다. 피렌체군에 벌어진 참극이었다. 아침의 장밋빛 하늘은 죽어가는 이들의 신음 소리로 뒤덮였고, 부상당한 사람들의 절망이 순식간에 하늘을 그 어느 때보다 음산하게 물들였다.

페데리코 다 몬테펠트로 대장은 땅에 쓰러지는 부하들을 보았다. 그들의 피가 땅을 흠뻑 적셔 피범벅이 된 땅이 붉은 진흙처럼 보일 정도였다. 미늘 갑옷 밑으로 땀이 비오듯 흘러내렸고 피로와 호흡곤란이 겹쳐 시야가 뿌옜다. 사방에 시체가 넘쳐나서 들판에서 볼테라로 이어지는 드넓은 공간에 시체밖에 보이지 않았다.

그렇게 공격은 삽시간에 무기력하게 끝나버리고 말았다. 피렌체 병사들은 상처 입은 몸과 지친 마음을 끌고 천막으로 돌아왔다. 몬테펠트로는 대포의 화력을 강화하라고 명령했다.

다시 며칠이 흘렀다. 하지만 볼테라는 꿈쩍하지 않았다. 몬테펠트로는 다른 식으로 도시를 점령할 생각으로 부하들에게 지하통로를 만들게 했다. 부하들은 온몸이 진흙투성이가 된 채 돼지처럼 피렌체군이 머무는 야영지와 도시 성벽을 잇는 통로를 팠다. 하지만 그 작전 역시 성공하지 못했다.

그렇게 한 달이 흘렀지만 포위를 하고 있는 피렌체군은 여태 아무런 성과도 올리지 못했다. 병사들의 사기는 부상을 당하기도 하고 지치기도 한 탓에 한없이 저하되었다. 그들은 그저 무슨 일인가가 일어나길 기다리며 야영을 했다.

마침내 정말 일이 벌어졌다. 생각지도 못했던 일이었다. 그것은 수치스러울 정도로 비인간적인 사건으로 우르비노의 군주인 페데리코 다 몬테펠트로는 승리와 명예를 비롯한 모든 것을 순식간에 다 잃고 말았다.

그 일은 칠흑같이 어두운 한밤중에, 동이 틀 무렵 하늘이 상아빛으로 물들려면 아직 조금 더 기다려야 할 때에 벌어졌다. 배신자들이 파렴치함으로 얼룩진 음모를 좀 더 성공적으로 실행에 옮길 수 있는 시간이었다. 시에나와 베네치아 용병들이 어둠과 침묵의 보호를 받으며 디아나 성문을 열어주었다. 피렌체 병사들이 소리 없이 움직이는 유령처럼 한밤의 거리로 잠입한 뒤 시내로 흩어졌다. 그렇게 이미 동이 트기도 전에 아비규환이 시작되었다.

몬테펠트로는 사태를 너무 늦게 알아차렸다. 첫날부터 정확하게 명령을 하달했지만 병사들은 늑대가 양 떼를 덮치듯 볼테라에 덤벼들었다. 이미 병사들을 제어하기는 불가능했다. 몬테펠트로에게는 불명예스럽고 불행한 일이었다. 피렌체와 로렌초 데 메디치에게도 마찬가지였다.

몬테펠트로는 말을 타고 언덕 기슭을 지나 디아나 성문으로 향했다. 그는 전쟁터를 떠나면서 인간의 품격이 어디까지 곤두박질쳤는지 자문했다. 가치와 용기는 어디로 간 것일까? 전쟁의 관례가 남아 있던 일말의 규칙과 연민마저도 다 빼앗아가버렸다. 이 대학살의 심판관은 몬테펠트로밖에 없었다. 앞으로 그를 괴롭힐 치욕스러운 현장의 심판관.

그를 익사시키려고 시커먼 빛줄기가 퍼붓는 듯했다. 그는 그 빛 속에서 자신에게는 대학살을 멈출 만큼의 힘이 없다는 공포에 사로잡혔다. 그 공포 속에서 허우적거리다가 죽어갈 것만 같았다. 몬테펠트로는 지친 눈으로 하늘을 바라보며 한 귀퉁이에서라도 파란 하늘을 발견할 수 있기를 바랐다. 그러나 불꽃과 연기가 파란 하늘을 완전히 뒤덮어 버렸다.

볼테라의 높디높은 성벽들은 함락되지 않았다. 성문은 속임수로 열렸다. 목마도, 계략이나 천재적인 전략도 필요치 않았다. 몇몇 비열한 인간들의 배신과 여러 사람들의 분노만으로 충분한 일이었다. 처음에는 겨울 병영에서 하는 일 없이 방치되어 있다가 그 후 한 달 가까이 성문 밖에서 허수아비처럼 서 있었던 대다수 병사들의 분노였다. 죄는 그들이 저질렀지만 더 큰 잘못은 사나운 사냥개 같은 병사들을 제어하지 못한 지휘관들에게 있었다.

어쨌든 공격자들은 사기와 속임수로 뚫린 틈으로 볼테라가 패배하는 순간까지 끊임없이 몰려들었다. 그동안 입은 피해와 고행에 눈이 먼 병사들이, 어쩌면 약탈에 굶주려서일지도 모르지만, 오로지 그 시간만을 기다려온 사람들처럼 시내로 달려들었다.

몬테펠트로는 고함을 치고, 위협하고, 명령했다. 그러나 그 모든 게 무관심의 벽에 부딪히고 말았다. 아니, 그보다 더 최악은 그가 너무 늦게 도착했다는 것이다. 동이 틀 무렵 그의 부하들은 이미 도시로 진입한 뒤였다. 그가 볼테라에 입성했을 때 눈앞의 도시는 이미 고통의 도가니 그 자체였다.

연기가 불탄 집들을 뒤덮었다. 집들은 무너져내려 시커먼 돌더미로 변했고 연기가 올라왔다. 불길이 집어삼킨 회색 돌들은 유황더미에서 튀어나온 듯했다. 몬테펠트로는 말을 내뱉는 것조차 두려워 조용히 주위를 둘러보았다. 그는 이 대학살의 희생자들 눈에 띄어 그들이 자신을 알아보고 영원한 저주를 퍼부을까봐 두려웠다.

한 번도 본 적 없는 광경이었다. 끔찍한 악몽 속에서도 이렇게 맹목적인 폭력을 본 적이 없었다. 어린아이들은 온통 숯검정과 콧물 천지인 얼굴로 작은 두 손을 벌리고 죽음의 침묵에 압도당해 소리조차 내지 못한 채 울부짖듯 아버지를 불렀다. 검에 찔린 채로 비틀거리거나 피와 진흙으로 뒤범벅된 땅에 미끄러지는 남자들도 보였다. 그 남자들은 짓이겨진 독사처럼 붉은 피로 얼룩진 길 위로 몸을 질질 끌고 갔다.

눈이 뽑힌 여자들과 오두막 문에 못으로 박힌 노인들도 보였다. 바닥에 널브러진 말들과 약탈을 당해 온갖 물건이 다 사라져 텅 빈 창고들도 눈에 띄었다. 아무리 어마어마한 메뚜기 떼가 공격을 해도 순식간에 한 도시가 그렇게 황폐해지지는 않을 것이다. 몬테펠트로는 망연자실해 앞으로 걸어갔다. 반나체의 부하 한 명이 눈에 띄었다. 허연 등을 구부정하게 구부린 그가 누군가를 음란하게 덮치고 있었다. 그의 몸 밑으로 진창에 처박힌 얼굴과 피와 땀에 뒤범벅된 긴 밤색 머리카락이 보였다. 이 아비규환의 희생자가 된 여자의 머리카락이었다.

몬테펠트로는 그런 광경을 그냥 보고 있을 수 없었다. 죽어가는 어떤 병사의 가슴에서 검을 빼내서 강간자의 등을 단번에 내리찍었다. 등 뒤에서 급습을 당한 남자가 검이 꽂힌 부위를 두 손으로 만졌지만 부질없고 어리석은 짓이었다. 그가 여인의 몸에 들어가 있던 성기를 빼내며 일어났다. 가슴 밖으로까지 나온 거대한 장검이 그대로 꽂힌 채로 두어 걸음 움직였다. 자신의 목숨을 뺏은 남자가 자신의 대장인 것을 발견하고는 깜짝 놀랐다. 그는 옆으로 기우뚱하다가 누군가 부서뜨린 수레의 바퀴와 썩은 나뭇조각들 속으로 쓰러졌다.

몬테펠트로가 눈을 감고 있는 동안 남자의 밑에 있던 여자는 제자리에서 꼼짝하지 않았다. 무릎과 팔로 땅을 짚은 채 온몸을 덜덜 떨었다. 공포에 빠진 그녀의 몸에 눈물과 피와 정액이 뒤범벅되어 묻어 있었다. 몬테펠트로가 그녀에게 천천히 다가갔다.

치유를 위해 그가 해줄 수 있는 일이 과연 있는 걸까? 몬테펠트로가 어깨에 걸친 망토를 벗었다. 망토로 여인을 감싸고 그녀가 일어설 수 있게 도와주었다. 여자는 쉴 새 없이 떨었다. 진정이 되지 않았다. 어쩌면 영원히 공포에 떨지도 몰랐다. 끊임없이 흐느껴 울었다. 두 눈은 눈물범벅이었다. 강제로 진흙에 처박혔던 얼굴은 지저분했다.

몬테펠트로는 물이 반쯤 담긴 양동이를 발견했다. 누군가 급히 가져가려다 놓아둔 듯했다. 양동이는 대로 가장자리에, 죽음과 고통의 한가운데에 기적처럼 놓여 있었다. 그는 망토 자락을 찢어 맑은 물에 적셨다. 그리고 여자의 얼굴을 닦아주었다. 여자를 품에 안았다. 그녀는 아무 말이 없었다. 인형처럼 망토에 감싸인 등이 흐느낌 때문에 들썩였다.

비가 내리기 시작했다. 페데리코 다 몬테펠트로는 마침내 하늘이 볼테라를 불쌍히 여기기 시작했다고 생각했다. 비가 조금이나

마 그 음란한 광경을 씻어주었다. 기도처럼, 자연의 노래처럼 비가 내렸다. 쉴 새 없이 비가 내려 수천 개의 빗줄기가 공기를 가득 메웠고 병사들에게 달라붙어 있는 악행의 불씨를 꺼버렸다. 푸르스름한 불길들이 후두둑 소리를 내며 꺼져갔다.

용병대장은 여인을 품에 안은 채 한 걸음 한 걸음 떼어놓았다. 이 여인에게 영혼의 구원이 달려 있기라도 하듯 그녀를 꼭 껴안았다. 피와 흙먼지와 진흙과 배신당한 약속으로 더러워진 그의 갑옷에 빗방울이 닿았다가 튕겨져 나갔다.

볼테라가 아픔으로 눈물을 흘렸다. 볼테라의 자식들은 들개가 되어 피렌체군이 다 뒤엎어버린 폐허가 된 세상을 떠돌아야만 했다.

절대로 다시는 로렌초 데 메디치에게 저항하지 못할 것이다.

절대로 다시는.

19. 최초의 비난

"볼테라가 메디치가에 종말을 가져올 겁니다." 프란체스코 데 파치가 호통치듯 말했다. "내 말 믿으시오. 요즈음 군주에게 감히 반항한 부속 도시의 반란을 진압했다고 축하하고 있기는 하지만 로렌초에 대한 호감은 곧 사라져버릴 겁니다."

그의 얼굴은 분노로 벌겋게 달아올랐다. 이마에는 땀이 방울방울 맺혔다. 두 손으로는 공기를 휘저었다. 그런 동작으로 자신이 메디치가에 대해 품고 있는 강렬한 증오심을 강조하려는 듯했다. 그는 지금 10인위원회의 다른 아홉 위원들을 선동하고 있었다.

하지만 쉽지 않아 보였다. 루카 피티와 피에르 소데리니는 그의 편인 게 분명했지만 다른 사람들도 그렇다고 말할 수는 없었다. 다른 사람들은 오히려 메디치의 돈에 매수되어 짜증스럽다는 듯이 그를 바라보고만 있었고, 그가 하는 말을 거의 미치광이의 헛소리쯤으로 치부하는 듯했다.

"볼테라에서 자행된 대학살이 얼마나 잔인했던지 페데리코 다 몬테펠트로가 전쟁에서 돌아온 뒤 그에게 주어진 명예들을 다 거부했다고 합니다! 교황은 그러한 행위를 그 어떤 참극보다 수치스럽고 최악이라고 선언했습니다. 로렌초 데 메디치가 어떻게 파문을 면할지 모르겠습니다. 나는 시간문제라고 생각합니다! 대주교 본인이 이런 상황에 몹시 당황하고 있으며 어떤 식으로 그를 변호해야 할지 모르는 상태입니다."

"그만, 프란체스코." 젠틸레 데 베키가 익살스럽게 말했다. "이제 그만 과장하시게! 그리고 피렌체의 대주교는 로렌초의 목숨에 위해를 가하려 했기 때문에 지금 로마에 구금되어 있다는 사실을 당신에게 상기시켜주고 싶구려. 그러니 지금으로서는 대주교를 고결하고 도덕적인 사람의 본보기로 언급할 수 없소. 우리 모두 잘 알다시피 당신들, 파치 가문 사람들은 메디치 가문을 향해 적대감을 키우고 있소. 당신네 가문 사람들은 메디치 가문이 당신들의 위신을 떨어뜨리고 행운을 가로막는다고 생각하니까. 아무도 그 문제를 비난하지 않소, 당치도 않게 말이오! 하기야 각자 믿고 싶은 대로 믿을 자유가 있으니까. 하지만 당신들이 운이 좋다고 너무 과신하지는 마시오. 교황 식스토 4세는 물론 선임 교황과는 달리 파치 가문에 더 호의적인 분이오. 이건 좋은 일이어서 우리 모두 기뻐하고 있소. 그러나 피렌체에 반항하는 도시를 다시 피렌체의 보호하에 두게 한 로렌초를 과연 교황께서 파문까지 하실지는 의문이오. 결국 중요한 건 이게 아니겠소? 당신도 말했듯이 말이오. 그러니까 너무 애쓰지 말고 다른 중요한 문제들을 이야기합시다."

"그렇지만 로렌초가 그런 일을 한 진짜 이유가 볼테라에서 발견된 명반 광산, 그러니까 명반이 풍부하게 매장된 광산을 차지하려는 의도에서 비롯되었다는 건 모르는 사람이 없소." 파치가 고집스레 말했다.

"그래서?" 베키가 그의 말을 가로막았다. "뭐가 문제라는 건가? 피렌체가 더 부유해지고 강해지면 우리 모두 그 이익을 누리게 될 거요, 안 그렇소? 언제부터 우리 도시의 부가 우리의 장애물이 되었소? 혹시 개인적으로 이익과 이윤을 취하는 데에도 무슨 규칙이 있었습니까? 그리고 어떤 이가 공동체의 이익을 위해 행동한다고 파문이 되는 거요?"

베키의 말이 사람들의 분노를 다 가라앉히지는 못했다. 아니, 오히려 그 어떤 말보다 도발적으로 들리기까지 했다. 프란체스코 데 파치는 처음에는 깜짝 놀라 눈이 휘둥그레졌지만 곧 분노로 눈에 핏발이 섰다. 검은 수염을 길게 기르고 진주가 박힌 검은 더블릿을 입은 그의 모습은 정말 무시무시할 정도였다. 그는 맹수처럼 이를 악물고 자신이 가진 모든 분노를 표출했다. 파치는 많은 이들 앞에서 망신을 당하고 말 인물이 아니었다. 그는 피렌체에서 가장 유력한 가문 출신이었다. 그러니 무슨 일이 있어도 가문의 명예를 지켜야 했다. 무엇보다 보잘것없는 정치가의 도를 넘은 독설로부터 말이다. 할 수만 있다면 지금 이 순간 자기 손으로 회의실 의자에 앉은 그자의 목을 졸랐을 것이다.

"베키, 어떻게 그런 말을 할 수 있지? 무슨 말도 안 되는 소리를 하는 거요? 무슨 말을 누구에게 하는 건지 잘 생각해보고 조심하시오! 아마도 로렌초 데 메디치와 말로 할 수 없을 정도로 친해서 그렇게 자신만만한 것 같은데, 그렇다고 당신을 건드릴 수 없다고는 생각하지 마시오. 내 말 알아들었소?"

"그러니까 지금 날 협박하는 거요, 프란체스코? 그리고 정말 내가 당신을 두려워한다고 생각하오?"

하지만 그런 식의 대응은 말다툼에 불을 붙이기만 했다. 다혈질에 쉽게 흥분을 하는 프란체스코 데 파치는 당장이라도 베키에게 달려들 기세였다. 피에르 소데리니가 두 사람을 진정시켜보려 했다. 소데리니는 품위 있게 행동할 줄 알았으며 차분하고 또렷한 목소리는 어떠한 격론이라도 중재할 수 있을 것 같았다.

"그만하시지요, 두 분. 그 문제로 몇날 며칠을 허비하고 싶지 않습니다. 내 친구 프란체스코의 말은 사실입니다. 피렌체가 볼테라를 불구덩이로 만들고 시민들을 학살한 게 잘한 일은 아니었습니다. 그리고 그 문제에 대해서는 젠틸레 데 베키 씨의 우려에도 불구하고 로렌초 데 메디치와 페데리코 다 몬테펠트로가 더 많은 책임을 져야 할 겁니다. 한편으로 볼테라의 반란을 진압하지 않았다면 피렌체의 다른 부속 도시들의 폭동을 부추기는 위험한 선례를 남길 뻔했습니다. 로렌초 데 메디치는 그런 야심을 품지 못하게 초기에 훌륭하게 차단을 했습니다. 그리고 공화국으로서 피렌체의 중심 위치를 보다 공고히 하고 로마와 밀라노로부터 독립된 도시라는 것을 더욱 확실하게 보여주었습니다. 지금 우리 모두는 전쟁이 끝나고 평화를 되찾기를 간절히 바랍니다. 우리가 바라는 그런 평화는 분명하게 힘을 증명해서 얻어지는 겁니다. 어쨌든 이번 일에 여러 가지 잘못이 있기는 하나 적어도 다시 무질서한 상황이 벌어지지 않게 하는 데는 도움이 될 겁니다."

여기까지 말하고 피에르 소데리니는 자신이 한 말이 어떤 효과를 가져왔는지를 확인하려는 듯 잠시 말을 멈추었다. 그는 훌륭한 연설가였고 뛰어난 지성을 겸비한 남자였다. 그는 메디치 가문을 좋아하지 않았지만 행동할 때와 말할 때를 완벽하게 알았다. 무엇보다 그 순간 로렌초를 질책하는 것은 완전히 잘못된 행동이었다. 용병부대의 도움을 받기는 했지만 어찌되었든 피렌체는 승리했으니까. 그 점이 로렌초의 잘못이라고 말하기는 어려웠다. 다른 사람들이 전혀 예기치 못한 순간에 침묵하거나 뒤에서 음모를 짜는 것보다 훨씬 나았다. 복수는 손님에게 차갑게 내놓아야 하는 음식과도 같았다. 프란체스코 데 파치와 그의 편에 있는 사람들 모두가 피렌체의 통치자이자 공명정대하고 기품 있는 외양을 고집스레 유지하는 메디치 가문에 얼마나 깊고 깊은 복수심을 품고 있는지는 신만이 알았다. 그러니 양쪽 편을 다 들며 상황이 어떻게 흘러가는지 기다려 보는 게 좋았다. 젠틸레 데 베키와 니콜로 마르텔리가 고개를 끄덕이는 것을 보자 피에르 소데리니는 자신의 처신이 적절했음을 알고 결론을 내렸다. 그는 프란체스코 데 파치의 손목을 잡아 더 이상 입을 열 수 없게 만들며 자신의 말을 마쳤다.

"사실 프란체스코가 다소 흥분하기는 했지만 그가 강조한 논거에는 이의를 제기할 수 없습니다. 그렇기는 하지만 우리 모두 힘을 증명함으로써 사람들의 마음을 진정시키고 통치권을 공고히 할 수 있다면 그것이 다소 지나치다 해도 항상 환영할 만하다고 생각합니다. 이제 두 사람이 괜찮다면, 식스토 4세가 명령한 십자군을 지원하기 위해 우리가 사용하려고 하는 자원과 관련된 문제를 다시 논의해 봤으면 합니다. 피렌체는 그런 임무의 최전방에서 역할을 수행하지 않을 수 없으니까요."

소데리니는 말을 마치며 프란체스코 데 파치를 슬쩍 보았다. 파치는 그 시선에 담긴 의미를 알아차리고 이번에는 사람들을 다시 자극하지 않았다. 소데리니의 말에 안심을 한 젠틸레 데 베키와 니콜로 마르텔리, 그리고 메디치 가문을 위해 일하는 참모들은 안도의 한숨을 쉬었다. 그들은 이제 훨씬 명료한 문제들을 논의할 수 있어서 기뻤다. 자신들의 앞에 있는 남자들이 로렌초와 관련된 문제의 결론을 전혀 다르게 해석했다는 사실을 그들이 알 리가 없었다.

20. 암갈색 솔개

레오나르도는 무성한 수풀 속에 서 있었다. 풀잎 하나를 입으로 불자 그 소리가 여름 햇볕이 내리쬐는 주위로 퍼지며 귀에 부드럽게 닿았다. 볼테라에서 자행된 대학살에 관한 소문이 그의 귀에도 들렸다. 그 사건이 로렌초에게 어떤 식으로든 전혀 도움이 되지 않으리라고 생각했다. 그는 로렌초를 돕고 싶었다. 그런데 뭔가가 그를 가로막았다. 그는 다시는 로렌초를 만나지 않겠다고 스스로에게 맹세했다. 어쩌면 그저 어리석은 자존심 때문에 그랬을지 모르지만 그에게 가장 소중한 것 중 하나를 포기할 생각은 전혀 없었다. 그는 자신이 한 말을 뒤집고 싶지 않았다. 설사 더 고독하고 쓸쓸해진다 해도 마찬가지였다.

레오나르도는 자신이 친구를 사귀거나 사랑을 할 수 없는 사람이라고 생각했다. 하지만 루크레치아 역시 로렌초가 멀게 느껴진다고 그에게 털어놓았었다. 그리고 어쩌면 그와 로렌초 사이에 생기는 거리감이 바로 로렌초 자신이 원하던 바일지도 몰랐다. 혹시 로렌초가 이런 식으로 그들을 보호하는 게 아닐까? 처음에는 아예 그런 생각을 하지 못했다. 로렌초는 고집을 부리다시피하며 레오나르도를 친구로 두려 했고, 레오나르도는 그런 로렌초의 의도에서 진실함을 감지했다. 하지만 그 후 두 사람은 각자 자신들의 뜻에 따라 결정을 내렸고 레오나르도는 그 편이 훨씬 더 좋다고 생각했다.

그는 안도감을 느꼈다. 이렇게 끝난 게 가장 옳았다.

볼테라 포위 공격이 신의 섭리로 작용해 로렌초와의 우정 때문에 그와 루크레치아가 위험에 빠지는 일을 미연에 막은 듯했다. 그는 얼마 전 루크레치아가 로렌초를 찾아갔고 로렌초가 그녀와 밤을 보냈다는 걸 알았다. 그러나 로렌초는 자신이 저지른 실수를 알고 나서 그녀를 멀리했다. 하지만 그녀에 대한 뜨거운 마음을 여전히 간직하고 있었다. 그는 피렌체가 자신이 섬기는 유일한 주인이자 귀부인인 것처럼, 그러니까 오로지 피렌체에 대한 신의만을 지키고 권력으로 이루어진 고독 속에 갇히길 바라는 사람처럼 굴었다.

물론 여전히 로렌초는 루크레치아에게 바치는 시들을 썼다. 그러니까 아무리 마음을 고쳐먹어도 머리와 마음에서 그녀를 지울 수는 없는 모양이었다. 레오나르도는 로렌초와 클라리체 사이가 어떤지 전혀 짐작하지 못했다. 그들의 결혼생활이 평온하고 행복하지 않다는 것은 알았지만 로렌초가 최선을 다하려 애쓰고 있다는 점을 의심하지는 않았다. 최근에 로렌초는 자신의 가족과 피렌체에 좀 더 긴밀하고 충실해지기로 결심한 듯이 보였다. 레오나르도 역시 그런 식의 충실함을 찾고자 애썼다.

물론 레오나르도에게는 지켜야 할 도시나 사랑하는 여인, 혹은 존중해야 할 아내가 없었다. 어떤 면에서 보면 가진 게 하나도 없었지만 그와 동시에 모든 걸 가지고 있기도 했다. 자유와 지식에 대한 사랑은 지나칠 정도로 넘쳤는데, 그가 자신의 인생에서 지키고 싶은 감정은 그 두 가지뿐이었다.

그는 지난밤을 떠올렸다.

또 그 솔개 꿈을 꾸었다. 꿈속에서 그는 어린 시절로 돌아가서 흔들리는 작은 요람에 누워 있었다. 그때 솔개가 그에게로 왔다. 솔개는 하늘을 빙글빙글 돌다가 아래로 내려와 열린 방 창문으로 들어왔다. 청동색 깃털의 아주 큰 새였다. 그는 요람 가장자리에 내려앉았고 새가 꼬리를 퍼덕이고 휘저었다. 그러자 커다란 꼬리깃털들이 어린 레오나르도의 입술 사이로 들어가 입안에 깃털이 한가득 찼다.

이상하고 기이한 꿈이었지만 불길한 느낌은 전혀 없어서 레오나르도는 꿈에서 깬 뒤에도 두렵지는 않았다. 어쩌면 그 꿈은 삼촌인 프란체스코와 관련이 있을 수도 있었다. 레오나르도는 어릴 때부터 삼촌과 들판이나 숲속 여기저기를 돌아다녔다. 솔개의 꼬리가 갈라져 있다는 이야기를 해준 사람이 바로 삼촌이었다. 삼촌은 또 이 비범한 새가 공기의 흐름을 타고 믿기 어려울 정도로 높은 곳까지 날아오를 수 있다는 이야기도 해주었다. 날아오를 때는 강한 바람을 이용하지만 밑으로 내려올 때는 조심스레 미풍에 몸을 맡긴다고 했다. 바로 그때 솔개가 하강해서 빈치 마을의 탑인 카세로 아래쪽 가상의 선에 내려앉았다.

레오나르도는 가만히 솔개의 매혹적인 비행을 지켜보았다. 날아가는 솔개를 좇다 보니 그의 눈길이 안키아노 농가 주변의 밭과 초원에 닿았다. 곧 그 끝에서 시작되는 숲 가장자리로 시선이 옮겨갔다. 거기엔 마을의 마지막 집들이 자리잡고 있었다. 자연과 모든 피조물에 대한 사랑을 그에게 전해준 사람은 바로 방탕한 삶을 산 미치광이 삼촌이었다.

그와 삼촌은 늘 강가까지 같이 내려갔다가 숲으로 다시 올라가서 수천 가지 모양으로 변신하는 곤충과 갈색 흙덩어리의 구성 요소를 관찰하곤 했다. 한겨울에 꽝꽝 얼었던 흙이 아직 다 녹지도 않고 군데군데 서리에 덮여 있는데도 따뜻한 봄기운이 얼핏 돌기만 하면 연약한 풀줄기가 그 흙을 뚫고 나오는 것을 보고 감탄하지 않을 수 없었다.

그러던 어느 날 단조롭지만 경이로웠던 그 생활이 중단되었다. 레오나르도의 아버지인 피에로가 할아버지와 이야기를 나눈 뒤 레오나르도를 피렌체로 데려가게 해달라고 청했다. 그러자 할아버지인 안토니오가 레오나르도에게 다가와서 두 손으로 레오나르도의 뺨을 쥐고 자신을 올려다보게 했다.

"레오나르도, 피렌체를 보게 되겠구나! 세상을 보게 되는 거다, 알겠니?"

레오나르도는 할아버지가 한 말의 뜻을 이해하지도 못한 채 미소를 지었다. 아버지와 프란체스코 삼촌도 따뜻하게 그를 바라보았다. 그래서 레오나르도 역시, 슬프기는 했지만 똑같이 했다. 삼촌과 함께 보낸 평화로웠던 나날들이 그립겠지, 그는 그때 이미 그걸 알았다. 하지만 그 시절이 끝났다는 것도 알아차렸다. 그리고 그런 기분을 확인하듯 그날 밤, 그의 요람에 내려앉아 갈라진 꼬리로 그의 입을 열려고 하는 솔개 꿈을 꾸었다.

다음 날 아침 레오나르도는 피렌체로 떠났고 짧다고 할 수 없는, 그렇지만 길지도 않은 여행 끝에 믿어지지 않는 경이로운 도시에 도착했다. 기억 속에 또렷하게 살아 있는 추억들을 생각하면서 레오나르도가 눈을 들어 하늘을 보았다. 암갈색 솔개의 날카로운 울음소리가 사방에 울려 퍼졌다.

21. 음모

지롤라모 리아리오가 외삼촌을 기다리는 중이었다. 그는 한 가지 계획을 생각하고 있었는데 만일 준비만 제대로 하면 마침내 피렌체를 약화시키고 로마의 힘을 키워 그의 지배권을 확장하는 데 유용할 게 분명했다. 그 문제에 관해 루도비코 리치와 한참 이야기를 나눈 결과 실제로 성공 가능성이 있는 구체적인 계획일 뿐만 아니라 모든 이를 로렌초 데 메디치로부터 해방시켜줄 아주 복잡한 음모의 첫걸음을 떼게 되리라는 결론을 내렸다.

외삼촌을 기다리는 동안 주위를 둘러보았다. 그는 산탄젤로 성의 4층 서재에 있었다. 외삼촌이 사람들과 떨어져서 홀로 책을 읽고 자신의 계획을 구상할 때 즐겨 찾는 곳이었다. 조그만 방으로, 솔직히 말하면 거의 지하 납골당 같았다. 기술공학의 걸작으로 작동되는 비밀통로를 통해서만 이 방에 들어올 수 있었다. 작은 방문은 벽과 구별이 되지 않았는데, 넓은 옆방에 걸린 그림에 손을 댈 때에만 문의 윤곽이 뚜렷해졌다.

지롤라모 리아리오는 종이와 양피지, 잉크와 펜들이 빼곡하게 놓인 검은 마호가니 책상을 보았다. 교황의 인장과 봉투를 밀봉하는 데 쓰는 봉랍도 보였다. 외삼촌의 상체를 조각한 조그맣고 하얀 대리석상은 미노 다 피에솔레의 작품이었다. '시련 재판'을 표현한 프레스코화가 벽을 장식했는데 도메니코 기를란다요가 그린 것이었다. 그런 예술품은 소품으로 쓰인 걸작들 중 일부에 불과했다. 교황은 그런 작품을 시작으로 자신과 가문의 명예를 드높였으며 서서히 새로운 여러 예술품으로 로마를 장식해나갔다. 가장 야심만만한 작품으로 언급되는 것은 교황 자신의 명예를 위해 건설하려는 시스토 다리였다.

게다가 교황 프란체스코 델라 로베레*는 다시 활짝 꽃피는 로마를 보고자 하는 자신의 야심을 비밀에 부치지도 않았다. 당연히 교황청 금고를 가득 채워주는 세금과 수입을 이용해 예술가들에게 재정적 후원을 할 생각이었다. 그는 여러 가지 이유를 들어, 사실대로 말하자면 거의 반박할 수 없는 이유를 들어 자신의 이름을 붙일 새 다리의 건설이 정당하다는 것을 사방에 납득시키려고 했다. 테베레강의 좌측에서 베드로 성당에 접근하려고 산탄젤로 다리로 고생스럽게 몰려드는 신도들을 지켜보는 데 지쳤다는 게 그 이유였다.

그러나 예술작품과 기념비를 만드느라 그렇게 돈을 많이 쓰는 이유가 뭐든 리아리오는 별 관심이 없었다. 지금은 얻어내야 할 분명한 이익이 있어서 그곳에 와 있기 때문이었다.

교황군 총사령관 자리에 오른 뒤 그는 자신의 힘이 놀랄 만큼 커진 것을 두 눈으로 목격했다. 그러나 이제 그는 자신의 봉토, 말하자면 자신의 시뇨리아를 갖고 싶었다. 피렌체에서 그리 멀리 떨어지지 않아서 로렌초 데 메디치를 감시할 수 있는 땅을 원했다. 그가 바라는 대로 곧 파멸할 로렌초 데 메디치의 모습을 지켜볼 수 있는 위치의 땅. 하지만 그러려면 교황 측에서 봉토를 수여하고 관련 토

* 교황의 본명.

지를 양도해주어야만 했다.

그런 생각을 하고 있을 때 자물쇠에서 딸깍 소리가 나더니 문이 열렸고 교황이 들어왔다. 프란체스코 델라 로베레는 키가 아주 컸다. 갈대처럼 마르고 강인했는데 귀족적인 이목구비에 광대가 튀어나온 얼굴이었다. 단호하고 지혜로워 보이는 두 눈은 미묘한 사람의 마음을 언제든 정확히 파악할 태세였다. 그는 이미 탁월한 재능을 이용해 거의 미친 듯이 학문을 연마했고 그로 인해 베네치아 대학과 파도바 대학 같은 훌륭한 몇몇 학교에서 오랫동안 철학을 가르쳤다. 그는 누구보다 조카를 잘 알았다. 권력에 대한 야망에 불타고 지나치게 요란한 반면, 별로 신중하지 못하게 행동하는 성격이라는 건 익히 아는 바였다.

조카가 분명한 목적 없이 행동하지 않는 인간이라는 걸 너무나 잘 알기에 그는 수사관 같은 눈으로 리아리오를 쏘아보았다. 조카의 입에서 무슨 말이 나올지 완벽하게 예측이 가능했다. 사실 식스토 4세는 자신의 비망록을 읽듯이 조카의 태도를 읽었다.

"사랑하는 조카야." 그가 입을 열자 리아리오가 그에게 다가가서 무릎을 꿇으며 어부의 반지에 입을 맞추었다.

"그만 두어라." 교황이 손을 뺐다. "넌 내 조카야. 예절을 깍듯이 지킬 필요가 없단다. 혹시 내 말이 틀렸니?"

"그래도 교황 성하이신걸요. 저는 신자로서 교황께 헌신하고 교황군 총사령관으로서 복종하며 조카로서 감사드려야 합니다."

프란체스코 델라 로베레는 그 대답이 진심으로 마음에 들었는지 고개를 끄덕였다. 조카는 치밀한 전략가나 세련된 웅변가가 아닐지는 몰라도 언제 무슨 말을 해야 하는지는 정확하게 알았다. 이 때문에 프란체스코 델라 로베레는 여러 친척들 중 리아리오를 가장 아꼈다. 그는 교황이 되자마자 그 자리가 자신의 가문을 역사상 가장 강력한 가문으로 만들 수 있는 수단이 되리라는 것을 알았다. 그래서 곧 친척들에게 관직과 작위를 나누어주었다.

"자, 조카야." 교황이 다정하게 말했다. "무슨 새로운 소식을 가져온 게냐? 즐겁고 편안한 소식이었으면 좋겠구나. 거룩한 땅에 원정을 갔던 십자군 중 가장 강력한 군대가 될 이번 원정대를 카라파 추기경에게 맡겨 출발 준비를 시키고 있으니까. 게다가 지금 병사들의 사기가 매우 높으니, 귀족들 간의 사소한 전투 때문에 사기가 곤두박질치는 건 보고 있을 수가 없다! 어쨌든 이렇게 널 만났으니, 네 생각을 알고 싶구나."

지롤라모 리아리오는 외삼촌의 말 속에 담긴 경고의 뜻을 알아차렸다. 그래서 삐친 긴 밤색 머리카락을 다시 정리하고 수염을 매만졌다. 그리고 조금 전부터 생각하던 말을 꺼냈다.

"교황 성하, 지금 제가 드리는 말씀이 교황 성하께 심려를 끼치지 않았으면 좋겠습니다. 그런데 곧 아시게 되겠지만 제 이야기는 문제를 만들려는 게 아니라 문제의 해결책을 찾기 위한 겁니다."

"하느님 감사합니다." 식스토 4세가 교활한 미소를 지으며 말했다. 그는 이미 대화가 어느 방향으로 진행될지 알고 있었기에 조카의 이야기를 들을 준비를 했다.

"항상 하느님께 감사합니다. 그러니까 성하께서도 로렌초 데 메디치가 볼테라에서 페데리코 다 몬테펠트로의 손을 빌려 어떤 약탈을 자행하고 주민들을 학살했는지 잘 기억하실 겁니다."

"그렇지 않아도 암울했던 근래 일어난 최악의 사건 가운데 하나였다, 조카야."

"그렇습니다." 리아리오가 심각한 목소리로 맞장구를 쳤다. "그 모든 게 이미 가득 찬 것이나 다름없는 자신의 금고를 더 채워줄 명반 광산을 차지하려다 벌어진 일입니다. 어쨌든 그건 중요하지 않습니다. 제가 교황 성하께 말씀드리고 싶은 것은 그런 일 이상이니까요. 상황이 긴박합니다. 가능한 한 빨리 피렌체와 그 남자의 힘이 미치는 영역을 감시할 만한 사람을 찾아야 합니다. 그자를 그대로 놔두면 모네나 공국과 시에나 공화국이 몹시 당혹스러운 상황에 처하게 될 것이고 국경을 넓히려는 합법적인 열망을 가진 교황령 역시 좌절을 경험하게 될 겁니다."

"다른 말로 하자면?" 교황이 눈살을 찌푸리며 물었다.

"다른 말로 하자면 교황 성하, 로렌초 데 메디치는 교황 성하께서 권력을 행사하실 때 장애물이 될 겁니다. 볼테라는 물론 피렌체의 부속 도시이기는 하지만 앞으로 로렌초가 지금 자신의 영토에 만족하지 않는다면 무슨 일이 벌어지겠습니까? 이런 이유로 제가 잠재적인 적으로부터 성하가 단번에 자유로워질 수 있는 계획을 세웠습니다. 더불어 최근에 자신들이 원하는 건 뭐든 다 할 수 있다고 믿는, 양모 상인 출신의 그 보잘것없는 가문에 대해 교황께서 특별히 존중하는 마음을 가지시지 말 것을 확실하게 말씀드리고 싶습니다."

"당연하지. 그렇기는 해도 나는 메디치 가문에 대한 너희의 증오를 부추길 수는 없다. 알다시피 그 가문이 강력하고 훌륭한 친구들을 가지고 있다는 건 변함없는 사실이니까."

이번에는 리아리오가 고개를 끄덕였다.

"물론입니다. 교황 성하께서는 선견지명이 있으시니까요. 그래서 지금 제안을 드리기 전에 급하게 생각을 해보았습니다. 제 제안을 받아들이신다면 성하의 교황령 문 앞을 지킬 개 한 마리를 확실히 가지실 수 있을 겁니다. 로렌초 데 메디치가 혹시라도 자신의 영향력을 확대하려 할 경우, 성하의 개가 크게 짖어 위험을 알리고 필요하면 싸움까지 할 겁니다. 그 개가 바로 접니다, 성하. 보잘것없는 신자이고 교황군의 총사령관이며 조카인 저 말입니다. 지금 이 순간 이 세 사람이 성하 앞에 있습니다."

교황은 웃음을 참았다. 정말 조카는 스스로를 교황령을 수비하는 개라고 칭할 정도로 그렇게 헌신적이란 말인가? 프란체스코는 확실히 감탄을 했다. 충성심은 하찮게 평가할 덕목이 아니었다. 친지들이나 혈연관계에 있는 사람들까지 돈에 지배되는 듯이 보이는 지금과 같은 시기에는 거의 찾아보기 힘든 덕목이기도 했다.

"그렇게 귀중한 역할을 해주는 대가로 원하는 게 뭐냐?" 그 순간 교황이 물었다.

"이몰라 시뇨리아를 주십시오, 성하. 그 도시는 작지만 전략적으로 피렌체 공화국의 북쪽 경계에 자리잡고 있습니다. 이몰라성에서, 로렌초 데 메디치가 짜려는 음모를 잘 감시할 수 있습니다. 게다가 믿을 만한 제 부하 중 하나가 확인한 바에 따르면 파치 가문 쪽에서 조만간 로렌초의 지배권을 빼앗을 계획을 세우고 있다고 합니다.”

이게 전부란 말인가? 프란체스코 델라 로베레가 생각했다. 시뇨리아들 중 가장 작고 쓸모 없는 시뇨리아 하나를 주는 대가로 로렌초 데 메디치를 감시할 가장 충성스러운 감시견을 갖게 된다고? 앞날을 내다보자면 너무나 훌륭한 계획 같았다.

물론 지롤라모에게 이몰라 땅을 주면 약간 불만의 목소리가 들릴 수도 있고 어쩌면 비난까지도 감수해야 할지 몰랐다. 그러나 어쨌든 그는 교황 아닌가? 감히 누가 이런 계획에 반대할 수 있단 말인가? 밀라노 공국의 프란체스코 마리아 스포르차가? 물론 시뇨리아에 대한 값을 적당하게 치르면 그럴 리 없었다. 이몰라 땅은 스포르차의 것이지만 합당한 가격을 지불하면 기꺼이 포기할 것이다. 스포르차는 실용적인 남자였고, 그의 공국은 막대한 비용을 지출을 하고 있었다. 그러니 약간의 유동자금이 그를 편안하게 만들지도 모른다. 실제로 교황은 그렇게 확신했다.

그렇기는 한데 파치가에 대해서는 생각해볼 게 있었다. 그래서 조카의 의도를 좀 더 정확히 파악해보기로 했다.

“사랑하는 내 조카야, 네게 이몰라 시뇨리아를 주는 건 별문제가 없을 게다. 아니, 내게 청하길 잘했다. 네가 큰마음을 먹고 맡아 준 역할에 대한 보상으로는 그리 크지 않은 것 같으니까. 곧 그 일을 추진하마. 믿어도 된다. 그런데 이런 상황에서 파치 가문이 어떤 위치에 있을지 완전히 이해되지 않는구나. 나는 프란체스코를 알고 있다. 그래서 솔직히 말해 너무 다혈질인 그자를 신뢰하기 어렵구나. 지나치게 꺼림칙한 음모를 꾸밀 생각은 아니라고 말해다오. 그런 일이 벌어질 경우 나는 어떤 식으로든 너를 지켜줄 수 없다."

"그런 일은 생각도 하지 않습니다." 리아리오가 그를 안심시켰다. "저는 다만 파치 가문과 동맹을 맺어서 피렌체 스스로가 로렌초와 그의 동생 줄리아노를 멀리 쫓아버리기를 바랄 뿐입니다. 예전에 코시모와 그의 동생 로렌초 때처럼 말입니다."

"그때 그 일이 어떻게 끝났는지 알고 있지, 안 그러냐?" 교황이 물었다.

"압니다. 하지만 이번에는 다를 겁니다."

"그러면 좋다." 리아리오의 외삼촌이 활짝 웃었다. "그러면 이몰라로 말을 타고 달려갈 준비를 하거라. 곧 그 도시를 네 것으로 만들어주마. 약속한다."

리아리오가 고개를 깊숙이 숙여 인사했다. "그와 같은 특권을 누리게 해주셔서 어떻게 감사 인사를 드려야 할지 모르겠습니다."

"바보 같은 소리." 교황이 마무리를 했다. "로렌초 데 메디치가 거만하기 이를 데 없다는 네 말이 맞다. 네가 신중하고 사려 깊게 행동할 줄 알아서 내 마음이 놓인다. 그자가 자신의 영토를 확장하며 우리에게 피해를 주지 않게 할 수 있으니까." 교황이 이렇게 말하며 인사의 표시로 조카에게 한 손을 내밀었다. 대화는 끝이 났다. 리아리오가 다시 반지에 입을 맞추었다. 그리고 다시 한 번 더 외삼촌에게 감사 인사를 하고 물러났다.

22. 의심의 씨앗

도시를 제어할 고삐를 놓쳐버리고 말았다.

로렌초는 볼테라가 깊은 상처를 입었다고 생각했다. 그래서 그 상처를 치료하지 않는다면 곪아버릴 테고 그 진물이 온 세상에 병을 옮겨서 결국 로렌초 자신까지 쓰러뜨릴 게 분명했다. 안다, 하지만 어떻게 한단 말인가?

그는 잠시 은빛 수조에 비친 자신의 얼굴을 바라보았다.지친 남자가 보였다. 고독하고, 친구 하나 없고, 믿을 사람 하나 없는 남자였다. 그의 아내는 벌써 몇 달 전부터 기도에만 몰두했고 그를 만날 기회가 있을 때마다 피했다. 어머니는 병이 위중했다. 줄리아노마저 볼테라에서 그런 일이 있은 뒤 자신에게서 멀어졌다.

로렌초는 햇살에 물든 카레지 별장의 정원을 바라보았다. 할아버지를 생각했다. 관목들을 헤치고 놀러가기 위해 계단 밑에서 할아버지를 기다리던 때를. 그때로 돌아가면 얼마나 좋을까!

며칠 전 일이 떠올랐다. 그는 페데리코 다 몬테펠트로에게 불같이 화를 냈다. 몬테펠트로는 부하들을 제어하지 못했다. 팔라초 메디치 정원에서 로렌초가 그에게 특별히 명령을 내렸는데도 그는 볼테라가 갈기갈기 찢기게 내버려두었다.

몬테펠트로는 묵묵히 로렌초의 화를 견디다가 웅얼거리듯 조용히 말했다.

"군주님이 생각하지 못한 게 있습니다."

로렌초는 그의 말을 들어보려고 했으나 소용없었다. 용병대장은 입을 꽉 다물어버려 아무도 침범할 수 없는 침묵 속으로 들어갔다. 너무나 당혹스러운 광경을 목격해 말을 잃어버린 사람 같았다. 그가 떠나고 난 뒤 로렌초는 방금 자신의 새로운 적이 하나 더 생겼다는 사실을 깨달았다.

지금은 헤르메스 트리스메기스투스의《코르푸스 헤르메티쿰》이나 마르실리오 피치노가 써서 그에게 헌사한《불멸의 영혼에 대한 플라톤 신학》를 읽어도 아무 도움이 되지 않았다. 아니, 그런 책들을 마주하면 오히려 자신의 부적절했던 행동만 떠올랐다. 어떤 의미에서는 피렌체와 자신의 가족을 보호하기 위해 필사적인 노력을 하다 보니 인간적인 면에서 실패를 한 것인지도 모른다. 그는 마음이나 관념의 힘과는 전혀 상관이 없는 세속적인 임무에 지나칠 정도로 몰두했다. 그렇지만 평화와 번영의 기초가 되는 원리가 바로 관념 아닐까? 영토의 통합과 부의 공평한 재분배를 총괄하는 개념들이 바로 그 관념 아닐까? 무엇보다 그가 궁극적으로 원했던 것은 허식 없는 폭넓은 지식을 향한 인간의 사랑, 즉 후마니타스를 고양하고 예술을 장려할 수 있는 안전한 시뇨리아였다.

그는 언제나 예술과 지식을 그 자신만이 아니라 피렌체 시민들의 시야를 확장시켜줄 도구라고 생각해왔다. 자신이 사는 공동체를 아름답게 발전시키고 이익을 도모할 목적으로 개인적인 부를 사용했다. 이는 할아버지 코시모와 아버지 피에로의 과업과도 연결되었다. 두 사람은 산타 마리아 델 피오레 대성당의 화려한 돔을 만들기 위해 성당 건축위원회에 재정적인 지원을 했고, 로마교회와 그리스교회의 재통합을 위한 초석을 닦기 위해 공의회의 개최를 주도하기도 했다.

그런데 왜 그의 영감은 항상 반란과 음모와 충돌하고 마는 것일까? 왜 매번 그가 무엇인가를 해보려 하면 다른 사람들은 그가 생각하는 미래를 파괴할 생각만 하는 걸까?

로렌초는 라벤더와 등나무 꽃향기를 마셨다. 자신을 어루만져주는 눈앞의 아름다움에 자신을 맡겼다. 그것만으로는 충분하지 않았다. 그는 계단을 내려가서 넓은 정원을 걸었다. 자연의 장관 속에서 잠시나마 복잡한 생각들을 떨쳐버리고 싶었다. 그런 생각들은 짖지 않는 개들처럼 그를 공격해 깊은 잠과 맑은 정신을 빼앗았다.

로렌초는 자신이 분명한 방향을 향해 가고 있다고 믿었지만 지금은 그게 옳은 방향인지 의심이 생기기 시작했다. 하물며 그의 결정을 모든 이가 흡족해한다는 게 가능한 일일까?

피렌체는 그를 사랑했다. 로렌초는 적어도 이 점은 확신했다. 그리고 그 역시 피렌체를 사랑했다. 피렌체를 위해서라면 자신의 모든 것을 다 바칠 수 있었다. 그렇지만 그는 중요한 사람들의 애정을 잃었다고 생각했다. 물론 그 사람들을 멀리한 건 바로 자신이었다. 어쩌면 그들을 보호하기 위해서였는지도 모른다. 그런데 정말 그게 본심이었을까? 아니면 책임을 회피하려는 헛된 시도 속에서 스스로에게 고집스레 들려주는 터무니없는 동화에 불과한 것일까?

그는 레오나르도가 그리웠다. 루크레치아가 그리웠다. 그런데 그 그리움을 해결할 방법이 없었다.

클라리체는 거울을 보았다. 거울 속에 불꽃같이 빨간 머리를 길게 드리운 여인이 보였다. 한때 생기 넘치던 파란 눈은 이제 흐릿해서 마치 엷은 안개가 낀 듯 두 눈의 빛이 바래고 촉촉하게 젖어 있었다. 그녀의 눈에 비친 얼굴은 평상시보다 훨씬 수척하고 날카로웠다. 그녀는 식욕이 없었다. 굶어죽고 싶은 생각은 추호도 없었지만 삶에서 그녀가 누릴 수 있는 것들에 대한 흥미가 거의 모두 사라져가는 중이었다. 클라리체는 감옥살이를 하듯 살아갔다. 그녀는 가문의 위계에서 가장 낮은 자리에 있었다. 그녀는 로렌초를 멀리했는데, 최근에는 로렌초가 그녀를 찾아오지도 않았다. 그녀는 기도와 독서에 빠져 있었다.

그런 순간이면 루크레치아에 대해 로렌초와 대화를 나눴던 게 아주 오래전 일처럼 느껴졌다. 클라리체는 남편이 아직도 루크레치아를 만난다는 것을 알았다. 그리고 그때 어떤 말을 나누었든, 남편은 자신을 사랑하지 않았다.

그리고 어떻게 해서든 정부를 멀리하겠다고 약속했을 때도 클라리체는 그의 말이 실현 가능성이 없다는 것을 알아차렸다. 로렌초는 그 문제를 손짓만으로 해결할 수 있는 하찮은 문제로 생각하는 듯했다.

어쨌든 남편의 그런 무심한 태도는 그녀에게 깊은 흔적을 남겼다. 그날 이후 영원히 계속될 흔적이었다.

그녀는 푹 꺼져 보랏빛이 감도는 눈가를 바라보았다. 하얀 피부에 어두운 그림자가 지고 창백해 보였다. 병명을 알 수 없는 심각한 병에 걸린 환자 같은 얼굴이었다. 하지만 몸에 아픈 곳은 전혀 없었다. 다만 찢어진 마음을 꿰매야 하는 게 문제였다.

그러나 마음을 온전히 꿰맬 희망은 전혀 없었다. 거기에 맞는 실과 바늘이 그녀에게는 없었다. 그 실과 바늘은 오직 사랑하는 마음만이 만들어낼 수 있는 것이었다. 클라리체의 의지는 쇠약해졌고, 희망은 사라져버렸다. 스스로를 해코지할 힘밖에 남지 않았다. 뼈가 앙상할 정도로 말랐고 그 밖에 다른 신체적인 변화들도 나타났지만 더 이상 그것이 고통스럽지 않았다. 그래서 그녀는 자신의 몸에 수치의 흔적을 새기기로 결심했다.

눈동자를 거울에 고정시킨 채 한 손을 화장대 위로 뻗었다. 오른손으로 날카로운 칼날이 번득이는 단검을 집었다. 손잡이 부분이 늑대 머리 모양으로 금세공된 정말 근사한 칼이었다. 단검을 가슴 바로 위쪽의 새하얀 살에 갖다 댔다. 길게 숨을 내쉰 뒤 하얀 피부에서 빨간 피가 날 때까지 칼을 그었다. 피를 머금은 주홍색 반원이 그려지며 루비색 피가 몇 방울 흘러나와 하얀 리넨 잠옷을 적셨다. 피가 줄줄 흐를 정도로 상처가 아주 깊었고 얇은 잠옷이 피에 흠뻑 젖었다.

클라리체는 넋을 놓고 하얀 잠옷이 빨갛게 물드는 것을 바라보았다. 방금 생긴 상처에서 뚝뚝 떨어지는, 반짝이는 루비색 피는 눈이 부셨다. 그러다가 마치 처음 발견한 양 자신의 가슴을 거미줄처럼 가로지르는 흉터들을 보았다. 흉터가 있으면 뭐 어떻겠는가? 아무도 눈치채지 못하겠지?

이렇게 된지 몇 달이 되었다. 클라리체는 턱까지 올라오는 레이스 옷깃으로 가슴을 가렸고 검은색 드레스를 고집했다. 여름에도 그런 차림이었다. 결혼 후 지금까지 남편과 메디치 가문 가족들을 만족시키지 못하는 무능한 자신을 상기시키는 예리한 고통에 시달렸다. 그 고통이 주는 쾌감에 얼마나 여러 번 빠져들었는지 모른다. 그녀는 굴복하지 않으리라고 스스로에게 맹세했다. 절대. 다른 남자들을 만나지도 않을 것이며 이런 상황에 반항하지도 않을 작정이었다. 이 시대에 가장 강력한 가문 중의 하나와 인척 관계를 맺고 싶어 이 결혼을 원했던 아버지 때문이기도 했다. 아버지를 실망시키고 싶지 않았다. 루크레치아 토르나부오니나 로렌초를 기쁘게 하고 싶지도 않았다. 로렌초를 죽일 만큼 독한 여자도 아닌 스스로에게 비난의 화살을 돌리면서 참을 것이다.

정말로 그를 죽이고 싶은 순간들이 있었다. 그녀의 인생을 망가뜨렸으니까. 그녀는 그를 죽이는 상상을 했다. 많은 이가 죽기를 바라는 남자가 다른 어떤 여자보다 더 그를 존경해야 마땅할 자기 아내의 손에 목이 잘린 채 발견된다면 얼마나 우스꽝스럽겠는가? 클라리체는 그 생각을 하며 미소를 지었다. 하지만 얼마나 씁쓸한 미소인지.

그녀는 작은 은항아리에 단검을 내려놓았다. 단검이 항아리에 부딪혀 음산한 소리를 냈다. 그녀는 서랍에서 캉브레에서 생산된 천으로 만든 손수건을 꺼내서 상처 부위를 눌러 피를 닦았다. 약간의 시간이 필요했지만 기분이 나쁘지 않았다. 자신의 부적절한 행동에 대한 기억은 마음속에 아주 효과적으로 차곡차곡 새겨졌다.

곧 저녁 기도 시간이 될 것이고 예배당으로 갈 것이다. 딱딱한 나무 모서리가 다리에 와 닿는 것을 느끼며 자비로운 하느님의 품에 몸을 맡긴 채 다시 한 번 더 자신의 모습에 절망하고 부끄러워할 것이다. 그리고 그 품에서 기꺼이 길을 잃으리라.

1473년 10월

MEDICI

23. 적군과 동맹군

젠틸레 데 베키가 쉬지 않고 말을 달렸다. 들판은 빗물에 반짝였고 거리는 비에 젖어 진흙탕으로 변해 미끄럽고 걷기 힘들 정도로 발이 푹푹 빠졌다. 이 때문에 말을 달리기가 점점 어려워졌다. 그러나 기다릴 시간이 없었다. 최근 몇 주간 여러 힘든 일을 처리하고 카레지 별장에 가 있는 로렌초와 줄리아노에게 급히 알릴 일이 있었다.

두 형제는 지금 마르실리오 피치노와 플라톤 아카데미의 다른 학자들과 시의 여러 구절들에 관해 열띤 토론을 하고 있을 게 분명했다. 그렇지만 베키는 가능한 한 빨리 최근의 끔찍한 소식을 전해야만 했다. 엄청난 힘으로 그들의 지배권을 약화시키려는 위험한 시도가 있다는 소식이었다. 지금 벌어지는 일을 이해하는 데 영리한 모사가가 될 필요도 없었다. 베키는 기진맥진해서 별장 앞에 도착했다.

그는 철책문을 수비하는 병사들을 지나서 하인들에게 자신의 말을 맡겼다. 하인들은 비를 맞지 않을 곳으로 말을 데려가서 넉넉

하게 여물을 주고 보살필 것이다. 그는 별장으로 들어가자마자 즉시 로렌초와 줄리아노를 만날 수 있는지 물었다. 그리고 얼마 기다리지 않아 메디치 형제와 마주했다. 로렌초는 여느 때와 같이 장식이 적고 유행을 따르지 않는 단순하고 검소한 차림이었다. 반면 줄리아노는 은색과 금색 장식술을 달고 세련된 벨벳으로 멋을 낸 남색 더블릿을 입고 있었다.

젠틸레 데 베키를 보자 로렌초가 뜨겁게 포옹을 했고, 동생 줄리아노도 마찬가지였다. 베키는 두 사람 모두에게 진심으로 애정을 느꼈다. 한순간도 더 기다릴 수 없는 이유가 바로 여기 있기도 했다. 그는 보통 때처럼 서론 없이 곧장 본론으로 들어갔다.

"지롤라모 리아리오가 이몰라의 새 군주가 되었네." 그가 말했다. "이게 무슨 의미인지 자네들은 완벽하게 이해하겠지."

"이제 그 귀족 나리가 뭔가 우리에게 골치 아픈 일을 만들 준비를 하겠군요." 로렌초가 말했다. 잠시 생각에 잠기는 듯했다. "내가 궁금한 건 그 사람이 돈을 어디서 구했냐 하는 겁니다. 내가 아는 바로는 갈레아초 마리아 스포르차에게 이몰라를 사려면 적어도 삼만 두카토*는 있었어야 할 텐데 그에게는 그런 돈이 없거든요."

"짐작이 안 가나?" 젠틸레 데 베키가 수수께끼를 던지듯 물었다.

로렌초가 베키를 뚫어지게 보았다. 깊이 있는 로렌초의 눈길은 이지적이었다. 그리고 자신과 대화하는 사람을 쉽게 무장 해제시켜 그 사람의 생각을 읽어낼 수 있었다. 잠시 후 로렌초가 한숨을

* 베네치아에서 제조한 금화. 이후 이탈리아와 유럽 전역에서 사용되었다.

쉬었다. "맞군요. 교황, 지롤라모의 외삼촌."

하지만 젠틸레 데 베키는 그 정도에서 말을 마치지 않았다. 그건 진실의 일부일 뿐이었다.

"그리고 파치 가문."

로렌초가 한 손을 이마에 댔다.

"당연히 그렇겠지요, 스승님. 파치 가문. 우리를 곤경에 빠뜨릴 기회를 놓칠 사람들이 아니지요."

베키가 고개를 끄덕였다.

"그런데 거기서 무슨 일을 하려는 걸까요? 내 말은 이몰라에서 말입니다." 줄리아노가 약간 순진하게, 불안감을 완전히 숨기지 못한 채 물었다.

"피에트로 리아리오를 피렌체 대주교로 임명한 교황이 이제 북쪽에서 싸울 전투견을 가지려는 거겠지. 지롤라모가 교회군 총사령관 아니었습니까?"

"맞네." 베키가 확인해주었다.

"정말이야?" 줄리아노가 믿을 수 없어서 물었다.

"그래, 줄리아노. 이렇게 해서 식스토 4세는 피렌체 안과 밖에서 우리를 감시하게 된 거지. 이렇게 급히 와서 알려주길 잘 하셨습니다. 스승님의 우정과 신의에 감사드립니다."

"달리 어찌해야 할지 아무 생각도 나지 않더군. 그런데 내 짐작이 맞다면, 문제가 여기서 끝날 것 같지 않아 걱정일세."

로렌초는 깜짝 놀랐다. 베키에게 계속 이야기하라고 손짓을 했다.

"들어보시게, 로렌초, 줄리아노. 내가 정말 두려운 것은 시뇨리아를 구입하기 위해 파치 가문에서 돈을 받았다면 이제 교황의 다음 행동은 교황청 재산관리실에서 메디치 가문을 배제시키는 일이 될 걸세."

"무슨 뜻입니까?" 줄리아노는 잠시 자기 귀를 의심하는 듯했다. "그런 일은 절대 불가능하다는 걸 분명히 아실 텐데요. 메디치 가문이 교황청의 재정 관리 책임을 맡은 지 벌써 백 년입니다. 교황이 그런 전통을 깰 수는 없을 거예요."

"줄리아노, 안타깝게도 스승님의 생각이 맞을 것 같아 걱정이구나." 로렌초가 말했다. "식스토 4세가 교황이다. 그리고 교황청 재산관리실을 관리하는 현재의 은행이 교황령을 위해 최선의 방향에서 일하지 않는다고 교황이 판단한다면 그 책임을 다른 은행에 맡기기로 결정할 권한과 힘이 식스토 4세에게 충분히 있을 거야. 그러니 파치가가 기회를 잘 이용해서 영리하게 행동을 한 거지. 앞으로 이 일로 우리가 얼마나 곤경에 처하게 될지 알겠는걸." 로렌초가 걱정스러운 얼굴로 말했다. "어떻게 하는 게 좋겠습니까, 스승님? 우리가 지롤라모 리아리오를 두려워하며 그에게 신경을 써야 할까요? 내 말은 이런 뜻입니다. 그가 이몰라를 손에 넣은 뒤에 자신의 영토를 확장할 목적으로 다른 북부의 도시들을 위협할 거라고 생각하는 게 맞습니까?"

베키는 그에 대해 확실한 대답을 하지 못했다. 다만 추측은 가능했다.

"로렌초, 솔직히 말하면 나도 잘 모르겠네. 알다시피 사방에서 들려오는 말에 따르면 지롤라모는 미치광이에 아주 잔인한 남자라네. 혹시라도 그자가 우리의 다른 적들과 결탁한다면 무시무시한 적이 될 걸세. 그의 운이 상승기에 있으니까. 그래서인지 그자의 야심에는 끝이 없어 보이더군. 교황군을 이용할 수도 있고. 그리고 조만간 카테리나 스포르차와 결혼할 모양이야."

로렌초는 치밀어 오르는 분노를 참기 힘들었다. 하지만 즉시 자제를 했다.

"정말입니까?"

"그래서 그에 관해 가능한 한 많은 정보를 구해보려고 하네." 베키가 계속 말했다.

"우리가 그들보다 잘해야만 합니다."

"무슨 말이야, 형?" 줄리아노가 물었다. 젠틸레 데 베키의 머리에서 맴도는 것과 똑같은 의문이 담긴 목소리였다.

"식스토 4세가 주도권을 갖게 내버려두지 말자는 말이야. 전통적으로 우리와 우호적이었던 국가들과 동맹을 강화해서 미리 준비를 하자고. 공격을 받을 경우 이몰라의 등 뒤에 있는 사람들이 즉시 개입할 수 있게 말이지. 우리의 그 훌륭하신 지롤라모 리아리오가 피렌체에 피해를 입히려 하면 순식간에 두 개의 불길에 휩싸이게 될걸?"

"밀라노와 베네치아를 말하는 건가?" 베키가 물었다.

"베네치아에 대해서는 별 의심이 없어. 그렇지만 형은 갈레아초 마리아 스포르차가 장래의 사위를 공격할 거라고 자신하는 거야?" 줄리아노가 물었다.

"결혼은 별로 중요하지 않아. 나보다 그걸 더 잘 아는 사람은 없을 거다." 로렌초가 씁쓸하게 고백을 했다. "나는 갈레아초 마리아를 믿는다. 그 가문과 우리 가문 사이의 우정은 뿌리가 깊어."

"나도 잘 알지." 베키가 장난스레 말했다. "프란체스코 스포르차가 밀라노를 정복할 수 있었던 건 자네들 할아버지 덕분이었다네. 코시모 데 메디치가 없었다면 프란체스코 스포르차는 용병대장으로 끝났을걸?"

"그 점을 갈레아초 마리아에게 상기시켜야 해요. 이제 더 이상 머뭇거리면 안 됩니다. 당장 움직여서 대비를 해야 합니다. 물론 빈틈없이 신중하게 행동해야겠죠. 그 점과 관련해 내가 중요하게 생각하는 다른 문제가 있습니다." 로렌초가 계속 말했다.

"그게 뭔가?" 베키는 로렌초가 신속하게 올바른 결정을 하고 필요한 대책을 세우는 것을 보고 깜짝 놀랐다. 로렌초에게서 비범한 실용주의가 엿보였다. 그는 믿기 어려울 정도의 정치적 감각을 지녔고, 힘을 공정하게 사용했다. 그리고 언제나 도를 넘었다는 느낌이 들기 직전에 멈추었다.

"내가 공화국을 만들어가는 방식에 피렌체 시민들이 불만을 품고 있다는 소문이 사방에서 들려오고 있습니다. 간단히 말해서 내가 공화국 체제의 의미와 힘을 무력화시켰다는 거지요. 지금 나는 여기서 내가 피렌체에 몇 가지 변화를 가져왔던 걸 부인할 생각은 없습니다. 우리에게 전혀 해를 끼치지 않을 변화였지요. 그렇기는 해도 책략가들을 이용하고 실제 행동을 통해서 그런 소문이 거짓이라는 걸 보여주는 게 좋을 겁니다."

"사실, 자주 열리는 파티며 자네와 보티첼리의 우정 역시 우리 편에 도움이 되지 않네." 베키가 말했다.

"시민들은 보티첼리를 싫어하지 않습니다. 아니, 오히려 아주 좋아하지요. 관습을 엄격하게 지키는 가문들과 교회가 그런 우정을 별로 좋아하지 않는다는 건 이해할 수 있습니다. 하지만 나는 벌써 레오나르도를 잃었습니다. 그래서 보티첼리 같은 화가와의 우정을 포기할 생각은 없습니다. 보티첼리는 계속 제 후원을 받을 겁니다. 더 중요한 건 다른 문제입니다, 스승님. 그러니까 나는 메디치 팔라초를 학자와 예술가들에게만이 아니라 부유하지 않고 평범한 사람들에게도 개방할 생각입니다. 그들에게 조언을 하고 그들을 보호해주려 해요. 물론 돈이 문제지요. 코시모 할아버지께서는 우리 집을 찾아온 시민과 하층민을 절대 소홀히 대해서는 안 된다고 말씀하셨지요. 바로 여기, 이 아름다운 별장의 정원에서 저와 놀아주시면서 그런 말씀을 하셨어요."

"기억나네. 그때 난 자네에게 글자와 산수를 가르쳐야 한다고 고집했지. 지금도 자네와 코시모 나리의 모습이 눈에 선하다네." 이렇게 말하면서 한때 로렌초의 가정교사였던 베키는 밀려오는 감동을 겨우 눌렀다.

"스승님이 그렇게 공부를 고집해주셔서 한없이 감사합니다. 스승님의 말을 안 들었다면 제 인생의 가장 훌륭한 부분을 잃어버렸을 테니까요. 어쨌든 우리는 새로운 관습을 만들어야 합니다. 메디치 팔라초는 예술가와 학자들만이 아니라 진심을 가진 평범한 사람에게도 항상 열려 있어야 해요. 그들과 함께 우리 힘의 토대를 다시 쌓아나가야 하니까요. 우리는 더욱 공고하게 마음을 합쳐야 하고, 그렇게 해서 그 어느 때보다 강해져야 합니다."

"기간을 정할 거예요." 줄리아노가 형의 말을 보충하는 듯했다. "그 기간에는 신분고하를 막론하고 남자든 여자든 모두 우리를 방문할 수 있고, 일상의 고충을 이야기할 수 있습니다. 그러면 우리는 그 사람이 문제를 해결하게 도울 겁니다. 돈이 많이 들더라도 말이지요."

"말 잘했다, 줄리아노." 로렌초가 확실하게 말했다. "우리는 우리 집에서 사람들을 맞이하고 민중들을 위한 파티에도 재정 지원을 할 겁니다. 그러면 다른 가문들이 우리가 너무 거만하고 부유하다며 엄격한 잣대를 들이대는 일이 좀 줄겠지요. 그렇게 해서 우리는 우리 쪽 사람들을 이용해 대大위원회와 100위원회의 결정에 영향력을 미치는 데 큰 어려움이 없을 겁니다."

"동시에 화합을 더욱 다지고 동맹을 강화해 메디치 가문과 지지자들이 교황측의 움직임에 만반의 대비를 하게 되는 셈이고." 베키가 간략하게 말했다.

"저는 스승님처럼 그렇게 요점만 말하지 못할 것 같습니다." 로렌초가 빙긋 웃었다.

그는 식스토 4세가 두렵지 않았다. 그리고 자신이 어떤 능력을 가진 사람인지를 그에게 보여줄 의향이 충분히 있었다. 만일 교황이 영적인 지도자라면 예술과 이성의 자식인 그는 세속적인 권력으로 교황에게 대항하기 위해 무슨 일이든 할 수 있었다.

"그러니까 이제 확실해졌습니다." 로렌초가 결론을 내렸다. "베네치아와 밀라노를 만날 때가 된 거지요. 베네치아 도제* 니콜로 마르첼로와 갈레아초 마리아 스포르차와 공조할 생각입니다. 그런데 서둘러야 합니다. 내일 피렌체로 돌아가서 그들에게 편지를 써야겠어요. 그렇게 해서 합의 시기와 방법을 정해야지요. 교황의 간섭으로부터 우리를 지킬 수 있는 반反교황 동맹을 생각하고 있습니다."

시간 문제였다. 로렌초는 조만간 힘겨운 절충을 해야 하고 목소리를 높여 언쟁을 벌여야 할 수도 있다는 것을 잘 알고 있었다. 어쩌면 로마 권력과 맞서는 일이 불가피할지도 모른다. 하지만 그와 그의 동생에게 아예 기회가 없는 건 아니었다. 온건하며 지혜롭게, 피렌체를 모두가 존중하는 공화국으로 만드는 게 그들에게 불가능한 일이 아니라고 생각했다.

민중이 그 열쇠였다. 항상 그랬다.

그리고 그는 메디치였다. 자신의 뿌리를 배신하지 않을 것이다.

24. 사냥

사냥개들이 사냥감을 향해 달려들고 싶어서 크게 짖어댔다. 개들은 수컷의 냄새를 맡았고 빨리 추격을 하고 싶어 안달이었다.

"개들을 풀어라!" 리아리오가 외쳤다. 명령을 하면서 등자를 딛

* Doje, 베네치아 공화국의 최고 지도자를 가리키는 명칭.

고 섰다. 짧은 진초록 망토가 펼쳐져 차가운 바람을 요란하게 갈랐다.

그 소리를 듣자 최소 여섯 마리는 될 법한 프랑스 산 브라크 종 사냥개들과 헝가리 산 사냥개들의 목줄을 잡고 있던 사냥개 관리인들이 급히 개들을 풀어주었다. 개들은 목줄에서 풀려나자마자 앞으로 달려나갔고 악령이 들린 듯 짖어댔다. 불끈거리는 근육의 힘으로 쏜살같이 달렸다. 빙글빙글 원을 그리며 전속력으로 달리는 개들은 근사하고 보기 좋은 다리를 뽐냈다. 그렇지만 그 다리는 치명적이었다. 멧돼지를 찾아내면 저항할 틈도 없이 그 멧돼지를 저세상으로 보내버릴 기세였다.

뿔 나팔 소리가 들렸다. 리아리오는 더 기다릴 것도 없이 질주했다. 프란체스코 데 파치와 루도비코 리치, 그리고 그와 동행한 이몰라의 귀족들이 리아리오의 뒤를 따랐다. 일종의 광기에 사로잡혀 있는 듯한 리아리오 때문에 일행들은 그를 따라가느라 헐떡였다. 리아리오는 사냥에 열광했기 때문에 절대 승리의 영광과 기쁨을 놓치려 하지 않았다. 그는 제일 먼저 멧돼지를 발견하고 그 가슴에 창을 꽂아야 했다.

그의 영지 근처 사냥터는 나뭇가지들이 이리저리 뒤얽힌 울창한 숲이었다. 숲의 나무들은 대부분 소나무나 전나무여서 겨울이지만 넓고 울창한 숲은 여전히 초록빛이었고 낙엽송들이 점점이 박혀 무늬를 만들어냈다.

주의를 기울여야만 했다. 멧돼지는 위험한 짐승이었고 쉽사리 잡히지 않았다. 어쩌면 그래서 더 흥미로울지 모른다고 리아리오는 생각했다. 그는 박차를 가했다. 그의 준마는 나뭇가지들을 뚫고 함정이 숨어 있을지도 모를 관목들을 헤치며 전속력으로 달려 나갔다. 그는 온몸의 힘을 모아 경로를 바꾸고 울창한 숲속을 번개처럼 질주했다. 사냥개 관리인들이 앞서 뛰쳐나간 개들을 돕고 그 개들을 대신해서 더 힘차고 생기 있게 뛸 수 있는 브라크 떼와 헝가리 사냥개들을 두 번째로 풀어놓았다.

리아리오는 곧 영국산 사냥개 마스티프들의 목줄을 풀어놓으라고 명령할 생각이었다. 그 개들은 입에 거품을 문 채 잔인하면서도 잘 계산된 공격으로 멧돼지의 진을 빼놓을 것이다. 그러면 창으로 멧돼지를 공격하기가 훨씬 수월하다.

프란체스코 데 파치와 루도비코 리치는 자신들의 준마를 타고 열심히 달리기는 했지만 리아리오를 따라가기가 버거웠다. 특히 루도비코는 리아리오를 따라잡을 수 없을 게 분명했다. 그렇지만 큰 걱정을 하진 않았다. 자신의 어머니에게 들은 이야기가 있었기 때문이다.

루도비코의 어머니를 만나고 싶어 하던 리아리오는 최근 그녀를 이몰라 성에 초대했다. 그는 라우라가 누구와도 비교할 수 없는 미모의 여인이라는 이야기를 익히 들어 알고 있었다. 그리고 실제로 그 여인은 이제 젊지는 않지만 그래도 여전히 어떤 남자라도 흥분시킬 만한 독특한 매력을 지니고 있었다.

그렇지만 라우라는 사냥에 참가하지 않았다. 이제 나이가 있어서 젊은 시절처럼 자유자재로 말을 탈 수 없었기 때문이다. 그녀는 성에서 그들을 기다렸다. 물론 그녀는 루도비코에게 사냥이 얼마나 중요한지를 잊지 않고 일러주었다. 특히 지롤라모 리아리오가 사냥 이야기를 할 때 얼마나 열광했는지도 이야기해주었다. 리아리오는 얼핏 들어도 몹시 들뜬 말투로 자신이 사냥을 매우 좋아한다고 했다. 사냥감과 그것을 창으로 찌르는 행동을 묘사할 때는 눈을 반짝이며 거의 광기에 가까운 기쁨을 드러냈다.

그리고 실제로 지금 리아리오는 너무 흥분한 나머지 멧돼지의 흔적을 놓치고 있었다. 정말 어머니 말이 사실인 듯했다. 매순간마다 리아리오는 뿔 나팔을 불며 강렬하게 자신의 존재를 확인시켰다. 마간차 가문의 가노가 지휘하는 부대에게 패했을 때 오를란도* 도 하지 못했던 일이었다.

루도비코는 리아리오라는 남자의 나약함을 생각하며 웃었다. 지롤라모 리아리오는 자신의 용기와 영리함을 증명하고 싶어 안달이었다. 하지만 그는 두 가지 모두를 제대로 겸비하지 못했고, 스스로도 그 사실을 잘 알기에 씁쓸해했다. 동시에 그는 워낙 고집스러워 자신의 결점을 받아들이고 싶어 하지 않았다. 그래서 종종 지나칠 정도로 대담하게 행동할 수 있었다. 용감하지는 않아도 틀림없이 대담하다고 정의할 수는 있었다. 그리고 그가 영리한 사람이라고 생각하는 사람은 아무도 없을지 몰라도 순간적으로 번득이는 교활함을 노골적으로 과시하는 사람이라는 데는 누구라도 동의할 것이다.

프란체스코 데 파치와 비교해 리아리오를 택한 루도비코의 작

* 루도비코 아리오스토가 쓴《광란의 오를란도》의 주인공.

전은 훌륭했다. 파치는 바보는 아니었지만 폭력적인 데다 더 최악으로 다혈질이기까지 했다. 그는 스스로를 통제하지 못했다. 파치가 하나도 두렵지 않았다. 물론 그런 남자를 믿어서는 안 된다는 것도 잘 알았다. 그의 눈에서는 도착적인 감정과 병든 쾌락의 빛이 번득였다. 솔직히 말해 그런 눈빛을 보면 전율과 동시에 어떤 확신을 하게 된다. 그가 일단 공격을 시작하면 언제 멈출지 아무도 알 수 없으리라는 사실을 말이다.

루도비코는 나뭇가지에 얻어맞거나 말에서 떨어지지 않으려 애쓰며 자신의 준마에 박차를 가했다. 이제 개들이 짖는 소리가 점점 가까워졌다. 인간의 것이라 하기 힘든 고함 소리가 들리더니 곧이어 멧돼지가 공터에서 불쑥 튀어나와 시야를 가로막았다. 그는 순간 숨이 멎었다.

"창을 다오." 지롤라모 리아리오가 고함을 쳤다. 그는 말을 탄 채 멧돼지와 마주 섰다. 멧돼지 털은 짧고 뻣뻣했다. 송곳니가 진홍색 핏물 속에서 움직이는 노 같았다. 멧돼지 주변에 적어도 네 마리 정도는 되는 개들이 마치 헝겊 인형처럼 가슴이 갈기갈기 찢긴 채 옆으로 쓰러져 있었다.

마스티프 한 마리가 이빨이 푹 들어갈 정도로 멧돼지의 살을 물어뜯었다. 멧돼지는 피를 흘렸고 듣는 이의 혈관 속 피가 모두 얼어붙을 정도로 소름끼치게 울어댔다. 그래도 아직 움직일 수는 있었다. 멧돼지는 긴 송곳니로 마스티프에게 상처를 입혔고 사냥개는 거의 가련할 정도로 고통스레 짖어대기 시작했다.

"빨리, 이쪽으로. 지금이야, 창을!" 리아리오는 사냥개 관리인들이 그에게 창을 하나 내밀 때까지 계속 소리쳤다. 말 위에 꼿꼿하게 앉아서 멧돼지와의 거리를 주의 깊게 재보던 리아리오가 잠시 멧돼지의 눈을 뚫어지게 바라보는 듯하더니 곧 창을 던졌다.

멧돼지의 가슴 한가운데에 창이 박혔다. 멧돼지는 마지막으로 울부짖으며 쓰러졌다. 상처를 입었는데도 멧돼지의 옆구리를 물어버린 마스티프는 그 순간까지도 멧돼지를 놓아주지 않았다. 멧돼지가 자신의 창을 맞고 쓰러진 것을 보고 리아리오가 말에서 내렸다. 그는 멧돼지에게 다가가서 사냥용 칼을 꺼내 멧돼지의 배를 찔렀다. 그리고 나머지 한 손으로 마스티프의 머리를 쓰다듬었다.

"잘했다, 스핑가르다, 훌륭해. 네가 이놈에게 숨 돌릴 틈을 안 줬구나, 그렇지?" 그 말을 들은 사냥개가 짖어댔다. 그리고 주인이 머리를 쓰다듬자 마침내 물고 있던 멧돼지를 놓았다. 무시무시한 송곳니에 물려 있던 멧돼지 살이 떨어져 나왔다. 그러나 마스티프가 멧돼지와 떨어지자마자 모두 사냥개가 멧돼지에게 어떻게 공격을 당했는지 알게 되었다. 사냥개의 가슴에서 피가 줄줄 흘러나왔다. 그 개의 운명은 거기서 끝났다.

리아리오는 사냥개가 죽음에 이를 정도로 충성스럽게 자신을 위해 싸워준 걸 보자 흐르는 눈물을 주체할 수 없었다. 일이 벌어진 건 바로 그 순간이었다. 다른 개들이 갑자기 미친 듯이 짖어댔다. 무슨 냄새를 맡은 건가?

시커먼 형체가 관목들 사이에서 툭 튀어올랐다. 촘촘한 짧은 털에 뒤덮인 집채만 한 덩어리였다. 무시무시하게 꿀꿀거리는 소리로 보아 의심의 여지가 없었다. 거대한 총알처럼 관목 숲에서 멧돼지가 튀어나와 지롤라모 리아리오를 향해 곧장 달려들었다. 이몰라의 군주는 너무 놀라 눈이 딱 벌어졌다. 그리고 이 실수가 자신에게 치명적일 것이라고 직감했다.

25. 사냥감

공격을 당한 리아리오를 본 루도비코는 곧바로 제일 가까이에 있는 사냥개 관리인 쪽으로 말을 달려가서 그의 손에서 창을 낚아챘다. 관리인은 자신의 눈앞에서 벌어지는 일을 보고는 너무 놀라 완전히 넋이 나가 있었기 때문에 쥐고 있던 창을 손에서 넘겨받는 일은 그리 어렵지 않았다. 관리인은 너무나 쉽게 창을 내주었다.

루도비코가 창을 꽉 움켜쥔 뒤 머리 위로 들어올렸다. 지롤라모 리아리오는 죽은 멧돼지의 배를 찌를 때 사용해서 피가 뚝뚝 떨어지는 사냥용 칼을 손에 쥐고 있었다. 두 눈은 휘둥그렇고 두 팔은 공포로 얼어붙은 듯했다.

두 번째 멧돼지는 고개를 숙인 채 그런 몸으로는 불가능한, 믿을 수 없게 빠른 속도로 돌진했다. 루도비코가 고함 소리와 함께 창을 던진 건 바로 그 순간이었다. 루도비코는 시야를 확보하려고 말안장에서 몸을 세웠다. 창이 음산한 소리를 내며 공중으로 날아갔다. 일순간 창날이 번득였다. 곧이어 멧돼지의 엉덩이에 창이 깊숙이 꽂히자 멧돼지가 견디지 못하고 울부짖었다. 마치 세상의 모든 고통이 괴물 같은 그 목에서 쏟아져나오는 듯했다.

멧돼지는 속도를 늦추었지만 질주를 멈추지는 않았다. 계속 앞으로 달려나왔다. 그러나 창을 맞은 뒤 맹위가 한풀 꺾였다. 지롤라모의 다리를 공격했을 때는 쏜살같이 빠르던 움직임이 서서히 느려지더니 거의 멈출 지경이 되어 그다지 치명적이지 않았다. 멧돼지가 그 엄청난 몸무게를 거의 다리에만 실어 리아리오에게 몸을 기대는 꼴이 되자 리아리오는 그 충격으로, 굴욕스럽게도 땅에 나뒹굴고 말았다. 리아리오의 분노는 이제 죽음에 이를 정도의 고통으로 변했다.

그 사이 프란체스코 데 파치가 말에서 내렸다. 그는 칼날이 번득이는 단검을 꺼내들고 멧돼지 쪽으로 돌진해 옆구리와 배를 단검으로 수차례 찔렀다. 하지만 이미 멧돼지는 숨을 거둔 상태였다. 루도비코가 던진 창이 옆구리를 깊숙이 관통해서 멧돼지의 숨을 끊어놓은 것이다. 지롤라모 리아리오는 하인들의 도움을 받아 다시 일어났다. 그는 자신을 살려준 파란 눈의 청년, 루도비코를 한없이 감사한 눈으로 바라보았다. 그러고 나서 프란체스코 데 파치에게 다가갔다.

파치는 이성을 잃을 정도로 광기에 사로잡혀서 죽은 멧돼지에게 미친 듯이 분노를 쏟아 붓고 있었다. 그는 긴 칼을 멧돼지의 몸에 푹 찔렀다가 검은 피로 뒤범벅이 된 칼을 빼냈다. 그러다가 또다시 갈기갈기 찢긴 멧돼지의 몸에 칼을 찔러넣었다. 우둔하고 어리석은 잔혹함에 사로잡혀 두 눈이 번득였고 손은 피로 물들었다. 죽은 멧돼지의 내장과 체액이 긴 검은색 머리카락에 뒤범벅되었다.

"그만하시게, 친구." 리아리오가 변덕스러운 아이나 미치광이를 달래기라도 하듯 속삭였다. 어쩌면 프란체스코 데 파치는 그런 아이이자 미치광이인지도 몰랐다.

"그만하시오." 리아리오가 다시 말했다. "벌써 숨통이 끊어진 거 안 보이오?" 그렇게 말하며 파치의 손에 자신의 손을 얹었다. 파치는 리아리오의 충실한 사냥개처럼 고집스레 칼의 손잡이를 움켜쥐고 놓지 않았다.

이몰라 군주의 손길이 느껴지자마자 파치가 동작을 멈추고 주위를 둘러보았다. 광기로 들뜬 그의 충혈된 시선에 사냥개 관리인과 일반 하인들, 리아리오까지 오싹해졌다. 루도비코만이 태연했다. 이제 루도비코는 누구와 일을 도모해야 할지 완벽하게 알게 되었다. 그 사실을 잘 기억해두어야 하리라. 프란체스코 데 파치는 자신의 이름값을 했다.*

홀은 화려하고 아름다웠고, 은식기와 나폴리산 도자기들로 신경을 쓴 식탁이 준비되어 있었다. 격자무늬 나무에 금색으로 장식된 천장은 높디높았고 벽에는 근사한 태피스트리들이 걸려 있었다. 고급스럽고 우아하게 조각된 가구들도 눈에 띄었다. 지롤라모 리아리오는 이몰라 근방에 자리한 소박하고 전투적인 분위기였던 그 성을 장식하는 데 돈을 아끼지 않았다. 외삼촌의 든든한 지원을 받아 이몰라에 도착해 그 땅의 군주로 자리를 잡았다. 그는 아무 망

* '파치'는 이탈리아어로 미치광이를 뜻하는 '파초'의 복수형이기도 하다.

설임 없이 온갖 세금과 부당한 조세로 이몰라 주민과 시민들을 쥐어짜서 자신의 금고를 채웠고 음산한 성의 여러 홀을 장식품과 각양각색의 멋진 가재도구들로 가득 채웠다.

그렇기는 해도 화려하고 아름다운 그 넓은 홀에서 제일 눈부시게 빛나는 것은 여전히 라우라 리치였다. 나이가 들긴 했지만 말이다. 살면서 오랜 시간 겪어야 했던 고통은 그녀 안에서 아름다움으로 그 형태를 바꾸었다. 말하자면 영원한 아름다움 같은 것이었다. 고통은 그녀가 가진 매력적인 젊음에 야수 특유의 관능적인 우아함을 선물했다. 더불어 그 매력은 더욱 강렬하고 음란해졌다. 라우라에게서는 나이가 전혀 느껴지지 않았다. 고통이 그녀의 마음속으로 스며들어가는 동시에 사라지지 않고 원한과 한으로 바뀌었다. 그 감정은 잊힌 칼날처럼 그녀 마음 깊숙이 숨어들어가 설명할 수 없고 이해할 수 없는 매력으로 변해 더욱 그녀를 휘감았다.

라우라는 진작 쉰 살을 넘어 거의 예순 가까이 되었지만 눈에서 뿜어져 나오는 야성적인 빛은 사라지지 않았다. 강렬한 눈빛 때문에 호박을 녹인 것 같은 아름다운 얼굴에 깊이 파인 주름이 눈에 띄지 않을 정도였다. 희끗희끗한 머리를 감추지 않고 그대로 드러내 검은 머리가 지저분해보이기는 했지만 그마저 그녀를 바라보는 사람에게 당혹스러운, 혹은 저항할 수 없는 불안감을 안겨주었다.

어두운 의상도 그녀를 아름답게 하는 데 한몫 했다. 검은 드레스에 검은 가무라 차림으로, 가슴에서는 다이아몬드가 파편처럼 빛났고, 은색 실로 수놓은 무늬가 수은보다 더 반짝거렸다. 푹 파인 드레스가 여전히 탄력 있고 매력적인 가슴을 압박했다.

어찌됐든, 식탁에 함께 앉은 남자들 모두가 그녀에게서 눈을 뗄 수 없었다. 이성적으로는 설명할 수 없는, 시선을 끄는 가공할 만한 자력 때문이었다. 식탁에 동석한 남자들은 그들의 마음을 굴복시키겠다는 그녀의 강철 같은 의지에 저항할 수 없었다.

"부인, 이리 아름다우시다니. 오늘 부인의 아드님이 제 목숨을 구했습니다." 리아리오가 감동을 숨기지 못하는 목소리로 말했다. 기적적으로 목숨을 구한 데다가 라우라 리치의 얼굴과 어깨와 가슴 주변에 눈에 보이지 않는 아우라처럼, 불안하게 맴도는 듯한 화려함 때문에 그는 흥분해버렸다. 라우라는 아무 말 없이 고개만 끄덕였다. 리아리오는 당황했다. "관심 없으십니까?" 그는 약간 까칠한 말투로 물었다.

라우라는 잠시 뜸을 들였다. 조금도 기다리지 못하고 안달하는 리아리오를 보는 게 너무 즐거웠다. 잠시 후 그녀가 입을 열었다.

"천만에요, 군주님, 벌써 알고 있었습니다." 그녀가 짧게 말했다.

물론 그렇게 짧은 대답에 이몰라 군주가 흡족할 리 없었다.

"정말입니까?" 믿을 수 없어 눈이 휘둥그레져서 물었다. "이렇게 물어도 실례가 아니라면 그걸 어떻게 아신 겁니까?"

"카드에서 읽었습니다."

"카드에서요?" 프란체스코 데 파치가 끼어들었다.

"승리의 카드들이지요." 라우라가 계속 말했다.

피렌체의 귀족은 라우라가 무슨 말을 하는 건지 이해하지 못했기 때문에 알쏭달쏭한 표정을 지었다. 그에게 '승리'는 한 가지만을 의미했다. 물론 여기서 '승리'는 카드게임을 뜻하는 게 아니었다.

그의 생각을 읽기라도 한 듯, 라우라는 이해를 빨리 돕기 위해 꼭 필요한 만큼만 설명을 했다.

"카드게임 이야기가 아닙니다, 나리. 연구를 하고 이해하게 되면 미래에 일어나게 될 몇 가지 일들을 미리 알 수 있는 아주 특별한 카드들 이야기랍니다."

프란체스코 데 파치는 당황해서 어쩔 줄 몰랐다.

"아." 그는 이해한 척하며 말했다.

라우라는 더 이상 길게 설명하지 않고 부드럽게 웃기만 했다.

"그러니까 부인은 점쟁이시군요." 지롤라모 리아리오가 경멸하듯 거만하게 말했다.

"점쟁이라니요." 라우라가 다시 말했다. "저는 타로 카드를 읽는 여잡니다. 그 어떤 미래도 단정해서 말하지 않아요. 카드에 담긴 신호를 읽고 그 카드와 관련된 사람의 인생에 맞춰 그것들을 배열할 뿐입니다. 저는 그저 카드들을 관찰하고 내가 읽은 것을 이야기할 뿐이에요. 저는 허풍쟁이가 아니고, 그 누구도 현혹하지 않아요. 제 말을 듣는 사람이 제가 읽은 걸 믿을지 아닐지를 결정하는 거죠. 하지만 군주님이 두 번째 멧돼지의 공격으로 목숨을 잃을 수도 있다는 걸 오늘 아침 카드에서 분명히 읽었어요."

"정말 그랬다면 내게 미리 알려줄 수도 있었을 텐데!" 리아리오가 대답했다. "그랬으면 적어도 그렇게 깜짝 놀라지는 않았을 거 아니오."

"이미 다들 떠나셨더군요. 그리고 어느 누가 '내 아들이 당신 목숨을 구할 것이오'라고 말할 수 있을까요? 그렇지 않습니까?

"빌어먹게도, 그 말은 맞군요." 이몰라의 군주가 동의했다. "기지에 넘치는 아드님이 없었다면 그 멧돼지가 먼저 내 다리를 부러뜨리고 배를 갈기갈기 찢었을 겁니다. 어마어마하게 큰 놈이었답니다. 게다가 몹시 성이 나 있었고요. 전부 아드님 덕입니다. 그래서 아드님이 어떤 청을 해도 거절할 수 없을 겁니다. 무슨 부탁을 해도."

리아리오가 그렇게 말하며 잔에 반쯤 남아 있던 붉은 포도주를 단숨에 들이켰다. 술 따르는 하인이 즉시 잔을 채웠다.

"솔직히 말씀드리면." 그때까지 침묵을 지키던 루도비코가 끼어들었다. "제 부탁은 하나뿐입니다. 군주님을 위해 일하는 거지요. 승낙해주시면 정말 기쁠 겁니다, 나리."

"어찌 이리 멋진 대답을 하는가, 루도비코. 고백하자면 내게는 아들이 없지만 자네가 꼭 내 아들 같은 생각이 든다네. 그리고 자네 어머니를 뵙고 나니 이렇게 말해도 될지 모르겠지만, 더없이 기쁘고 행복하다네."

라우라가 미소를 지었다.

그런 인사치레와 칭찬의 말을 듣느라 지친 프란체스코 데 파치는 서서히 화가 나기 시작했다. 그래서 술잔이 채워진 뒤 차가운 비둘기고기 파이를 한 입 깨물고 자기가 말할 기회를 노렸다. 그는 되도록 치밀하게 자신이 제안하고자 하는 이야기를 해보려 했다. 안타깝게도 그의 치밀함은 그날 저녁의 고상한 체하는 태도들과는 상당히 거리가 있었다.

파치가 목청을 가다듬었다. 그렇게 해야만 그들이 당면한 중요한 문제를 다시 거론할 수 있다고 생각하는 것 같았다.

"군주님, 라우라 부인, 루도비코, 오늘 아침 사냥과 오늘 저녁 진수성찬에 진심으로 감사드립니다. 그렇지만 이제 우리가 이렇게 만나게 된 이유를 이야기해야 할 것 같습니다. 이런 말을 한다고 저를 너무 솔직한 사람이라 생각하지 말아주셨으면 합니다. 우리는 우리가 어떤 공통의 목적을 가지고 있는지 잘 압니다. 각기 다른 이유에서, 이렇게 말해도 될지 모르지만, 피렌체에서 메디치가를 제거하고자 합니다. 명성을 얻으려는 욕심과 권력욕에 눈이 멀어 그 어떤 자원이든 씨를 말리고 있는 거머리 같은 가문으로부터 피렌체를 해방시키려는 것이지요. 제가 진짜 어떤 일을 계획 중인지 말해야겠군요. 제 쪽에서는 벌써 로렌초와 그의 동생의 목을 잘라 그 사악한 두 마리 뱀으로부터 완전히 자유로워질 준비가 충분히 되어 있다고 장담할 수 있습니다."

지롤라모 리아리오가 참지 못하고 웃음을 터트리는 바람에 포도주가 출렁거려 수염이 흠뻑 젖었다. 그런 지경인데도 이몰라의 군주는 박장대소를 참을 수가 없었다. 프란체스코 데 파치가 그 웃음을 이해할 수 없을 뿐만 아니라 기분 나빠할 수 있고 어쩌면 불같이 화를 낼지도 모른다는 사실을 알아차리고 나서야 리아리오는 자신이 웃은 이유를 설명했다.

"맙소사, 친구. 이 웃음은 분명한 의사표시와 같은 의미요. 알겠소? 솔직히 말해 당신의 계획에 진심으로 마음이 끌리오. 아주 많이. 하지만 나는 내가 이미 여러 차례 조언을 구했던 이들의 의견에 동의하오. 정치적 용어로 말하자면 그건 가야 할 길이 아니오. 냉혹한 암살로 인해 전쟁이 일어날 수 있소. 어쨌든 전쟁은 절대 일어나서는 안 되오. 피렌체가 잿더미가 된다면 우리가 지금 이런 모의를 하는 게 무슨 의미가 있을지 자문하지 않을 수 없소."

"그러면 어떻게 하면 좋겠습니까?" 피렌체인이 짜증을 내며 되물었다. 그의 취향에는 이런 대화가 너무 길게 느껴졌다.

"추방을 하는 거죠." 라우라가 끼어들었다.

지롤라모 리아리오가 고개를 끄덕였다.

"부인은 메디치 형제를 추방하는 것이 최선의 해결책이라는 걸 어떻게 압니까?" 프란체스코 데 파치가 그녀에게 물었다.

라우라의 눈이 반짝였다.

"굉장히 흥미로운 질문이군요, 파치 씨. 당신은 상상조차 할 수 없는 많은 일을 내 눈으로 직접 보았다는 말씀을 안 드릴 수가 없겠어요. 코시모 데 메디치와 그의 동생 로렌초가 중대한 배신을 저질렀다는 죄명으로 피렌체에서 추방될 때 난 그 자리에 있었습니다. 그 무렵에 리날도 델리 알비치의 보호를 받았지요."

"그러면 그때 그 일이 어떻게 끝났는지 분명하게 기억할 텐데요." 파치가 말했다.

"무슨 말씀을 하고 싶은지 잘 압니다. 추방은 잘못된 선택이었지요. 메디치 가문이 돌아와서 추방당하기 전보다 더 강력해졌고, 리날도에게서 벗어났으니까요."

"바로 그겁니다."

"사실입니다. 그런데 추방의 결과가 원하던 방향으로 흘러가지 않은 것은 리날도의 보호를 받던 피렌체가 착취당하고 굶주림에 시달렸기 때문이에요. 피렌체는 리날도를 좋아하지 않았어요. 아니, 증오하고 두려워했지요. 그런 식으로는 피렌체를 통치할 수 없습니다. 피렌체는 길들이는 게 아니라 유혹을 해야 합니다."

"솔직히 무슨 말인지 모르겠습니다. 이미 잘못된 길로 밝혀진 그 길로 다시 가야 한다고 조언하는 다른 이유가 있는 겁니까?"

라우라는 놀랄 만큼 쉽게 대화를 이끌어갔다. 리아리오는 그녀에게 완전히 압도당했다. 그래서 그녀가 하는 말이면 어떤 것에든 매달리는 자신을 발견했다. 젊은 루도비코와 닮은 사람이 자신의 눈앞에 있다. 루도비코의 어머니다. 당연하지 않은가?

"단계별로 진행할 겁니다. 다양한 방면에서 모두 함께 로렌초를 공격할 수 있도록이요. 메디치 가문의 적들과 맺은 동맹을 지휘할 책임을 당신 가문이 질 수 있을 거라고 생각하나요? 다시 설명을 해보죠. 당신은 파치 가문 사람들, 당신은 물론이고 특히 당신 숙부인 야코포가 우리 편에 설 수 있을 거라고 생각합니까?" 라우라가 물었다.

"우리 가문이 교황 식스토 4세에게 빌려준 돈이 얼마인지 당신이 알아야 할 것 같군요. 그렇게 한 건…." 파치가 적절한 순간에 말을 멈췄다. 자신의 가문이 교황에게 삼만 두카토를 빌려주어서 지롤라모 리아리오가 이몰라를 구입할 수 있었다는 사실을 이 자리에서 상기시키는 건 예의바른 일이 아니었다. 게다가 그렇게 말을 중단함으로써 한편으로는 자신의 가문과 교황청 간의 깊은 유대관계를 알리고 다른 한편으로는 리아리오의 기분을 노골적으로 상하게 하지 않을 수 있었다.

결론적으로 그의 말은 상황에 딱 맞았다. 생각지도 않게 훌륭하게 처신을 한 것이었다.

"우리 모두 당신이 무슨 뜻으로 그런 말을 하는지 알고 있어요. 예의를… 지켜줘서 고마워요. 그런데 당신 가문에 교황청 재정 관리를 맡긴 사람이 바로 교황이시지요. 그래서 예의를 지키고 감사를 표하는 게 당연한 행동이라고 생각해요. 당신에게 조금 전 그런 질문을 한 이유는 과거 패배한 알비치 가문과 그 일파가 해체되는 형벌을 받았기 때문이에요. 알비치 일파는 풍비박산이 났습니다. 우리가 다시 저질러서는 안 되는 실수가 바로 이것이에요. 그리고 굴리엘모 데 파치와 비앙카 데 메디치가 부부라는 점을 고려하면, 글쎄… 당연히 그런 염려를 하게 될걸요. 안 그런가요?"

파치가 고개를 끄덕였다. 리아리오 역시 분노를 폭발하지 않게 막아준 부인에게 감사의 마음을 담아 고개를 주억거렸다. 루도비코는 감탄의 눈으로 어머니를 보았다. 어머니는 정말 특별한 여자였다.

"적절한 질문 맞습니다. 동의합니다." 파치가 말했다. "그렇지만 주저 없이 대답할 수 있는데 우리 가문은 똘똘 뭉쳐 있고, 가문의 적은 하나뿐입니다."

"제가 듣고 싶었던 말이 바로 그거예요. 아주 좋습니다. 이제 우리 각자가 메디치 가문의 파멸을 원할 합당한 이유가 있군요. 그렇지만 저는 우리 각자의 동기가 강력하니 운명의 부침이 있다 해도 그 동기가 흔들리지 않아야 한다는 점을 확실히 하고 싶습니다. 도시의 내부에서든 외부에서든, 로렌초와 그 동생을 공격할 수 있을 때에만 메디치 가문을 이길 수 있어요. 이런 이유로 지금 로렌초를 파문할 수 있다면 큰 도움이 되리라 생각해요."

그러더니 라우라가 지롤라모 리아리오에게로 눈을 돌렸다.

"군주님." 그녀가 또박또박 말했다. "혹시 그럴 만한 힘을 가진 분, 생각 나시나요?"

26. 이상한 그림들

"레오나르도, 내게 말할 땐 적어도 내 눈을 좀 보고 얘기해주면 안 되겠어요?"

루크레치아는 레오나르도와 자기 자신에게 화가 나 있었다. 그녀는 로렌초가 자신과 레오나르도를 필요로 한다고 믿었다. 그러나 동시에 권력이라는 어두운 동굴에 깊숙이 들어가버린 로렌초가 밖으로 나올 가능성은 전혀 없다고 생각했다.

그녀는 레오나르도의 작업실로 갔다. 레오나르도가 문을 열자마자 드러난 풍경에 그녀는 깜짝 놀랐다. 과거에 알던 화가의 자취는 찾아볼 수 없었다. 그 대신 지금 몇 달째 제대로 감지 않아 지저분하게 떡 진 머리에 언제 깎았는지 모를 긴 수염의 반미치광이가 그녀 앞에 있었다. 실내에 어지럽게 놓인 이해할 수 없는 음란한 그림들 속에서 원래의 레오나르도가 사라져버린 듯했다.

그 그림에는 파란색도, 초록색도 없었고, 가볍고 선명한 터치도 없었다. 레오나르도의 그림은 그가 어떤 식으로든 부정하려고 하는 과거 속에서 길을 잃은 듯했다. 불빛이 희미해 어둑어둑한 동굴 같은 방에서, 젊은 레오나르도가 자신의 눈을 혹사시키고 있는 그 방에서, 다양한 자세로 그려진 남자들의 신체가 그녀의 시선을 강렬하게 사로잡았다. 전신이 다 그려진 남자의 몸과 팔, 손, 다리 그림들이 벽을 뒤덮어 마치 미친 조각가가 벽에 조각을 한 듯했다.

루크레치아가 질문이 담긴 눈으로 그를 보았다. 그녀는 대답을 듣고 싶었다.

"왜 그래야 하죠?" 그가 들릴 듯 말 듯한 목소리로 말했다. 흡사 전혀 다른 세상에, 두말할 필요도 없이 그녀는 이해하지 못할, 어쩌면 이 세상 그 누구도 이해하지 못할 세상에 있는 것 같았다.

"그렇게 해야 아마, 당신이 이 종이와 형언할 수 없는 그림의 바다에서 조난당하지 않고 내 말을 들어줄 수 있을 것 같아서요."

레오나르도가 힘없이 웃었다. 마치 자신의 귀를 의심하기라도 하듯이.

"마돈나, 뭐가 그리 형언할 수 없어 보입니까?"

"그만두죠." 여전히 자기 눈으로 본 것을 믿을 수 없다는 듯 루크레치아가 계속 말했다. "나체의 남자들과 이런 외설스러운 그림 이야기를 하러 온 게 아니니까요."

레오나르도가 그녀를 노려보았다. 그제야 비로소 그의 관심을 끄는 데 성공했다. 어찌 보면 그를 불쾌하게 만들었는지도 몰랐다. 레오나르도가 곧 고개를 저었다. 그러더니 부드러운 목소리와 말투로 이야기를 했다. 그 목소리를 듣자 그가 그녀의 초상화를 그리던 날이 떠올랐다.

"루크레치아." 그가 말했다. "로렌초 얘기를 하기 전에 당신에게 한 가지, 아니 두 가지만 이야기하게 해줘요. 첫 번째는 그리 중요한 건 아닌데, 이 그림들의 성질에 관한 겁니다." 레오나르도가 그림 몇 점을 가리켰다. 탄탄한 근육이 두드러지는 나체의 남자를 그린 것이었다. 그중 두 남자는 양파 껍질을 벗기듯 피부를 벗겨 놓았다. 그림에는 메모와 숫자가 적혀 있었다. 루크레치아는 이해하지 못했지만 레오나르도는 그런 무분별한 그림을 설명하고 싶은 듯했다.

"인간의 몸을 표현한 겁니다, 루크레치아. 우리 각자가 이런 식으로 구성되어 있지요. 나는 남녀 각각을 표현하는 유일무이한 구조를 미친 사람처럼 연구 중입니다. 인간의 형태가 완벽하고 조화롭기 때문입니다. 어떤 의미에서는 설명이 불가능할 수도 있지요. 신체의 비율을 모르면 남자와 여자를 어떻게 그릴 수 있겠습니까? 군인이 펜싱의 기본 원리를 모르거나 양모 상인이 털을 빗질하는 법을 전혀 모르는 것과 같지요. 우리 몸의 기능을 감독하는 기관과 형태를 알아야 시간이 흐르면서 그것의 한계를 극복할 수 있기 때문에 그런 연구를 했습니다. 나는 외설이 아니라 지식을 사랑합니다. 시체를 연구하려고 무덤과 병원에 틀어박혀 있어야만 했지요. 해부가 중요하다는 것을, 혹은 그러한 해부가 다른 해부의 기초가 된다는 것을 이해하는 사람이 아무도 없는 듯해서 말이지요. 우리 시대에 의미를 부여하고 싶다면 무엇보다 남자, 그리고 두말할 필요 없이 여자를 관찰해야 하기 때문입니다."

루크레치아는 그의 말을 완전히 이해하지 못한 채 그저 바라보았다. 질문을 하고 싶었지만 너무 놀란 상태였다. 그녀는 레오나르도의 광기 어린 듯한 맑은 눈을 바라보았다. 다시 미친 사람처럼 보였다. 지저분한 긴 머리는 너무 오래 돛대 끝에 매달려 있어 닳아버린 밧줄 같았다. 그래서 그 모습이 측은했다.

하지만 레오나르도는 전혀 산만하지 않았다. 어쩌면 그녀가 이해조차 할 수 없을 문제들에 골똘해 있는지도 몰랐다. 레오나르도는 가상의 종탑이라는 높은 곳에서 혹은 삶의 가장 비밀스러운 구석에서 음영에 가려져 헤아리기 힘든 것을 포착해내는 꿈꾸는 듯한 눈으로 세상을 지배하는 사람 같았다.

"두 번째는 로렌초와 관련된 겁니다. 나는 당신이 얼마나 로렌초를 사랑하고 로렌초가 얼마나 당신을 사랑하는지 완벽하게 알고 있습니다. 바로 이 때문에 두 분은 멀리 떨어져 있어야 합니다. 이 점에 있어서는 로렌초가 저보다 지혜롭습니다. 뿐만 아니라 우리가 그렇게 갑자기, 격렬하게 말다툼을 하게 된 것도 혹시 나를 멀리하기 위해 로렌초가 일부러 계획했던 게 아닌가 하는 의심이 듭니다. 그렇게 나를 보호하려 했던 것이지요. 그가 그때 몰랐던 점은, 아니, 어쩌면 지금도 모를 수 있는데, 나는 그 어떤 보호도 필요없다는 겁니다. 하지만 당신은 보호가 필요해요."

루크레치아가 화를 내며 반발했다. 아름다운 얼굴이 시뻘겋게 달아올랐다.

"당신네 남자들은 다 어리석어요! 보호라니 무슨 뜻이죠? 사랑에 빠진 여자가 무슨 일을 할 수 있는지 알기나 해요? 당신은 몰라요, 레오나르도! 당신도 로렌초처럼 사랑에 대해서는 꽉 막혀 있기 때문이죠. 당신들은 불쌍하게도 자기 자신만으로 충분하다고 확신하고 있어요. 하지만 당신들이 정복한 것이나 보물 같은 지식 그 모든 게, 거기에 쏟은 감정을 공유할 누군가가 없다면 대체 무슨 의미가 있나요? 그리고 다 나를 위한 최선이었다고 말하는 소리를 듣는 데도 지쳤어요! 내게 뭐가 더 나은지는 내가 알아요! 분명히 말하자면 내게는 당신들이 말하는 '최선'이라는 게 고독이나 이루지 못한 사랑에 대한 회한과 같은 말로 들려요. 진심이에요."

레오나르도가 씁쓸한 표정으로 그녀를 보았다. "당신은 정말 지혜로운 여자군요…. 이제야 알았어요. 난 당신 말에 동의하지 않아요. 적어도 완전히는 말이죠. 그래도 당신 말이 논리에 맞지 않다고 할 수는 없겠어요. 그리고 물론, 그 문제에 대해서는 당신 말이 완전히 맞아요. 당신에게 최선이 뭔지 알고 있군요. 그건 인정해요."

그러더니 입을 다물었다. 적당한 말을 찾기 위해 고심이라도 하듯, 잠시 뜸을 들이고 싶어 하는 것 같았다.

"오만했던 것 사과하겠습니다." 그가 말했다. "믿어줘요, 당신을 모욕하려는 뜻은 전혀 없었어요. 그렇기는 해도 내가 보기에는 로렌초가 자기 방식대로 행동함으로써 당신을 더 사랑할 수 있다고 생각한 듯합니다. 물론 당신이 내 말에 동의해야 한다고 주장하려는 건 아니에요. 그렇지만 당신이 한 말이 사실이라면 그건 아마, 당신 마음 깊은 곳에 그 생각을 잘 숨겨두는 게 좋을 것 같군요, 루크레치아. 로렌초는 많은 사람의 사랑을 받지만 반대편에 서 있는 적들의 수도 이루 헤아릴 수 없어요. 그 수는 계속 늘어나는 중이고요. 정말 당신의 사랑 때문에 그의 주의를 산만하게 해서 그의 힘을 뺏고 싶습니까? 그러니까 당신을 생각하느라 그가 스스로를 노출하고, 오래전부터 오로지 로렌초의 죽음만을 바라는 적들에게 약점을 제공하기를 바라는 겁니까?"

그 말을 듣자 루크레치아는 가슴으로 파고드는 예리한 통증을 선명하게 느꼈다. 생각지도 못한 뜻밖의 상처였고 그 틈은 점점 더 깊이 벌어졌다. 그녀는 레오나르도가 자신에게 그런 식으로 말할 수 있으리라 생각하지 못했다. 그녀는 자신이 레오나르도의 안중에도 없을 거라 생각했다. 레오나르도는 그 어떤 인간 존재에도 흥미가 없는 듯이 보였다. 얼마나 잔인하면 그런 말을 할 수 있을까? 그녀가 한때 친구였던 그에게 어떤 감정을 느끼는지 잘 알면서 말이다.

한편으로는 그의 말이 비이성적이고, 폭력적이고, 가혹하기는 하지만 그 속에 깊은 진실이 숨겨져 있다고 생각했다. 그 진실에 그녀는 큰 충격을 받았고 깊은 상처를 받았다. 상처가 너무 깊어 자신이 그런 굴욕을 당할 수 있다는 사실을, 자신의 결함에 대해 갑자기 비난을 받을 수도 있다는 사실을 믿기 어려울 지경이었다.

지금처럼 자신이 로렌초의 사랑을 받고 있으며 그와 만날 수 있다고 주장한다면 기대할 수 있는 결과는 로렌초의 평정심을 무너뜨려 그의 생명을 위협하는 일뿐인 걸까? 그런 생각을 해본 적이 있던가?

그렇다, 로렌초는 그녀를 염려했고 그녀를 보호하려 애쓰며 정적들의 표적이 되지 않게 했다. 하지만 그녀는 변덕을 부리는 어린애처럼 그를 보고 싶다고 징징거리는 것 말고 그를 위해 무슨 일을 했던가? 혼자서는 살아가지 못하는 정부처럼.

그녀는 눈물을 펑펑 흘렸다. 레오나르도에게 들은 말보다 자신의 이기심 때문에 더 비참했다. 눈물이 흐르면 흐를수록 진실의 맛이 얼마나 쓴지 더 절감했다. 원하지 않았지만 진실의 잔을 마시자 잔 속의 액체가 그녀 안으로 파고들어와 마음을 차지해버렸다.

루크레치아가 무너지는 것을 보고 레오나르도가 그녀를 안아주었다. 보호받지 못하는 어린 새를 품에 안는 것 같았고, 혹시라도 새의 깃털이 다칠까 걱정하는 듯했다. 루크레치아는 너무나 아름다웠다. 얼굴과 신체만이 아니라 무엇보다 마음이 아름다운 여인이었다. 레오나르도는 강렬하고, 감동적이며, 고결한 마음을 감지했다. 그녀에게서 비치는 아주 작은 빛이라도 놓치지 않으려 애쓰며 초상화를 그리던 때, 이미 그런 아름다움을 알아차렸었다. 그녀에게서는 혜성이나 사그라져가는 별에서처럼 희미하지만 영롱한 빛이 스며나왔다.

금방이라도 가슴에서 튀어나오기라도 할 것처럼 루크레치아의 심장이 미친 듯이 뛰는 소리가 들렸다. 그녀의 얼굴에, 뜨거운 뺨과 광대에, 드레스 밖으로 드러난 목에 입을 맞추었고 입술에 흐르는 눈물을 닦아주었다. 루크레치아가 그 키스에 답했지만 애정이 뜨거운 열정으로 변하기 바로 전에 레오나르도가 동작을 멈추었다.

"더 이상은 할 수 없어요." 그가 말했다.

"무슨 이유로?" 그녀가 믿기지 않는다는 얼굴로 물었다.

"당신이 지금 이 순간 나를 사랑하지 않으니까. 당신은 로렌초를 원해요. 난 로렌초가 아니고. 그리고 내가 간절히 그걸 원한다 해도 절대 내 친구를 존중하는 마음을 저버릴 수 없습니다."

루크레치아가 씁쓸하게 고개를 저었다. 검은 머리가 파도처럼 흔들렸다. 두 눈은 눈물에 젖었다.

"사실이 아니에요! 난 당신을 좋아해요, 레오나르도. 당신은 그 어떤 남자보다 부드럽고 섬세해요. 그런데 혹시… 날 싫어하는 거 아니에요?" 루크레치아가 망설이며 물었다.

"그건 중요하지 않습니다." 레오나르도의 말에 이상한 분노가 담겨 있었다. "이제 가주시지요. 여기 오지 말았어야 해요."

"대체 왜?" 루크레치아는 이해할 수가 없었다.

"가세요! 내 말 못 들었습니까?" 이번에는 고함을 쳤다. 갑자기 분통을 터뜨렸다.

아까보다 더 뜨거운 눈물이 루크레치아의 얼굴을 적셨다. "당신 말이 맞을지도 모르겠네요." 그녀가 말했다. "오지 말았어야 해요."

1474년 2월

MEDICI

27. 반교황 동맹

갈레아초 마리아 스포르차는 키가 크고 건장한 남자였다. 하지만 그가 행동을 할 때마다 발산되는 특별한 에너지는 그 놀라운 체격에서 흘러나오는 게 아니었다. 걸을 때, 악수할 때, 그리고 웃거나 대화할 때마다 기운이 흘러넘쳤다. 누구든 그에게서 믿기 어려운 힘을 감지할 수 있었다. 마치 그의 혈관 속으로 피가 아니라 불길이 흐르는 듯했다.

길고 검은 머리에 밤색 눈동자, 그리고 단호한 눈빛 때문에 환히 빛나는 반듯한 얼굴. 그는 자신감이 넘치는 남자였다. 프랑스의 루이 11세 편에서 부르고뉴 공작인 용담공 샤를 1세 드 부르고뉴와 싸웠다. 그리고 사보이아의 아메데오 9세 공작의 병사들에 맞서 수사 근교의 노발레사 수도원에서 7주간 저항했다. 그의 어머니인 비앙카 마리아 비스콘티가 프랑스왕의 보복이 있을 테니 공격을 포기하라고 아메데오 9세를 설득할 때까지 저항은 이어졌다. 그제야 아메데오는 공격을 포기했다. 갈레아초 마리아가 밀라노로 돌아왔을 때는 영웅으로 환영을 받았다.

로렌초가 그에게 예의를 제대로 갖춰 인사했다. 밀라노 공국을 대표하는 사람이기도 했지만 그와는 별개로 경외를 받는 게 마땅한 이였다. 그는 점점 빠르게 다가오는 교황과의 결투에서 결코 포기할 수 없는 소중한 동맹의 중요 인물이었다.

베네치아 도제인 니콜로 마르첼로는 스포르차와는 전혀 다른 성질의 남자였다. 마른 체형에 키가 컸는데 끝이 뾰족한 뿔 모양 모자 밑으로 드러난 흰 머리가 말해주듯 젊지는 않았다. 그가 쓴 모자는 금실로 수를 놓고 호두만큼 큰 보석들이 박힌 띠로 머리에 고정돼 있었다. 그 화려함이 그의 지위를 상징하는 듯했다. 코는 날카로웠고 지친 눈 밑이 시커멓게 그늘져 있었다. 얼굴에는 많은 인생 경험이 담겨 있었다. 그리고 어쩌면, 이제는 더 이상 그럴 마음이 없다고 해도, 지금 베네치아를 이끌고 있는 사람이라는 사실도 그의 얼굴에서 드러났다.

어쨌든 도제는 로렌초를 극진히 환영해주었다. 로렌초는 피렌체의 팔라초 시뇨리아를 훨씬 능가하는 팔라초 두칼레의 화려함을 두 눈으로 보고도 믿기 어려웠다. 높은 천장에 닿은 책장들은 섬세하게 조각한 금색 이파리로 장식되었으며 장작불이 활활 타오르는 벽난로의 윗부분에는 화려한 조각과 돌고래를 탄 아이들이 새겨져 있었다. 그리고 책꽂이마다 무수한 필사본과 책들이 넘쳐났고 마르코 성인의 큰 사자가 새겨진 위풍당당한 문장과 조반니 벨리니의 그림, 마호가니 책상도 보였다. 로렌초는 시선을 어디에 두어야 할지 알 수 없었다. 도제의 거처는 정말 마법의 장소 같았다. 로렌초는 순간 자신이 앉아 있는 넓은 서재에서 넋을 잃었다.

로렌초는 밀라노와 베네치아와 피렌체가 교황 식스토 4세의 가차 없는 표적이 되었으니 조약을 맺어 서로를 보호해야 한다고 도제에게 간곡히 부탁했다. 그래서 베네치아 공화국에서 가장 높은 위치에 있는 도제가 그를 초대한 것이었다. 그리하여 지금 교황이 휘두르는 과도한 권력에 대항할 동맹을 체결하기 위해 로렌초는 두 사람과 마주 앉아 있었다.

먼저 입을 연 사람은 니콜로 마르첼로였다. 그는 세련된 조각을 얹고 금도금한 등받이가 높은 의자에 앉아 있었다. 다른 두 사람도 마찬가지였다. 의자 팔걸이에 두 팔을 올려놓은 도제는 흰 족제비털로 목 부분을 장식한 붉은색 토가를 입고 있었다. 금실로 화려하게 수를 놓은 토가가 불빛을 받아 반짝였다.

"두 분 손님." 그가 말했다. "제 초대에 정중히 응해 친절하게 이곳까지 와주셔서 감사합니다. 우리가 이곳에 모이기로 한 이유를 저는 잘 압니다. 교황은 옳지 않은 방식으로 권력을 행사하며 자신의 영향력을 이용해서 친지와 친구들에게 시뇨리아와 작위를 나눠주고 있습니다. 그뿐만이 아닙니다. 그런 행위에 반발해 족벌주의라는 비판을 하면 그 말을 부정하면서 어떤 전쟁이라도 불사하겠다고 위협합니다. 우리가 지금 여기 모인 사이에도 교황은 나폴리 왕 페르난도에게 자신의 조카와 결혼할 것을 제의하고 있습니다. 나폴리 왕의 지지를 얻으려는 속셈이지요."

로렌초는 니콜로 마르첼로의 실용주의와 명쾌한 설명에 주목하지 않을 수 없었다. 로렌초는 고개를 끄덕이며 이번에는 자신의 생각을 말했다.

"각하, 이곳에 오게 되어 영광입니다. 저는 방금 말씀하신 각하의 생각에 동의합니다. 뿐만 아니라 최근까지도 식스토 4세가 자신의 세력권을 확장시키려 했다는 점도 더불어 말씀드리고 싶습니다. 교황은 자신의 조카인 지롤라모 리아리오에게 이몰라 시뇨리아를 넘겨주어 피렌체 성문을 감시하는 감시견으로 만들었습니다. 제가 보기에 이런 움직임은 로마냐 지역을 자신의 수중에 넣을 때까지 계속될 게 확실합니다. 피렌체를 고립시키고 시간이 흐르면 피렌체를 자신의 지배하에 두었다가 어쩌면 자신이 사랑하는 조카에게 피렌체의 통치를 맡길 수도 있다는, 몹시 섬뜩한 희망을 품고 말입니다. 그런 전략이 그들이 시도하는 확장의 서곡에 불과하다는 건 두말할 필요도 없습니다. 이런 식으로 계속 진행되다가는 그들의 세력이 베네치아 땅에까지 닿을 게 분명합니다. 저는 우리의 작은 공화국이 두 분의 드넓은 영토에 비하면 보잘것없다는 걸 너무나 잘 압니다. 그렇지만 그 영토를 완전하고 독립된 상태로 유지하는 게 두 분에게도 대단히 유용하리라 생각합니다."

이번에는 니콜로 마르첼로가 고개를 끄덕였다. "겸손한 말씀이오, 친구. 그렇지만 나나 밀라노 공작 모두 현재의 정치 지형에서 세력의 균형을 유지할 결정권을 당신이 쥐고 있다는 사실을 분명하게 알고 있소이다. 덧붙여 말하면 당신은 아주 훌륭하게 해내고 있어요. 당신의 역할은 다른 누구도 대신할 수 없습니다. 지리적인 이유 때문이기도 하지만 당신은 확장을 시도하는 교황과의 충돌이 벌어질 경우 그 충돌을 막아낼 수 있는 최고의 힘을 가지고 있소.

그러니 우리에게 겸손할 필요 없소. 지금은 그럴 상황이 아니오."

갈레아초 마리아 스포르차가 헛기침을 했다. 그는 두 사람의 말을 들었으므로 이제 밀라노의 입장을 말하고 싶었다.

"존경하는 각하와 군주님, 두 분 말씀이 하나도 틀린 게 없습니다. 그래서 저는 제 딸 카테리나 스포르차를 지롤라모 리아리오에게 출가시키기로 약속을 할 수밖에 없는 상황이었습니다. 그렇지 않으면 지롤라모도 그의 외삼촌도 절대 저를 편안히 놔두지 않을 테니까요. 지금 당장 두 분에게 드리고 싶은 말씀은 그 혼약이 어떤 식으로도 제가 교황의 처사에 동의하거나 지지한다는 뜻은 아니라는 겁니다."

"그랬더라면 이곳에 오시지도 않았겠지요." 도제가 강조했다.

"물론입니다. 그리고 사실 저 역시 우리 각자가 상호 지지를 보장하는 조약을 체결할 때가 되었다고 생각합니다. 우리 도시들 중 하나가 부당하게 공격을 당하면 언제든 나머지 두 도시가 시의적절하게 개입할 수 있게 말입니다. 잠깐만 생각해봐도 밀라노와 베네치아, 피렌체가 얼마나 전략적인 위치에 있는지 알 수 있습니다. 북서쪽과 북동쪽, 남쪽을 지배할 수 있는 위치지요. 그러니 동맹은 당연히 필요할 뿐만 아니라 성공 가능성이 아주 높습니다. 이 동맹이 통합의 서곡이 되어 페라라와 시에나, 제노바를 비롯해 다른 많은 도시를 우리의 영향권 안으로 끌어들일 수 있을 겁니다. 그와 동시에 우리는 영토를 확장하려는 교황 식스토 4세와 탐욕스러운 그의 조카들과 대결할 만반의 태세를 갖추게 되겠지요."

"그러니까 제가 제대로 이해한 게 맞다면, 밀라노와 베네치아는,

피렌체가 공격을 당할 경우 피렌체를 지지할 준비를 하겠다는 말씀이시지요?" 로렌초가 직설적으로 말했다. 그에게는 이 말에 대한 분명한 대답이 필요했다. 특히 지금 로마에서 벌어지는 일 때문이었다.

"물론이오." 도제가 대답했다. "피렌체 역시 우리를 위해 똑같이 할 테니까요. 지금 두 분에게 묻고 싶은 건 이겁니다. 식스토 4세가 당신들 내부의 적들에게 얼마나 지원을 하고 있는 걸까요? 제가 눈치가 없다면 용서해주십시오. 제가 보기에 교황이 피렌체의 파치 가문에 접근하는 것 같아서 말입니다. 게다가 니콜라 카포니는 이미 오래전부터 밀라노 대학의 라틴어 강좌에서 폭군 살해 문화를 학생들에게 주입하며 밀라노 공작을 살해하도록 자신의 학생들을 선동하는 듯합니다…. 그래서 제가 잘못 알고 있는지, 제 정보가 잘못된 건지 알고 싶습니다."

"각하." 갈레아초 마리아 스포르차가 말했다. "우리는 각하의 정보망이 얼마나 뛰어난지 압니다. 그리고 이번에도 역시 각하의 정보는 완벽합니다. 어쨌든 제가 장담할 수 있습니다. 각하가 말씀하신 문제는 제가 곧 처리하겠습니다. 니콜라 카포니를 수사해서 공국을 배신한 죄로 투옥시키겠습니다. 그렇게 해서 문제를 뿌리째 뽑아버리겠습니다."

"그렇게 하시면 우선 공작님에게 좋을 겁니다. 제 말 믿으십시오. 여기 베네치아에서는 우리의 사법기관인 10인위원회가, 여러 가지 방법으로 베네치아 공화국의 법질서를 교란하는 자들을 제거하는 임무를 정확히 수행합니다. 물론 제 말에 기분이 상하셨다면 즉시 철회를 할 것입니다." 도제가 즐거운 듯이 미소를 지으며 말했다.

"천만에요. 저 역시 법을 어기는 일을 절대 허용하지 않을 겁니다." 스포르차가 대답했다.

"그런데 일 마니피코* 로렌초? 파치 가문은 어떻게 하실 생각이오?"

"각하, 저희가 지금 동맹을 맺으려고 하고 있으니 합당하고도 어찌 보면 당연한 질문입니다. 어떻게 말씀드려야 할까요?" 로렌초가 어깨를 으쓱했다. "작년에 파치 가문이 교황에게 돈을 빌려주었고, 교황은 그 돈으로 밀라노 공작님에게서 이몰라를 구입했습니다. 그 뒤로 식스토 4세가 파치 가문을 지지하는 게 분명하다고 생각하고 있습니다."

스포르차가 깜짝 놀라며 손을 들었다. "당신에게 피해를 줄 생각은 전혀 없었습니다." 그가 자신에게 향할지도 모를 비난을 미리 차단하듯 말했다.

"지금 공작님을 어떤 식으로든 비난하는 게 아닙니다." 로렌초가 계속 말했다. "그리고 이몰라를 파셨을 때 우리 도시를 곤경에 빠뜨릴 의도가 전혀 없었다는 사실을 완벽하게 알고 있습니다. 진짜 문제는 지롤라모입니다. 외삼촌인 교황에 대한 그의 충성심은 대충 봐도 놀라울 정도입니다. 그의 행운 뒤에 교황이 있으니까요. 잠시 딴 이야기로 빠졌습니다…. 중요한 것은 파치 가문이 자신들

* '위대한 자'라는 뜻의 이탈리아어로 로렌초 데 메디치에게 붙여진 별명.

의 입지를 강화하는 게 분명하다는 점입니다. 그렇지만 각하." 로렌초가 니콜로 마르첼로를 보며 계속 말했다. "내부의 위협과 외부 위협은 불가분의 관계로 분리할 수 없습니다."

"잘 알고 있소." 도제가 동의했다.그렇기는 해도 마니피코의 대답이 완전히 흡족하지는 않았다.

"또 한편으로는," 로렌초가 말을 이었다. "저는 파치 가문이 감히 피렌체 내에서 행동을 감행하지는 않으리라 생각합니다. 그들의 관심은 이익을 좇아 다른 곳에 가 있습니다."

"로마지요." 스포르차가 말했다.

"맞습니다." 로렌초가 대답했다. "특히 프란체스코 데 파치는, 파치 가문이 교황청 재정을 관리하게 된 뒤로 피렌체보다 로마에 머무는 시간이 더 많습니다."

"교황의 재산이… 어마어마하지요." 도제가 약간 걱정스러운 듯이 말했다. "톨파의 명반 광산 운영까지 교황청 재산 관리 목록에 들어 있소. 우리가 알고 있듯 믿어지지 않을 정도로 풍부한 부의 원천 중 하나이지요. 그런 적들이 두렵지 않습니까? 지금 파치 가문이 얼마나 위험한지 명약관화합니다. 그 정도의 재력을 이용할 수 있으면 어떤 군인이든, 추기경이든, 정치인이든 다 매수할 수 있지요." 니콜로 마르첼로는 아직도 메디치의 말에 안심이 안 되는 듯했다.

"각하의 말에 반대를 할 사람은 아무도 없습니다." 로렌초가 다시 말했다. "그렇기는 하나, 다시 말씀드리지만 저는 피렌체를 진짜 위험에 빠뜨릴 수 있는 건 내부의 위협이 아니라고 생각합니다.

프란체스코 데 파치의 숙부인 야코포 데 파치가 혹시라도 우리 가문에 대항하도록 민중들을 선동한다 해도 실패하고 말 겁니다. 얼마 전부터 저는 제 팔라초에서 시민과 하층민들을 만나는 좋은 시간을 갖고 있습니다. 그 시간에 그들의 이야기를 듣고 제 동생과 함께 문제의 해결책을 찾고 공동의 행복을 추구하려 애쓰는 중이지요. 최근에 그런 활동을 더 늘렸습니다. 귀족들과의 관계는 아주 좋습니다. 사실 귀족들 모두가 서로 우호적인 관계는 아니지만 강력한 동맹을 자랑하는 것 역시 사실입니다. 로마의 오르시니 가문과 오래전부터 협력하는 사이인 것은 말할 것도 없고요."

"아주 좋습니다, 두 분. 솔직하게 말씀해주셔서 감사합니다. 아시다시피 최근 베네치아는 상대적으로 조용합니다."

"글쎄요, 제가 보기에 알바니아 지역의 상황이 분명 밝지는 않은 듯하던데요." 밀라노 공작이 말했다.

"베네치아에는 적이 아주 많습니다. 우리 해군 제독들이 알바니아 쪽 바다에서 적지 않은 어려움을 겪고 있다는 걸 부인하진 않겠습니다." 도제가 당황하지 않고 침착하게 대답했다. "하지만 내부 상황은 여러 가지 이유에 의해 당신네 상황보다 훨씬 안정되어 있다고 할 수 있지요. 그러니 우리의 대화에 비춰보아 합의 문서를 작성하기 위한 선결조건이 있어야 할 거라고 생각합니다. 먼저 당신들의 내부 상황을 최대한 정리해야 합니다. 이렇게 말할 수 있겠군요. 당신들과 제일 대립하는 측에, 그러니까 당신들의 영토에 있는 반대파에 해결책을 제시할 수 있다는 확신이 있다면 베네치아는 당신들을 신뢰할 겁니다. 외부의 공격이 있을 경우에 대해서는 동의한 대로입니다. 적당하다고 생각하면 믿을 만한 제 법률가들에게 구체적인 합의 문안을 작성하라고 요청할 수 있습니다. 물론 당신들 측의 법률가와 함께 말입니다. 지나치게 형식적이거나 무겁지 않고 몇 가지 조항만, 이 동맹의 윤곽을 그리는 몇 가지 사항만 명시할 생각입니다. 그동안 두 분이 베네치아에 머무르시면 저로서는 아주 기쁠 것 같습니다. 베네치아가 매력이 없지 않은 도시라는 걸 발견하시리라 확신합니다."

"당연하지요. 두말할 필요도 없이 매력적인 도시인 걸요!" 갈레아초 마리아 스포르차가 그때까지 쭉 힘들게 앉아 있던 의자에서 일어나면서 말했다. "산마르코 광장에서 기가 막힌 석호를 바라볼 생각을 하면 벌써부터 흥분이 됩니다. 당신도 그런가요?" 그가 로렌초에게 물었다.

일 마니피코가 고개를 끄덕였다. 물론이다. 그는 베네치아를 구경하며 며칠 머물 예정이었다. 그와 동시에 그의 법률가들에게 주의 깊고 신중하게 서류를 작성할 시간을 줄 생각이었다. 그는 이 새로운 동맹군들을 신뢰하지만 그들의 숨겨진 교활함을 과소평가하는 실수를 범하고 싶지는 않았다. 게다가 베네치아인들의 교활함은 유명하지 않은가.

로렌초가 이런 생각에 빠져 있을 때 도제도 모임을 마무리하기 위해 자리에서 일어났다. 의례적인 인사를 나눈 뒤 로렌초는 피렌체에 도움이 될 동맹을 체결했다고 확신하며 팔라초 두칼레 밖으로 나왔다.

1476년 4월

MEDICI

28. 고발

비가 내리는 서늘한 밤에 그들이 레오나르도를 데리러 왔다. 그들은 레오나르도를 안드레아 델 베로키오의 공방에서 찾아냈다. 손목과 발목에 쇠고랑을 채워 그를 팔라초 델 포데스타로 데려갔다. 레오나르도는 고개를 푹 숙인 채 말없이 수비대를 따라 걸었다.

그는 여러 날 전부터 음식을 입에 대지 않았다. 이미 몇 달 전부터 깊은 절망감에 빠져 있었다. 우선 그는 정확함과 치밀함이 필요한 그림을 그릴 수가 없었다. 게다가 인간 신체의 비율과 조화를 찾으려는 강박관념이 그를 집어삼켰다. 그는 유령처럼 병원의 어두컴컴하고 음산한 시체실을 드나들면서 시체를 발견하면 자세히 관찰했다. 그리고 죽은 사람의 몸에 손을 댈 수 있을 때는 미치광이처럼 기뻐했다. 사실 그런 일은 거의 드물었다. 부패하지 않은 시신을 얻기 위해서라면 전쟁터를 샅샅이 뒤지는 일도 불사할 정도였다. 그래서 전쟁터에서 까마귀처럼 시체들을 뒤지기 시작했다.

레오나르도는 두려웠다. 갈증이 그를 망가뜨리고 있었다. 숨겨진 보물들을, 배와 가슴에 보관되어 있는 붉은빛과 보랏빛이 감도는 장기들을 찾을 때마다 그는 형언할 수 없는 희열을 느꼈다. 조심스럽고 꼼꼼하게 신체 치수와 특징들을 기록했다. 그리고 매일 계산을 하고 사색을 하며 반대 방향으로 쓰는 글씨체로 종이를 빼곡하게 메꿨다. 독특한 글씨체 때문에 아무도 그가 어떤 발견을 했는지 알지 못했다.

물론 죽은 돼지나 개구리로 만족해야 하는 경우가 훨씬 더 많았다. 인간의 시신과 똑같지는 않았지만 어쨌든 그렇게라도 해야 했다. 많은 돈을 주지 않아도 레오나르도가 인체를 연구하고 초상화를 그릴 수 있도록 나체로 포즈를 취해 주는 어린 청년 두 명도 있었다. 그러나 인체의 내부는 외양만큼이나 중요했다.

레오나르도는 자신이 하는 일이 많은 이에게 외설스럽고 입에 올리기도 힘든 일이라는 것을 알고 있었다. 그 자신도 한때는 자신의 인격이 상처를 입을 수도 있다고 생각한 순간들이 있었다. 그렇지만 발견하고, 이해하고 싶은 필요와 바람이 그런 순간의 망설임을 지워버렸다. 그래서 레오나르도는 결국 다시 한 번 더 인간의 몸을, 혹은 동물의 사체를 만질 수 있을 순간을 애타게 기다리곤 했다.

그러니 수비대원들이 그를 잡으러 들이닥쳤어도 전혀 놀라지 않았다. 자신을 팔라초 델 포데스타로 연행하는 그들을 비난할 생각은 전혀 없었다. 그러나 그는 자신이 곤경에 빠졌다는 사실만은 분명하게 알았다.

수비대장이 그를 간수들에게 인계했다. 간수들은 그를 쇠사슬로 묶어, 좁고 추운 감방으로 끌고 갔다. 간수들이 발길질을 해서 그를 방안으로 밀어넣었다. 그들 중 한 사람이 그에게 침을 뱉으며 비역질이나 하는 더러운 놈이라고 욕을 했다. 레오나르도가 차가운 돌바닥에 쓰러진 사이 감방 문이 요란한 소리를 내며 등 뒤에서 닫혔다.

루도비코 리치가 손을 비볐다. 지롤라모 리아리오와 프란체스코 데 파치가 궁리에 궁리를 거듭한 끝에 드디어 작전에 동의를 하고 그것을 실행에 옮기기로 결정했다. 그들은 우선 사람들이 로렌초에게 반감을 갖게 해야 한다고 생각했다. 로렌초가 아끼는 사람들을 공격하는 게 그의 화를 돋우는 최고의 방법이었다.

루도비코는 겉으로 보이는 것 이상으로 피렌체의 군주가 빈치 출신의 젊은 화가인 레오나르도를 높이 평가할 뿐만 아니라 깊은 애정을 가지고 있다는 사실을 잘 알았다. 이유는 몰라도 그는 두 사람이 이제 각자의 길을 가기로 결정했다는 것도 모르지 않았다. 하지만 둘 사이의 우정은 끝나지 않았다고 확신했다. 레오나르도가 위험에 빠지면 로렌초가 그를 구하기 위해 무슨 일이든 할 것이다.

루도비코는 그런 생각에 골몰하면서 콜롬보 로소 여관으로 들어갔다. 그리고 들어서자마자 테이블을 차지하고 앉아 있는 프란체스코 데 파치를 발견했다. 파치는 게걸스레 식사 중이었다. 검은 수염에 소스를 적신 채 큼직한 돼지 정강이 요리 쪽으로 얼굴을 처박고 있었다. 접시에서 입으로 고기를 들어올리는 그의 얼굴과 쫄깃한 붉은 고기를 열심히 씹는 누런 이를 보자 루도비코는 구역질이 났다. 파치는 비호감이었다. 어떤 면에서 보면 지금까지 한 번도 만나 본 적이 없는, 짐승에 훨씬 더 가까운 인물이었다. 파치는 무식하거나 멍청한 남자는 절대 아니었지만 왕성한 식욕을 자랑했고, 무례해 보일 정도로 제멋대로 음식을 먹는 나쁜 습관이 있었다. 그는 자신을 익히 아는 사람이 아니면 그 누구에게도 먹는 일에 열중하는 자신의 모습을 보이지 않으려 했다. 마치 일부러 그러는 듯이 보일 정도였다.

루도비코는 다소 염려를 하며 파치 앞에 앉았다. 프란체스코 데 파치가 트림을 했다. 손등으로, 그 다음에는 벨벳 더블릿의 고급스러운 소매 일부분으로 기름이 뚝뚝 떨어지는 수염과 음식 찌꺼기가 묻은 번들거리는 입을 닦았다. 그러더니 도자기 물병을 집어 붉은 포도주를 잔에 따랐다. 그가 건성으로 고개를 까딱하며 루도비코에게 인사했다.

여관집 여주인이 탁자 옆으로 다가왔다.

"잘생기신 나리, 뭘 좀 가져 올까요?"

루도비코가 잠시 생각을 했다. 딱히 배가 고프지는 않았지만 과일이라면 먹어볼 생각이 들었다.

"신선한 과일 좀 가져다주겠소?"

여관 주인이 고개를 끄덕이며 사라졌다.

프란체스코 데 파치가 미치광이를 보듯 루도비코를 보았다.

"그것만 먹나?" 파치가 물었다. "과일 말고 다른 건 전혀 안 먹는다고? 젊은이, 그러다가 몸이 없어져버리고 말걸! 지금도 해골처럼 말랐는데, 세상에! 좀 더 영양가 있는 걸 먹게!"

루도비코가 파치의 말에 대한 대답으로 어깨를 으쓱한 뒤 덧붙였다. "그건 나리 몫으로 남기겠습니다. 저는 과일만으로 충분합니다."

프란체스코 데 파치가 고개를 저었다.

"자네 좋을 대로 하게. 당연히 내가 관여할 문제가 아니니. 그런데…," 구운 고기덩어리 한 점을 이로 뜯어내며 말했다. "뭐 새로운 소식 있나?"

루도비코가 자기 이야기를 시작하려 할 때 여관집 주인이 다시 나타나 과도와 과일이 수북한 접시를 내밀었다.

"그러니까 로렌초를 꼭 제거해야 할지 결정을 내리는 동안 도시의 시민들이 로렌초에게 부정적인 시각을 갖게 만들 함정을 제가 파놓았습니다. 많은 이가 그자를 증오하게 만들고 그에게 공감하지 못하게 할 절호의 기회라고 생각합니다. 그자는 프라토와 볼테라 같은 피렌체의 부속 도시에서 승리를 거두고, 파티를 열고, 공연을 하고, 도시에 예술작품을 주문하고, 자금을 지원하며 사람들의 호감을 샀지요. 그리고 무엇보다 부유한 시민들, 더 중요한 건 광범위한 하층민과 시민 전체를 대표하는 유력인사들과 활발하게 제휴한 결과 그들의 동의를 얻어냈다는 겁니다."

프란체스코 데 파치가 다시 한 번 고개를 저었다.

"지금 우리가 시간 낭비만 하고 있다는 거 알 텐데, 안 그런가? 나는 메디치 가문을 몰살할 생각이야. 내 말은 한 명의 예외도 없이 모두. 두 형제를 시작으로 말이지. 내 말 명심하게. 로렌초를 추방한다 해도 어쨌든 줄리아노가 남게 되네. 그러면 메디치 가문 전체와 그 일당이 줄리아노 주위로 모이게 될 걸세. 그러니까 둘 다 공격을 해서 그들이 다시 일어서지 못하게 막아야 해. 뱀의 머리는 짓밟아버려야 한다니까! 다른 해결책이 없다고."

루도비코가 윤기가 도는 초록빛 배 껍질을 깎으며 고개를 끄덕였다. 그는 파치의 뜻을 따라야 한다는 것을 알았고 무엇보다 파치의 생각에 동의했다. 하지만 올해에 지롤라모 리아리오는 여러 차례 최종 해결책을 일부러 상상하지 말라고 그에게 부탁했다. 리아리오 역시 메디치가를 증오하기는 했지만 학살을 최종 목표로 하는 음모를 절대 지지할 수 없다는 교황의 뜻이 그에게 강력한 영향을 미친 게 분명했다. 루도비코는 그런 인상을 받았다.

"나리, 저도 그 점을 익히 알고 있어서 분명히 말씀드리고 싶습니다. 오늘 저는 나리의 생각에 전적으로 동의합니다. 2년 전이라면 그렇게 생각하지 않았을지도 모릅니다. 하지만 지금은 저 역시 우리 모두의 문제를 해결할 가장 합리적인 해결책은 암살이라고 생각합니다. 그렇기는 한데 나리와 저 모두 알다시피 교황과 교황군 총사령관의 지지를 확실히 받아야 계획의 성공 가능성이 월등히 높아집니다. 그래서…."

"내 기억으로는 자네 어머니도 같은 생각이었던 것 같은데. 혹시 내 기억이 틀렸나?"

루도비코가 고개를 끄덕이며 다시 이야기를 이어갔다. "아니라고는 말씀드리지 못합니다. 하지만 괜찮으시다면 본론으로 들어가겠습니다. 로렌초 데 메디치와 레오나르도 다 빈치 사이에 어떤 관계가 있다는 가정에서 시작해서…."

"화가 말인가?" 프란체스코 데 파치가 다시 끼어들었다.

"그렇습니다." 루도비코의 눈에 실망의 빛이 일순 스치고 지나갔다. 그는 누군가 자기 말에 끼어드는 것을 극도로 싫어했다. 그것도 연속으로 두 번이나.

하지만 프란체스코 데 파치는 이몰라 군주의 보호를 받고 있으며 왕년에 미모를 자랑하던 창녀의 아들이라는 것 이외에는 아무 장점도 없는 악마 같은 코흘리개의 기분 따위에 신경을 쓰지 않았다. 그래서 그의 말을 가로막는 것을 즐겼다. 이 청년의 핏속에는 귀족의 피가 단 한 방울도 흐르지 않았다. 그리고 두말할 필요도 없이 자신처럼 기사가문 혈통도 아니었다. 출신만이 아니라 루도비코가 가진 담대함까지도 그에겐 결함이 될 수 있었다. 그는 모욕을 당했다는 생각이 들기만 해도 당장 모욕을 준 자의 목을 베고도 남았다.

어쨌든 루도비코는 상당히 똑똑해서, 아니 현명해서 위험을 무릅쓰면서까지 불평불만을 이야기하지는 않았다.

"제 계획은…," 그가 다시 입을 열었다. "로렌초 데 메디치와 레오나르도 다 빈치가 깊은 우정으로 맺어진 사이라는 가정에서, 그러니까 레오나르도가 파렴치한 죄명으로 고발을 당하면 그의 무죄를 증명하려고 로렌초가 어떤 일이든 할 준비가 되어 있다는 가정에서 출발합니다. 제가 우리 쪽 사람을 부추겨서 익명으로 풍기사범단속위원회에 레오나르도 다 빈치와 그의 밑에서 일하며 가끔 레오나르도를 위해 나체로 모델을 서는 어린 청년을 동성애 혐의로 고발하게 했습니다."

"무슨 말을 하려고 그 일을 이리 친절하게 설명하는 건가?"

"조금만 더 들어주십시오, 나리. 그런데 저는 로렌초가 레오나르도를 무죄로 방면시키리라고 확신합니다. 하지만 그렇게 함으로써 로렌초가 동성애에 대해 우호적이라는 의심을 사게 될 겁니다. 그런 일은 교황에게 좋은 기회를 제공해 마침내 메디치 가문을 파문하겠다고 위협할 수 있게 될 겁니다. 로렌초가 피렌체의 대주교, 그리고 오래전부터 우리 측에 호감을 가지고 지켜보는 피사의 대주교와도 대립하고 있다는 걸 떠올리면 제 말에 동의하실 겁니다. 로렌초는 분명 그 일로 큰 타격을 입을 테니까요. 다른 한편으로 레오나르도가 처형을 당하게 된다면 로렌초는 마음의 안정을 얻지 못할 것이고, 친구의 죽음으로 얼이 빠져서 공격하기 아주 쉬운 표적이 될 겁니다. 나리께서도 보시다시피 이렇든 저렇든 우리가 승리를 할 겁니다."

프란체스코 데 파치가 한숨을 쉬었다.

"아주 기이한 계획을 지나치게 믿는 것 같군그래. 어쨌든 지롤라모가 그런 음모가 우리의 목적에 유용하다고 판단했다면 나는 지지할 수밖에."

"지롤라모와 그의 외삼촌입니다, 잊지 마십시오." 루도비코가 그에게 상기시켰다. "이 계획의 성공을 예측하기 어렵다는 걸 잘 압니다. 그러나 한편으로 제가 이해한 바대로라면 이몰라의 군주는 레오나르도가 그렇게 고발을 당함으로써 로렌초가 악습의 표본으로 자리 잡을 게 분명하다고 생각합니다. 로렌초는 광기에 사로잡혀 있습니다. 플라톤 아카데미, 게다가 보티첼리의 그림같이 모욕의 경계를 넘어선 그림에 대한 사랑만 봐도 알 수 있지요. 게다가 끝없이 파티를 열고 루크레치아 도나티와 염문을 뿌리는 걸 보면 영성이나 종교와 전혀 상관없는 세상이 존재한다고 믿는 게 분명합니다. 여기에 동성애로 고발당한 화가와 그가 친구 사이라는 사실까지 덧붙여지면 전 종교 세력의 분노의 표적이 될 테고 그자는 악습 위에 건설된 시뇨리아의 상징이 될 겁니다. 제 말을 믿으십시오, 나리. 그러는 사이 그를 향한 치욕스러운 비난이 우리가 예측하는 결과를 가져올 테니 말입니다."

"그러면 그자 동생 줄리아노는?"

"비난 때문에 꼼짝을 하지 못할 겁니다. 그리고 교황은 자신이 이용할 수 있는 수단을 동원해서 메디치 가문을 부패와 간음과 불성실과 기회주의, 배신, 그리고 모든 형태의 신앙을 경멸하는 가문의 상징으로 만들 겁니다. 교황께서 로렌초가 하느님을 섬기는 신심 깊은 양 떼들의 밖에 있는 자라고 판결을 내리게 되면 결론적으로 교황 본인의 영토 경계를 넓히게 될 거고 자신의 동맹자들에게 가장 중요한 도시의 열쇠를 넘겨줄 수 있을 겁니다. 나리에게는 특히 피렌체의 열쇠를 주시겠지요."

"그 정도로 충분하네. 됐어!" 프란체스코 데 파치가 음산한 말투로 결론을 내렸다. "일이 어떻게 진행되는지 두고 보도록 하지. 계획이 성공을 거둘지 아직 의심스럽지만 말이야. 어쨌든 앞의 해결책들이 실패를 거듭한다면 가장 극단적인 방법을 고려하지 않을 수 없으니까."

파치는 이렇게 말하며 뼈에 붙은 살점을 다시 뜯었다. 검은 수염

밑에서 기름이 번들거리는 누런 이가 번득였고 검은 눈에서는 잔인함과 사악함이 흘러나왔다.

주사위는 던져졌다.

29. 만남

레오나르도가 체포되었다는 사실을 알게 된 로렌초는 즉시 팔라초 델 포데스타로 달려갔다. 무슨 말을 해야 할지 갈피를 잡을 수 없었지만 한 가지만은 분명했다. 로렌초는 자신의 친구가 치욕스러운 비난과 무관하다는 사실을 증명하기 위해 그의 힘이 닿는 데까지 모든 일을 다 할 작정이었다.

새벽이었다. 피렌체는 수의처럼 희끄무레한 하늘 아래에서 서서히 깨어나는 중이었다. 그는 자신의 방문이 물의를 빚을 것을 우려해 마차를 타지 않고 팔라초 델 포데스타까지 걸어갔다. 두말할 것도 없이 자신의 심복에게 통보를 해서 레오나르도가 갇힌 감방으로 은밀히 안내하게 조처해 놓았다. 소문이 적으면 적을수록 그가 사법부의 판결 방향을 조정할 가능성이 커질 테니까.

그래서 그는 급히 걸어갔다. 길 가장자리의 밤이슬들이 사라지는 중이었다. 코를 찌르는 강렬한 악취가 풍겼다. 들개들이 흰 뼈다귀 하나를 서로 가지려고 낮게 짖어댔다. 로렌초는 도시를 정비하고 예술작품들로 도시를 꾸미려고 노력했다. 불과 몇 년 전에는 푸줏간들을 모두 폰테 베키오 다리로 몰아넣어 거리에서 소·돼지의 살점과 뼈가 사라지기도 했다. 그렇지만 피렌체는 어떤 면에선 여전히 거대한 토끼굴, 피와 진흙이 뒤범벅된 난장판 같았다. 그곳에 전혀 어울리지 않는 웅장한 저택과 경탄할만한 교회가 이상하게 늘어서 있었다. 자세히 살펴보면 그런 기이한 부조화가 섬뜩할 정도로 잔인하게 느껴졌다.

로렌초는 숨을 헐떡이며 산타 마리아 델 피오레 대성당 앞에 도착했다. 필리포 브루넬레스키가 건축한 거대한 돔이 도시 위에 우뚝 서 있었다. 새빨간 색의 웅장한 돔은 시내의 거리에서 보면 보이지 않다가 어느 순간 갑자기 튀어나와 눈앞에 펼쳐진다. 돔이 건축된 지 오랜 시간이 흘렀지만 로렌초는 여전히 깜짝 놀랐다. 마치 브루넬레스키가 돔에 더 사실적이고 더 강렬한 인상을 남기려고 일부러 그렇게 한 것만 같았다. 그리고 실제로 그날 아침 로렌초는 자신의 앞에서 거대한 모습을 선명하게 드러내는 그 돔, 하늘 속의 하늘 같은 그 돔을 보면서 거의 숨이 멎는 기분이었다. 말로 설명하기 힘든 초자연적인 경이로움이 모두 담겨 있어서 마치 예술이 신의 은총을 관조할 임무를 부여받았고, 그리하여 신의 위대함을 눈으로 볼 수 있게 만드는 유일한 언어이기라도 한 듯했다.

로렌초는 대성당을 지나 프로콘솔로가로 접어들었고 곧 조그만 산타 마리아 델 캄포 광장을 등졌다. 그 지점에 이르자 그는 달리기 시작해서 금방 팔라초 델 포데스타에 도착했다.

입구에서 수비병이 그를 맞았다. 수비병은 약속한 대로 간단히 목례를 한 뒤 그를 감방으로 안내했다. 로렌초는 총안*이 있는 볼로냐나 탑이 높이 솟은 안뜰을 가로질러갔다. 그는 곧 좁은 복도에 들어섰다. 벽에 걸어둔 횃불에서 흘러나온 빛이 핏빛으로 공기를 물들였다.

한 줄로 늘어선 감방을 지나 수비병이 마지막 방문 앞에서 걸음을 멈췄다. 그가 자물쇠 구멍에 열쇠를 넣어 육중한 쇠문을 열었다. 로렌초가 들어갔다. 수비병이 조그맣게 말했다. "혹시 필요하실지 모르니 밖에 있겠습니다, 나리."

"그럴 필요 없네." 로렌초가 대답했다. 자물쇠가 철거덕거리는 소리가 들리더니 등 뒤에서 문이 닫혔다.

곧 두 눈이 악취가 나는 어둑한 감방에 익숙해졌다. 침상에 앉은 남자가 보였다. 가늘고 긴 금발 머리가 앞으로 흘러내려 얼굴을 가렸다. 낡은 튜닉은 앙상하게 마른 몸에 딱 달라붙어 살과 구별이 되지 않았다. 긴 수염 때문에 로렌초가 익히 아는 날카롭고 균형 잡힌 얼굴에 선지자 같은 분위기가 감돌았다.

레오나르도가 단단히 다져진 흙바닥에 시선을 고정시키고 로렌초를 쳐다보지 않은 채 인사를 했다. 목소리에 씁쓸함이 담겨 있었지만 피로감이 그보다 훨씬 크게 느껴졌다. 피로가 그의 육신보다 마음을 더 갉아먹고 있는 듯했다. 최근 몇 년간 일어난 수많은 일이 그 순간 주마등처럼 스쳐갔다. 볼테라 전투를 둘러싼 말다툼이며 비난, 금이 간 우정, 그들이 나누었던 거리감 느껴지던 대화들, 권력을 가진 자로서 한 사람이 수행해야 했던 의무와 세상의 이치를 이해하기 위한 또 한 사람의 탐구 등이었다.

* 몸을 숨긴 채로 총을 쏘기 위하여 성벽, 보루 따위에 뚫어 놓은 구멍.

레오나르도는 입을 열면서 자신의 목소리에 깜짝 놀랐다. 고통스러웠던 최근 몇 년간 그가 느꼈던 깊은 실망감이 짙게 묻어나왔기 때문이다.

"또다시," 레오나르도가 말했다. "또다시 저를 찾아오셨군요. 과거에 제가 그렇게 심한 말을 했는데도, 제가 나리를 떠났는데도 말입니다. 어떤 면에서 보면 저는 제 자신이 수치스럽습니다. 그러나 저는 제가 한 일이 제 생각을 반영했다는 사실을 알고 있습니다. 최근 몇 년 동안 많은 실수를 했지만 그래도 제 신념은 변함이 없습니다. 저는 지금도 도시는 정복당해서는 안 된다고 믿습니다. 도시의 자유는 권리에 해당하는 것이니까요. 그 자유는 보호받아야 마땅합니다. 무기를 사용해서라도요. 하지만 타인의 자유를 공격하는 것은 범죄입니다. 제 생각이 이렇기 때문에 나리에게 묻습니다. 이곳에는 왜 오신 겁니까?"

"이렇게 하지 않고 달리 할 수 있는 일이 없어서 온 걸세. 곤경에 빠진 친구를 그냥 두고 볼 수 없어." 로렌초가 생각하지 않고 말했다. 그는 생각하는 데 지쳤으므로 결과에 신경을 쓰지 않고 행동하고 싶었다. "자네는 피렌체가 한 번도 가져보지 못한 최고의 화가일세. 그런데 왜 고집을 부리며 이런 식으로 사는 건가!" 로렌초가 계속 말했다.

"이런 식이라니요?"

"사람들을 피하고 사람들에게서 멀어져서 사는 것 말이야. 사는 데 전혀 관심이 없어 보일 지경이야. 자네에게 사람들은 아주 큰 그림의 일부일 뿐이겠지? 물론 자네는 그 그림의 세부적인 것을 알고 싶어 하고. 그런데 자네는 그렇게 하면서 다른 사람들에게 상처를 주고 있어. 그리고 그보다 더 나쁜 건 자네 자신에게 상처를 입힌다는 걸세."

"나리가 그런 말을 하니 정말 이상하게 들리는군요."

로렌초가 고개를 저었다.

"자네가 무슨 뜻으로 하는 말인지 아네. 하지만 지금은 내 이야기를 하는 게 아니야. 자네는 아주 심각한 죄명으로 고발당했네. 그에 관해 어떤 증거가 있는지 알아봐야 하지만 만일 풍기사범단속위원회가 진짜 동성애의 죄를 자네에게 묻는다면 끔찍한 형벌을 받게 될 걸세. 나는 자네 같은 친구에게 씌워진 오명을 벗기기 위해 최선을 다할 거야. 그렇지 않으면 난 내 자신을 용서할 수 없을 걸세!"

"당신에게 도움을 청한 사람은 아무도 없습니다!" 로렌초가 단호하게 말한 그 순간에도 레오나르도의 목소리는 전혀 변함이 없었다. "그리고 그걸 떠나서, 제게 가해진 비난이 혹시 사실일 거라고 생각해보신 적은 없습니까?" 이렇게 말하며 로렌초에게 도전하듯 고개를 들었다. 그의 맑은 눈동자와 로렌초의 검은 눈동자가 부딪혔다. 레오나르도의 눈은 겉으로 보기에는 차분했지만 이상한 베일이 드리워져 있어서 로렌초는 당혹스러웠다.

"상관없어! 자네가 무엇을, 누구를 좋아하는지 아닌지는 내가 판단할 일이 아니니까. 나를 그렇게 하찮은 남자로 만들 참인가? 동성애가 아직 이 도시에서 범죄이기는 하지만 범죄가 입증될 때까지, 그리고 구체적인 증거가 없는 한은 이런 불결한 감방에 자네를 가둬둘 어떤 명분도 없어."

"그래서요? 어떻게 하실 생각인데요?"

"알아맞혀보겠나?"

레오나르도가 그를 한참 동안 뚫어지게 바라보았다. 로렌초는 눈을 돌리지 않았다. 로렌초는 자신의 친구가 어떤 남자인지 잘 알았고 그의 매력을, 누구와 이야기하든 자신의 의견을 쉽게 납득시키는 그 자연스러운 분위기를 인정했다. 하지만 그 순간 레오나르도는 얼이 빠진 듯했다. 아마 최근에 인체나 동물, 자연, 색깔, 빛과 그림자들을 관찰하는 데만 익숙해서 사람들의 마음의 소리를 어떻게 듣는지 잊어버렸는지도 몰랐다.

"여러 해 동안 자네와 이야기를 나누고 싶었네. 여러 해 동안 다시 자네와 친구가 될 수 있기를 꿈꿨어. 왜 모든 게 예전으로 돌아갈 수 없을까? 아니, 어쩌면 오늘, 이대로가 더 좋을지도 모르지. 우리 둘 다 이제 예전의 그 사람이 아닐세. 그래서 지금부터 우리가 함께 좀 더 큰일을 할 수 있을 거야. 적들이 많고 적은 건 내게 중요하지 않아. 우리를 상대로 어떤 음모를 꾸미든 상관없고. 그런 생각을 해야 한다는 데 지쳐버렸으니까! 내 적들이 우리의 우정을 이용할 수 있다는 생각을 하는 데에도. 그리고 나는 자네가 나에게 앙금이 있다는 걸 믿을 수가 없네. 여러 해가 지났는데 아직까지 말일세."

"사실 나리 말이 맞습니다. 하지만 지금 우리가 어떤 상태인지 잘 보십시오. 당신은 유령하고도 싸워야만 합니다. 저는 어쩌면 사실일지도 모를 범죄로 고발을 당해 이렇게 감옥에 있고…."

"오래 걸리지 않을 거야, 내 말을 믿어도 되네. 약속해."

"나리 말을 믿습니다. 그런 다음에 우리가 뭘 할 수 있을까요?"

"우선 중요한 건 여기서 나가는 거야. 그다음에 다시 일을 하는 거고."

"나리를 위해서요?"

"자네는 한 번도 나를 위해 일하지 않았네. 피렌체를 위해서였지."

"피렌체를 위해서라…." 레오나르도가 생각을 하는 듯했다. "그런데 왜 그래야 합니까? 피렌체가 나를 위해 해준 게 뭡니까?"

"자네 말이 맞아! 그러니까 자네 자신을 위해 일하라는 말일 수도 있네. 자네가 시작한 작품을 완성하는 일이 드물다는 걸 내가 모를 것 같은가? 적어도 한 번쯤은 뭔가에 진심으로 빠져들고 그것을 완성시키는 게 아름답다는 생각을 해본 적 없나? 레오나르도, 작품, 지금 내가 작품 하나를 요구하는 걸세! 그런 다음 피렌체를 떠날 수 있게 내가 도와주겠네!"

레오나르도는 로렌초의 말에 아무런 대꾸도 하지 않았다. 로렌초의 말에 담긴 속뜻을 한참 동안 생각하는 듯했다.

"전 이 도시를 싫어하지 않습니다." 드디어 그가 입을 열었다. "스승이신 안드레아 델 베로키오에게 빚을 많이 졌습니다. 나리에게도. 그리고 또… 루크레치아에게도요."

"루크레치아…." 로렌초가 중얼거렸다.

"루크레치아는 제가 아는 여인 중 가장 아름답습니다. 나리를 진심으로 사랑하기도 하고요. 그녀에게는 저를 매료시키고 압도하는 뭔가가 있지만 그게 그녀의 입술이나 시선은 아닙니다. 정말 아닙니다. 저는 그게… 그녀의 용기라고 생각합니다. 나리가 그런 여인의 사랑을 받을 만한 자격이 있다고 말하지는 못할 것 같군요."

로렌초가 잠시 생각에 잠기는 듯했다.

"자네 말이 맞네." 우울하지만 솔직하게 결론을 내렸다. 곧 다시 말했다. "그렇기는 해도 지금은 루크레치아 이야기를 할 때가 아니야."

"그럼요, 절대 아니지요."

로렌초의 귀에 레오나르도의 마지막 말이 들어오지 않는 듯했다. 아니, 듣기를 거부했다는 게 더 맞을지 몰랐다.

"용기를 내게." 로렌초가 말했다. "시간이 별로 없네, 친구. 그러니 움직여야만 해. 내게 다 생각이 있어. 내게 맡기게. 그러면 자네가 생각하는 것보다 더 빨리 여기서 나가게 될 테니."

다른 말을 더 기다리지 않고 로렌초가 문에 달린 커다란 금속 고리로 문을 두드렸다.

잠시 후 자물쇠 구멍에 열쇠가 들어가 달그락거리는 소리를 냈고 자물쇠가 돌아가더니 문이 열렸다.

"몸조심하게, 친구." 로렌초가 말했다.

레오나르도가 언제나처럼 맑고 진실한 눈으로 그를 보았다.

"조심하십시오. 지금 나리가 하려는 일이 나리에게도 영향을 미칠 것 같은 느낌이 듭니다. 저를 친구로 생각해줘서 감사합니다." 로렌초가 미소로 인사를 했다.

문이 다시 닫혔고 레오나르도는 홀로 남았다.

30. 풍기사범단속위원회

로렌초는 풍기사범단속위원회를 잘 알았다. 그 기관의 성격을 정확히 정의할 수는 없지만 그 기관을 만든 게 바로 메디치 가문과 그 지지자들이고, 수세기에 걸쳐 교회의 제도로도 막을 수 없었던 동성애를 뿌리 뽑는 일을 한다고 주장한다면 사실과 그리 다르지 않을 것이다.

그런 이유로 로렌초는 레오나르도에 관한 고발 사건을 성공적으로 정리하리라 믿었다. 그의 할아버지와 아버지는 성적인 범죄를 해결할 목적으로 만든 그 기관을 개인적인 정적을 제거하는 효과적인 정치기관으로 주저 없이 이용했다. 뿐만 아니라 출신에 상관없이 귀족이든 일반인이든 도덕성의 위기에 있는 시민들이 품위를 되찾게 하는 억제 장치로도 이용했다. 실제로 풍기사범단속위원회는 공공의 정서에 영향을 미쳐서 서서히 동성애는 사형에 버금가는 중범죄로 확고하게 자리 잡았다. 예전처럼 화형을 당하지는 않는다 해도 거세를 당하는 것 정도는 당연하게 생각했다.

사람들은 피렌체 시내 도처에 있는 진실의 입에 익명으로 고발서를 제출할 수 있었다. 그러나 동성애의 증거가 없으면 고발만으로 형을 내리기는 부족했다. 그래서 감방에서 나온 로렌초는 희망을 품었다. 그는 풍기사범단속위원회의 위원장, 필리포 피티의 사무실로 향했다. 이미 날이 밝아 있었다.

감옥이 있는 팔라초 델 포데스타에, 정확히 말하자면 볼로냐나 탑 안에 위원장의 방이 있었으므로 로렌초는 그리 많이 걷지 않아도 되었다. 그 시간쯤이면 피티가 혼자 있을 가능성이 아주 많았다. 피티는 자신이 맡은 일에 편집증적일 정도로 전념했고 하루의 거의 모든 시간을 그 방에서 보냈다. 그가 방에 없는 경우는 수사나 확인을 위해 외출을 했을 때뿐이었다.

로렌초는 문을 두드려 방문을 알린 뒤 안으로 들어갔다. 피티는 검은색 떡갈나무 책상 뒤에 앉아 있었다. 서류와 자료와 인장들에 파묻힌 채였다. 로렌초를 보자마자 자리에서 일어나서 그를 향해 왔다. 그가 맡은 직책의 사람들이 입는, 금색 실로 수를 놓은 검은 토가 차림이었다.

피곤에 지친 눈이었다. 아마 며칠 전부터 눈을 붙이지 못한 게 틀림없었다. 날카로운 얼굴에서 강인함과 정확하고 분명하게 사고하는 그의 성격이 드러났다. 그런 성격은 보기 드물 뿐만 아니라 유일하다고 할 만해서 그가 맡은 직책에 완벽하게 어울렸다.

메디치와 피티 가문은 좋은 관계는 분명 아니었다. 그렇지만 위원장은 오래전부터 가문과 상관없이 상당히 독자적으로 행동하고 판단했다. 그는 균형 감각이 있고, 매우 정직하고 지식이 풍부한 남자였다. 로렌초는 그런 점을 조금도 의심하지 않았다.

로렌초가 그의 손을 잡았다.

"이 사무실에서 로렌초 씨를 만나게 되리라고는 예상하지 못했습니다." 그가 진지하게 말하며 로렌초의 손을 잡았다. "어떻게 이런 귀한 방문을 해주셨는지 이유를 물어봐도 되겠습니까?"

판사가 이런 질문을 하는 건 당연했다. 로렌초는 얕은꾀나 속임수를 써보려 해봤자 아무 의미가 없으리라는 걸 곧 알아차렸다.

"필리포 씨, 레오나르도 다 빈치가 동성애 죄목으로 체포되었다는 정보를 받았소. 나는 그가 결백하다고 생각하지만 그런 말은 불필요하겠지요. 한편으로 고발을 뒷받침할 만한 증거 자료를 원한다는 말도 불필요하긴 마찬가지일 겁니다."

판사의 맑은 눈이 일순 번득였다. 정말 보기 드문 요구였고 그 방식도 아주 독특했다. 게다가 더 최악은 그게 단순한 질문이 아니라 명령에 가까웠다는 것이다. 로렌초는 그 사실을 알고 있어서 남은 말을 마저 했다.

"물론, 증거를 댈 수 있을 때 말이오." 그가 덧붙였다.

피티는 생각에 잠겼다. 얼굴에 깊게 파인 주름들이 잠시 부드러워지는 느낌이 들었다. 잠시 후 그가 말했다.

"친애하는 로렌초. 당신이 이 사건에 관심을 보이는 이유를 이해할 수 있습니다. 그리고 솔직히 저도 이 소식을 듣고 깜짝 놀랐습니다. 그렇기는 해도 이 사건에 대해 당신이 지금 요구하는 것은 형식과 절차에 전혀 맞지 않습니다." 피티가 적당한 말을 찾기라도 하듯 잠시 말을 멈추었다. "어쨌든 당신이 젊은 화가를 존중한다는 것을 잘 알고 있으며 당신이 수치스러워 하는 이유도 이해합니다. 현재 제가 드릴 수 있는 말씀은 고발이 익명으로 이루어졌으나 그와 동시에 아주 상세하다는 것뿐입니다. 팔라초 델라 시뇨리아의 큰북 속에 고발서가 끼워져 있었습니다. 게다가 예상하셨겠지만 전 레오나르도만 조사하지는 않을 겁니다. 그러니까 저는 동성애 범죄가 저질러졌을 가정을 배제하지 않는다는 겁니다."

로렌초가 한숨을 쉬었다. 일이 그가 예상했던 것보다 훨씬 복잡해질 듯했다.

여자의 몸 위에 남자가 있었다. 그가 쉰 목소리로 쉴 새 없이 욕설을 내뱉었다. 하지만 여자는 그렇게 거칠고 난폭하게 자신을 소유하는 게 말할 수 없이 좋았다. 안나는 그가 어떤 짓을 하든 고분고분 온몸으로 그를 맞았다. 여자는 주인이 자신의 몸 속 깊이 들어올 때 자신은 그저 고깃덩어리에 불과하기라도 하다는 듯 굴었다. 지옥의 개처럼 힘세고 팽팽한 주인의 성기가 박동하는 게 느껴졌다. 그녀에게는 이몰라의 군주 지롤라모 리아리오에게 학대를 당하고 그의 몸을 받아들이는 것보다 이 세상에 더 좋은 게 없었다.

이런 식으로 안나는 리아리오의 정부가 되었다. 그리고 리아리오는 그녀를 원했다. 다른 여자들과 같이 관계를 맺는 일도 있었지만 안나 혼자 그와 만나는 일이 더 많았다. 집에서 그녀를 기다리고 있는 것을 생각하면 안나는 리아리오에게 학대를 당하는 게 그 무엇보다 행복했다. 광기와 편집증에 물들어 있기는 했지만 그의 정력은 그때까지 삶이 그녀를 위해 준비해 둔 그 어떤 것보다 최고였다.

안나는 리아리오를 향해 다시 한 번 더 엉덩이를 내밀었다. 그는 이런 식으로 자신을 유혹해주는 걸 좋아했다. 안나는 그에게 쾌락을 안겨줄 줄 알았다. 그녀처럼 단순한 여자도 그가 좋아하는 게 뭔지 충분히 알았다. 바로 이 때문에 그는 안나를 아주 좋아했다. 그녀는 평민의 딸이었고 몸매는 한창 아름답게 꽃피었다. 가슴은 풍만했고 밤색 두 눈은 사랑스러웠으며 긴 머리카락도 같은 밤색이었다. 엉덩이는 크고 부드러웠다.

리아리오는 그녀와 항문으로 성교하는 것을 좋아했다. 그녀의 얼굴을 베개 쪽으로 밀고 형언할 수 없는 분노로 그녀에게 달려들었다. 그녀는 그가 하는 대로 자신을 맡겼다. 뿐만 아니라 그녀의 몸에 들어와서 가능한 한 모든 분노를 폭발할 수 있게 그를 적극적으로 유혹했다. 그녀가 이렇게 해주고 받는 대가는 혼자 쓸 수 있는 방과 하루 세 끼니 정도에 불과했다. 안나는 자신이 여왕처럼 산다고 생각했다. 그렇게 살기 위해 다리를 벌리기만 하면 되었다. 그녀는 자신의 행운이 믿어지지 않을 지경이었다. 그래서 항상 준비가 되어 있었고 행복하고, 감사했다.

이런 일이 영원히 지속되지 않으리라는 걸 잘 알았다. 하지만 그 행운을 쥐고 있는 한은 믿기지 않는 생활이 가능했다. 그래서 그가 자신의 몸에서 나가자마자 그의 성기를 입에 가져갔다. 뜨겁고 축축했으며 정액이 나왔다. 리아리오가 비명을 지르며 사정을 했고 곧바로 침대로 쓰러졌다. 안나는 딱딱한 나무 바닥 때문에 무릎이 벌게진 채 두 팔을 바닥에 짚은 자세로 가만히 있었다.

그녀가 웃었다.

그가 원하는 대로 하기만 하면 되었다. 다른 건 필요 없었다.

31. 은둔자

클라리체가 눈을 들었다. 그녀는 나무 기도대에 무릎을 꿇고 있었다. 언제부터 그렇게 앉아 있었는지 생각도 나지 않았다. 그렇지만 자신에게 선택의 여지가 없다는 것을 잘 알았다. 그녀는 〈베들레헴으로 가는 동방박사들〉을 바라보았다. 그 프레스코 벽화를 잘 알았다. 눈을 감고도 세세히 묘사할 수 있을 정도로. 그녀는 그 그림에 담긴 수많은 위선을 생각해보았다.

세 명의 동방박사를 바라보았다. 동방박사들은 각자 아기 예수에게 줄 선물인 황금과 향과 향료를 들고 있었다. 그 행렬의 선두에 선 제일 젊은 기사, 가스파레에게 그녀의 눈길이 머물렀다. 가스파레는 눈이 부실 만큼 새하얀 말을 타고 허리를 꼿꼿이 세우고 있었다. 금발의 곱슬머리가 폭포수처럼 길게 흘러내렸고 머리에는 왕관을 쓰고 있었다. 황금 왕관은 파란색 마조키오* 위에 얹혀 있었는데 마조키오에도 진귀한 보석과 진주로 장식된 황금의 원들이 박혀 있었다. 그의 위엄 있는 시선과 하얀 양단으로 만든 짧은 상의가 프레스코 벽화의 색깔을 압도했다. 그의 모습 하나하나가 보는 이의 시선을 사로잡았는데, 실제로 클라리체도 눈을 뗄 수가 없었다.

분노와 굴욕감을 느끼긴 해도, 매일 홀로 은둔에 가까운 고독한 생활을 하고 있기는 해도, 클라리체는 프레스코 벽화의 눈부신 아름다움을 무시할 수는 없었다. 베노초 고촐리는 아주 뛰어났다. 라피스 라줄리 가루로 파란 배경을 그리고 눈이 부시는 광택제를 사용했으며 금색 무늬를 넣어서 희미한 촛불에 벽화가 반짝거렸다.

* 중세 시대 피렌체에서 사용하던 모자의 일종.

말을 잃게 할 정도로 장대한 광경이 끝없이 펼쳐졌다.

클라리체는 가스파레의 행렬을 바라보았다. 언제나 그렇듯이 그 행렬을 볼 때면, 동방박사 행렬들 속에 자신들의 초상화를 그려 넣은 메디치 가문의 오만함 때문에 구역질이 났다. 코시모는 노새를 타고 있고 그의 아들 피에로는 가스파레와 똑같이 하얀 말을 타고 앉아 있다. 그리고 고관과 유명 인사들 중에 실제 모습보다 훨씬 잘생긴 로렌초가 있다.

클라리체는 두 손을 모은 채 자신도 모르게 씁쓸하게 웃었다. 맙소사, 그녀가 이렇게 로렌초를 증오하다니! 그를 사랑하고 싶은 절망적인 욕망이 그녀의 가슴을 온통 독과 고통으로 물들였다. 하지만 이미 로렌초는 그녀를 무시했다. 물론 예의바르고 친절하게 그녀를 대했으나 아무런 의미 없이 그렇게 했을 뿐이었다.

이제 클라리체는 로렌초가 루크레치아 도나티를 만나는지 아닌지조차 알지 못했다. 수차례 눈에 띄지 않고 정보를 입수했던 그녀 곁의 귀부인들이 최근에는 정보를 제대로 얻어내지 못했다. 그렇기는 하나 매일 그녀를 고통스럽게 하는 그 의문의 답이 이미 자신의 마음속에 있다는 것을 알았다.

물론 알고 있었다. 가늘면서도 거친 목소리로 울부짖었다. 그녀는 그 대답에 아무 의문도 갖지 않았다. 그 여자에게는 로렌초의 마음을 단번에 사로잡을 힘이 있었다. 로렌초는 시민들에게 공화국 체제를 존중하는 게 신기루에 불과하다는 사실을 알리기 위해 피렌체를 통치하는 일에 완전히 몰두해 있지만 그 여자를 만날 시간은 충분히 내고 있었다.

이미 얼마 전부터 클라리체는 완전히 혼자인 채로 이런 은둔을 적극적으로 받아들이며 스스로 속죄를 하고 있었다. 그녀는 자신의 육체를 끊임없이 괴롭혔다. 옷에 가려진 가슴에는 피가 엉겨 붙은 붉은 칼자국들이 그물처럼 끝도 없이 새겨졌고 점점 더 그 간격이 조밀해졌다. 그리고 그 예리한 고통이 반복되면서 클라리체는 기쁨을 느꼈다. 고통은 그녀의 삶을 형성하는 여러 성질 중 하나였다. 아무런 변화 없이 지속되는 그런 생활 속에서 칼날과 고통스러운 상처, 육체적 형벌이 뒤섞여 신비한 무아의 순간을 만들어냈다. 우유처럼 새하얀 살에 단도로 상처를 내며 왼쪽 손가락을 뜨겁게 달아오른 외음부에 갖다 댈 때면 희열을 느낄 때까지 삽입을 하던 특별한 순간의 이미지들을 머리에 쉽게 떠올릴 수 있었다.

그녀는 정부를, 남편을 대신할 남자를 찾을 생각조차 하지 않았다. 로렌초가 그녀를 냉대하기는 해도 머릿속에 항상 자리 잡고 있는 그에 대한 생각을 떨쳐버릴 수는 없었다. 가장 최근 만났을 때 그는 사과라도 하듯 그녀와 관계를 했다. 그녀는 거부하지 않았다. 이미 그녀는 씁쓸함과 고독에 굴복하고 길들여져 껍데기만 남은 여자였으니까. 그녀는 그가 절정에 올라 정액으로 그녀를 흠뻑 적실 때까지 그가 하는 대로 따랐다.

그런 와중에 임신을 했다. 예전에 루크레치아 토르나부오니가 오만함이 넘치는 빈정거리는 말투로 아들의 결함을 변명하며 단 한순간이라도 아들의 충실성을 의심해서는 안 된다고 명령한 뒤로 그녀는 건강하고 튼튼한 자식을 낳았다.

첫 딸인 루크레치아는 금발 머리에 하얀 피부, 발그레한 두 뺨이 사랑스러운 아이였다. 벌써 여섯 살이었고, 사려 깊고 똑똑했다. 둘째 아들 피에로는 황소처럼 튼튼하게 자랐고 마달레나와 콘테사 베아트리체는 아주 귀여웠다. 작년에는 조반니가 태어났다. 지금은 아기로서 최고의 사랑스러움을 보여주는 조반니를 가장 예뻐했다.

물론 자식들은 그녀에게 기쁨을 안겨주었다. 자식들은 오랫동안 이어진 자살이라는 유혹에서 그녀를 구해주었다. 하지만 자식들만으로는 충분하지 않았다. 전혀. 그녀는 자신이 여자로서 한없이 작아진 기분이었다. 로렌초의 거절은 그녀에게는 큰 상처였다. 그녀는 그 상처에 굴복할 줄 몰랐다. 절대.

그녀가 한숨을 쉬었다. 그리고 다시 벽화를 향해 눈을 들었다. 발다사레를 보았다. 검은 피부를 가진 그는 일곱 개의 뾰족한 첨두가 있는 왕관을 쓰고 황금으로 화려하게 장식한 초록색 옷을 입고 있었다. 그 옷은 예배당 남쪽 벽 전체를 고유하고 미묘한 색조로 물들였다. 그리고 흰색과 빨간색 넝쿨장미와 배경에 길게 늘어선 강렬한 색상의 사이프러스 나무를 보았다.

눈물이 두 뺨을 적셨다. 클라리체는 마르실리오 피치노나 피코 델라 미란돌라, 폴리치아노, 니콜라 쿠사노, 그리고 수없이 많은 철학자들 무리 앞에서 혹시라도 자신이 입을 열고 부적절한 말을 하기라도 할까 노심초사하며 자신을 노려보던 로렌초의 모습을 떠올렸다. 말하기를 좋아하는 아첨꾼들에 불과한, 기생충 같은 그런 자들 앞에서 말이다! 그자들은 로렌초를 부추겨 화냥년인 루크레치아 도나티에게 바치는 소네트들을 쓰게 했다.

클라리체는 소름이 돋는 걸 느꼈다. 혹 같은 게 자꾸 커져 목을 꽉 막는 느낌이었다. 그 혹은 그녀의 삶에 끝없는 고통을 가하기 위해 고문자가 준비한 거대한 쇠공이라도 되는 것 같았다.

세 번째로 눈을 들어 동방박사 중 가장 나이가 많으며 어떤 면에서 보면 곧 맞이하게 될, 지상에서의 삶의 종말을 상징하는 멜키오레를 뚫어지게 보았다. 화가가 그려내고자 했던 상징적인 세 인물 속에 인생의 여러 단계가 선명하게 표현되었다. 그래서 클라리체는 벽화를 볼 때마다 자신에게 가혹하게 흐르는 시간을 다시 확인하곤 했다.

한때 그녀는 젊은 여인이었는데 지금은 곧 원숙한 나이로 접어들 준비를 하고 있었다. 물론 아직 늙은 건 아니지만 세월은 한 해 한 해 쏜살같이 지나가고 있었다. 그런 생각을 하다보면 자신이 자식들 이외에는 아무런 위안이나 기쁨도 얻지 못한 채 이렇게 은둔해 살면서 얼마나 시간을 낭비하고 있는지를 깨닫곤 했다.

스스로 만족한 삶을 살 수 있었지만 그녀는 그렇게 하지 못했다. 그렇게 하지 못한다는 사실이 더욱 그녀를 고통스럽게 했다. 그럴 수만 있다면 적어도 메디치 가문이 그녀에게 주는 명예와 부를 다 누릴 수 있었을 테니까. 대신 고집스레 남편의 사랑을 갈구하고 부질없이 자존심을 내세우느라 어떤 성공도 어떤 행복도 얻지 못하고 피폐해지기만 했다.

클라리체는 루크레치아 도나티를 벌주고 싶었다. 이제 그녀는 오로지 그 생각에만 사로잡혀 있었다. 그렇지만 남편의 반응이 두려웠다. 자신의 행동이 정당하다는 건 분명히 알았다. 그러나 사랑하는 여인을 벌줄 음모를 꾸민다는 사실을 알게 되면 로렌초는 자신의 아내에게 복수를 하고도 남을 남자였다.

그렇기는 해도 지금 그녀가 잃을 게 있을까? 루크레치아가 자신이 겪은 고통을 조금이라도 겪는다는 것을 알게 되면 얼마나 기쁠까! 약간의 고통만으로도 충분했다.

하지만 그 여자는 모든 걸 다 가졌다. 그리고 클라리체, 그녀에게는 아무것도 남아 있지 않았다.

클라리체는 다시 멜키오레를 보았다. 이제 더 굵어진 눈물이 앞을 가려 시야가 흐렸지만 멜키오레와 붉은 옷을 입은 시종들의 행렬을 뚫어지게 보았다. 벽화에 새빨갛게 그려진 인물의 윤곽이 흐려지고 옆으로 번지며 색이 강렬하고 선명해져서 거의 피바다처럼 보일 정도였다.

그런 광경에 클라리체는 온몸을 떨었다. 그 광경이 소름끼치는 무엇인가를 예고하는 듯했다. 그런 느낌 때문에 공포에 사로잡혀 시선을 떨구었다. 그렇게라도 해서 그녀의 심장을 두근거리게 하는 어둡고 불길한 예감을 떨쳐버릴 수 있기를 바랐다.

32. 재판

풍기사범단속위원회 위원들이 등받이가 높은 나무 의자에 앉아 있었다. 필리포 피티가 회의를 주재했다. 그가 수비병에게 손짓을 해서 첫 번째 피고인을 데려오게 했다. 이 피고인의 경우 증인으로 증언도 할 예정이었다.

귀금속 세공사인 야코포 살타렐리는 여성스러워 보이는 외모의 젊은이였다. 그는 거의 오만하다 할 정도로 재판을 전혀 두려워하지 않는 듯한 인상을 풍기며 들어왔다. 두 손은 밧줄에 묶여 있었다. 처음에는 흰색이었던 게 분명한데 지금은 얼룩덜룩하고 흙이 묻어 거의 회색이 된 낡은 튜닉을 입고 있었다.

살타렐리가 증인석으로 안내를 받았다. 레오나르도는 증인석 앞의 나무 의자에 앉아 있었다. 턱이 가슴에 닿을 정도로 고개를 푹 숙인 바람에 긴 머리가 앞으로 쏟아져내려 그의 표정을 읽을 수가 없었다. 재판은 비공개로 진행되었지만 로렌초는 도시의 다른 유력인사 몇 명과 함께 재판에 참석할 자격을 얻었다.

"야코포 살타렐리 씨." 필리포 피티가 재판을 시작했다. "당신은 동성애 범죄자로 고발당했소. 그와 같이 사악한 행위를 요구하는 남자들의 청을 받아들여 수차례 비굴한 거래로 이득을 취했기 때문이오. 지금 여기서 묻겠소. 이 방에 있는 사람들 중 그런 사람이 있는지 말해 보시오."

이 말이 끝나자 차가운 침묵이 방안에 감돌았다. 로렌초가 숨을 죽였다.

야코포 살타렐리가 고개를 들었다. 필리포 피티의 말을 듣고 눈빛이 흔들렸다. 망설이는 눈치였다. 그는 더러운 튜닉 자락을 잠시 만지작거렸다. 그러더니 바보같이 웃었는데, 그 얼굴에서 사악함이 뚝뚝 떨어졌다.

"있습니다." 그가 짧게 대답했다.

"야코포 살타렐리 씨. 좀 더 정확히 말해줄 수 있소? 그 사람이 누구인지 가리켜볼 수 있겠소?" 필리포 피티가 다그쳤다.

살타렐리의 두 눈은 이제 뜨겁게 이글거렸다. 그는 여성스럽고 관능적이다시피 한 몸짓으로 한 팔을 뻗어 레오나르도를 가리켰다.

"저 사람입니다." 그가 말했다. "저 사람이 제 옷을 벗기고… 성행위를 했습니다."

"그러니까 당신이 입에 올리기도 추접한 행위를 함께한 남자가 분명하오?"

살타렐리가 고개를 끄덕였다.

"어떤 일이 있었는지 말해줄 수 있소?"

로렌초가 레오나르도를 보았다. 레오나르도가 얼굴을 들었다. 딴 생각에 빠진 듯한 차가운 눈길이었다. 지금 진행되는 재판이 자신과는 아무 상관이 없다는 표정이었다.

"3주 전에 저 사람의 작업실에 있었습니다."

"안드레아 델 베로키오의 공방을 말하는 거요?"

"천만에요." 살타렐리가 대답했다. "올트라노가에 있는 개인 작업실이었습니다. 저 남자는 보호를 제대로 받고 있습니다, 재판장님. 그러니 개인 작업실 정도는 가지고 있을 수 있지요."

"무슨 뜻으로 하는 말이오?" 필리포 피티는 방금 들은 말이 이상해서 물었다.

"제가 말한 그대로일 뿐 다른 뜻은 없습니다."

"아니! 그런 말을 뱉어놓고 그렇게 어물쩍 빠져나갈 수 있으리라고 생각하면 안 되오! 솔직하게 말하시오!"

야코포 살타렐리가 숨을 몰아쉬었다. 쓸데없는 말까지 했다는 것을 그제야 알아차린 눈치였다.

"아, 저는 그냥 소문으로 들었을 뿐입니다."

"무슨 소문 말이오?"

"레오나르도가 인기가 많다고 합니다, 재판장님. 로렌초 데 메디치와 우정을 쌓을 정도로 말입니다."

재판을 지켜보던 사람들이 깜짝 놀라서 웅성거리는 소리가 여기저기서 들렸다. 로렌초는 무슨 말이라도 하고 싶었지만 할 수 없었다. 그저 상황을 더 악화시키지 않으려고 가만히 있었다.

"당신이 한 말에 대한 증거가 있소?" 필리포 피티가 물었다. 나지막하고 흐트러지지 않은 그의 목소리에는 어떤 감정도 실려 있지 않았다.

살타렐리는 머뭇거렸다. 마치 지금 말한 것보다 더 많은 사실을 폭로하는 게 나을지를 파악하기 위해 생각을 하는 듯했다. 프란체스코 데 파치 역시 재판 참관이 허락된 사람들 사이에 앉아 있었다. 그에겐 지금 공격할 무기가 여러 개였다. 그리고 이미 그 무기들을 사용하느라 바빴다. 옆에 있는 참관인들에게 떠드는 그의 묵직하고 낮은 목소리가 십 리 밖에서도 다 들릴 정도였다.

"조용히 하시오!" 필리포 피티가 명령했다. "야코포 살타렐리, 당신의 주장에 증거가 있소? 레오나르도 다 빈치와 로렌초 데 메디치 사이의 우정이 범죄에 해당할 수 있어서가 아니라 증거가 있는 이야기만 하는 습관이 당신에게 필요한 듯하여 묻는 거요. 다시

한 번 더 묻겠소. 당신이 한 말에 증거가 있소?"

"아닙니다, 재판장님. 소문뿐입니다."

필리포 피티가 고개를 끄덕였다.

"그럴 거라 생각했소. 솔직히 말해 당신이 하는 말이 거의 다 상상의 결과라는 인상을 받았소."

그 말을 듣자 로렌초가 안도의 한숨을 쉬었다. 그러니까 필리포 피티는 살타렐리의 행동에서 미심쩍은 부분을 폭로하기 위해 계속 집요하게 질문을 한 것이었다. 만일 살타렐리의 주장이 가짜로 밝혀지면 레오나르도의 동성애와 관련된 주장 역시 그가 꾸며낸 것으로 결론 내릴 가능성이 있었다. 모두 다 알다시피 고발문에 이름이 적혀 있지 않았으니 고발자가 살타렐리일지도 몰랐다. 그렇기는 하지만 그 남자는 재판장에 의심의 씨앗을 뿌려놓았다. 그러니까 로렌초가 레오나르도의 친구이니 동성애의 가능성이 있으며 로렌초가 그런 행위를 조장했을 수도 있다는 의심 말이다. 로렌초는 프란체스코 데 파치를 보았다. 그리고 그가 그런 의심으로 음모를 꾸밀 수 있다는 걸 알았다. 재판 결과를 무시한 채 수하에 있는 모사꾼들을 이용해서 의심을 확대시키고 그 위에 성을 지을 수 있었다.

"당신 문제로 돌아와 봅시다." 필리포 피티가 다시 말했다. "3주 전에 다 빈치 씨 작업실에 있었다고 했지요."

"그렇습니다, 재판장님." 살타렐리가 확실하게 대답했다.

"계속 말해보시오." 피티가 재촉했다.

"아 그러니까, 저는 옷을 다 벗고 이미 여러 시간째 포즈를 취하고 있었습니다. 저는 몹시 지쳐 있었어요. 밤이 깊었는데 그때까지 아무것도 먹지 못했거든요. 그래서 레오나르도 다 빈치 씨에게 잠깐 쉬어도 되겠냐고 물었습니다. 그렇지만 다 빈치 씨는 계속 포즈를 취해야 한다고 했습니다. 저는 정말 배가 고파 기절할 것 같아서 쉬어야겠다고 우겼습니다." 살타렐리는 기억을 떠올리는 것만으로도 몹시 고통스럽다는 듯이 잠시 말을 멈추었다.

"그때 무슨 일이 일어났소?" 필리포 피티가 다그쳤다.

"레오나르도가 성폭행을 했습니다." 야코포 살타렐리가 대답했다. "저를 탁자 쪽으로 밀어붙이고 만족할 때까지 제 항문에 성기를 밀어 넣었습니다."

필리포 피티가 깜짝 놀랐다.

"그게 전부란 말이오? 저 남자가 갑자기 당신을 탁자로 밀고 작정하고 항문 성교를 했단 말이오?"

"그렇습니다, 재판장님. 믿으시든 안 믿으시든 그게 사실입니다."

필리포 피티는 그의 말을 듣지 않는 듯했다. 그가 됐다는 뜻으로 두 손을 들었다. "난 내 생각을 아직 말하지 않았소, 살타렐리 씨… 이게 전부인가요?"

살타렐리가 고개를 끄덕였다.

피티가 수비대를 돌아보았다. "이 사람을 데리고 나가고 다른 증인을 데려오라." 그가 말했다.

재판장으로 들어오는 루크레치아를 보자 로렌초는 기절할 듯 놀랐다. 레오나르도의 재판에 루크레치아가 무슨 일이란 말인가?

증언이라도 할 셈인가? 무슨 말을 하려는 걸까? 숱한 의문이 떠올랐고 당장 재판장에서 나가고 싶기도 했다.

루크레치아는 우아한 진보라색 가무라 차림이었다. 진주가 박혀 있어 반짝이는 소매가 아름다운 두 팔을 장식했다. 시선에 흔들림이 없었고 검은 두 눈은 결연한 빛으로 반짝였다. 재판을 참관하는 사람들 가운데 그녀를 보고 언젠가 한순간만이라도 그녀를 품에 안을 수 있기를 꿈꾸며 탄식하는 사람이 한둘이 아니었다. 레오나르도는 별로 놀라는 눈치가 아니었다. 거의 멍해 보이는 시선으로 한곳만을 뚫어지게 바라보았다. 필리포 피티가 루크레치아에게 인사를 하고 증인석을 가리키며 그곳에 앉게 했다. 그런 다음 재판 상황을 요약했다.

"마돈나 루크레치아 도나티, 오늘 이렇게 증인으로 나와 주셔서 감사합니다. 레오나르도 다 빈치 씨가 야코포 살타렐리라는 청년을 성폭행한 혐의로 고발되었다는 소식을 듣자마자 마돈나께서 증인 신청을 했다고 알고 있습니다. 지금까지 알게 된 사실은, 야코포 살타렐리가 3주 전 다 빈치 씨의 모델이 되어주려고 작업실에 갔다는 겁니다. 저녁기도 시간이 지나고 거의 밤새도록 그곳에 머물렀다고 합니다. 몇 시간 뒤에 여기 있는 레오나르도 씨가 야코포에게 강제로 입에 올릴 수 없는 짓을 했다고 합니다. 다 빈치 씨는 이해할 수 없는 침묵을 지키고 있습니다. 그래서 지금 내가 묻고 싶은 건 이겁니다. 여기까지 와서 그러한 사실을 부정하려 한 연유가 뭡니까?"

"곧 말씀드리겠습니다, 재판장님." 루크레치아의 목소리는 힘이 있었고 평상시와 전혀 달랐다. 그녀가 잠시 도전적인 눈으로 로렌초를 노려보았다. "야코포 살타렐리의 말은 거짓입니다."

필리포 피티는 이번에는 믿기지 않는다는 듯한 표정을 내비쳤다.

"정말입니까?" 놀라움을 숨기려는 어떤 노력도 하지 않은 채 말했다. "어떻게 그렇게 자신 있게 말하는 겁니까?"

"그날 밤 레오나르도 다 빈치 작업실에서 제가 야코포를 보지 못했으니까요."

"그게 사실이라고 확신하는 이유가 뭡니까?"

"그 시간에 제가 그곳에 있었는데 저 혼자뿐이었어요."

그녀의 말을 들은 참관인들이 깜짝 놀라서 일제히 웅성거리기 시작했다.

33. 증언

"그날 밤 저는 레오나르도와 할 이야기가 있어서 작업실로 찾아갔습니다. 이 자리에서 밝힐 수 없는 이유 때문에 저는 절망에 빠진 상황이었습니다. 제 기억에 레오나르도는 지쳐 있었어요. 늘 하던 대로 인체의 비밀을 이해하려고 애쓰고 있었습니다. 신체의 비율과 조화와 선 같은 것들이지요. 레오나르도를 모르는 사람은 이해할 수 없겠지만 그는 완벽주의자여서 엄격하고 꼼꼼하게 연구를 진행합니다. 자신이 본 것을 종이나 천에 그림으로 옮길 수 없어서 괴로워했습니다. 방금 말씀드렸듯이 저는 개인적인 이유로 지칠

대로 지쳐 있었습니다. 제 기억으로 우리는 서로를 격려했습니다."

필리포 피티는 그녀의 말을 한 마디도 놓치지 않고 주의 깊게 들었다. "좀 더 분명하게 말해 줄 수 있겠습니까, 마돈나 루크레치아?"

"어떻게 시작되었는지는 모르겠지만 갑자기 저와 다 빈치 씨가 포옹을 하고 있었습니다. 나머지는 상상에 맡기겠습니다."

"얼마 동안이나 그 상태로 있었던 건가요?"

"아침까지입니다." 루크레치아는 그 말을 하며 로렌초를 보았다. 순간이었지만 로렌초가 얼마나 분개하는지 한눈에 알 수 있었다. 로렌초는 자신의 감정을 겉으로 전혀 드러내지 않았지만 그를 잘 아는 그녀는 얼마나 화가 났는지를 분명히 알았다. 미간이 좁혀져서 이마 한 가운데에 길게 주름이 생겼는데, 그건 그가 폭발하기 직전이라는 뜻이었다.

루크레치아는 미소를 짓지는 못했지만 마음속으로는 그 모습을 즐겼다.

필리포 피티가 계속 말했다. 그는 이제 보다 분명한 결론을 내릴 생각이었다.

"그러니 내 생각에는 그 시간 내내 두 사람이 야코포 살타렐리를 봤을 리가 없을 것 같군요." 필리포 피티가 농담을 했다.

"사실이 그렇습니다."

"좋습니다, 마돈나 루크레치아. 시간을 내 증언해줘서 감사드립니다. 참으로 어려운 결심을 했습니다. 오늘 당신의 증언이 얼마나 중요한지 짐작하지 못하실 겁니다. 그 덕분에 불필요한 일을 하지 않아도 됐으니까요. 이제 가봐도 좋습니다. 우리 위원회를 대신해 다시 한 번 감사드립니다."

루크레치아가 예의를 갖춰 목례를 했다. 그리고 수비병의 인도를 받아 출구 쪽으로 갔다.

로렌초가 레오나르도를 보았다. 레오나르도의 눈빛에는 전혀 변화가 없었다. 여전히 처음처럼 차갑고 아무 생각도 하지 않는 듯했다. 그 사이 필리포 피티는 재빨리 다른 위원들과 논의를 했다. 그 마지막 증언이 지금까지의 의심들을 모두 지워버린 것 같았다.

"위원님들." 그가 강하게 말했다. "방금 들은 증언으로 저는 다음과 같은 결론을 내렸고, 더 이상 회의가 필요 없을 겁니다. 제가 위원장으로 있는 풍기사범단속위원회를 대신해서 말씀드리겠습니다. 레오나르도 다 빈치는 동성애 범죄로 고발당했는데 고발자가 익명입니다. 범죄를 뒷받침하는 유일한 증거라고는 귀금속 세공을 하는 청년 야코포 살타렐리의 말뿐입니다. 그의 말대로라면 그는 3주 전 동성에게 수동적인 역할로 성폭행을 당했을 겁니다."

다른 위원들이 고개를 끄덕였다. 필리포 피티는 어느 한쪽으로 기울지 않게 사건을 재구성했다.

"한편," 위원장이 계속 말했다. "한 여인이 자신의 명예와 자존심을 희생시켜가면서까지 주저하지 않고 이 재판장에 나와서 같은 날 밤 여기 있는 레오나르도 다 빈치 씨와 우발적으로 사랑을 나누며 그날 밤을 함께 보냈다고 증언했습니다. 그녀는 다 빈치의 정부가 아니며 아내도 아닙니다. 그러니까 어떤 식으로도 그와 관련이 없다는 겁니다. 이런 상황에서 증언을 해봐야 얻을 게 하나도 없지요. 오히려 잃을 게 더 많을 겁니다. 그러니까 그녀의 증언은 어떤 의도하에 거짓으로 꾸민 것은 아닌 듯합니다. 아니, 오히려 증언 하나하나가 진실합니다. 그래서 말씀드린 대로 익명의 고발이라는 점과 마돈나 루크레치아 도나티가 사심 없는 증언을 했다는 점을 고려해서 풍기사범단속위원회의 위원장 자격으로 레오나르도 다 빈치 씨의 동성애 범죄에 관한 모든 사항에 무죄를 선고해서 지금까지의 재판을 마무리해야 한다고 생각합니다."

참관인들이 웅성거렸다.

프란체스코 데 파치가 고개를 저었다. 다른 사람들은 믿기지 않는다는 듯 소곤거렸는데 아마 다른 무엇보다도 루크레치아 도나티의 증언에 놀란 듯했다. 사람들 모두가 루크레치아 도나티가 로렌초 데 메디치를 얼마나 사랑하는지 잘 알았다. 그런데 그녀의 증언은 판결의 결과를 완전히 뒤바꿔놓았다. 그들이 보기에 세 사람의 관계는 매우 애매모호했고 거의 타락의 경계에 있는 듯했다. 루크레치아 도나티는 로렌초 데 메디치와도, 젊은 화가와도 관계를 맺었다. 게다가 많은 이의 이야기대로라면 젊은 화가에게서 여전히 동성애 의혹을 지울 수가 없었다. 판결이 소문을 완전히 잠재울 수는 없었다.

로렌초의 귀에 독약이 한 방울씩 떨어지듯 수군거림과 악담들이 들려왔다. 레오나르도가 자유의 몸이 되었다는 건 만족스러웠다. 그렇지만 그를 위해 치른 대가라니! 루크레치아는 그를 속였다. 레오나르도도 역시. 그는 루크레치아와 그날 밤 일어났던 일에 대해 아무 말도 하지 않았다. 물론 루크레치아는 로렌초의 여자가 아니었다. 하지만 레오나르도는 그가 루크레치아에게 어떤 감정을 가지고 있는지 잘 알았다. 만일 레오나르도가 순간적으로 마음이 무너졌다고 솔직하게 털어놓았다면 로렌초는 그를 이해할 수 있었을 것이다. 하지만 이런 식으로 그 사실이 밝혀지리라고는 상상조차 하지 못했다. 로렌초는 배신감을 느꼈다. 평소와 다름없이 자신과는 무관한 일이라는 듯 가만히 있는 레오나르도를 보니 더욱 화가 났다. 전날 밤 자신은 팔라초 델 포데스타 감옥에 달려가 그를 만나고 곧바로 풍기사범단속위원회 위원장에게 가서 관용을 베풀어달라고 부탁까지 하지 않았던가! 레오나르도는 그런 자신의 도움마저 거절했다.

필리포 피티의 말이 다 끝난 게 아니었다. "지금까지 한 말에 기초해서 저는 여기 있는 레오나르도 다 빈치 씨를 즉시 석방하라고 명령합니다. 수비대장, 명령대로 하시오." 필리포 피티가 도시 수비 대장을 보며 말을 마쳤다.

풍기사범단속위원회 위원들은 다른 말을 덧붙이지 않고 자리에서 일어나 퇴장했다. 그 뒤로 재판장을 가득 메운 귀족들이 각자 자기 생각을 떠드는 소리가 들렸다. 로렌초는 자리에 그냥 앉아 있었다. 주먹을 꽉 쥐었다. 그는 분노에 사로잡혀 어쩔 줄 몰랐다. 어찌된 일인지 알아야겠다고 생각했다. 안 그러면 미쳐버릴 테니까.

34. 분노와 음모

불시에 주먹이 그를 가격했다. 있는 힘을 다해 로렌초를 추격했기 때문에 로렌초는 누군가 등 뒤에서 자신을 급습한다는 것도 알아차리지 못했다. 찢어진 입술에서 뜨거운 피가 흘렀다. 균형을 잃고 비틀거리다가 쓰러졌다. 두 손으로 바닥을 짚어 손에 상처를 입었다. 오른손으로 허리춤에 있을 쇠뇌를 찾았지만 그 자리에 없다는 것을 알아차렸다. 오늘은 재판을 참관해야 해서 쇠뇌를 차고 올 생각을 미처 하지 못했다.

통증이 입술에서 턱으로 밀려드는 파도처럼 번지다가 머리까지 이어졌다. 그는 팔꿈치로 땅을 짚고 일어서보려 애썼다.

프란체스코 데 파치가 그의 위에 우뚝 서 있었다.

"너, 이 개새끼! 비역질쟁이와 창녀들의 친구, 네가 이 도시를 망가뜨리고, 지옥 속에 빠뜨리고 있어. 문란하고, 향락에서 헤어나오지 못하는 도시로 만들고 있다고! 잘 알아둬, 난 절대 그걸 가만히 보고 있지 않을 테니."

로렌초가 입안의 피를 뱉어내고 다시 일어섰다.

"퓹! 프란체스코, 넌 중상모략이나 하는 인간에 불과해. 이런 위협에 내가 겁먹을 거라고 생각하지 마. 시민은 내 편이니까. 하층민과 귀족들 대부분도 마찬가지고. 넌 절대 나를 이기지 못해." 로렌초가 손등으로 입술을 닦았다. 그 공격만이 아니라 방금 알게 된 거짓말들까지 다 기억하려는 듯 피를 혀로 핥다가 곧 다시 뱉었다.

"조심해, 로렌초! 그렇게 네가 공화국 위에, 모든 사람 위에 있다고 생각하다가는 어느 날엔가 큰코다치게 될 테니!"

"아무렴! 시뇨리아 이몰라를 구입할 수 있게 지롤라모에게 돈을 빌려주고 교황의 총애를 산 데다가 교황청 재정 관리까지 하는 사람이 하는 말인데 당연하지. 아… 참 희한한 비난이군그래."

"괴롭지, 안 그래?"

"앞으로 벌어질 일 때문에 네가 겪을 괴로움에 비하겠어!"

"내가 두려움에 떨어야 하나?"

"너 좋을 대로." 로렌초가 싸늘한 목소리로 대답했다.

"난 피렌체가 너와 네 오만함에 지쳤다고 생각한다."

"과거에 이미 우리 메디치가는 피렌체 밖으로 쫓겨났던 적이 있었지. 그 결과가 어땠는지를 너한테 상기시켜봐야 무슨 소용 있겠나. 우리는 돌아왔고 쫓겨나기 전보다 더 강해졌어. 그 이유가 뭔지 아나?"

이번에는 파치가 침을 뱉었다. 침이 로렌초의 신발 앞까지 튀었다.

"관심 없어."

"우리가 바로 피렌체이니까."

"너희는 오만한 바보들일 뿐이야. 너희가 처참하게 패배를 한다면 그건 바로 너희의 오만 때문이다."

"그 패배라는 걸 빨리 보고 싶은데. 지금 내 눈에는 공허한 협박의 말만 쏟아내는 거만한 인간밖에 보이지 않아서 말이야."

"시간문제야." 프란체스코 데 파치가 말했다. "무엇보다 이미 패배가 눈앞에 보이는데 너는 눈치도 채지 못하고 있으니. 루크레치아 도나티가 피습당한 게 우연이라고 생각하는 건 말할 것도 없고. 정말 그렇게 생각했나? 그랬다면 넌 내가 생각했던 것보다 훨씬 더 어리석은 거야."

로렌초가 분노를 터트렸다. "감히 무슨 짓을 한 거지?" 그가 고함을 쳤다. "루크레치아의 머리카락 하나라도 건드리면 가만 안 둘 테니 두고 봐!"

로렌초가 완전히 이성을 잃었지만 프란체스코 데 파치는 벌써 돌아선 뒤였다. 로렌초는 입술이 찢긴 채로 골목 한가운데 서 있었다.

지롤라모 리아리오는 피사의 대주교 프란체스코 살비아티의 눈을 똑바로 바라보았다. 그의 외삼촌인 교황의 말에 따르면 대주교는 메디치 가문과의 싸움에서 유용하게 이용할 만한 남자였다. 실제로 대주교는 메디치라는 이름을 듣자마자 이성을 잃은 듯 얼굴이 붉으락푸르락했고 목소리는 분노로 떨리기까지 했다. 프란체스코 살비아티는 로렌초와 줄리아노 메디치가 있는 방향을 향해 침을 퉤퉤 뱉었다. 그 두 형제가 불과 2년 전 그가 피렌체 대주교 후보에 오르는 걸 전력을 다해 막고 그들이 미는 리날도 오르시니를 대주교에 앉히는 데 성공했기 때문이었다. 교황의 의지조차도 그런 패배를 막지 못했다.

"죽음." 프란체스코 살비아티가 기도문을 외듯 다시 말했다. "그 빌어먹을 형제 문제를 해결하는 방법은 죽음밖에 없소."

"물론 그렇습니다, 대주교 각하. 그렇지만 각하 같은 성직자께서 그런 말씀을 하시니 아주 이상하긴 합니다." 리아리오가 그를 자극하듯 말했다. 대주교의 의지가 얼마나 강한지 시험하기 위해서였다.

"로렌초와 줄리아노가 자신들의 목적을 달성하기 위해 얼마나 잔인한 짓을 저지를 수 있는 인간이며, 거만하고 오만하기 짝이 없게 이익을 위해 물불을 가리지 않는 인간인지를 알면 그렇게 생각하지 않을 거요. 그렇지만 그런 이유 말고도 더 중요한 이유는 피렌체를 해방시키고자 하는 바람이오. 나는 피렌체가 이제 연일 벌어지는 메디치 가문의 파티며, 로렌초가 후원하는 음란하고 방탕한 예술이며 향연과 연회에 지쳤다고 생각하오. 뿐만 아니라 아내인 클라리체에게 눈에 보이게 불성실한데다가 피렌체 공화국을 개혁해서 자신의 왕국으로 만들려는 수치스러운 행동을 하는 로렌초에게도 말이오! 귀족들은 그를 일 마니피코라고 부르며, 스무 살짜리의 손에 도시의 운명을 맡겼소. 하지만 지금 나는 그들이 땅을 치며 후회하고 있다고 생각하오. 솔직히 그가 한 일 중에 위대한 일을 하나라도 대보시오. 아마 찾아내기 힘들 거요." 프란체스코 살비아티의 입에서 강물처럼 쉴 새 없이 말이 흘러넘쳤다. 그는 잠시도 중단을 모르는 듯했다.

지롤라모 리아리오는 다시 한 번 외삼촌의 생각이 정확했다는 결론을 내렸다. 바로 그 순간 피사의 대주교에게 음모의 씨앗을 심어주면서 자신의 의도를 알려야겠다고 생각했다.

"지금 하신 말씀이 모두 사실이어서 시간이 지나면 좋은 뜻을 가진 남자와 여자들이 질서를 바로 잡기 위해 동맹을 맺을 거라는 사실을 아십니까? 권력을 다시 잡아 예전의 자유로운 피렌체를 회복할 날만을 학수고대하는 위대한 가문이 있다는 사실을? 교황 성하께서 조카인 제게 이몰라를 주기 위해 직접 메디치 가문과 어떻게 싸웠는지 들려드릴까요?"

프란체스코 살비아티가 손등으로 턱을 문지르며 리아리오의 말 한 마디 한 마디에 차츰 관심을 보이며 듣고 있는 사이 리아리오는 일부러 입을 다물어 마지막 말이 허공에 맴돌게 했다.

"그런 큰일을 계획 중이라면 나도 하루빨리 내 역할을 하고 싶소. 그 일에서 내가 어떤 식으로 도움이 될 수 있을지 알려주시오. 그러면 난 당신 편에 설 거요. 많은 사람이 메디치 가문을 저지하려 하오. 이제 때가 되었으니 말이오! 내 말 믿으시오. 게다가 너무 늦었다는 생각까지 드오."

"인내심을 가지셔야 합니다. 모든 상황이 무르익어야 합니다. 하지만 몇 달 안에 준비가 될 거라고 믿습니다. 무너지는 메디치 가문을 지켜보려는 우리의 열망이 강력한 만큼 그자들을 과소평가하는 실수를 저지르면 안 됩니다. 그자들은 방어가 철저합니다. 그러니 무엇보다 그들에게 희생되는 위험을 감수할 수는 없지요."

"그건 용서할 수 없는 실수가 될 거요." 대주교가 말했다.

"정말 그렇습니다." 지롤라모 리아리오가 그의 말에 답했다. "용의주도하게 일을 진행해야 합니다. 사람들이 메디치가가 하는 일에 불만을 품게 만들고 책략가들을 동원해서 그 불만을 키워야 하는 이유가 바로 그 때문입니다. 그리고 전반적으로 메디치가를 증오하는 분위기를 만들어서 피렌체가 제일 먼저 메디치가의 종말을 원하게 해야 합니다. 코시모 데 메디치 때의 일이 되풀이되는 위험한 상황을 만들어서는 안 돼요."

프란체스코 살비아티가 고개를 저었다. 그는 좋은 냄새가 나는 밤색 앞머리를 매만졌다. 신경 써서 우아하게 꾸민 외모를 과시하는 듯했다. 신앙으로 인해 영적인 것을 추구하고 절제된 삶을 살아야 하고 게다가 목자의 역할까지 수행해야 하는 그이지만 외모를 꾸미는 일은 결코 포기하지 못했다.

"그런데 역사적으로 피렌체에서 메디치에 적대적인 가문이 어떤 가문이오? 그럴 만한 능력이 되는 가문은 딱 하나밖에 떠오르지 않아서 말이오. 최근 그 가문이 겪었던 일들을 생각하면 그들이 어떤 복수와 보복을 해도 다 정당화되리라는 건 두말할 필요도 없겠지요."

"주교님께서 직접 그 가문을 맞혀보시겠습니까?"

"파치 가문? 내가 생각한 바로는 그 가문밖에 없을 듯하오. 로렌초 데 메디치가 그 가문 사람들이 어떤 정치적 임무도 맡지 못하게 막았지요. 당신 외삼촌께서 교황청 재산 관리실의 재정 관리를 맡기지 않았다면 지금쯤 아마 보잘것없는 가문이 되었을 거요."

지롤라모 리아리오가 고개를 끄덕였다. "정확합니다. 하나도 놓치지 않으셨습니다. 그런데 제가 한 가지 덧붙이긴 해야겠습니다. 주교님이 짐작하시는 것과는 달리 파치 가문은 사람들의 지지와 재산을 크게 얻어가는 중입니다. 교황청 재산관리인은 톨파의 명반 광산도 운영할 수 있는데 광산 이용권이 막대한 부를 가져다줍니다. 반대로 메디치 가문은 그 광산을 빼앗겨서 재산에 상당한 손실을 입었지요. 이런 이유로 파치 가문이 도시 내부에서 우리를 도와 로렌초 일파를 공격하게 될 겁니다. 하지만 그와 동시에 제가 외부에서 확실하게 공격할 수 있게 신경을 쓸 겁니다."

"정말이오? 로렌초의 파멸을 원하는 다른 사람들을 찾아낼 수 있으리라 생각하오? 내 말은 로렌초를 피렌체 밖으로 내쫓길 원하는 사람 말이오. 로렌초는 제법 공명정대하게 통치해왔소. 그래서 그에게 우호적이지 않은 사람, 또는 반대로 그를 두려워해서 대담하게 그에게 칼을 겨눌 사람을 찾기가 쉽지 않으리란 인상을 받았소. 밀라노와 갈레아초 마리아 스포르차? 절대 아니오. 베네치아? 거기도 마찬가지요. 뿐만 아니라 내가 알기로는 최근에 로렌초가 용의주도하게 반교황 동맹을 체결한 것으로 아는데."

"정보가 아주 빠르십니다, 주교님."

프란체스코 살비아티가 한숨을 쉬었다. "아시다시피 할 수 있는 일을 하는 것뿐이오. 이처럼 어지러운 시기에는 다른 사람보다 동작이 적어도 두어 배 빠르지 않고는 오래 버틸 수 없으니까."

"현명하신 습관입니다." 지롤라모 리아리오가 감탄을 숨기지 않고 말했다. "어쨌든 모두가 다 피렌체와 동맹을 맺지는 않았습니다. 오늘 동맹이었던 자가 내일은 적이 되는 경우는 고려할 것도 없이 말입니다. 게다가, 저와 카테리나 스포르차와의 결혼이 머지않았…."

"아름다운 결혼을 진심으로 축하하오. 내 축하를 받아주시오." 대주교가 리아리오의 말을 끊으며 서둘러 말했다.

"당연히 주교님의 축하는 기쁜 마음으로 감사히 받겠습니다. 그렇지만 이 말씀은 드리고 싶습니다. 제가 하려는 일은 결혼과 친족 관계와는 전혀 상관이 없으며 마찬가지로 확실한 지지와도 관계 없습니다. 최근 외삼촌께서 나폴리 왕인 페르디난도와 우정을 맺어 그에게 교황청에 해마다 바치던 공물을 면제해주고, 외삼촌의 친조카인 레오나르도 델라 로베레가 페르디난도 왕의 사생아 딸과 결혼하는 걸 허락했다는 점을 주교님께 상기시켜 드려야겠습니다. 또한 우르비노의 페데리코에게 공작 작위를 수여하고 그 딸을 조반니 델라 로베레와 혼인시키는 한편 조반니 델라 로베레를 시니갈리아와 몬다비오의 교황 대리 대주교에 임명했습니다. 간단히 말해서 피렌체가 동요하면 로마가 가만히 보고 있지만은 않을 겁니다. 아니, 이 문제에 대해서 새 교황군 총사령관인 조반 바티스타 다 몬테세코도 관여하게 될 거라고 확실하게 말씀드릴 수 있습니다. 보시다시피 지금이 피렌체를 우리 손에 넣을 적기입니다."

"아까 말했듯이," 프란체스코 살비아티 대주교가 결론을 내렸다. "나도 이 거사에 참여할 생각이오. 시간 낭비를 하지 않아 기쁘오. 이제 승부를 걸어봅시다. 행운이 우리에게 미소를 보낼 거요."

지롤라모 리아리오가 그 말을 듣자 미소를 지었다. 관계망들이 점점 조밀해졌고 피렌체가 마침내 메디치가의 손아귀에서 벗어날 순간이 서서히 다가왔다. "분명 그럴 겁니다, 주교님. 틀림없이 그럴 겁니다." 그는 진짜 기쁨을 감추지 못하는 표정으로 결론을 내렸다.

35. 용서를 받다

루크레치아는 그 마차가 누구 것인지 잘 알았다. 마차가 자신을 어디로 데려가는지도 정확하게 알았다. 피렌체에서 멀어져 시골길을 따라 달리던 마차가 너도밤나무 숲속에 숨어 있는 외딴 농가로 들어갔다. 세상이 연초록으로 변해가는 눈부신 4월의 자연이 더할 나위 없이 생생하게 느껴지는 곳이었다.

하지만 루크레치아의 가슴은 고통으로 찢어졌다. 이게 최후의 만남이 되리라는 걸 알고 있었다. 남자들이 루크레치아를 데리러 왔을 때 그녀는 저항이 아무 의미 없다는 것을 알았다. 남은 생을 어둠 속에서 불행하고 고통스레 살길 원치 않는다면 말이다.

그녀는 며칠 전 자신이 한 행동이 옳았다고 생각했다. 여러 가지 이유가 있었지만 천재를 구했다는 게 가장 큰 이유였다. 어떤 결과가 초래되어도 상관없었다. 어떤 말을 들어도 어떤 형벌도 감수할 만했다. 그녀는 영원히 고독하게, 행실이 나쁜 여자로 사람들의 증오와 손가락질을 받으며 살아갈지도 몰랐다.

이미 그녀에게 중요한 건 아무것도 없었다.

어떤 의미에서 안개처럼 그녀 마음속에 피어오르는 그런 무심함이 그녀의 힘이었다. 스스로를 변명해야 할 게 전혀 없었다. 작은 관심, 행동, 애무만이라도 허락되기를 얼마나 간절히 바랐는지 모른다. 하지만 여러 가지 이유 때문에 그 모든 것을 거부당했다.

그녀는 자신이 소모품이었고 한쪽으로 밀려난 기분이었다. 물론 사랑을 받기는 했다. 뜨겁고 생생한 열정을 경험했지만 그것은 짧은 시간, 순간에 불과해서 곧 사라져버렸다. 그러다 끝도 없을 정도의 시간이 지난 뒤, 한없는 기다림과 기도 뒤에 다시 나타나곤 했을 뿐이었다. 그녀는 지쳤고, 절망에 빠져 있었다. 그리고 그녀는 자신이 마땅히 했어야 할 일을 하고 난 지금에서야 더 일찍 그렇게 해야 했다는 사실을 깨달았다. 오래 기다릴 일이 아니었다.

길은 너도밤나무 사이로 경사가 져 있었다. 막 싹을 틔운 나뭇잎들, 마차 유리창에 강렬하게 비치는 숲의 색깔, 삐걱대는 마차 바퀴, 윤기가 자르르 흐르는 말들이 말발굽으로 땅을 차며 오솔길을 따라 달리는 사이 흔들리는 마차…. 이 모든 게 동화의 시작 같았지만 루크레치아는 그 동화가 분노와 고통 속에서 비극으로 끝나리라는 걸 알았다. 삶은 항상 그녀에게 고통만을 안겨주었기 때문이다. 게다가 그녀에게 허락된 그 약간의 아름다움은 항상 그녀에게 적대적으로 작용했다. 낡은 옷을 입은 누추한 노파처럼 늙어가고 빛바래가는 게 앞으로 남은 그녀 생의 목표였다.

마차가 멈춘 건 그때였다. 누군가 마차 문을 열었다. 머리가 길고 가느다란 콧수염을 기른 남자가 그녀가 마차에서 내리게 도와준 뒤 농가 입구로 데려갔다. 그는 문을 두드리지 않았다. 이미 활짝 열려 있는 문으로 그녀를 안내해서 루크레치아도 잘 아는 응접실로 데려갔다. 응접실 안의 큰 벽난로에는 불이 피워져 있지 않았고 아름다운 소파는 텅 비었으며 녹슬어버린 차가운 칼날처럼 무딘 침묵이 방 안에 감돌았다. 응접실은 그렇게 황량했다. 숨김없이 드러나는 깊은 우울이 공간을 휘감으며 슬픔의 노래를 나지막하게 웅얼거리는 것만 같았다.

응접실 한가운데에 팔짱을 끼고 서 있는 그가 보였다. 그는 기다리는 중이었다. 거의 유령 같았다. 지친 얼굴이었고 광대가 너무 두드러졌으며 눈에는 생기가 없었다. 로렌초는 말없이 그녀를 바라보았다. 그녀 역시 똑같이 그를 바라보았다. 아마 두 사람 모두가 침묵을 공유하려 애쓰고 있었는지도 몰랐다. 둘 다 그러는 데 뛰어났으니까.

그들은 점점 커져가는 긴장감과 악의를 느꼈다. 수년간 쌓이고 쌓인 서로의 배신과 무시된 약속과 이루어지지 않은 키스, 하지 못한 말들이 만들어낸 악의였다. 두 사람은 분노의 바다에 빠져 서로를 마주 보았다.

그러다가 로렌초가 더 이상 침묵을 참지 못하고 입을 열었다.

"오래전 내가 했던 말 기억하오? 우리 둘의 사랑이 깨지면 그 책임은 우리에게 있을 뿐이라고?"

그녀는 대답을 할 생각이 추호도 없었지만 그 질문에만은 입을 떼지 않을 수 없었다. "당신 말이 맞았어요. 그렇다고 지금 상황이 덜 씁쓸하지는 않아요."

"배신을 한 건 당신이오."

그 말이 그녀의 분노에 불을 붙였다.

"당신이 지금 얼마나 큰 실수를 하는지 상상조차 하지 못하고 있어요!" 그녀가 크게 소리쳤다.

"정말이오?"

"물론이죠!"

"그러면 내가 재판장에서 들었던 말은 내 상상이었나?"

"천만에요." 그녀가 분명하게 대답했는데 로렌초가 평생 잊을 수 없을 정도로 또렷한 답변이었다. 그녀는 로렌초에게 상처를 주고 싶었다. 인생에서 한 번쯤은 스스로 로렌초에게 상처를 주고 싶었다.

로렌초가 고개를 옆으로 기울였다. 그가 입을 조금 벌리며 씁쓸하게 웃었다.

"그럼 왜 부정하는 거요?"

"무얼 부정해요?"

"나를 배신했다는 거."

"당신 정말 바보군요." 그녀는 웃음이 났다.

"재미있소?"

"네, 재미있어요. 그렇게 내게 아무 관심도 없더니, 드디어 이렇게 분노로 어쩔 줄 몰라 하네요. 그래요. 봐요, 일이 그렇게 되지 않았다면 당신은 나를 이곳으로 데려오지 않았을 거고 내게 말 한 마디 안 걸었을 걸요?"

"무슨 뜻으로 하는 말이오?"

"들은 그대로예요."

로렌초가 한숨을 쉬었다.

"듣자하니 내가 당신을 멀리하길 잘한 것 같은데."

"좋을 대로 생각해요. 이제 가도 돼요? 여기 머무는 게 큰 도움이 안 될 것 같아요. 우리 둘 모두에게."

"천만에." 그가 갑자기 분노에 사로잡힌 목소리로 말했다. "고백하길 바라오."

"뭘 고백해요?"

"전부… 그날 밤 당신이 어떤 짓을 했는지 전부!"

"아! 이제야 나에 대해 관심이 생기나봐요, 안 그래요?" 그녀의 말 속에는 경멸이 담겨 있었다. 그녀는 로렌초를 만나지 못한 지난 몇 년간 그녀를 괴롭혔던 좌절감과 다른 감정들을 토해냈다. 그러면서 놀랍게도, 그리고 이상하게도 생각지 못한 쾌감을 느꼈다. "내가 당신을 배신했다고 생각하는 지금에야! 예전에 내가 당신을 사랑하고 있을 때는 내가 살았는지 죽었는지 관심도 없었잖아요!"

"그렇지 않아!"

"아니, 그래요! 내가 당신 같은 사람을 사랑했다는 게 믿기지 않아요. 당신은 비겁해요!"

"말해!"

"말하지 않으면 어떻게 되는데요? 날 교수형에라도 처할 거예요?"

"바보 같은 소리 하지 마."

"당신은 묻기만 하는군요, 자기 생각만 하고 있다고요…."

"난 알고 싶은 거요…."

"무엇을?"

"… 진실을!"

"진실을 알고 싶다고요? 정말이에요? 그러면 말해주죠! 난 한 번도 레오나르도를 사랑한 적 없어요. 그 사람하고 잔 적도 없고요. 당신 이야기를 하러 작업실에 갔던 거예요! 레오나르도가 나를 도와주길 바라면서. 4년 동안이나 당신이 나타나지 않았으니까, 내 곁에 당신이 없었으니까! 얼마나 길고 힘든 시간이었는지 알아요? 그래서 레오나르도가 동성애로 고발당했다는 것을 알고 어떤 식으로든 그를 구해야겠다고 생각했어요. 레오나르도는 항상 모두에게 선량했죠. 내게도 마찬가지였고, 누구의 도움도 받은 적이 없었으니까요."

"내 도움을 받았소!"

"맞아요, 당신 도움! 그렇지만 당신 도움은 값을 지불해야 하죠. 아주 비싼!"

로렌초가 그녀에게 더 가까이 다가갔다. "그렇다면 그렇게 음흉하게 거짓말을 한 여자를 내가 어떻게 믿어야 하지? 왜 내게 먼저 그런 일을 할 거라고 말하지 않았느냐 말이야!"

그녀가 그의 뺨을 내리쳤다. 채찍을 휘두를 때처럼 메마른 소리가 났다. 루크레치아는 그 순간 자신이 그를 증오한다는 것을 깨달았다. 로렌초는 얼굴에 불이 나는 기분이었다. 수치심 때문이었다.

"아무 일도 없었다고 말했잖아요. 설명할 시간이 없었어요. 레오나르도를 구하기 위해 그렇게 했어요. 당신에게 말했듯이 3년 전 기억을 이용했어요! 거짓말을 했다고요! 무죄로 풀려나게 하려고! 어떤 판사라도 방탕하게 살아가는 금세공사 청년의 말보다는 자신의 명예에 아랑곳하지 않고 재판장 증언대에 서는 여자의 말을 더 믿어줄 거라고 생각했어요."

로렌초가 아무 말 없이 서 있었다. 따귀를 맞는 순간, 그때까지 그가 사로잡혀 있던 생각에서 벗어났다. 처음으로 그녀가 자신에게 했던 말의 뜻을 알아차렸다.

"레오나르도를 구하려고 거짓말을 했다는 거요?"

"바로 그 말이에요."

"레오나르도하고 잔 적 없다고?"

루크레치아가 부인하는 뜻으로 고개를 저었다. "지금 내가 당신에게 실망하는 건 바로 이것 때문이에요. 당신은 오로지 당신 걱정만 하고 있어요. 나는 전혀 중요치 않아요."

"그렇지 않소! 그랬다면 당신을 이곳으로 부르지 않았겠지! 오, 내가 잘못했소. 당신을 멀리했으니. 그렇지만 그날 당신에게 그런 일이 일어났을 때, 기적적으로 위험에서 당신을 구해냈을 때 나는 당신을 만나는 게 당신을 위험에만 빠뜨릴 뿐이라고 생각했소."

"그런데 지금은 주저 없이 날 만나려고 했군요, 안 그래요?" 루크레치아의 말에는 분노보다 씁쓸함이 더 많이 담겨 있었다.

"당신 생각이 틀렸소. 재판장에서 그 말을 들었을 때 난 질투에 불탔소. 하지만 당신을 사랑해서였소. 당신이 오로지 나만의 여자이길 바라는데 그렇지 않다는 걸 알았기 때문이오. 당신을 실망시켰고 당신의 사랑을 잃었다는 것도 아오. 당연한 결과지. 하지만 내 상황이 이렇게 바뀌었으니… 그래서 당신의 말을 들었을 때…."

"그만해요." 루크레치아가 말했다. "상황만 자꾸 더 나빠지니까."

"최소한 이제 진실을 알았으니… 내가 얼마나 바보 같은 인간이었는지."

"어쨌든 난 당신을 더 이상 보고 싶지 않아요."

"루크레치아… 이해해. 그렇지만 맹세코 내가 당신 생각을 바꿔 놓을 거요."

"정말 그게 그렇게 중요하면 해봐요."

"믿어도 될 거요."

그 순간 루크레치아가 등을 돌렸다. "이제 할 말 다 했으면 난 집에 가고 싶어요."

"여기 같이 있어줬으면 좋겠는데." 그가 말했다.

"미안해요." 루크레치아가 대답했다. "그래도 당신을 용서는 했어요."

1476년 12월

MEDICI

36. 파멸

눈이 펑펑 쏟아졌다. 밀라노는 하얀 눈에 뒤덮였다. 성 스테파노 축일*이었다. 갈레아초 마리아 스포르차가 마차에서 내렸다. 긴 장화를 신고 목에는 두툼한 털이 달린 망토를 두르고 있었다. 털이 어찌나 두툼한지 스포르차는 꼭 곰 같았다. 검은 허리에 차고 있었다. 공작이 대성당 문 쪽으로 걸어가는 동안 금과 보석이 아로새겨진 칼집이 딸그랑거렸다. 그날 아침 공작은 어느 때보다 기분이 좋았다. 그는 대성당 안으로 들어가기 전 잠시 걸음을 멈췄다. 차가운 공기를 깊이 들이마셨다.

겨울 햇살이 눈 내리는 하늘을 적셨다. 은색 물을 뿌려놓은 것 같은 진줏빛 하늘에서 희미한 햇살이 부드럽게 스며나왔다. 눈에 뒤덮인 성당 주위가 아침 햇살을 받아 하얗게 빛났다.

스포르차가 커다란 대성당 문 앞에 도착했다. 장화 바닥이 눈을

* 스테파노 성인을 기리는 축일로 12월 26일이다.

밟을 때마다 뽀드득 소리가 났다. 성당 문이 양쪽에서 열렸다. 경첩이 움직이며 내는 끼이익 소리가 마치 누군가가 투덜거리는 소리 같았다. 사람들이 빼곡하게 들어찬 장엄한 성당의 내부가 눈앞에 펼쳐졌다. 거대한 샹들리에에서는 하얀 촛불 수십 개가 반짝이고 있었고, 넓은 신도석과 스테인드글라스도 눈에 들어왔다. 그런데 갑자기 그 눈부신 광경에 붉은빛이 넓게 퍼져나갔다.

스포르차는 순간 옆구리에서 강한 통증을 느꼈다. 마치 짐승이 물어뜯는 듯했다. 곧이어 다시 몇 차례 잔인한 공격이 가해져 그의 살을 찢어놓았다. 얼음같이 차가운 이빨이 그의 배와 목에 박혀 온몸이 갈기갈기 찢기는 기분이었다. 상처에서 피가 콸콸 솟구쳤다. 그는 무릎을 꿇으며 쓰러졌다. 칼날이 그를 무자비하게 가격했다. 그는 자기 앞에 서 있는 사람이 조반니 안드레아 람푸냐니라는 것을 알아차렸다. 람푸냐니의 눈에는 핏발이 서 있었고, 광기가 번득였다.

신도석에 앉아 있던 신자들이 비명을 질렀다. 두려움과 공포가 가득 담긴 비명들이 눈앞에서 벌어지고 있는 그 죽음의 사육제 속에서 차갑게 울려퍼졌다.

스포르차가 발버둥을 쳤다. 두 손을 허공에서 휘저으며 필사적으로 비겁하고 잔혹한 공격을 멈춰보려 했다. 하지만 소용이 없었다. 그는 앞으로 고꾸라졌고, 열려 있는 성당 문으로 눈이 내리는 바깥의 차가운 바람이 거세게 불어 들어왔다.

공작의 수비병들이 세 명의 공격자들에게 달려들었다. 수비병 하나가 조반니 안드레아 람푸냐니를 도끼창으로 찔렀다. 창이 그의 가슴 깊숙이 박히더니 배를 갈랐다. 창의 손잡이까지 그의 몸에 거의 다 들어갔다. 수비병은 창끝이 대성당의 기둥에 닿아 부러질 정도로 있는 힘껏 창을 눌렀다.

음모자의 눈에서 생기가 사라지는 것을 보았다.

신도석에 있던 신자들이 비명을 지르며 삼사오오 떼를 지어 흩어졌다. 어떤 이는 출구까지 가는 데 성공하기도 했다. 그사이 수비병들은 다른 두 공격자를 추격해 성당 밖으로 달려나갔다.

페라라와 만토바 군주의 선물과 인사를 전하기 위해 밀라노에 그날 도착한 두 도시 대사들이 아무 말 없이 두 손을 모은 채 가운데 신도석에 쓰러져 숨을 거둔 공작을 지켜보았다. 공작의 시신 밑으로 붉은 피가 주변의 공간을 다 삼켜버리려는 듯 강물처럼 번져나갔다. 주교가 성호를 그었다. 장내를 진정시키려 해보았으나 소용이 없었다. 밀라노는 갑자기 혼돈에 빠졌다.

하지만 대성당의 돌들이 군주의 피로 물들어가던 그 공포스럽고 수치스러운 순간에, 가슴을 치며 절망에 빠진 수많은 사람들 중에서 적어도 한 남자만은 자신이 본 광경을 진심으로 즐겼다.

루도비코 리치가 빙긋 웃었다. 이 사건이 역사의 흐름을 완전히 바꿔놓으리라는 것을 알았기 때문이다. 메디치 가문은 강력한 동맹자를 잃었고 피렌체 밖에서 자신들의 위치를 공고히 하려는 희망은 서서히 물거품이 되어갈 것이다. 반면 이 일은 로마와 식스토 4세, 그러니까 지롤라모 리아리오와 그들 모두에게 유리하게 작용하리라. 뿐만 아니라 갈레아초 마리아 스포르차의 암살은 피렌체 음모자들이 생각하고 있는 일에 좋은 징후가 될 수도 있었다.

37. 법

"우리는 약해, 형은 그걸 몰라! 그자들은 처음에는 레오나르도와 루크레치아를 고소하는 것으로 작전을 꾸몄어! 레오나르도를 무죄로 풀어주어 그 일은 잘 해결됐지만 이미 오래전부터 우리가 신뢰할 수 없는 인간들이라는 둥, 창녀와 놀아나고 동성애자들과 친구라는 둥 떠드는 소리들이 들려오고 있어." 줄리아노가 거의 신경질적으로 소리를 지르며 폭발을 했다. "두말할 필요도 없이 갈레아초 마리아의 죽음은 진짜 비극이야. 특히 이런 시기에."

로렌초는 소름이 끼칠 정도로 동생의 말이 맞다고 생각했다. 그러나 그는 평정을 유지하며 해결책을, 혹은 어떤 대안이라도 찾아내야 할 임무를 자신에게 전가하는 동생의 태도를 참기가 힘들었다. 이게 처음이 아니었다. 아니, 계속되고 있는 일이기도 했다.

"그러니까 동맹은 힘을 잃어버렸어." 줄리아노가 계속 말했다. "로마는 자신의 영향권을 확장해 나가겠지. 교황의 야망에는 끝이 없으니까!"

"아직 확실하게 벌어진 일은 아니야." 로렌초가 대답했다. "베네치아는 아직 우리 편이니까. 그리고 밀라노 공국이 그렇게 끔찍하게 공격당하기는 했지만 상황이 우리에게 불리하게 전개될 거라고 절망하지는 않는다."

"그래? 어떤 식으로?"

"아직은 몰라. 확실한 해결책이 있다면 지금 너를 안심시켜 보려는 시도도 하지 않고 절망하는 네 이야기를 듣고만 있겠니?" 로렌초는 이번에는 화를 숨길 수가 없었다. "어쨌든 스포르차의 죽음으로 밀라노와 우리의 동맹이 약해졌다면 피렌체에서 우리의 위치를 더욱 공고히 하는 게 좋을 것 같아."

형 말을 들은 줄리아노는 신경질적인 말투를 자제해보려 했지만 입가에 맴도는 질문들을 포기하지는 못했다. "그 문제에 대해 무슨 생각이 있는 거야?"

"오래전부터 다른 이들에게 피해가 가겠지만 우리에게 이익이 될 만한 법을 생각하고 있었어. 우리를 보호하고 강해져서 적들이 자신들의 재산을 증식시키지 못하게 막는 방법이지."

"무슨 말인지 모르겠어."

"자세하고 분명하게 설명해 볼게." 이렇게 말하면서 로렌초가 그때까지 앉아 있던 소파에서 일어났다. "지금의 결혼제도에서는 아내의 아버지가 죽을 경우 막대한 재산이 한 가문의 소유가 될 수 있다고 알고 있어. 이 문제에 대해서 내가 짤막한 이야기 하나 들려주고 싶은데. 시간이 좀 필요할 테니 편안히 들어봐." 로렌초가 동생에게 말했지만 사실 자기 자신에게 말하는 중인 듯했다.

로렌초는 잠시 더 뜸을 들였다가 말을 시작했다. "예전에 비탈리아노 보로메오라는 남자가 밀라노에서 비스콘티 가문의 재산을 관리했지. 공작의 총애를 얻어 은행가로서 왕성하게 활동했고 브뤼허와 론드라*에 새로운 은행 지점을 열었어. 뿐만 아니라 공작 궁정의 사람들을 자신의 사업에 끌어들여서 필리포 마리아 비스콘티에게 일정하고 지속적으로 재정을 지원하게 했지. 대신 그는 다른 토지며 영지, 특권들을 손에 넣었어. 그게 나중에는 막대한 토지를 차지하는 토대가 됐지. 대략 40년 전에 그 사람은 마지오레 호숫가의 넓은 영토 이외에도 아로나성과 교구가 속한 작은 도시, 칸노비오, 레사의 땅과 베르간테, 메르고초, 보고나 지역들을 소유하게 됐어. 14세기에 조반니 비스콘티를 위해 지어진 보고나성은 그 뒤에 그가 확장을 했단다. 게다가 발 비제초, 보르고 티치노, 가티코 땅도 그 사람 거야. 마침내 아로나 영지 때문에 백작 작위를 얻었고 요새를 보강하는 어마어마한 작업을 허가받아 튼튼하게 요새를 구축했어."

여기까지 말한 로렌초가 잠시 말을 멈추었다. 믿기 어려운 토지와 영지 목록을 나열하다보니 자신이 먼저 정신을 찾아야 할 필요가 있는 듯했다. 그가 벽난로로 다가가서 장작불을 다시 살려냈다. 동생은 계속 그의 이야기를 들었다.

"보로메오 가문의 행운은 비탈리아노의 아들 필리포 때에도 계속 돼지. 필리포 역시 처음에는 비스콘티 가문에, 그 후에는 스포르차 가문에 신용 대출을 해주는 채권자였어. 그런데 프란체스코 스포르차가 다른 땅들을 영지로 만들어 보로메오에게 선물로 주었지. 그렇게 해서 필리포 보로메오는 어마어마한 재산과 돈을 모았고, 죽을 때 자식들에게 2100만 피오리노라는 상상을 초월할 재산을 나눠주었던 것 같아…."

"몇 백만이라고?" 줄리아노가 믿어지지 않아 되물었다.

로렌초가 고개를 끄덕였다. "정확해, 내 말을 좀 더 들어봐. 그러

* 벨기에의 브뤼주와 영국의 런던.

니까 그의 자식들 중에 우리에게 흥미로운 사람은 조반니 보로메오야. 너에게 지금 말하려는 일 때문이지. 조반니의 상속자로는 베아트리체라는 아름다운 딸 하나밖에 없어. 이제 그 베아트리체가 누구와 결혼을 약속했는지 생각나니?"

줄리아노는 완벽하게 알고 있었다. "조반니 데 파치." 하지만 형이 무슨 말을 하려는지 이해하는 데까지는 잠시 시간이 필요했다. "형이 하려는 말이…." 자신의 짐작이 맞을까봐 두려워하는 듯 보이기도 했다.

"조반니 보로메오가 혹시라도 사망하게 되는 날 그 아버지의 재산이 누구에게 상속될까?"

"베아트리체!"

"또 그 다음에는?"

"조반니…."

"… 데 파치야." 로렌초가 결론을 내렸다. "그러니까," 그가 계속 말을 이었다. "난 이렇게 할 생각이야. 우린 기다릴 수 없어. 갈레아초 마리아 스포르차에게 그런 일이 일어나서가 아니야. 지금 당장 법을 통과시켜야 해. 파치 가문이 보로메오 가문의 재산을 손에 넣지 못하게 막는 법 말이야. 솔직히 말하면 그 방법은 벌써 생각해놨어."

"어떤 방법을?"

"아내의 재산이 결혼했다는 이유로 남편에게 상속되는 걸 막아야 해. 그렇게만 하면 파치 가문이 베아트리체 보로메오의 재산을 합법적으로 손에 넣는 것을 막을 수 있을 거야. 그런 막대한 재산이 우리를 얼마나 곤란하게 할지는 말할 필요도 없겠지. 우리 재산은 보로메오의 재산과 비교조차 되지 않아. 이 문제를 경솔하게 넘겨 버리고 개입하지 않으면 우린 사형선고를 받고 말걸? 파치 가문은 이미 교황청 재산 관리실의 관리 자격으로 톨파 명반 광산 운영권을 받았어. 그자들이 더 많은 부를 손에 넣게 해서는 안 돼."

줄리아노가 홀의 큰 창문 옆으로 가서 밖을 내다보았다. 겨울의 오후는 서서히 색을 잃으며 깜깜한 밤의 어둠 속으로 사라져갔다. 크리스마스 무렵이지만 그의 가문에는 어두운 그림자가 드리워지는 중이었다. 그러나 다행히 형은 경계를 늦추지 않았다. 사실 로렌초는 한시도 주의를 게을리하지 않았다. 그는 다른 이의 움직임을 예측하는 탁월한 능력을 타고났다. 다들 인정하는 정치적 능력은 말할 필요가 없었다.

"어떻게 할 생각인데?" 동생이 물었다.

"법을 통과시키려면 행동을 개시해야 돼. 법이 통과되고 나면 상황이 더 나아질 거야. 우리가 적들에 대항해 음모를 꾸몄다는 의혹을 받지 않을 수 있을 테니. 각 가문별 재산을 보호할 조처라고 하자. 한 가문에 속한 게 다른 가문의 것과 뒤섞이지 않게 말이야. 하지만 지금 중요한 건 제때에 행동하는 거야. 남자 형제가 없을 때 딸들의 상속권을 박탈하고 혹시 남자 사촌이 있을 경우 그 권리를 그쪽으로 넘기는 법규를 발표하도록 해야 해. 이런 식으로 하면 이미 상당한 파치 가문의 재산이 더 이상 증식되는 걸 막을 수 있지."

"우리가 할 수 있을까?"

"줄리아노, 이건 허락을 구할 문제가 아니야." 로렌초가 한숨을 쉬었다. "그런 식으로 진행을 해야만 해. 안 그러면, 내 말 믿어, 메디치 가문은 파멸하고 말 거야."

38. 예언

검이 특별히 무겁지는 않았지만 몇 차례 공격을 하고 나자 납덩이 같았다. 루도비코는 식은땀을 뚝뚝 흘렸다. 이마에 맺혔던 땀방울들이 눈으로 흘러내렸다. 할 수 있는 한 땀을 말려보려고 머리를 흔들거나 장갑으로 이마를 닦아보았다. 자신의 군주이자 펜싱 스승인 지롤라모 리아리오는 그런 루도비코의 모습을 즐기는 듯했다. 리아리오는 그를 자극하고 놀렸다.

루도비코는 위에서 아래로 검을 휘둘러 두어 차례 방어를 했고 재빠르게 공격해오는 검을 겨우 피한 다음 리아리오를 찔러보았다. 리아리오는 이 어이없는 공격을 조금도 어렵지 않게 피하고 칼을 뉘어 견갑골 사이를 쳐서 그를 꺾어버렸다. 결국 루도비코는 훈련장의 돌바닥에 나뒹굴었다.

루도비코는 나무로 만든 창걸이에 잘 정렬된 도끼창들을 올려다보았다. 이몰라의 군주는 그사이 웃음을 터트렸다.

"갈 길이 아직 멀군, 나의 제자여! 배워야 할 게 많아." 그가 강조했다. 루도비코가 힘겹게 일어났다. 팔이 빠질 것 같았고 바닥에 넘어지면서 다친 어깨가 쑤시기 시작했다.

그는 방어 동작을 취했지만 그가 검을 들자마자 리아리오가 밑에서 위로 이중 공격을 했다. 루도비코는 검이 자신의 손에서 빠져 나가는 것을 느꼈다. 검을 놓치지 않으려 있는 힘을 다했다. 기적적으로 검을 잡은 채 숨을 몰아쉬며 원래의 자리를 되찾았으나 자신의 목을 겨눈 리아리오의 검을 발견했다.

이몰라의 군주가 얼굴 가득 사악한 미소를 지으며 그를 보았다.

"좀 더 민첩하게 움직여야 해." 그가 잘난 척하며 말하는 동안 루도비코는 수치심으로 얼굴이 시뻘게졌다. "그리고 좀 더 튼튼해져야 해. 자네는 너무 말랐어. 다리가 도요새 다리만큼 가늘어서야. 내일 처음부터 다시 시작하세." 그가 결론을 내렸다.

그들이 검을 제자리에 두는 사이 하인 두 명이 다가왔다. 하인들이 두 사람에게 땀을 닦을 좋은 냄새가 나는 수건을 하나씩 내밀었다. 루도비코는 꼼꼼하게 땀을 닦으며 잠시 장미향에 빠져들었다. 다시 태어나는 기분이었다.

"자, 보자. 레오나르도와 관련된 작전은 완전히 소득도 없이 끝나 버렸지, 안 그런가? 솔직히 말하자면 난 좀 더 나은 결과가 나올 거라고 기대했네. 운 좋게 누군가 우리를 돕기로 결정했는지 스포르차가 암살을 당했어. 물론 스포르차의 딸인 카테리나와 결혼해야 하는 입장에서 내가 슬퍼할 거라고 다들 추측하겠지만 솔직히 말해 내게는 눈곱만큼도 중요하지 않은 일이야." 리아리오는 방금 한 말을 확인하듯 꼴사납게 웃었다.

루도비코는 이몰라의 군주가 그런 말을 즐기게 내버려 두었다. 잠시 후 루도비코가 입을 열었다.

"어쨌든," 그가 말했다. "메디치 가문에는 영향을 주었다고 할 수 있습니다. 아름다운 여인 루크레치아 도나티가 동성애자라고 해도 거의 무방할 레오나르도 다 빈치와 관계를 맺었다고 고백한 뒤로 그 여자와 로렌초의 관계가 악화되었다고 들었습니다. 그러니까 아마 우리가 일 마니피코의 심기를 건드리기는 한 것 같습니다. 게다가 이제 밀라노와의 동맹도 물거품이 되었으니 드디어 우리 앞길이 순탄하게 펼쳐지게 되었습니다. 물론 사방에서 로렌초가 피렌체의 풍기 문란을 조장하는 데 일조했다는 비난이 빗발치는 건 말할 것도 없고 말입니다."

"그건 확실히 잘된 일이야. 그리고 이제 피사의 대주교도 우리 편이지. 나는 개인적으로 조반 바티스타 다 몬테세코가 교황군을 지휘해 피렌체와, 그리고 우르비노의 공작 페데리코 다 몬테펠트로와 싸우고 자기 역할을 할 수 있으리라 확신하네. 파치 가문으로 말하자면, 글쎄, 그들이 메디치 가문을 너무 증오해서 지금 행동을 개시하려는 프란체스코 데 파치를 말리기가 너무 힘드네. 자칫 잘못하면 우리 계획을 물거품으로 만들 수 있어. 언제 어떻게 행동을 개시해야 할지 정하기 위해 지금 각 당파들을 다 소집했네. 최근에 벌어진 일련의 사건과 동성애 의혹과 관련된 스캔들 때문에 외삼촌께서도 메디치 형제들을 죽이는 데 찬성하고 계시니까."

"그러니까 재판에서 원하는 결과는 얻지 못했지만 약간의 소득은 있었던 겁니다." 루도비코가 자랑스러움을 숨기지 않으며 강조했다.

"당연하지, 자넨 정말 작은 악마야. 그 문제가 아주 미묘해서, 교황께서는 그 소식을 듣고 의자에서 벌떡 일어나시기까지 했다네."

"교황께서 파문을 하겠다 위협하시면 완벽해질 텐데요."

"안타깝게도 자네도 솔직하게 인정했다시피 재판에서 형을 언도하지 못했기 때문에 구체적으로 파문할 가능성은 없다네. 그런 면에서는 교황님도 어찌할 도리가 없어."

루도비코가 한숨을 쉬었다.

"기운 내게, 낙담하지 말고." 지롤라모 리아리오가 계속 말했다. "그물망이 좁혀지고 있네. 여러 가지를 고려해보면 자네는 잘해냈어. 난 자네에게 만족하네. 이제 빨리 자네 어머니에게 가보게. 기본 훈련이 끝나면 곧 자네를 보내달라고 어머니가 내게 청하셨어. 어머니께 전하게. 자네가 차츰 좋아지고 있다고. 자네 어머니가 이 성으로 찾아와 머물면서 행운이 마침내 우리 쪽에 미소를 보내는 듯해서 이루 말할 수 없이 기쁘다고 말일세."

루도비코가 문을 두드렸다.

들어오라는 어머니의 목소리가 들렸다. 지롤라모 리아리오는 자신의 성 한쪽의 넓은 숙소를 라우라에게 내주었다. 라우라는 그곳을 큰 응접실로 꾸며 며칠 동안 색다르고 기이한 비품들로 가득 채웠다. 오각형 별과 신비한 상징물, 성유물과 마술에 관한 이상한 책, 가지각색의 병과 루도비코는 전혀 알지 못하는 가루가 가득 담긴 단지로 장식된 응접실은 점쟁이나 마법사의 방과 흡사했다.

루도비코는 각각의 물건이 어디 쓰이는지 알 수 없었다. 그래도 어머니는 그에게 누구보다 중요했기 때문에 이상하고, 그로서는 이해하기 힘든 어머니의 태도도 기꺼이 받아들였다.

라우라는 손톱을 보라색으로 칠한 손가락으로 오래되어 누렇게 빛바랜 어둠의 경전을 넘기고 있었다. 라우라는 아주 오래된 그런 책들을 몇 권 가지고 있었고 대부분의 시간을 그 책을 읽는 데 썼다. 검은 표지에 불안한 그림들로 빼곡한 책을 읽지 않을 때는 카드 점을 쳤다. 하지만 그런 희한한 습관을 빼면 그의 어머니는 온전히 그만의 것이었다. 그는 말 잘 듣는 어린아이처럼 하루에 일어난 일을 전부 알렸다.

"오늘 어땠지?" 라우라가 책에서 눈을 들지 않은 채 물었다.

루도비코는 리아리오가 했던 말을 똑같이 되풀이했다. "리아리오 말이 차츰 좋아지고 있대요."

라우라가 눈을 들었다. "그자가 했던 말을 내게 전하라는 게 아니야. 오늘 어땠는지 네 이야기를 해달라는 거였어."

루도비코가 화가 나서 숨을 거칠게 몰아쉬었다. 그의 어머니가 그를 노려보았다.

"알았어요, 알았어요. 저는 더 빨라져야 하고 더 튼튼해져야 해요. 리아리오 말이 제가 너무 말랐대요. 이 가느다란 다리는 아무 도움이 안 돼요. 사실 리아리오가 항상 앞서 있어요. 제가 무슨 일을 할지 정확히 아는 사람처럼 말이죠. 저는 힘없이 눈에 뻔히 보이는 공격을 하고. 모르겠어요…. 제가 어떤지 어머니도 아시잖아요. 신체를 쓰는 일에 저는 특별히 재능이 없어요. 아직 배울 게 많아요." 루도비코가 말했다.

"그럼 네 약점을 해결해보도록 하자!"

라우라가 다른 말없이 책을 내려놓았다. 크고 검은 눈으로 아들을 뚫어지게 바라보며 그에게 다가갔다. 루도비코의 눈에 어머니의 두 눈은 한 번 빠지면 헤어나오지 못하고 죽을 길밖에 없는, 깊이를 알 수 없는 우물 같았다. 항상 그런 느낌을 받아서 너무 오래 그 눈을 바라보고 있으면 자신이 사라져버릴까 두렵기까지 했다. 지금도 예외가 아니었다. 루도비코가 무슨 일이 벌어지고 있는지 알아차리기도 전에 어머니가 그의 가죽 바지를 벗기고 있었다. 그는 아무 말 없이 서 있었고 몸이 굳었다.

"긴장을 풀어." 라우라가 아들에게 말했다. "이제 너를 남자로 만들어보자. 내 말을 믿어라. 내일이 올 때까지 나를 오래 가져라. 그럼 틀림없이 네 다리가 튼튼해지기 시작할 테니까."

1477년 12월

MEDICI

39. 팔라초의 모의

프로콘솔로가 쪽으로 난 아름다운 양문의 창들을 통해 빛이 스며들어 팔라초의 홀에 햇빛이 넘실거렸다. 창문에는 가문의 문장인 세 개의 반달이 장식되어 있었다. 눈부신 햇살 속에서 금가루 같은 먼지들이 춤을 추었다.

팔라초의 아래층은 루스티카 기법*을 사용해서 튼튼했으며 균형이 잡혀 있었다. 석회벽인 위층은 프리즈**와 나무 넝쿨 문양으로 장식되어 특히 세련되고 아름다웠다. 팔라초 파치는 피렌체 전역에서 가장 우아한 건물이었다. 그런 곳에서 그날 가장 음산하고 잔혹한 계획을 구상한다는 게 더욱 이상하게 느껴졌다.

야코포 데 파치는 홀에 있었다. 그는 불안을 감출 수 없었다. 지금은 검은 열매가 무르익어가는 시기임에도 그로 인해 좋지 않은

* 외벽 화장법의 일종으로 거칠게 깎은 돌덩이를 쌓는 형식. 기하학적 입체 문양을 나타내기도 한다. 르네상스 시기 이탈리아 주택 건축의 특징.

** 방이나 건물의 윗부분에 그림이나 조각으로 띠 모양의 장식을 한 것.

결과가 나오게 되리라고 확신했다. 오래전부터 그는 조카인 프란체스코가 피렌체를 잊은 채 로마와 지나치게 가까이 지내고 있다고 나무랐다. 뿐만 아니라 이상한 생각들을 불어넣는 사람들과 친하게 지내는 일도 못마땅했다. 예를 들면 지금 그의 눈앞에 있는 지롤라모 리아리오 같은 사람들이었다. 지롤라모는 프란체스코처럼 검은 옷을 입고 있었는데 오만해 보일 정도로 대담한 분위기를 띠고 있었다. 자신이 세상의 왕이라도 된 것처럼 공손함은 찾아볼 수도 없었고, 예의범절을 모두 무시했다. 게다가 그는 파치 가문이 많은 덕을 보고 있는 교황이 가장 총애하는 조카였다. 어쩌면 지나칠 정도로 교황 덕을 본 것인지도 모르겠다고 야코포가 생각했다.

그가 그런 우울한 생각에 빠져 있을 때, 대주교 살비아티가 붉은 포도주잔을 들었다. 대주교가 아주 맛있게 포도주를 홀짝이다가 침묵을 깼다.

"이 포도주 정말 훌륭하군요." 살비아티가 말을 시작했다. "우리가 오늘 이렇게 훌륭한 팔라초에 모인 것은 메디치가 문제를 어떻게 해결할지 결정하기 위해서라고 알고 있는데…."

"맙소사!" 야코포가 분통을 터뜨렸다. "우리가 여기 모여 있다고 사방에 소리를 지르는군요…. 대주교님, 제발, 조금만 신중해지십시오."

"그래요, 그래요." 대주교가 화가 나서 대답했다. "아무튼, 계획이라고 부를 수 있을 거고 지금 우리가 그 문제를 이야기하고 있는 거요."

"맞습니다, 그 문제죠." 프란체스코가 끼어들었다. "숙부님, 숙부님께서 지금 우리가 세우는 계획에 적대적이신 것 잘 압니다. 그렇기는 해도 숙부님도 메디치 가문이 우리가 분노할 만한 일을 했다는 데에는 동의하셔야 할 겁니다. 먼저 우리 가문에서 가장 훌륭한 사람들이 관직에 추천받는 걸 막아서 시뇨리아 안에서 파치의 이익을 대변하지 못하게 만들었습니다. 그리고 그것만으로는 충분하지 않았는지 제 동생 조반니, 그러니까 숙부님의 조카가 아내의 재산을 소유하지 못하게 막아버렸습니다. 조반니의 아내 베아트리체가 합법적으로 상속한 유산인데 말입니다. 이제 숙부님께 묻고 싶습니다. 이게 정말 공격이 아니라는 겁니까? 우리 가문의 목숨을 자신들이 결정할 수 있는 양 행동하면서 권력을 남용하고 있습니다. 우리가 자신들의 뜻대로 숨죽인 채 있기를 바라는 가문에게 더 무슨 일을 겪어야 마침내 저항을 하실 겁니까? 그래서 저는 솔직히 이렇게 말씀드리고 싶습니다. 저는 제 권리에 속한 것을 빼앗아가는 꼴을 더 이상은 가만히 보고 있지 않겠습니다."

야코포 데 파치가 고개를 저었다. 그의 조카는 항상 문제를 일으켜 왔다. 하지만 조카의 말이 틀린 것도 아니었다. 로렌초가 오로지 파치 가문에 피해를 입힐 목적으로 법을 통과시키는 수치스러운 행동을 한 것도 사실이었으니까. 그건 칭송받을 만한 정당한 행동은 절대 아니었다.

"프란체스코." 그가 말했다. "방금 네가 한 말이 옳다고 하지 않을 수가 없구나. 그렇지만 두 형제를 죽이는 일은 중대한 문제여서 나는 문제를 해결할 방법이 그것밖에 없는지 자문하게 된다. 뿐만 아니라 네 형제인 굴리엘모가 비앙카 데 메디치와 혼인했다는 것,

그러니까 어떤 식으로든 메디치가와 인척이라는 문제도 잊지 말아야 한다, 알겠니? 추방을 시키는 방법을 생각해볼 수도 있지 않을지…."

"예전이었다면 당신의 말에 동의했을 겁니다. 아니, 과거에는 이런 극단적인 해결책을 어떻게 해서든 사용하지 않으려고 몸을 던졌을 겁니다. 당신의 조카가 확인해 줄 수 있습니다. 하지만 지금은? 너무 많은 일이 벌어졌습니다. 그래서 저는 추방이 답이 아니라고 생각합니다." 야코포의 귀에 지롤라모 리아리오의 목소리가 채찍을 휘두르는 소리처럼 들렸다.

"이미 예전에 한 번 피렌체가 그런 식으로 문제를 해결한 적 있습니다. 그리고 그 일이 어떻게 끝났는지 우리 모두 잘 알고 있습니다. 저는 지금 로렌초 데 메디치가 피렌체에서 자신이 원하는 일은 뭐든 거침없이 하고 있다고 생각합니다. 그는 유능한 정치인이고, 모든 직무와 역할에서 파치 가문을 배제시키면서 지나칠 정도로 훌륭하게 그걸 증명해보였습니다. 그는 시민과 하층민의 친구로, 방탕한 파티를 열어서 그들의 무조건적인 지지를 확실하게 보장받고 있습니다. 몇몇 귀족 가문들도 그의 편이긴 합니다. 하지만 그가 도덕성과 품위를 손상시킨 것도 사실입니다. 이 문제에 대해 제 외삼촌인 교황께서는 확신을 하고 계십니다. 그리고 아직은 시기상조라도 파문은 시간문제라는 걸 아셔야 합니다. 모두 일 마니피코가 결혼 생활에 불성실하고 루크레치아 도나티와 음란하고 광기어린 사랑을 나누는 데다가 레오나르도 다 빈치처럼 동성애 의혹을 받는 화가와 친구라던가, 산드로 보티첼리가 그린 외설스러운 그림을 높이 평가한다는 걸 잘 알고 있습니다. 그런데 우리가 더 기다려야 할까요? 피렌체가 결국은 방탕과 매춘의 온상과 매춘의 요람이 될 때까지 기다릴까요? 어쩌면 그렇게 기다리다가 너무 늦을 수도 있는데?"

야코포 데 파치가 한숨을 쉬었다. "말씀하신 게 다 사실이오. 부정을 할 수가 없구려. 그리고 메디치 가문이 걸림돌이 되지 않는다면 물론 우리는 피렌체에서 많은 일을 할 수 있을 거요."

"당신은 로렌초가 프라토에서, 특히 볼테라서 무슨 짓을 했는지 잊었습니까? 페데리코 다 몬테펠트로가 무기를 지니지 않은 양민들을 학살하게 내버려두었습니다. 그 불행한 도시의 주민들은 피와 폭력으로 얼룩진 그날들 때문에 아직도 눈물을 흘리고 있습니다. 그런데 당신은 그런 남자를 제거하는 일을 망설이는 겁니까? 분명히 말씀드리지요. 로렌초와 그의 동생 줄리아노는 이 도시의 재앙입니다! 먼저 우리가 그들로부터 도시를 해방시켜야 합니다. 그러면 모두가 훨씬 잘살게 될 겁니다." 프란체스코 살비아티가 어찌나 열성적으로 말했던지, 결국 야코포 데 파치도 그 파렴치한 계획을 지지하지 않을 수 없었다.

파치 가문의 수장이 피사의 대주교를 곁눈질했다. 대주교의 마지막 말에서 그가 찾던 모든 진실을 알아차렸다. 그러니까 대주교의 말은 이런 것이었다. 권력을 지키기 위한 정치적인 음모나 수상하고 거의 절제가 없는 풍습, 불편할 정도로 과시하는 화려함도 문제이기는 하지만 그런 모든 것을 떠나 로렌초의 가장 큰 문제는 바로 피렌체의 부속 도시를 파괴하게 내버려둔 잔인성이다. 프란체스코 살비아티는 그런 말로 야코포 데 파치가 그들이 준비하는 일을 지지하게 할 타당한 동기를, 어쩌면 아주 분명하다 할 수 있을 동기를 부여하는 데 성공했다.

야코포 데 파치가 뜻을 굽혔다.

"알겠소." 그가 말했다. "우리가 서둘러 이 일을 하는 이유는 아주 많소. 하지만 그중 가장 분명한 이유는 로렌초가 우리 도시의 품위를 해치는 수치스럽고 입에 올리기도 힘든 행위를 했기 때문이오. 그래서 묻겠소. 계획도 자세히 세운 거요?"

지롤라모 리아리오가 웃었다. 그는 흥분을 해서 제자인 루도비코의 손을 잡았다. 그날 루도비코도 그를 따라와 있었다. 야코포 노인이 그들에게 행운을 빌어주었다. 이는 계획이 성공할 가능성이 최고로 높아졌다는 뜻이었다. 야코포 데 파치는 피렌체에서 신망과 권위가 있는 인물로 분명 상당수 귀족들에게 확신을 주어 그들의 거사를 지지하게 만들 수 있었다.

"사실 우리는 작전을 짰습니다. 당신이 설명하겠소, 프란체스코?" 리아리오가 끼어들었다.

야코포의 조카가 지체 없이 설명을 했다.

"그러니까, 숙부님, 먼저 이름을 말씀드리겠습니다. 교황군의 지휘관 중 한 사람인 조반 바티스타 다 몬테세코가 피렌체 성문으로 파견대를 이끌고 올 겁니다. 그리고 스테파노와 베르나르도 반디니, 야코포 브라치올리니와 볼테라의 수도사로 자기 도시의 복수를 하고 싶어 하는 안토니오 마페이가 함께할 겁니다. 계획은 간단합니다. 피사의 대주교이신 프란체스코 살비아티가 젊은 추기경인 라파엘로 리아리오와 함께 몬테세코의 호위를 받아 피사에서 피렌체로 오게 될 겁니다. 라파엘로 리아리오는 식스토 4세가 아끼는 또 다른 조카입니다. 그들이 숙부님 댁을 방문하게 될 겁니다. 메디치 가문을 안심시키기 위해 우리는 추기경이 어떤 연구를 마치기 위해 로마에서 피렌체를 방문했고 완전히 우연히 이곳에 머물게 되었다고 말할 겁니다. 아니, 그보다 숙부님께서 도시 밖의 몬투기 별장에 숙소를 제공해주십시오. 제가 아는 로렌초와 줄리아노라면 곧 그 소식을 알게 될 거고 보통 때처럼 추기경을 자신들의 집에 초대하려 할 겁니다. 그때지요. 그때가 제일 적당한 기회가 될 겁니다."

"물론," 리아리오가 대신 말을 이었다. "제 사촌인 라파엘로 리아리오는 이런 사실을 전혀 모를 겁니다. 사촌이 하는 말들이 진솔해야 훨씬 더 믿음을 줄 수 있으니까요. 로렌초가 내 젊은 사촌을 환영하기 위해 자신들의 별장에 초대하면 대주교님과 지휘관이 소수의 무장병들을 데리고 사촌과 함께 움직일 겁니다. 그리고 연회에서 로렌초와 줄리아노를 살해할 겁니다. 이제 야코포 씨가 제 의견에 동의하셨으니 두 형제 모두 제거해야지요."

야코포가 고개를 끄덕였다. 그는 적어도 한 가지에는 동의를 했다. 그러니까 지금까지의 일이 정말 그 두 형제의 짓이라면 두 형제 모두 살아남아서는 안 된다는 것이었다. 하지만 아직은 계획에 대한 확신이 서지 않았다.

"당신들은 이 계획에 관련된 사람들이 모두 믿을 만하다고 자신하시오? 그들 중 혹시 신뢰할 수 없는 사람들이 있는 건 아니오? 마음이 변해서 마지막 순간에 발을 빼려는…."

"신중하게 선택한 믿을 만한 사람들입니다." 지롤라모 리아리오 반박했다.

"그래, 군주님은? 거사에 참가할 겁니까?" 야코포 데 파치가 물었다.

"그러면 아주 기쁠 겁니다. 하지만 안타깝게도 함께하지 못할 듯합니다." 이몰라의 군주가 냉소를 지었다.

"아!"

"걱정 마십시오, 파치 씨. 저 대신 제 제자인 이 귀족 청년이 함께 할 겁니다. 노르치아 부인의 아들인 루도비코 리치입니다."

숙부의 반대가 있으리라 예상한 프란체스코가 즉시 끼어들었다. "숙부님, 이 청년이 모의에 참가한 걸 본 적이 있습니다. 제가 자신 있게 말씀드리는데, 특출 난 점이 많은 청년입니다. 아주 똑똑할 뿐만 아니라 꼭 필요한 순간에 행동할 줄 아는 청년이지요."

"정말이냐?" 야코포 데 파치가 되물었지만 조카의 말을 전혀 믿지 않는 눈치였다. "내 조카의 말대로이기를 진심으로 바라네, 젊은이. 지금 내 눈에는 그저 영리한 젊은이로밖에 안 보이니까. 그걸 비난하려는 게 아니야, 분명히 알아두게." 야코포가 루도비코에게 말했다. "내가 하고 싶은 말은 내 눈에는 우리가 오합지졸에 초라한 무리 같다는 거지. 게다가 그 선두에 있는 사람은 거사에서 제일 먼저 빠져나갈 궁리를 하고 있고."

"절대 그렇지 않습니다." 서서히 화가 나기 시작한 리아리오가 차갑게 반박했다. "저는 메디치가 사람들 앞에 나타날 수 없습니다. 교황이 제 외삼촌이고, 메디치가의 의사와는 반대로 제가 이몰라의 군주가 된 뒤로 저는 그들에게 의심을 받고 있습니다. 간단히 말해 제가 거사에 참가하는 건 이익보다 손해가 더 많을 겁니다. 하지만 방금 말씀드렸다시피 제가 가장 아끼는 청년, 그러니까 루도비코에게 이 고귀한 임무를 맡길 거예요. 루도비코가 제 대신 전권을 갖게 될 겁니다."

"그러시오." 야코포가 두 손을 들었다. "당신이 계획을 세세히 연구한 것 같구려. 그와 같은 행동을 정당화시킬 이유가 여럿 있는 게 사실이오. 어쨌든 당신들은 노련하고 신중하게 행동해야 하오. 마지막까지 비밀리에 일을 진행하도록 합시다. 이 도시에서는 발각되는 일이 너무 잦으니. 우리는 절대 그러면 안 되오. 우리가 이렇게 함께 모여 있는 걸 누가 보지 않는 게 좋으니 이제 모임을 끝내겠소. 더 오래 머물다 가라고 청하지 못하는 점 양해 바라오."

"그럼 이제 헤어지는 겁니까?" 지롤라모 리아리오가 차갑게 물었다.

"그렇소." 야코포가 말했다. 이몰라의 군주는 그 말투가 영 마음에 들지 않았다. 그렇다고 모여 있는 다른 사람들 중 특별히 마음이 가는 사람도 없었다.

야코포 데 파치의 말이 끝나자 모였던 사람들이 뿔뿔이 흩어졌다.

40. 시골처녀

레오나르도가 폰테 베키오 다리를 걸어갔다. 숨을 들이쉬자 차가운 공기 중에 밴 냄새가 함께 들어왔다. 고기 냄새가 강하게 났다. 피로 붉게 물든 푸줏간의 판매대들을 보았다. 가축의 뼈들이 눈이 얼어붙은 땅바닥에 나뒹굴었다. 쌓였던 눈들이 서서히 녹아 시커먼 선을 길게 그리며 다리 아래쪽의 아르노강으로 흘러들어갔다. 그러니까 푸줏간들이 바로 강 위에 자리 잡은 것이다. 곧이어 염료들이 보였고 채소 냄새도 났다. 흰 구름 같은 꽃양배추와 진보라색의 비트가 보였는데 비트들은 달콤하고도 강렬한 냄새를 풍겼다. 회향도 마찬가지였다. 채소장수들이 우렁찬 목소리로 물건의 품질을 자랑했다. 레오나르도는 폰테 베키오를 사람들로 붐비고 삶의 박동이 느껴지는 곳으로 바꿔놓는 각양각색의 물건들을 관찰하기를 즐겼다.

동성애로 고발당했다가 풀려나온 뒤 그는 안드레아 델 베로키오의 공방으로 돌아갔다. 베로키오는 활짝 웃으며 그를 반겨주었고 모든 일이 잘 풀렸다고 기뻐했다. 레오나르도는 모두 루크레치아 덕이라는 걸 알았다. 그녀가 없었다면 지금쯤 아마 형벌을 받고 있을 게 거의 확실했다. 루크레치아는 로렌초에게 상처를 주고 싶어 그랬던 것이겠지만 레오나르도는 그녀의 용기 있고 관대한 행동에 감동을 받았다. 그리고 증언을 하던 루크레치아의 목소리로 미루어 그녀는 의도한 바를 훌륭하게 달성한 게 분명했다.

레오나르도는 되도록 입을 열지 않으려 했다. 이 상황에서 살아남으려면 사람들의 눈에 띄지 않는 게 최선이라는 사실을 배웠다. 그래서 그렇게 했다. 그는 인체에 대한 연구를 멈추었다. 아니, 더 정확히 말하자면 연구를 중단하고 그림에 몸과 마음을 바쳤다. 그러나 그것이 결과로 구체화되지는 않았다. 사람들의 신체와 해부학적 특징을 깊이 연구할 수 없게 되면서 자신이 그림을 그리는 방식에 확신이 생기지 않았고, 실망과 짜증을 동시에 느꼈다. 그래도 그는 최선을 다해야만 했다. 그는 더욱 열심히 일에 전념했고 그러한 열의가 결실을 맺어서 베로키오가 레오나르도와 그의 친구인 로렌초 디 크레디에게 피스토이아 대성당을 장식하게 될 제단 위의 성화를 그리는 일을 맡겼다. 로렌초 디 크레디 역시 베로키오의 제자였다.

레오나르도는 가브리엘 천사로부터 예수의 잉태 소식을 듣게 되는 마리아의 얼굴을 그리려고 혼신의 힘을 다했다. 가슴에서 두 손을 엇갈리게 모으고 수태를 받아들이는 뜻으로 고개를 살짝 옆으로 기울이고 있는 모습이었다. 마리아의 표정을 그리는 게 적지 않게 힘들었는데 그는 아름다운 모습, 순종적이고 선하지만 그렇다고 품위를 잃지 않는 모습을 담고 싶었다. 로렌초 디 크레디는 아침 내내 그를 놀렸다. 그래서 레오나르도는 지금 문제를 해결할 궁리를 하는 중이었다. 이참에 좀 거닐어보기로 했다. 폰테 베키오 다리를 걷는 동안 좋은 아이디어가 떠오르는 일이 종종 있었다. 다리에서 느끼는 생명력에서 영감을 받기 때문이라고 확신했다.

생각에 깊이 빠져 있던 그때, 눈이 부실 정도로 환한 빛이 채소가게 주변에 모여 있던 사람들 사이로 순간 반짝였다. 붉은빛이 도는 금발 머리가 힘없는 햇빛을 받아 잠시 환하게 빛난 듯했다. 레오나르도는 빈 짐바구니를 아름다운 어깨에 멘 아가씨를 발견했다. 어쩌면 알밤 같은 것일지도 모르는데, 자기가 팔 물건을 가지고 시장에 온 시골처녀가 분명했다. 다리를 가득 메운 사람들 사이로 걸어가는 여자를 보자 레오나르도는 그녀의 눈에 띄지 않길 바라면서, 또 그와 동시에 그녀의 얼굴을 보려고 애쓰며 가까이로 다가갔다.

그는 시골 처녀의 얼굴에서 지금까지 한 번도 본 적이 없는 것만 같은 순수함을 발견했다. 그는 자신을 표정을 훔치는 도둑이라고 생각하며 서둘러 자신이 훔친 것을 종이에 스케치했다. 깨끗한 그 얼굴은 또 얼마나 부드러운지. 게다가 맑은 두 눈은 놀라우리만치 솔직해보였다. 공기가 차가워서 두 볼이 발그레했는데 그렇지 않았다면 피부는 아마 눈처럼 희었을 것이다.

그녀가 몸을 4분의 3 정도 돌렸을 때 레오나르도는 믿기지 않을 정도로 빠르게 스케치를 했다. 그렇게 완벽한 모습을 다시 볼 수 없을 테니까. 부드럽고 긴 속눈썹이 난 두 눈은 거의 감은 듯했고 흘러내린 머리에 얼굴이 가려졌지만 부드러움과 여성스러움의 정수를 보여주듯 우아한 표정을 숨기지는 못했다.

클라리체가 몰래 그를 훔쳐보았다. 그녀는 그 남자에게 매료되었다. 사람들 말로 그는 완전히 세상과 담을 쌓고 예술에 필요한 연구에 빠져 산다고 했다. 지금 그를 보면 누구라도 그 말을 믿을 것이다. 그는 아름다운 아가씨를 바라보고 단순하지만 놀라운 선으로 그림을 그리는 데 몰두해 있어서 과일 가판대에 발이 걸려 넘어져 가판대를 뒤엎지 않는 게 기적일 지경이었다. 그렇지만 그림은 틀림없이 아름다울 것이다. 클라리체는 확신했다. 처음에는 그를 의심해서 시골 처녀에게 어떻게 해서든 경고하려고 했다. 하지만 금발 머리를 길게 기른 그 기이한 화가에게 아가씨를 해칠 의도 따윈 없다는 것을 금방 알아차렸다.

남편이 바로 그에게 루크레치아 도나티의 초상화를 의뢰했던 일이 생각났다. 그러자 잠시 불쾌해졌다. 하지만 자신도 모르게 화가의 모델이 된 아가씨와 누군가가 자신을 훔쳐보고 있다는 것을 모르는 화가, 그 두 사람 모두를 몰래 지켜보는 그 잠깐의 순간을 망치고 싶지는 않았다. 클라리체는 살아 있는 기분이 들었고 처음으로 즐거웠다. 비록 그 광경이 기이하면서도 금지된 어떤 것이기는 했지만 상관 없었다. 어쨌든 즐거움을 거의 찾을 수 없는 그녀의 일상에서 지금과 같은 순간은 소중했다. 어떤 면에서는 다시 올 수 없는 순간이기도 했다.

팔라초 메디치를 벗어나서 폰테 베키오의 가게들 사이에서 클라리체는 조금이나마 기분 전환을 할 수 있었다. 다양한 색깔과 떠들썩한 소음과 계속 꼬리를 물고 오가는 사람들에게, 그리고 억눌려 있지만 금방이라도 폭발할 듯한 모든 에너지에 그녀는 매료되었다. 그렇게 어수선한 시장 통에서 한 남자가 한 여인의 소박한 아름다움을 포착해 어떻게 영원하게 만드는지를 숨어서 지켜본다는 게 더욱 믿어지지 않았다. 그녀의 눈앞에서 펼쳐지는 일이 한 편의 시 같기도 하고 아름답기도 했다.

클라리체는 앞으로 절대 잊을 수 없을 몇 안 되는 일 중 하나로

이 일화를 간직해야겠다고 생각했다. 클라리체가 미소를 지었다. 그리고 레오나르도를 지나쳐서 집으로 향했다.

1478년 4월

MEDICI

41. 기다림

야코포 데 파치는 모든 일을 그르칠까봐 걱정했다. 마음속으로 두려움을 느꼈다. 결전의 순간에 이르자 전날 일어난 일이 다시 한 번 더 일어날지도 몰라 안절부절못했다. 그러니까 부활절 미사에 가장 중요한 두 인물 중 한 사람, 줄리아노 데 메디치가 참석하지 않았다.

산타 마리아 델 피오레 대성당은 신자들로 발 디딜 틈조차 없었다. 귀족과 부유한 시민, 소시민과 하층민들이 신도석의 맨 앞줄부터 끝까지 자리를 잡고 앉아 있었다. 강한 향냄새와 화환에서 풍기는 꽃향기, 눈부신 옷으로 차려입은 피렌체 유력 가문 귀족신사들과 귀부인들까지, 모든 게 완벽하게 제자리에 있었다.

아무것도 모르는 젊은 추기경, 라파엘로 리아리오도 바로 그곳, 그가 미사를 집전할 중앙 제대 위에 있었다. 하지만 줄리아노는 참석하지 않았다. 어제 로렌초가 피에솔레 별장에서 젊은 리아리오 추기경을 위해 준비한 파티에도 나타나지 않았다. 줄리아노는 사람을 보내 몸이 편치 않다고 알려왔다.

그리고 그게 거사에 중대한 영향을 끼쳤다. 그와 프란체스코는 해결 방법을 찾아야 했다. 물론 잇속을 다 차리고 이몰라 성 안에 안전하게 머무는 지롤라모 리아리오는 상관이 없었다.

거사를 계획한 이들이 마침내 복수를 할 수 있게 되리라는 희망을 버리고 포기한 바로 그 순간, 다행히 운 좋게도 리아리오의 제자, 악마 같은 루도비코가 상당히 냉철한 성격을 드러내며 효과적인 작전을 꾸몄다. 젊은 추기경이 로렌초에게 청해서 부활절인 일요일에 거행되는 엄숙한 미사에 함께 참석하게 하자는 전략이었다. 추기경은 산타 마리아 델 피오레 대성당에서 거행되는 미사를 집전할 예정이었다.

정말 묘책이었다. 그렇게 하면 파치가 사람들과 다른 공모자들은 미사가 거행되는 동안 두 형제를 살해할 수 있었다. 하지만 그때 교황군 지휘관으로 로렌초를 살해할 임무를 맡았던 조반 바티스타 다 몬테세코가 절대 교회에 피를 뿌릴 수 없다는 이유를 들어서 거사에 참가하기를 거부했다.

사실 야코포는 교황군 지휘관이 이미 얼마 전부터 함께 공모한 일을 하지 않을 궁리를 하고 있다고 생각했다. 지금 그 이유는 그가 찾아낸 가장 훌륭한 핑계라고 할 만했다. 하지만 몬테세코와 별도로 파치가는 로렌초 암살 계획을 포기할 수 없었다.

그래서 야코포의 조카인 프란체스코가 작전을 변경했다. 프란체스코는 살비아티 대주교와 상의를 해서 두 명의 수도사를 암살자로 결정했다. 스테파노 다 바뇨네와 안토니오 마페이였는데 두 번째 수도사, 안토니오 마페이는 이미 음모에 가담하기로 예정되어 있었다. 그들이 로렌초의 목을 자를 임무를 맡을 것이다.

이런 이유로 그날 아침 야코포와 프란체스코, 베르나르도 반디니, 루도비코 리치, 그리고 새로 합류한 두 수도사가 성당에 나타났다. 프란체스코 살비아티는 라파엘로 리아리오와 함께 대성당 앞뜰에서 로렌초를 만나 부활절 인사를 나누었고 그때 줄리아노가 참석하지 않는다는 것을 알게 되었다.

곧이어 성당으로 들어온 뒤 더욱 불안한 기다림이 이어졌다. 그날도 메디치가의 막내가 나타나지 않으면 정말 위험했다. 그의 조카인 프란체스코와 베르나르도 반디니가 팔라초 메디치에 가서 줄리아노를 설득해 미사에 참석시키려고 신자석을 떠나 입구로 곧장 걸어갔다.

야코포 데 파치는 식은땀을 흘렸다. 그의 생각은 2천 명의 병사를 이끌고 피렌체 밖에 은밀히 진을 치고 있는 니콜로 다 톨렌티노에게로 향했다. 니콜로 다 톨렌티노는 도시로 들어와서 병사들과 함께 "시민과 자유"라는 함성을 지르며 팔라초 델라 시뇨리아를 차지하러 돌진하기만을 기다렸다. 그러는 사이 프란체스코 살비아티는 도시 안에서 수비대와 최고행정관*의 전투력을 상실하게 만들어 팔라초 델라 시뇨리아를 차지해야 했다.

새로운 계획을 함께 실행에 옮길 방법을 *인 익스트레미스*** 찾기

* 재판관과 군대장의 기능을 수행하는 사람으로, 피렌체에서는 '곤팔로니에레 디 주스티치아 Gonfaloniere di Giustizia', 즉 '정의의 기수'로 칭했다.

는 했지만 피렌체에서 두 번째로 유력한 가문의 수장은 여전히 희망을 갖지 못했다. 불길한 아침이었다. 시간이 흘렀지만 줄리아노는 그림자도 보이지 않았다. 야코포는 침착한 태도를 보였다. 아니, 적어도 다른 이들의 눈에는 그렇게 보였을 것이다. 평상시 이런 미사에 참석했을 때와 똑같이 행동해야만 했다. 그는 조카들에게 애써 미소를 지었고 악수를 하기도 했다. 하지만 확신이 없었다. 모든 일이 틀어지고 있다는 것을 알았기에 불안하기만 했다. 신경이 한없이 날카로웠다. 곧 친구와 지인들이 그가 뭔가 꾸미고 있다는 사실을 알아차릴지도 몰랐다. 치밀하게 계획되지 않은 엉성한 음모에 가담하겠다고 승낙한 그가 바보였다. 아니, 그의 성처럼 정말 미치광이였다.

그런 생각에 골똘하던 그는 자신의 오른손이 떨리는 것을 발견했다. 그는 아무도 보지 못했기를 바라며 왼손으로 얼른 오른쪽 손목을 잡았다. 손가락에 낀 반지들이 무지개 색으로 빛났다. 그 순간 반짝이는 빛들이 그의 마음속에 똬리를 튼 공포를 모두 드러내는 듯이 보였다. 그 빛 속에 모든 이들 앞에서 그의 속내를 들춰버리려는 사악한 악마의 본성이 깃들어 있기라도 한 것만 같았다.

그는 어리석은 생각들을 떨쳐보려는 부질없는 시도를 하며 다시 한 번 더 고개를 저었지만 괴물 같은 목소리들, 또렷하지 않게 웅웅거리는 무시무시한 말들이 머릿속을 가득 채웠다. 그는 귀를 막고 싶었다. 그러나 뭔가를 암시하는 듯한 목소리는 그의 머릿속

** in extremis, '극단적으로'라는 뜻의 라틴어.

에서 울리는 것이었기에 아무 의미가 없다는 것을 잘 알았다. 그는 모든 게 되도록 빨리 끝나기를 바라며 앞쪽을, 제단을 바라보았다. 프란체스코와 베르나르도가 요행히 줄리아노 데 메디치를 성당으로 데려올 거라 믿어보려 했지만 아무래도 그런 일이 가능할 것 같지가 않았다. 그는 자신의 생각이 틀렸기를, 결국 모든 일이 계획대로 진행되기를 바랐다.

프란체스코 데 파치와 베르나르도 반디니는 빠른 걸음으로, 거의 달리다시피, 라르가가에 있는 팔라초 메디치로 향했다. 무슨 이유로 그날 아침 줄리아노가 미사에 참석하지 않았는지는 아직도 수수께끼였다. 하지만 프란체스코는 어떤 이유를 대든 줄리아노를 설득해서 대성당으로 가게 해야 한다는 사실을 잘 알았다. 물론 과거의 잘못들이 있으니 간단한 일은 아니었다. 줄리아노는 당연히 프란체스코를 믿지 않을 것이다.

"자네가 말하게." 프란체스코가 동료에게 말했다. "내 말은 안 믿을 테니."

"내가 뭐라고 하나?" 반디니가 물었다. 자신 없는 목소리였다. 반디니는 동요하고 있었고 그 사실을 감추지도 못했다.

"로렌초가 불렀다고 하게. 그가 동생이 필요하다고 했다든지, 무슨 말이라도 해!"

"내 말을 믿을 것 같나?"

"그렇게 만드는 게 좋을 걸세." 프란체스코가 말했다. 일순 그의 두 눈이 잔인하게 번득였고 그 눈을 본 반디니가 떨기 시작했다.

"어떻게 해야 할지 몰라서…." 반디니가 갈라진 목소리로 말했다. 달리다시피 걸어온 터라 숨이 턱에 찼다. 그보다 앞서 걷던 프란체스코가 갑자기 걸음을 멈추었다. 그러더니 반디니의 가슴을 움켜쥐고 그를 한 건물의 벽 쪽으로 밀어붙였다.

"내 말 잘 들어. 네가 어떻게 해야 하는지 난 몰라. 그건 내게 중요하지 않아. 그렇지만 넌 성공해야 할걸? 안 그러면 네 목도 내가 베어버릴 테니. 내 말 알아들었어?" 프란체스코의 눈이 튀어나올 것 같았다. 큰 소리로 그런 명령을 내리는 동안 하얀 침이 검은 수염에 튀었다. 반디니는 겨우 침을 삼켰다. 그는 숨이 막힐 정도로 공포에 사로잡힌 채 달리 어쩔 수 없어 고개를 끄덕였다.

"알았네." 그가 기어들어가는 목소리로 말했다. "해낼 수 있을 거야."

"좋아, 내가 듣고 싶었던 말이야." 프란체스코가 크게 말하며 웃음을 터뜨렸다. 반디니는 그 소리를 듣자 피가 얼어붙는 것 같았다. 프란체스코가 그를 놔주며 어깨를 툭툭 쳤다.

그들은 다시 라르가가 쪽으로 걸었다. 팔라초 메디치가 보이는 지점에 이르자 프란체스코는 되도록 눈에 띄지 않으려고 반디니를 앞장 세웠다. 그들은 문 앞에 도착해 하인이 나와서 문을 열 때까지 문을 두드렸다.

"나는 베르나르도 반디니요. 줄리아노 데 메디치 때문에 왔소. 형님이신 로렌초께서 즉시 대성당에 와서 부활절 미사에 참석하라는 말을 전하라고 보내셨소. 미사에 빠지면 안 된다고 하오. 내 말을 전해줄 수 있겠소?"

"물론입니다, 나리." 하인이 대답했다. "그 사이에 기다리시려면…."

"뜰에서 기다리겠네!" 프란체스코가 하인의 말을 잘랐다.

"알겠습니다." 하인이 그들보다 앞서 걸었다. 그리고 이층의 방으로 이어지는 계단을 올라갔다. 베르나르도와 프란체스코는 뜰 한가운데에 서서 기다렸다.

42. 라우라 리치

빠질 수 없었다. 그날은 절대.

라우라는 오랜 세월 기다려온 복수를 미리 즐겼다. 복수에 대한 집착이 언제 시작되었는지 기억이 나지 않을 정도로 그렇게 오랜 시간 복수의 칼을 갈았다. 아주 오래전 리날도 델리 알비치가 그녀를 자신의 것으로 만들어 보호해주고 생활할 방도를 마련해주었던 때가 떠올랐다. 처음에는 그 생활이 믿기지 않을 정도로 근사했으나 차츰 분노와 원한과 이루지 못한 사랑 때문에 어두운 색으로 물들어갔다.

그러면 지금은? 메디치 가문은 절멸되어야 한다. 산타 마리아 델 피오레 대성당에서. 완벽하고 멋진 계획이었다. 그녀는 로렌초와 줄리아노의 할아버지인 코시모 데 메디치가 어떤 대가를 치러서라도 건축하고자 했던 필리포 브루넬레스키의 돔 아래서 그들의 피를 뿌린다는 계획이 훌륭하다고 생각했다. 어떤 의미에서 보면 그녀는 증오를 품고 기다릴 줄 알았다. 그 일요일에 마침내 기다린 세월이 정당한 보상을 받을 것이다.

라우라를 위한 복수였다. 라인하르트 슈바르츠를 위한, 살해당한 그들의 사랑을 위한 복수. 간단히 말해 정의는 존재했다. 그녀는 기쁜 마음으로 잘생긴 아들의 얼굴을 바라보았다. 자랑스러움으로 마음이 한없이 뿌듯했다.

그녀 앞쪽에, 신도석 세 개를 사이에 두고 로렌초 데 메디치가 앉아 있었다. 물론 줄리아노는 없었다. 하지만 곧 도착하리라고 라우라는 확신했다. 로렌초가 그녀의 정체를 모른다는 게 재미있었다. 그녀는 꼭 눈앞에서 죽이겠다고 맹세했던 적의 후손들을 본다는 생각에 아주 즐거웠다. 게다가 그녀가 이 음모에서 어떤 역할을 맡았는지 그들이 모른다고 생각하니 즐거움이 더했다. 코시모와 그의 동생 로렌초가 무덤에서 벌떡 일어날 일이었다. 하지만 이미 그 손자들의 운명은 결정되었다.

그녀는 프란체스코 데 파치와 베르나르도 반디니가 목적을 달성하길 바랐다. 서둘러야 한다. 미사가 이미 시작되어서 이런 식으로 하다가는 그들이 도착하기도 전에 미사가 끝날지도 몰랐다. *이테 미사 에스트**의 순간에 살해하기로 했으니 아직 시간이 있다고 라우라는 되뇌었다.

그녀가 루도비코의 손을 잡았다. 손에 힘을 꽉 주었다. 아들이 그

* Ite missa est, "미사가 끝났으니 가서 복음을 전합시다"라는 의미의 라틴어로 미사 끝에 사용한다.

녀를 보았다. 그가 환하게 미소를 지었다. 루도비코는 어머니를 숭배했고 그 때문에 라우라는 형언할 수 없는 기쁨을 맛보곤 했다. 루도비코가 마음에 품은 한없는 사랑과 헌신에서 그녀는 평생 동안 겪은 고통을 위로받았다. 루도비코 같은 아들을 가질 수만 있다면 궁핍과 고통과 굴욕과 폭력들도 견뎌낼 가치가 있었다. 말로 표현하기 힘든 감정, 아주 오래전 그녀가 슈바르츠에게만 느껴보았을 뿐인 감정이 두 사람을 연결해주었다.

루도비코가 그녀의 손에 입을 맞추었다. 그녀의 손이 성유물이라도 되듯이. 라우라가 몸을 떨었다. 바로 그 순간 그의 입술에 키스를 하고 싶었다. 생각만 해도 흥분이 되었다. 그녀는 루도비코를 볼 때마다 불순한 생각들을 하곤 했다. 그리고 기회가 될 때마다 그 생각을 실행에 옮기며 흡족해했다. 루도비코 역시 어머니가 무엇을 원하건 어머니의 뜻을 따랐다. 그는 말 잘 듣는 애인이었다. 물론 뜨거워질 줄도 알았고 무엇보다 그녀의 욕망과 요구를 어떤 것이든 다 충족시켰다. 그게 아무리 지나치고 터무니없는 것이라 해도 말이다.

그녀가 미소를 지었다. 자기도 모르게 웃음이 나서 참기가 힘들었으나 웃지 않으려 애썼다. 그 정도로 그녀는 흥분해 있었다. 이 성당에 앉아 있다는 게 한없이 행복했다. 모두가 신전이라고 생각하는 곳, 하느님을 섬기는 대성당, 성스러운 장소가 그녀에게는 아무 의미가 없었다. 모든 이가 앞다투어 찬양하고 기도하는 그 최고의 존재는 그녀에게 한 번도 관심을 보이지 않았고, 입에 담기도 어려운 잔인한 일을 막아주려 손가락 하나 까딱하지 않았다. 그러니까 무슨 이유로, 자신의 욕망만 생각하는 존재 때문에 괴로워하거나 고통스러워해야 한단 말인가?

조금만 있으면 적절하게 승리를 축하하게 될 거야, 그녀가 되뇌었다. 그러나 지금은 주의해야만 한다. 준비를 하고 있어야 한다. 루도비코는 프란체스코와 반디니를 도와 로렌초를 살해할 것이다. 그는 파란색 벨벳 상의 속에 단도를 숨겼다. 그 칼을 사용할 것이다. 라우라는 의심하지 않았다. 루도비코 역시 그녀보다 더하지는 않았지만 그녀 못지않게 피를 원했다. 무엇보다 그는 라우라의 아들 아니겠는가!

줄리아노가 뜰로 이어지는 대리석 계단을 급히 내려왔다. 위에서 보니 프란체스코 데 파치와 베르나르도 반디니가 자신을 기다리고 있었다. 그날 아침 그는 하늘색 더블릿을 입고 있었다. 가죽 갑옷은 착용하지 않았다. 그는 며칠 전부터 몸이 좋지 않았다. 사냥을 갔다가 다리와 허리에 상처를 입었다. 심한 부상은 아니었지만 몸을 보호할 딱딱한 갑옷을 입기가 힘들었다.

계단을 다 내려가서 두 사람에게 인사를 했다. 그는 프란체스코 데 파치는 믿지 않았지만 베르나르도 반디니가 있어서 안심이 되었다. 반디니와 친구 사이는 아니었지만 좋은 지인으로 생각할 정도로 그를 꽤 존경하고 있었다. 줄리아노에게 먼저 말을 건 사람은 반디니였다.

"줄리아노, 성가시게 했다면 용서하시오. 당신 형님인 로렌초가 당신을 데려오라고 우리를 보냈소. 산타마리아 델 피오레에서 우리 모두에게 귀중한 분이신 젊은 추기경 라파엘로 리아리오에게 경의를 표하기 위한 부활절 미사가 엄숙하게 거행 중이오. 뿐만 아니라 당신도 알다시피 이 미사를 추기경께서 집전하시오. 로렌초가 서둘러 참석하라고 했소. 당신을 기다리느라 미사의 시작을 늦췄기 때문에 이제 추기경이 미사를 시작해야 한다고."

"왜 형이 직접 오지 않았소?"

"그거야 자리를 비울 수 없으니까. 누구라도 추기경 옆에 있어야 했소." 베르나르도 반디니가 즉각 대답했다. 처음에는 긴장했으나 이제 해야 할 말을 제대로 했다. 그는 훌륭한 연설가는 아니었지만 줄리아노가 보기에 신뢰할 수 있을 정도로 충분히 예의를 갖춰 말했다. 프란체스코는 고개만 끄덕이며 말없이 서 있었다. 차분해 보였다.

"당신이 참석하지 않으면 라파엘로 리아리오가 몹시 실망할 거요. 로렌초는 당신이 참석하는 문제에 상당히 신경을 썼소." 반디니가 계속 말했다.

걱정스레 그 말을 듣던 줄리아노는 반디니의 말을 따르기로 결정했다. 반디니의 말은 아주 상식적이었으며 로렌초가 젊은 추기경에게 신경을 많이 쓰는 것도 사실이었다. 그날 아침 미사에 빠질 수 없었다. 모습을 보여야만 했다. "친구." 마침내 줄리아노가 말했다. "걱정하지 마시오. 난 준비가 됐소. 그렇긴 한데 바보같이 말에서 떨어지는 바람에 지금 달려갈 수는 없소. 어쨌든 갑시다. 되도록 빨리 대성당에 도착할 수 있게 최선을 다해보겠소."

그래서 세 사람은 걸음을 옮겼다. 뜰을 가로지른 뒤 그들 주위에 늘어선 아름다운 아치와 기둥을 뒤로 했다. 거의 대담하다 할 만큼 특이한 자세를 취하고 있는 도나텔로의 다비드 상이, 의미를 쉽게 알기 어려운 미묘한 시선으로 잘 어울리지 않는 그 세 사람을 잠시 노려보는 듯했다. 그들이 거리로 나왔다. 반디니는 줄리아노 옆에서 걸었다. 프란체스코는 몇 발짝 앞서 갔다.

가끔씩 줄리아노가 비틀거리는 듯했는데 그럴 때면 반디니가 그를 부축했다. "힘내시오, 친구." 쾌활하게 말했다. "이런 중요한 행사에 빠지며 안 된다오!" 그러면서 그를 감싸 안았고 줄리아노가 어떤 보호 갑옷도 착용하지 않았고 단검이나 검도 소지하지 않을 걸 확인했다.

줄리아노는 순진하게도 그런 행동을 배려로, 자신에 대한 애정이 담긴 행동으로 해석했다. 프란체스코 데 파치에 대해서는 별 할 말이 없었다. 파치는 말없이 제 길을 갔다. 그는 줄리아노의 건강이나 그와 관련된 문제에 대해 그다지 알고 싶어 하지 않았다. 로렌초는 그를 증오했지만 줄리아노는 사실 야코포 노인의 젊은 조카에게 특별한 원한이 없었다. 줄리아노는 정치에 깊이 관여하지 않았다. 그는 예술과 문학과 아름다운 여자들을 좋아했다. 물론 프란체스코의 형인 조반니가 배우자인 베아트리체 보로메오의 막대한 상속분을 차지하지 못하게 하는 법안을 로렌초가 통과시켰던 사실을 떠올리기는 했지만 파치가에게 관심을 보일 필요는 없다고 생각했다.

43. 안토니오 마페이

대성당으로 들어오는 세 사람을 보자 로렌초는 걱정을 내려놓았다. 미사에서 동생을 보지 못했다면 마음이 편치 않았을 것이다. 젊은 추기경은 매력적인 사람이었다. 줄리아노가 전날 파티에 참석하지 않은 건 애석한 일이었다. 로렌초는 동생이 말에서 떨어져서 가벼운 부상을 당한 걸 알고 있기는 했지만 그것 말고도 최근 뭔가 동생에게 괴로운 일이 있다는 인상도 받았다. 감정적인 일인 듯해서 자세히 알아보고 싶지 않았다. 그런 문제에서 자신은 충고를 하기에 적합한 사람이 아니었다.

로렌초는 성당에 들어서면서 루크레치아를 발견했다. 그가 루크레치아의 얼굴을 보자마자 그녀가 눈을 돌려버렸기 때문에 눈이 마주친 건 일순간이었다. 아직도 그에게 화가 나 있는 걸까? 줄리아노는 약간 뒤쪽의 신도석에, 젠틸레 데 베키가 있는 자리 근처에서 걸음을 멈췄다.

신자들이 성찬식에서 영성체를 받는 중이었다. 로렌초는 잠시 주위를 둘러보았다. 산타 마리아 델 피오레에 있을 때면 그는 잠시만이라도, 감탄을 자아내는 성당 안의 모든 것을 두 눈에 담으려 했다. 그것은 놀이였고 바보 같은 취미이기도 했지만 아주 드문 기회여서 포기하고 싶지가 않았다.

대성당에 올 때마다 숨을 멎게 만드는 높은 기둥들과 늑재 궁륭*

* 지지물들을 연결하는 늑골이나 아치들의 뼈대가 있는, 활처럼 굽은 둥근 천장.

들을 보며 감탄하곤 했다. 그건 하늘과 땅을 연결해보려는 건축가들의 경이로운 작업 같았다. 도나텔로와 로렌초 기베르티가 대부분 디자인한 스테인드글라스가 성당 안으로 비치는 햇살 속에서 색의 향연을 벌였다. 로렌초는 아름다움과 경이로움에 압도당해 한숨을 쉬었다

몇 시간 전 일이 떠올랐다. 그날 아침 집에서 나오면서 클라리체의 손을 잡으려 했지만 그녀가 거부했다. 생각해보니 최근에 자주 있던 일이었다. 사람들이 다 있는 자리였고, 두 사람을 예의 주시하고 있었다. 그렇기는 하지만 어찌 그녀 탓을 하겠는가? 언제부터였는지 생각도 나지 않을 정도로 그녀에게 무심했다. 사회적인 예의를 지켜야한다는 생각을 뛰어넘을 정도로 그녀의 마음속에 분노가 자리 잡았을 것이다. 당연히 그녀 잘못이라고 할 수 없었다. 그는 관계를 회복하고 싶었지만 상황을 어떻게 해결해야 할지 알 수 없었다. 그와 얼마 떨어지지 않은 곳에 그가 진심으로 사랑하고 있으나 지금은 어쩌면 그를 증오할지도 모르는 여인이 앉아 있기 때문이기도 했다.

그는 시간을 되돌리고 싶었다. 지난 십여 년 전으로 돌아가 행동을 달리해 지금 이 자리, 부활절 아침에 사랑하는 사람들에 둘러싸여 있고 싶었다. 그는 정치적인 일과 메디치가 지지자들이 얻어낸 패권을 지키는 데 몰두하느라 모든 종류의 애정을 놓쳐버렸다. 무엇보다 씁쓸한 일은 그와 가까운 사람들이 그의 슬픔을 전혀 이해하지 못한다는 것이다. 특히 루크레치아와 레오나르도가 그랬다.

아주 오래전 레오나르도가 했던 말이 생각났다. 레오나르도는

권력 때문에 그 이외의 모든 것을 잃게 될 거라고 경고했다. 로렌초는 외로운 남자였다. 시간이 흐르면서 지금의 결과를 피렌체를 통치하는 데 치러야 할 대가로 받아들였다. 그가 선택한 일은 아니었지만 사실 다른 선택을 할 수도 없었다. 그의 아버지가 세상을 떠난 뒤 도시의 원로들이 그렇게 결정을 내렸고, 로렌초에게 도시를 통치할 임무가 맡겨졌다.

성가가 울려퍼지며 넓은 공간을 감싸는 사이 지난 시간들을 되돌아보던 로렌초는 타협의 기술과 계산 능력을 훨씬 더 많이 익혔어야 하지 않았나 생각했다. 숫자와 말의 미묘한 뉘앙스는 금방 깨지기 쉬운 정치적 균형을 유지시켜 주는 수단이기 때문이다. 그가 몸과 마음을 바쳐 익혔던 게 바로 그 기술이었다. 자신이 하고 싶은 게 다른 일이라는 걸 알면서도 말이다.

물론 다른 일을 하는 건 불가능했다. 그는 저주받은 사람이었다. 그래서 지금 부활절 아침에 불성실한 남편으로, 사랑을 거부당한 연인으로, 신뢰를 주지 못하는 친구로 그 자리에 있었다. 이미 지난 일은 돌이킬 방법이 없었다. 그는 정말 어느 곳엔가 신이 존재한다면 자신을 가엾게 여겨주길 바랐다.

안토니오 마페이가 일 마니피코에게 가능한 한 가까이 다가갔다. 그는 누구의 제지도 받지 않고 그에게 접근할 수 있길 바랐다. 친구와 수비병들이 로렌초를 둥글게 에워싸고 보호해서 낯선 사람이 제지를 당하지 않고 접근하기는 힘들었다.

하지만 최소한 그가 수도사라는 게 유리하게 작용할 수 있었다.

그는 피의 부활절을 함께하는 동료, 스테파노 다 바뇨네를 슬쩍 보았다. 개인적으로 아는 이는 아니었다. 바뇨네는 조반 바티스타 다 몬테세코가 마지막 순간에 음모에서 발을 빼면서 선발되었다. 하지만 마페이는 바뇨네를 전혀 신뢰하지 않았다. 바뇨네의 눈은 게슴츠레했고 손은 땀에 젖어 있었으며 이마에 '살인자'라고 적혀 있는 듯했다. 바뇨네는 계속 허리춤으로, 수도복 밑으로 손을 가져갔다. 로렌초를 공격할 칼을 숨겨둔 곳이었다. 마페이는 바뇨네가 냉정함을 잃어 일을 복잡하게 만들지 않기만을 바랐다.

마페이의 경우, 일 마니피코를 칼로 찌를 순간만을 애타게 기다렸다. 아주 오래전부터 이 순간을 얼마나 기다려 왔는지 모른다. 어느새 6년이 흘렀다. 그가 사랑하던 볼테라가 비명이 울려 퍼지는 불바다로 변했고, 페데리코 다 몬테펠트로의 병사들에 많은 사람이 학살당했다. 마페이는 피의 새벽을 아직도 생생히 기억했다. 거리에는 시체들이 즐비했고 남자들의 머리에는 창이 꽂혔다. 여자들은 강간을 당한 채 폐허와 오물 속에 죽거나 뒹굴었다.

그 생각만 해도 배를 칼로 찌르듯 아팠다. 그렇지만 그런 사건들이 벌어진 뒤 거의 모든 피렌체인이 그 책임을 오로지 용병대장 한 사람에게로만 돌렸다. 하지만 마페이는 도시를 전멸시키라고 명령한 이가 로렌초 데 메디치라는 걸 잘 알았다. 고의든 단순히 우연이든 그건 중요하지 않았다. 그가 보기에는 똑같았으니까. 일 마니피코가 원하기만 했다면 직접 말을 타고 볼테라로 달려와서 학살을 막을 수 있었다. 그러나 그는 그렇게 하지 않았다. 피렌체 시내에 머물며 볼테라의 일에 전혀 관심을 보이지 않았다.

개자식!

지금 안토니오 마페이는 완벽하게 준비가 되었다고 생각했다. 그는 어서 빨리 행동에 돌입하고 싶었다! 주저하지 않을 것이다. 물론 상황을 과소평가해서는 안 되었다. 그는 능수능란하게 행동할 수 있지만 조심해야만 했다. 목이나 옆구리를 표적으로 삼아 있는 힘껏 칼을 휘둘러야 했다. 최초의 공격이 결정적이면 그 뒤 일은 훨씬 손쉬웠다. 반대로 망설이거나 공격이 빗겨가거나 실수를 하면 치명적인 결과를 초래할 수 있었다.

공모자들은 급습을 하기로 했으나 어쨌든 어수선한 초기 순간이 지나면 곧 메디치의 심복들이 대응을 할 것이다. 하지만 빠르고 치명적인 공격으로 형제를 다 죽일 수 있다면 공포와 두려움에 빠져 모두 꼼짝을 못하는 사이 공모자들은 군중들 속으로 흩어져 성당을 빠져 나갈 수 있으리라. 그 사이 프란체스코 살비아티는 수하들을 거느리고 팔라초 델라 시뇨리아로 움직일 것이다. 고관들과 피사 대주교의 하인들로 변장한 용병들이 적절한 순간에 팔라초를 지키는 수비병들을 공격해서 메디치가의 권력을 뺏을 예정이었다. 그리고 그들의 도움을 받아 니콜라 다 톨렌티노의 병사들이 산갈로 성문을 통해 시내로 들어올 것이다.

마페이가 보기에 계획은 구체적이고 확실했다. 냉정하고 무자비하게 행동하기만 하면 되었다. 이 점에 대해 안토니오 마페이는 계획을 완벽히 실행에 옮기리라 자신했다. 마침내 볼테라의 복수를 할 날이 왔다. 실패하지 않을 자신이 있었다.

그러니 조금만 기다리면 됐다.

곧 모든 게 끝나리라.

44. 미사가 끝나다

라파엘로 리아리오가 자애로운 표정으로 신도들을 보았다. 그는 신도들 속에서 요 며칠 그의 곁에 가까이 있어주었던 로렌초 데 메디치를 찾았고 그에게 시선이 머물렀다. 그는 살짝 고개를 숙이며 감사의 마음을 전했다. 로렌초 역시 보일락 말락 답례를 했다. 로렌초가 미소를 지었다. 잠시 후 라파엘로가 미사를 마치는 말을 했다.

형에게로 가려던 바로 그 순간 줄리아노는 서늘한 뭔가가 가슴을 찌르는 것을 느꼈다. 그것의 정체가 무엇인지 알아차릴 틈도 없이 주저앉았고 그의 더블릿에 핏자국이 번져갔다. 피가 뚝뚝 떨어지는 단검을 든 베르나르도 반디니가 그의 앞에 서 있었다.

뭔가 그의 등을 쳐서 그는 대성당의 대리석 바닥에 고꾸라졌다. 프란체스코 데 파치가 줄리아노를 발로 차서 쓰러뜨린 뒤 그 위에 올라탔다. 지옥의 망령처럼 비명을 지르며 수차례 칼을 찔렀다.

한 번, 두 번, 세 번.

칼을 찌를 때마다 진홍색 핏줄기가 사방으로 튀었고 줄리아노의 가슴 밑은 시커먼 피바다로 변했다.

메디치가의 막내는 꼼짝도 하지 못한 채 바닥에 누워 있었다. 컥컥 소리를 내며 고통스러워했다. 그럴 때마다 입에서 피가 솟구쳐서 늑대들에게 갈기갈기 찢긴 개처럼 얼굴이 피에 뒤덮였다.

프란체스코 데 파치는 맹수 같았다. 놀랄 만큼 격렬하고 사납게 칼을 찔렀고 이미 난도질당한 줄리아노의 몸에 계속 칼을 꽂았다. 수없이 칼을 휘두르다가 갑자기 칼의 궤도가 이상한 방향으로 빗나가서 그의 허벅지에 꽂히고 말았다. 칼끝이 바지를 뚫고 살을 베었다. 살인자의 피가 피해자의 피와 뒤섞였다. 예상치 못한 실수였기에 통증이 더 심해서 프란체스코는 비명을 질렀다. 실내를 가득 메운 신자들이 절망적인 울음을 뱉어냈다. 줄리아노도 비명을 질렀다. 이미 그의 목소리는 인간의 것이 아니었다.

"제발!" 누군가 외쳤다. 무릎을 꿇고 앉는 기도대에서 막 일어선 여인이 의식을 잃고 신자석으로 쓰러졌다. 실내에서 귀에 거슬리는 다른 고함이 울려 퍼졌다.

로렌초가 자신이 있던 자리를 막 떠나려던 순간 그의 등 뒤에서 숨이 넘어갈 듯 누군가가 지르는 비명이 들렸다. 무슨 일인지 보기 위해 돌아섰다가 뭔가 그의 목을 스치는 것을 알아차렸다. 그게 뭔지 알 수 없어 목에 손을 댔다. 손을 보니 피가 묻어 있었다. 그 사이 로렌초의 눈앞에서, 신자석의 한가운데에서 프란체스코 데 파치가 이미 의식을 잃어가는 동생의 몸을 난도질하고 있었다.

"줄리아노!" 로렌초가 있는 힘을 다해 외쳤다. "줄리아노!" 하지만 동생은 대답을 하지 못했다. 프란체스코 데 파치가 눈을 들고 턱을 내밀고 차갑게 웃는 게 보였다. 하얀 이를 다 드러내고 웃었다. 얼굴은 피투성이었다.

바로 그 순간 다른 검이 공중에서 휘익 소리를 냈다. 로렌초는 거의 기적적으로 칼을 피했다. 옆으로 몸을 움직여 칼을 피하느라 바닥의 대리석에 발이 걸려 넘어졌다. 어깨가 대리석 바닥에 닿는 사이 늘 가지고 다니는 단검을 손에 쥐었다.

"베키!" 그가 고함을 쳤다. 다시 일어서보려고 발버둥을 쳤다. 그러다가 신도석의 긴 의자를 잡고 무릎을 땅에 대고 몸을 일으켰다. 그 사이 다시 적이 휘두르는 칼이 그와 한 뼘 정도 떨어진 지점을 아슬아슬하게 지나 나무에 꽂혔다. 흰색과 갈색 나무 파편들이 회오리치며 멀리 날아갔다. 로렌초가 눈을 들었다. 누군지 짐작이 가지 않았다. 그는 눈이 벌겋게 충혈된 수도사를 보았다.

"죽어라, 개새끼!" 그 남자가 단검을 다시 휘두르며 소리를 질렀다. 로렌초는 본능적으로 몸을 숙였다. 칼날이 바로 머리 위 공기를 가르는 소리가 들렸다. 그가 앞으로 튀어나가 공격자를 몸으로 덮쳤다. 뼈가 부러지는 메마른 소리가 들리며 수도사가 의자에 부딪혔다. 수도사가 손에 쥐고 있던 칼을 놓쳤고 칼은 쨍그랑 소리를 내며 대리석 바닥 어딘가에 떨어졌다.

"로렌초! 로렌초!" 단검을 움켜쥔 젠틸레 데 베키가 소리쳤다. 그와 함께 호위병 두 명이 피로 얼룩진 검을 들고 달려왔다. "성구실로 가, 성구실로!" 베키가 외쳤다.

"줄리아노! 줄리아노 어디 있지?" 로렌초가 절망적으로 외쳤다. 그러다가 루크레치아를 보았다. 그녀의 눈은 공포로 딱 벌어져 있었다.

루크레치아의 몸은 돌처럼 굳어버려 벌어진 입에서는 소리 하나 나지 않았으나 비명을 지르는 듯했다. 그녀는 쓰러지지 않기 위해 신도석에 몸을 기대고 있었다. 로렌초는 루크레치아를 발견하고는 그곳으로 달려갔다. 흘깃 보니 베르나르도 반디니가 그녀의 목을 찌르려고 은밀히 다가오고 있었다. 하지만 로렌초의 동작이 더 빨라서 베르나르도가 단검을 내리친 순간, 때를 놓치지 않고 공격을 막아냈다. 그러나 반디니의 분노와 힘이 워낙 강해서 검이 원래의 궤도를 벗어나긴 했어도 로렌초의 더블릿 소매에 닿았고 팔을 베어 깊은 상처를 입혔다.

“루크레치아! 루크레치아! 성구실로, 빨리! 여기 있다간 다 죽어!”

“로렌초!” 그녀가 비명을 질렀다. “당신 다쳤어요!”

“빨리!” 그는 이렇게만 대답했다.

젠틸레 데 베키가 도착하자마자 루크레치아 도나티의 팔을 잡아 성구실 쪽으로 끌고 갔다. 로렌초가 뒷걸음치기 시작했다. 그의 앞에 있던 호위병들이 성구실로 가는 로렌초를 방어했다. 충성스러운 측근 중 한 사람인 프란체스코 노리가 그들과 함께했다. 칼날이 그에게 닿았다. 몸에 딱 달라붙은 붉은 상의를 입은 검은 머리의 청년이 노리의 가슴을 공격했다. 칼이 가슴을 완전히 관통했다.

공격에 분노한 호위병들이 청년의 양쪽에서 반격을 가했다. 두 개의 단검이 청년의 양쪽 허리를 찔렀다. 그렇게 측면에서 가해지는 공격을 피할 방법은 어디에도 없었다. 청년이 바닥에 쓰러졌고 그 밑으로 강물같이 흐르는 피가 대리석 바닥을 흥건히 적셨다.

로렌초와 루크레치아와 베키, 브라초 마르텔리, 그리고 메디치가에 충성하는 다른 사람들이 성구실로 들어가 문을 닫았다. “줄리아노!” 일 마니피코가 울부짖었다. “줄리아노!” 목소리가 목에 걸려 제대로 나오지 않았다.

루크레치아가 울면서 그를 부둥켜안았다. 그러다가 칼에 벤 팔을 보았다. "붕대가 필요해요!" 그녀가 소리쳤다. "출혈이 심하면 목숨을 잃어요! 빨리요!"

브라초 마르텔리와 부하 두 명이 성구실 안에 있는 물건이면 뭐든 문 앞에 쌓았다. 나무상자와 가구와 탁자 두 개, 심지어 의자까지 동원이 되었다. 그사이 젠틸레 데 베키는 민첩하게 자신의 외투 소매를 잘랐다.

"이걸 붕대로 사용하시오. 그보다 먼저 상처를 닦아내야 하오."

루크레치아는 성구실 탁자에 있던 작은 병에서 물을 따랐다. 그리고 상자 속에서 고급 리넨으로 만든 미사복들을 찾아냈다. 그녀는 수놓인 스톨라*를 골라서 물에 적셨다. 부상당한 로렌초의 팔을 최대한 깨끗이 닦고 살짝 베였을 뿐이지만 목도 닦았다. 그러고 나서 루크레치아는 하얀 스톨라로 팔을 감싸고 잘 고정시켰다. 완벽한 처치는 아니었어도 상태를 유지하며 잠시 지혈을 시킬 수는 있었다.

로렌초가 벽에 기대앉았다.

"줄리아노." 그가 중얼거렸다. "줄리아노."

* 성사를 집행할 때 사제가 목에 걸쳐 무릎까지 늘어뜨리는 헝겊 띠.

45. 팔라초 델라 시뇨리아

바람에 머리가 헝클어졌고 얼굴은 분노로 물들어 있었다. "시민과 자유"라는 말을 얼마나 수없이 외쳤는지 목이 쉬어버렸다. 여윈 말을 타고 달리는 프란체스코 살비아티는 넋이 나가버린 사람 같았다. 분노와 공포에 사로잡혀 그 꼴이 된 살비아티는 꼭 묵시록의 네 기사 중 한 명 같았다.

거리에서 그의 외침에 답하는 사람은 몇 되지 않았지만 그래도 그는 페루자 용병부대와 함께 최소한 팔라초 델라 시뇨리아까지는 무사히 도착했다. 광장에 말들을 놔두고 시청사를 지나 병사들이 팔라초로 잠입했다. 몇몇 병사들에게 입구를 지키라고 명령하고 자신은 팔라초의 위층을 차지하기 위해 최고행정관을 만나러 올라갔다.

악마에게 쫓기기라도 하듯 급히 계단을 오르다가 곧 자신의 병사 대부분이 아래층에 있다는 사실을 알아차렸다. 서른 명의 병사들 중 겨우 서너 명이 그를 따라 계단을 오르고 있었다. 그가 명령을 내릴 때 자신을 따르라고 분명하게 말하지 않았는지도 몰랐다. 그는 더 이상 생각하지 않기로 하고 어쨌든 이층으로 올라갔다. 거기서 수비병에게 최고행정관을 만나고 싶다고 말했다.

"페트루치 나리는 지금 식사 중이십니다." 수비병이 대답했다. 긴 금발머리에 매부리코를 가진 사내였다. 회색 눈에 일순 비웃음이 스쳐지나며 번득였다. "어쨌든 누구시라고 알릴까요?" 수비병이 다시 말했다.

"피사의 대주교 프란체스코 살비아티다."

"어쨌든 최고행정관을 만나기에는 적절하지 않은 시간입니다."

"급한 일이다." 살비아티가 공포와 불안감 때문에 떨리는 목소리로 다시 말했다.

수비병이 한숨을 쉬었다. "좋습니다. 한번 여쭤봐드리기는 하겠습니다. 그동안 저쪽에서 페트루치 나리를 기다리시지요." 그러더니 불빛이 희미하게 비치는 아늑하고 편안한 작은 방을 턱으로 가리켰다.

수비병이 멀어져가는 사이 살비아티는 그 방으로 들어가서 기다렸다. 대체 뭐라고 말해야 하지? 살비아티가 생각했다. 그와 그의 병사들은 순식간에 팔라초를 차지할 것이라고 생각했지만 상황을 과소평가했다. 각자가 자신들의 역할을 하리라고 믿었는데 시간이 흐를수록 남아 있던 얼마 안 되는 확신마저 사라졌다.

잠시 후 최고행정관이 방에 들어왔다. 그는 어깨가 넓고 기골이 장대하며 진솔한 눈빛의 남자였다. 과거에 용병대장이었고 메디치가에 진심으로 충성하는 인물이었다. 프란체스코 살비아티는 신뢰감을 줄 수 있기를 바라면서 자신이 지을 수 있는 가장 부드러운 미소를 지었다.

"행정관, 나를 이렇게 만나는 게 얼마나 행운인지 아시오. 내가 전언을 가지고 그대를 찾아 왔으니…." 하지만 그런 부드러운 말투가 전혀 효력을 발휘하지 못하자 자꾸 목이 잠겨 말이 나오지 않았다.

그의 앞에 있는 남자는 전혀 다른 방식에 익숙하기에 살비아티의 꾸며낸 태도는 그가 바라던 것과 정반대의 효과를 냈다. 최고행정관은 몹시 화가 난 듯했다. "정말이십니까, 대주교님? 무슨 이유로 말입니까? 솔직히 말씀드리면 전 시간이 별로 없습니다. 식사중이었으니까요. 그러니 요점을 말씀하시지요."

"요점, 요점이라… 교황 성하의 전언을 전달하러 왔소."

"교황 성하요?" 체사레 페트루치는 믿지 않는 듯했다.

"그렇소, 식스토 4세 교황이시오. 교황께서는 피렌체가 이제 메디치 가문 휘하에 있지 않다고 선언하셨소."

"뭐라고요?"

프란체스코 살비아티가 침을 꿀꺽 삼켰다. 자신도 그 말에 확신이 없으니 최고행정관은 오죽하겠는가? 실제로 최고행정관은 자신의 의심을 확인하려는 듯 그를 다그쳤다.

"분명하게 말하도록 하지요, 대주교님. 피사의 대주교께서 이 시간에 저를 만나기 위해 팔라초 델라 시뇨리아의 계단을 헐레벌떡 뛰어오셨다는 게 상당히 이상합니다. 약속도 하지 않았는데 말입니다. 어쨌든 저는 여기서 대주교님의 말씀을 주의 깊게 들을 준비가 되어 있어요! 그러니 좀 잘 설명해 주시지요!" 체사레 페트루치는 절대 우호적이라 할 수 없게 눈살을 찌푸렸다.

상황이 더 나빠졌다고 살비아티는 생각했다. 그러니 이제 어쩐다? 달리 어찌해야 할까? 그는 지롤라모 리아리오와 프란체스코 데 파치와 함께 음모를 꾸미는 방법에만 골몰해 있어서 자신이 대면해야 할 쪽의 사람들이 어떤지에 전혀 관심이 없었다. 그리고 지금 그런 미숙한 태도로 인해 비싼 대가를 치르는 중이었다. 그는 스스로 함정에 빠지고 있었다.

작은 방 바깥쪽 어디선가 이상하게 쨍그랑거리는 소리들이 들려왔다. 살비아티는 누군가 자신을 도와주러 왔기를 바랐다. 그건 그렇고 계단을 따라 올라왔던 아무짝에도 쓸모없는 병사 네 명은 지금 어디 있는 걸까?

"실례하겠습니다, 대주교님…." 페트루치가 이렇게 말하며 재빨리 방 밖으로 눈을 돌렸다.

무장을 하고 팔라초 복도를 배회하는 야코포 브라치올리니가 보였다.

"나를 공격하는 건가." 그가 놀라 크게 말했다. "저 빌어먹을 놈은 누구지? 수비병!" 그가 소리를 쳤다. 그리고 프란체스코 살비아티를 돌아보았다. "당신은 뭔가 알고 계시지요, 대주교님?"

프란체스코 데 파치는 집 쪽으로 걸어갔다. 말을 타보려 했으나 허벅지가 너무 아파서 걷기 시작했다. 빌어먹을, 그가 생각했다. 로렌초는 아직 살아 있었다. 그리고 자신은 허벅지에 깊은 상처를 입었다. 그뿐만이 아니다! 상처에서 검은 피가 줄줄 흘러내렸다. 그의 의지와는 상관없이 그가 가는 길에 검은 핏자국이 길게 남았다. 지혈을 시켜보려고 허리띠로 상처 부위 위를 묶었지만 크게 소용이 없는 듯했다.

갑자기 무슨 생각에 사로잡혔던 걸까? 혹시 그 순간 미쳤나? 하지만 누군가 최근 한 시간 동안 무슨 일이 있었냐고 묻는다 해도 그는 설명할 수 없을 것이다. 죽이겠다는 열망이 너무나 강렬해서 주변 세상을 전혀 인지하지 못했다. 줄리아노를 칼로 찌를 때 느낀 감정은 말로 설명할 수 없었다. 그때의 기쁨이 너무 커서 그 기쁨이 제어할 수 없는 어떤 감정, 결코 사라지지 않을 저항할 수 없는 피에 대한 갈증으로 변해버렸다. 그래서 그는 스스로에게 상처를 입힐 때까지 계속 칼을 휘둘렀다. 그리고 상처를 입은 순간 깊이 빠져 있던 일종의 환각 상태에서 깨어났다.

그는 힘이 빠지는 걸 느꼈다. 서두르지 않으면 집으로 가는 길에 쓰러질지도 몰랐다. 그는 빨리 걸어보려 했다. 있는 힘을 다해 프로콘솔로가를 지나 겨우 집 앞에 도착을 했다. 그는 정신을 잃을까 걱정이었다. 하인들이 그를 보자 부축을 해서 거처로 데려갔다.

하인들은 옷을 벗기고 얼음물로 씻겼다. 형 조반니가 그의 상태를 보고 즉시 상처 치료를 위해 외과 의사를 불렀다. 고급스러운 리넨 시트가 깔린 침대에 눕혀진 프란체스코는 숨을 헐떡였다. 조반니가 어떻게 된 일이냐고 묻는 사이 그는 숙부인 야코포가 자신이 하지 못한 일을 해낼 수 있기를 바랐다. 맑은 정신을 유지하지 못하고, 숙부를 도와 팔라초 델라 시뇨리아를 차지하는 힘겨운 임무를 수행하지 못하는 자신에게 저주를 퍼부었다. 이제 모든 게 숙부와 살비아티 대주교에게 달려 있었다.

숙부가 나이는 많지만 민첩하게 행동하고 운도 따라주어 목적을 달성할 수 있기를 바랐다. 그는 자신이 심각한 실수를 했다는 것을 알았기 때문에 한숨을 쉬었다. 다른 누구보다 메디치 가문의 종말을 원했던 그였다.

체사레 페트루치는 즉시 방어를 위한 전열을 재정비하는 중이었다. 팔라초의 수비대들이 지체 없이 방어에 참가했다. 순식간에 계단으로 올라오는 수비대들을 보고 페트루치는 그 자리를 피하려고 하는 야코포 브라치올리니의 긴 머리채를 잡았다. 허리에 찬 단검을 재빨리 꺼내 그의 허리를 깊숙하게 찔렀다. 상처에서 피가 솟구쳐 나왔다.

그사이 작은 방에서 나온 프란체스코 살비아티가 겁에 질린 늙은 하녀처럼 비명을 질렀다. 왼손으로 야코포 브라치올리니의 머리채를 움켜쥔 체사레 페트루치가 칼을 돌려 살비아티의 목에 겨누었다. 그 사이 야코포 브라치올리니는 칼에 찔린 옆구리의 통증으로 비명을 지르고 붉은 피를 흘리며 페트루치의 손에서 벗어나려 발버둥을 쳤다.

"그러니까, 대주교, 당신이 여기까지 온 이유가 이겁니까? 팔라초를 차지하고 공화국을 전복시키는 것?" 페트루치가 말을 내뱉었다.

"제발, 날 해치지 말게…." 살비아티가 우물거렸다. 그러더니 바닥에 힘없이 주저앉아 문설주에 등을 기댔다.

"먼저 생각을 했어야지!" 페트루치가 소리를 질렀다.

그사이 계단에서 여러 목소리들이 들렸다.

"행정관 나리!" 팔라초 수비대장이 그를 불렀다. "행정관 나리!" 계단을 급히 뛰어올라오면서 계속 그를 불렀다. "프란체스코 살비아티와 그의 형제가 지휘하는 무장병들이 아래층을 차지하고 있습니다. 적어도 열다섯 명 정도는 될 것 같은 다른 용병들은 문서보관소에 갇혔습니다."

"뭐라고?"

"정말입니다, 나리." 대장이 계속 말했다. "믿기지 않을 수 있는데 용병들이 문서보관소에 들어가서 문을 닫았는데 열쇠가 없어서 지금 나오지 못해 절절매고 있습니다. 나리도 아시다시피 그 문은 밖에서만 열 수 있잖습니까."

페트루치가 미소를 지었다. 천만다행으로 용병들은 멍텅구리 일당에 불과했다.

"아," 그가 자신의 발치에서 죽어가는 야코포 브라치올리니를 보며 말했다. "할 말이 없군그래. 정말 대단한 계획을 짰어. 대장…," 그가 덧붙였다. "내가 문서보관소 용병들을 처리할 테니 자네는 이 쓰레기를 맡아주게." 그리고 브라치올리니와 살비아티를 번갈아 바라보았다. "그다음에 8인위원회를 불러서 이 배신자들을 그들에게 넘기게. 즉각 재판을 진행할 수 있게 서류를 준비하라고 말하고. 재판장에 나도 자네하고 같이 곧 가겠네. 아래층 문제는 그 뒤에 처리하세."

체사레 페트루치는 명령을 마치고 야코포 브라치올리니를 놓아주었다. 그가 빈자루처럼 힘없이 바닥에 쓰러졌다. 페트루치는 시간을 허비하지 않고 문서보관소로 향했고 건장한 수비병 분대가 그 뒤를 따랐다.

46. 복수의 색깔들

줄리아노 데 메디치가 쓰러졌을 때 산타 마리아 델 피오레에 모였던 신자들은 사방으로 뿔뿔이 달아났다. 야코포 데 파치는 처음에는 로렌초에게 무슨 일이 벌어졌는지 알지 못했다. 하지만 곧 "시민과 자유"를 큰 소리로 외치기 시작했다. 피로 물들이며 성사시키려던 반란에 불을 붙이려는 시도였다.

흥분했던 최초의 순간이 지나자 그는 자신의 외침에 호응하는 사람들이 별로 없다는 것을 알아차렸다. 그의 눈에는 서로 먼저 대성당 밖으로 빠져나가려고 머리와 손을 내밀고 아우성치느라 눈에 뵈는 게 없는 군중들이 보였다. 그다음엔 허벅지에 깊은 상처를 입고 피투성이가 되어 군중들을 헤집고 숨이 턱에 닿게 급히 달리는 조카가 보였다. 그 모습을 보니 자신의 느낌이 더 분명해졌다. 헛것을 본 게 아닌가 싶을 정도로 프란체스코는 재빠르게 도주했다.

그 뒤 야코포는 성당 앞뜰로 나갔다. 그에게 충성하는 사람들이 말을 타고 그를 기다렸다. 모두 시뇨리아 광장으로 움직일 준비가 되어 있었다.

"이쪽입니다, 파치 씨." 그들 중 한 사람이 검은 점이 있는 큰 말의 고삐를 내밀며 소리쳤다. 노 은행가는 다른 말을 기다리지 않고 안장에 올라탔다. 시내의 거리로 흩어지는 군중들 속으로 말을 몰아 시뇨리아 광장 쪽으로 그의 수하들을 이끌고 갔다.

30명이 넘지 않았다. 물론 무장이 잘되어 있었지만 이 병력으로 충분할까? 니콜로 다 톨렌티노의 군대가 성 밖에서 약속한 신호를 받고 시내로 들어올 때를 기다리고 있지만 먼저 반란군이 팔라초를 점령해야만 했다. 야코포는 대주교가 맡은 역할을 제대로 해냈기를 바랐다.

피렌체는 갑자기 지옥에 떨어진 것 같았다. 말을 타고 달리는 동안 야코포는 미친 바람개비처럼 어지러이 스쳐지나가는 눈물 젖은 얼굴들과 찢겨진 옷들을 보았다. 그런 광경은 그를 더욱 깊은 혼란 속에 빠뜨리기만 할 뿐이었다.

그의 조카는 사라져버렸다. 베르나르도 반디니도 마찬가지였다. 로렌초를 살해했어야 할 수도사들은 실패했고, 이제 그들의 흔적도 남아 있지 않았다. 젊은 리치는 프란체스코 노리와 같이 있던 호위병들에게 살해당했다. 이제는 야코포 본인과 급조한 용병부대를 이끌고 있는 살비아티밖에 남지 않았다. 계획상으로는 살비아티가 팔라초 델라 시뇨리아를 점령해야 했다. 다른 무엇보다 절망감 때문에 웃음이 났다. 거사를 계획한 지롤라모 리아리오는 직접 참가하지 않고 몸을 사렸다. 조반니 바티스타 다 몬테세코도 마찬가지였다. 교황은 극악한 행동이 성공하기를 축원했으나 지금은 분명 카스텔 산탄젤로에서 자기 친척들에게 관직과 포상을 내리고 있을 것이다.

이제 모든 음모의 책임은 그가 지게 되었다. 다른 누구보다 반대했던 그가 말이다. 그는 이런 학살을 원치 않아서 어떻게 해서든 그 멍텅구리들이 제안했던 일을 단념시키려고 애썼다.

야코포는 목이 터져라 웃었다. 이제 그에게 중요한 건 아무것도 없었다. 두말할 필요도 없이 이 반란의 운명은 그와 살비아티에게 달려 있었다. 모두 악마에게나 잡혀가라지. 메디치가, 리아리오가, 교황, 심지어 끝까지 버텨낼 담력도 없는 바보 같은 조카 놈들까지 전부.

야코포는 정신을 집중해보려 했다. 시뇨리아 광장이 가까워질수록 공기 중에서 성난 바다가 울부짖는 것 같은 불안한 굉음이 점점 크게 들려왔다. 그게 무엇이든 그에게로 다가오는 중이었다.

그는 음지에 있는 동맹자들이 메디치가에 대한 증오에 불을 붙여 밖으로 나오길 기대했다. 모든 계획은 바로 그 증오 위에 세워졌다. 광장이 보이는 곳에 도착하자 대담하게 메디치가에 도전했던 야코포의 눈에 믿기 어려운 광경이 펼쳐졌다.

군중이 문을 부수려 하는 소리가 들렸다. 프란체스코 살비아티의 동생인 야코포 살비아티가 문에서 조금 떨어진 곳에 용병들과 함께 있었다. 그는 군인이 아니었고 손에 들고 있는 단검을 사용할 줄도 몰랐다. 그래서 위층에서 프란체스코가 팔라초를 차지했다고 확실한 신호를 보내길 기다리며 뜰을 배회하고 있었다.

갑자기 야코포 데 파치의 등 뒤에서 무시무시한 바람이 이는 게 느껴졌고 곧이어 구역질나고 소름이 끼치는 소리가 들려왔다. 마치 누군가 거대한 달팽이를 막 발로 밟은 것 같았다. 이상한 소리였다. 끈적한 뭔가가 짓이겨지는 소리 같았다. 잠시 두려워서 돌아보기를 망설였으나 용기를 내어 두 손으로 칼 손잡이를 잡고 돌아섰다.

광장에 사람들이 가득했다. 사람들의 머리가 물결쳤다. 그 머리

위로 야코포가 너무나 잘 아는 문장들이 나부꼈다. 노란 바탕에 여섯 개의 공, 그중 다섯은 빨간색이고 여섯 번째 공에는 프랑스의 백합이 그려진 문장이었다.

메디치가에 충성하는 사람들이 광장을 꽉 메워 마치 사람의 바다 같았다. 성이 난 사람들의 함성이 울려퍼졌다. 그들은 미친개 떼들처럼 돌진할 신호만을 기다리는 듯했다. 어떤 사람들은 억지로 팔라초의 문을 열려고 인간 벽을 쌓듯 문에 달라붙어 있었다. 그때까지는 아직 문을 부수지 못하고 있었다.

사람들은 갑옷과 검으로 무장을 한 병사들의 선두에 서서 광장으로 들어오는 음모자를 발견하자마자 지옥 망령의 군대처럼 폭발했다. 신분의 고하를 가리지 않고 모든 계층의 남자들이 다 모여 있었지만 대부분이 하층민과 소시민의 아들들이었다. 그들이 칼과 몽둥이를 들고 야코포 데 파치와 그 부하들에게 달려들었다.

병사들이 첫 공격은 잘 막아냈다. 그들은 등자를 밟고 선 채 말을 타고 군중 가운데로 지나가면서 칼을 휘둘러 공격자들을 처치했다. 하지만 곧 포장도로에 쓰러져 죽어가거나 신음하는 사망자와 부상자들을 보고 더 사나워지고 공격적이 된 군중이 파도처럼 적을 빙 둘러 에워싸서 그들 각각을 고립시켜버렸다. 군중이 병사들을 한 명씩 말에서 끌어내려 죽였다. 야코포는 자신의 눈앞에서 자행되는 학살을 지켜보았다. 그는 거기에 대항할 시간도, 용기도 없었다. 한 무리의 남자와 여자들이 부상당한 병사 한 명을 일으켜 세운 뒤 그를 에워싸고 몽둥이로 때려죽이는 것을 목격했다. 피와 뇌수가 검붉은 구름처럼 터져 나왔다.

야코포는 위가 경련을 일으키는 것을 느꼈다. 잠시 극심한 공포와 불쾌감이 엄습했다. 구역질은 참을 수 있었지만 마지막까지 붙잡고 놓치지 않으려 했던, 그나마 얼마 남지도 않았던 제정신을 거의 다 잃을 지경이었다.

소모공*, 푸줏간 주인, 행상인, 구리세공사, 거지, 창녀, 포주, 범죄자뿐만 아니라 정체조차 알 수 없는 많은 사람이 핏발이 선 눈으로 그와 그의 병사들을 공격해왔다. 야코포는 자신에게 다가오는 한 남자를 보았다. 몽둥이를 들고 있었다. 두 눈은 피곤해보였고 얼굴에는 황달기가 뚜렸했으며, 벌어진 입 사이로 다 썩은 이가 드러났다. 그 남자가 왼쪽에서 그의 말의 고삐를 낚아채려 했다.

순간 야코포 데 파치는 용기를 내서 재빨리 그의 손에서 고삐를 빼앗고 박차를 가해 말머리를 돌렸다. 그는 왔던 곳으로 돌아가보려 했다. 그와 군중 사이에 약간의 거리가 벌어지자마자 질주를 했다. 그리고 몇 남지 않은 부하들과 함께, 폭력을 피해 필사적으로 산갈로 성문 쪽으로 달렸다.

야코포는 가능한 한 빨리 성문까지 달려가려고 말에 박차를 가하며 고함을 쳤다. 그 소리가 등 뒤의 잔인한 함성과 울음소리와 칼에 찔린 목에서 피가 솟구치는 소리와 대조되었다.

* 梳毛工, 양털을 빗질하는 일을 하는 하급 노동자.

47. 팔라초 안

회랑에서 죽은 병사들의 시체가 비오듯 뚝뚝 떨어졌다. 형 프란체스코와 함께 위층으로 올라갔던 병사들이 바닥에 떨어져 죽었다. 야코포 살비아티는 말을 잃고 서 있었다. 자신의 병사들을 보았다. 병사들은 겁에 질려 있었다. 야코포 살비아티는 자기도 모르게 바지에 오줌을 지렸다.

시체 떨어지는 소리가 쉴 새 없이 이어졌다. 뼈가 가루가 되고 피가 뜰에 번졌다. 문을 지키던 페루자 용병도 그 사실을 알아차리고 비명을 지르기 시작했다. 하지만 공포의 비명들은 곧 종소리에 뒤덮여 사라지고 말았다. 누군가 소집을 알리는 종을 울리는 중이었다. 전시에 시민들을 모을 때 치는 종이었다.

첫 번째 계획은 실패했다. 팔라초의 수비병들이 그의 형 프란체스코를 따라 팔라초에 들어간 병사들의 공격을 막아낸 게 분명했다. 그사이 출입문을 밀어대던 시민들의 힘이 더욱 세졌다. 둔탁하게 시체 떨어지는 소리가 광장에 울려 퍼졌다. 공격의 강도와 점점 커지는 무시무시한 고함으로 미루어 많은 사람이 광장으로 몰려오는 중이었다. 어쩌면 도시의 주민들이 모두 광장에 모이는 중인지도 몰랐다. 그들이 팔라초에 들어갔을 때 어떤 행동을 할지는 짐작하고도 남았다. 야코포의 귀에 들리는 소리로 판단컨대 그들이 파치 가문이나 그 동맹자들에게 호의적일 리 없을 것 같았다.

곧 그의 의심은 모두 현실로 바뀌었다. 누군가 팔라초의 북쪽 문을 부순 게 틀림없었다. 최악의 악몽을 확인하듯 몽둥이를 든 민중이 떼를 지어 그들 쪽으로 전진하는 것이 보였다.

성난 얼굴의 군중은 위협적이었다. 어떤 두려움도 없이, 어떤 대가를 치르더라도 결전을 벌이려는 듯 전진했다. 죽음 같은 건 두렵지 않은 것 같았다. 농민, 소모공, 마부와 하인, 목동 등 잃을 게 하나 없는 사람들이었다. 그들이 계속 살아갈 수 있었던 것은 바로 메디치 가문 덕이었다. 그들을 자신들의 팔라초에서 환영해주고 그들에게 뭐가 필요한지, 그들이 뭘 걱정하는지를 이해하려 애쓰는 사람은 메디치 가문 사람들밖에 없었다.

야코포는 고개를 저었다. 민중을 고려하지 않고 그들의 지지를 확고히 하려 하지 않은 자신들이 얼마나 큰 실수를 저질렀는지 그제야 깨달았다. 하지만 이제 너무 늦었다. 민중은 그들에게 대항해 그들을 전멸시킬 것이다. 보수도 제대로 받지 못하고 동기도 부족한 단순한 용병들은 이 사람들과 맞서 싸울 힘이 전혀 없었다.

민중은 자신들의 삶이 귀족들의 변덕에 달려 있다고, 귀족들의 뜻에 따라 언제든 끊어질 수 있는 실에 묶인 채 허공에 매달려 있다고 생각해왔다. 그러다가 한 가문 덕분에 귀족들의 변덕을 거부하는 법을 배웠다. 그 가문은 다른 어떤 가문보다 계몽적이었다. 그들은 저항을 통해 정해진 질서를 뒤엎을 가능성을 민중에게 선물했다. 그럼 그 가문이 위협을 받고 있는 지금은? 저 남자와 여자들은 그 가문을 지키기 위해 어떤 일을 할까? 너무나 쉽게 상상할 수 있었다.

이층으로 이어지는 큰 계단에서 팔라초의 수비병들이 공격을 개시하기로 결정했다. 야코포는 일치단결하여 쏜살같이 계단을 내려오는 수비대를 보았다. 그들은 신속한 동작으로 야코포의 용병들을 기습적으로 공격했다. 그 살육에서 가까스로 살아남은 몇 안 되는 용병들도 곧바로 성난 민중의 손아귀에 들어갔고 가차 없이 학살당했다.

칼이 용병들의 목을 찔렀다. 무릎을 꿇은 병사 한 명이 보였다. 남자 세 명이 개 떼처럼 그에게 덤벼들어 몽둥이로 때려 죽였다. 몽둥이에 두개골이 박살나면서 피가 사방으로 튀었다.

잠시 후 그의 뺨에 차가운 뭔가가 와 닿는 게 느껴졌다. 그의 얼굴에서 피가 튀어 대리석 기둥을 적셨다. 누군가 등쪽을 공격해 앞으로 고꾸라졌고 뜰에 깔린 자갈에 얼굴이 처박혔다.

프란체스코는 알몸으로 침대에 누워 있었다. 순백의 시트는 피로 얼룩졌다. 예상했던 시간보다 훨씬 길게 지혈을 하느라 애를 먹었다. 프란체스코는 다리를 움직여 봤지만 극심한 통증이 허벅지에서 허리까지 무시무시한 파도처럼 번져나갔다. 이마에는 얼음같이 차가운 땀방울이 맺혔다. 그는 제대로 숨을 쉬지 못하고 헐떡거렸다. 두 손으로 리넨 시트를 움켜쥐었다. 잠시 몸이 칼날처럼 팽팽하게 긴장되는 게 느껴졌다. 그러다가 온몸에 경련이 일더니 긴장의 강도는 더할 수 없을 정도로 강해졌다. 시야가 흐릿해졌다. 소파와 장식함과 그림과 천으로 도배를 한 벽의 윤곽이 사라지며 뿌연 안개 속에서 빛이 희미해졌다. 그러다가 마침내 잠시 통증이 멈추었다. 몰아치던 통증이 약해지면서 고통이 가라앉았다. 아까처럼 강렬하지는 않았으나 어쨌든 여전히 아프기는 했다.

그는 생각을 해보려 했다. 솔직히 말하면 그리 큰 소득은 없었다. 부상을 당하게 된 이유만을 자꾸 생각하게 되었고, 이제 그 생각이 집요하게 그를 사로잡았기 때문이었다. 그가 입은 부상은 완전한 실패를 증명했고 그가 언제나처럼 자신의 본능을 제어하지 못하는 사람이라는 것을 확인해주었다. 그는 본능에 지배당했고 그 본능이 명석함과 냉담함을 빼앗아가게 방치했다.

이제 큰 실수에 대한 대가를 비싸게 지불해야 할 차례였다. 그가 그런 생각들로부터 채 빠져나오기도 전에 밖에서 떠들썩한 소리가 들려왔다. 박자를 맞춘 발소리들이 가까이 다가왔다. 프란체스코는 옷을 입고 검을 들고, 끝까지 저항할 준비를 하고 싶었으나 기운이 없었다. 그는 자신의 운명을 기다렸다.

프란체스코는 그들이 들어왔을 때 미소를 지었다. 완전히 제복을 갖춰 입은 도시 수비대장이 그 앞에 섰다.

"프란체스코 데 파치." 그가 큰 소리로 말했다. "줄리아노 데 메디치 살해범이자 공화국에 대한 반역을 꾀한 죄로 체포하겠소. 팔라초 델라 시뇨리아까지 가야겠소. 거기서 8인위원회의 재판을 받을 것이요. 죄가 인정되면 즉시 처형될 거요."

프란체스코가 팔로 짚고 일어났다. 있는 힘을 다해 겨우 침대에서 내려가 똑바로 설 수 있었다. 그는 실오라기 하나 걸치지 않은 알몸이었다.

"그러면 이대로 가겠소." 그가 비웃으며 대답했다. "이게 당신들 재판과 8인위원회와 피렌체에 내가 표하는 경의니까."

수비대장은 정말 충격을 받았다. 그는 잠시 뭐라 대꾸할 말을 찾아보려는 듯했지만 허사였다.

"좋소." 그가 마침내 할 말을 찾아 분명하게 말했다. "그러나 무슨 일이 생기든 그건 당신 스스로가 책임져야 할 거요!" 그러고 난 뒤 부하들을 돌아보았다. "이자를 이대로 체포해서 팔라초 델라 시뇨리아로 호송하라!"

라우라가 울고 있었다. 이미 텅 빈 대성당 안, 뒤집힌 의자와 시신들 사이에서 마지막 눈물을 흘렸다. 그녀는 모든 걸 잃었다. 호위병 둘이 날카로운 단검으로 루도비코의 옆구리를 찔렀을 때 그를 지켜줄 수 없었다.

라우라는 아들이 자기 눈앞에서 죽어가는 것을 보았다. 루도비코는 배에서 내장을 쏟으며 바닥에 쓰러졌다. 그러면서도 절망적인 눈으로 군중 속에서 어머니를 찾으려 했다. 마지막 인사를 하기 위해.

그녀는 아무것도 할 수 없었다. 그녀가 무릎을 꿇었을 때 사람들이 그녀를 쓰러뜨렸다. 남자와 여자들이 마치 걸레처럼 그녀를 밟고 지나가 루도비코는 어머니에게 마지막 인사라는 위로도 받지 못했다.

온몸에 멍이 들고 여기저기 찢긴 라우라가 자신의 하나밖에 없는 아들 쪽으로, 그녀에게 남아 있던 유일한 희망 쪽으로 몸을 끌고 갔다. 다시 일어서는 데 한없이 긴 시간이 걸렸지만 어쨌든 일어설 수는 있었다. 밟히고 찢겼지만 그래도 걸을 수는 있다는 걸 알게 되었다. 구역질이 나서 머리가 빙빙 돌았다.

그녀는 패배했다고 생각했다. 그녀는 죽음이라는 큰 그림에 항복을 했다. 죽음은 다시 한 번 그녀를 조롱했고 그녀를 살려둔 채 가장 사랑하는 사람을 데려갔다. 아니, 그녀의 심장을 찢고 빼앗아 갔다.

어미가 아들보다 더 오래 사는 건 옳지 않아, 옳지 않아. 그녀가 생각했다. 그보다 더 비겁하고 비참한 일은 없었다. 이미 그녀의 인생에서 가장 사랑했던 남자의 죽음을 지켜봐야 하지 않았던가! 왜 또 이런 일이 벌어져야 한단 말인가? 왜 죽음은 그녀를 데려가지 않는 걸까? 다른 누구보다 그녀가 죽어 마땅하지 않나? 게다가 죽음으로 그녀가 겪어야만 했던 그 모든 고통에 대한 보상을 받아야 하는 것 아니었나? 하지만 여전히 죽음은 그녀를 가지고 놀았고 그 놀이에 여전히 지치지도 않았다.

죽음이라면 구역질나고 넌더리 나, 라우라가 생각했다. 하지만 머릿속으로 감정을 분출해도 전혀 위로가 되지 않았다. 아니, 오히려 눈물만 더 비오듯 쏟아졌다. 절망적으로 목이 터지게 울부짖었고 컥컥 흐느껴 울었지만 한순간도 슬픔을 덜어내지 못했다.

텅 빈 넓은 신도석에서 그녀는 방향감각을 잃었다. 조금 전까지만 해도 대성당 안에는 사람들로 발디딜 틈이 없었다. 이제는 너무나 고요해 소름이 돋았다. 그녀의 울부짖음으로도 그 침묵의 공간을 다 채울 수 없었다. 그녀는 몸을 덜덜 떨며 제단 밑에 숨어서 참극이 끝나기를 기다리는 젊은 추기경 라파엘로 리아리오를 보았다. 할 수만 있다면 제 손으로 그자의 목을 졸라 버렸을 것이다.

이 학살의 유일한 책임자는 숨어 있는 개처럼 자기 성에 몸을 숨기고 손가락 하나 까딱하지 않았다. 어쩌면 지금 이 순간 어떤 창녀년과 뒹굴고 있을지도 몰랐다. 그렇게 할 기운만 있었다면 라우라는 침을 뱉었을 것이다. 그녀는 자신이 텅 비고, 메말라버린 기분이었다. 마치 누군가 그녀의 몸에서 영혼을 빼내가버린 듯했다.

처음에는 차디 찬 복수심으로 그녀의 마음이 얼어붙었다. 그러다가 루도비코에 대한 사랑이 불꽃처럼 그녀의 열정에 활활 불을 붙였고 이제 그녀에게는 재만 남았다.

그녀가 아들에게 더 가까이 다가갔다. 아들에게 손을 대는 게 두려웠다. 손을 대는 순간 아들의 죽음을 구체적으로 확인하게 될까 겁이 나서였다. 아주 오래전 그녀가 사랑했던 라인하르트 슈바르츠가 처형당했을 때 그의 몸을 깨끗이 닦고 수습했던 기억이 났다. 지금 똑같이 일이 벌어졌다.

또다시.

눈물을 흘리는 것만으로는 충분하지 않으리라. 죽음은 왜 그녀에게 이다지 적대적인가? 왜 일평생 그녀에게 이런 식으로 벌을 주는가? 그녀가 손을 대기만 하면 왜 모두 죽고 마는가?

루도비코의 이마에 둘째손가락을 올려놓았다. 벌써 이마가 싸늘했다! 라우라는 그의 눈을 감겨 주었다. 아들을 데려가야 했다. 그렇게 거기 피웅덩이 속에 버려둘 수는 없었다. 하지만 어떻게 운반을 해야 할지 묘안이 떠오르지 않았다.

게다가 루도비코의 몸은 갈기갈기 찢겨져 있었다. 갈라진 배의 상처가 너무 깊어서 거의 척추까지 벌어졌고 내장의 일부가 밖으로 나와 대성당의 대리석을 시커멓게 번득이는 체액으로 뒤덮었다. 시신을 수습할 수도 없을 것이다.

시간이 흐르면서 고통과 분노가 다시 라우라의 혈관에서 뛰기 시작했다. 피 대신 고통과 분노가 흐르는 듯했다. 그녀는 포기하지 않기로 결심했다. 한 가지 생각만이 그녀의 마음속에 서서히 떠오르기 시작했다. 정의라는 단어는 어디서나 동일하게 적용된다.

48. 최초의 공포

"지금까지 살펴본 대로 이 자리에 있는 프란체스코 데 파치, 야코포 브라치올리니, 프란체스코 살비아티는 상술한 반역죄를 저지른 죄인들로 판단됩니다. 이런 이유에 의해 피렌체의 범죄사건을 다루는 사법기관인 8인위원회 이름으로 교수형을 언도합니다. 판결은 즉시 시행될 것입니다." 체사레 페트루치가 판결문을 낭독했다. 그런 다음 수비병들을 불렀다. 8인위원회 위원들은 붉은 법복을 입고 미동도 하지 않은 채 교수형을 받기 위해 팔라초 창가로 호송되는 세 남자를 지켜보았다.

피사의 대주교가 울고 있었다. 수비병들이 그의 팔을 잡아끌어 당겨야만 했다. 그는 어린 양 같았다. 발길질을 하고 몸부림을 치며 저항을 했지만 허약한 남자여서 팔라초 수비병들에게 티끌만큼도 영향을 미치지 못했다. 창가에 도착해 사형집행인의 손에 넘겨지자 사형집행인이 그의 목에 올가미를 씌우고 그 밧줄의 끝을 창에 박힌 쇠고리에 단단하게 고정했다. 마침내 사형집행인이 대주교의 몸을 들어 올려 밖으로 던졌다.

함성이 하늘에 울려 퍼졌다. 시뇨리아 광장에 모인 군중이 들끓었다. 수천 명이 고개를 들어 위를 보았다. 허공에서 발버둥치는 대주교를 보자 남녀 가리지 않고 기뻐하며 함성을 질렀다. 대주교는 저항하다가 결국 목이 부러지고 말았다. 뼈가 부러지는 소리가 음산하게 들렸다. 조용한 광장에 갑자기 나무막대기로 단단한 호박 껍질을 두드리는 것 같은 소리가 선명하게 울려퍼졌다. 곧 프란체스코 살비아티의 시신이 팔라초 벽에 부딪혔다. 숨을 거두는 순간 추악하게 찡그린 얼굴에서 보라색 혀가 축 늘어져 나왔다.

대주교의 시신이 덜렁덜렁 흔들릴 겨를도 없이 야코포 브라치올리니와 프란체스코 데 파치가 그 죽음의 행렬에 참가했다. 프란체스코 데 파치는 자신의 저택에서 수비병들에게 끌려나올 때처럼 완전 알몸이었다. 너덜너덜해져서 바람에 쓸려나가는 꽃줄처럼 흔들리는 시체들을 보자 광장에 모인 사람들이 소름끼치는 광경에 흥분하며 잔인하게 소리를 질렀다. 복수심이 전염병처럼 번져나갔다.

"압제자들을 죽여라!" 누군가 소리쳤다.

"파치를 죽여라!" 다른 누군가 그 말에 대꾸했다.

땅 위에 지옥이 펼쳐졌다. 그 외침이 신호였다. 소리는 없으나 분명한 명령이 영혼의 밑바닥에서부터 사람들을 뒤흔드는 듯했다. 광장에 모여 있던 몇몇 남자들이 어딘가로 향했다. 흡사 이민자의 행렬 같았다. 사람들은 다른 사람들과 합류했다. 무리를 지어 행동할 계획이었다. 그런 식으로 여럿이 떼를 지어 배신자들 찾아 시내를 샅샅이 뒤졌다. 피렌체의 균형과 질서는 수많은 전쟁과 내부의 암투를 겪고 나서 겨우 얻어낸 것이었다. 아슬아슬하게 유지되어 온 피렌체의 안녕을 위험에 빠뜨린 사람들을 찾아야 한다. 사람들은 불안정한 정세에 지쳐 있었다. 그들은 평화를 원했고, 지금이 평화를 얻을 수 있는 절호의 기회였다.

그들은 피렌체가 사막이 되더라도 파치가에 협력한 사람들을 모조리 제거할 작정이었다. 그리고 피렌체를 메디치가에 넘길 것이다. 메디치가는 오래전부터 민중 편이었고, 그들에게 전에 없던 권리를 보장해주었다. 만약 이와 같은 임무가 범죄나 폭력으로 간주된다 해도 상관없었다. 아니, 오히려 더 좋았다.

레오나르도에게 소식을 전한 이는 로렌초 디 크레디였다.

"파치네가," 그가 소리쳤다. "파치네가 메디치 형제를 개처럼 죽이고 있어!"

그 소리를 듣자 레오나르도는 하던 일을 내팽개치고 물감이 얼룩덜룩한 덧옷을 벗었다. 그는 크레디의 어깨를 붙잡고 친구의 눈을 똑바로 보았다. 그 눈길이 너무나 차갑고 단호해서 크레디는 몸이 떨릴 지경이었다.

"어디서?" 레오나르도가 물었다.

"산타 마리아 델 피오레 대성당." 크레디가 그에게 대답했다.

레오나르도는 친구의 말이 끝나기가 무섭게 자신의 물건들을 놓아둔 염료 방으로 달려갔다. 다행히 많은 일을 겪은 뒤, 예전에 로렌초에게 선물했던 것과 똑같이 속도가 빠른 작은 쇠뇌를 가지고 다녔다. 다루기 쉽고, 편리하고, 빠르고, 치명적이었다. 레오나르도는 그것을 허리에 찼다. 다른 화살보다 훨씬 작지만 효력은 동일한 화살이 가득 든 화살집을 팔에 묶었다.

그는 산타 마리아 델 피오레 쪽으로 달려갔다. 기벨리나가로 나가서 말보르게토가를 지났다. 최대한 빠른 걸음으로 포데스타가를 거쳐 포르타 구엘파에 도착했다. 거기서 프로콘솔로가로 들어가서 산타 마리아 델 피오레까지 단숨에 달려갔다.

대성당 앞에 도착했을 때 루크레치아의 부축을 받고 있는 로렌초가 보였다. 브라초 마르텔리의 부축도 받으며 겨우 걸음을 떼어 놓고 있었다. 목에는 붉은 핏자국이 있었고, 한쪽 팔은 천에 묶인 채였다. 응급으로 처치한 것을 한눈에도 알 수 있었다. 로렌초의 눈은 푹 꺼졌고 눈밑이 시커멨다. 진이 빠진 듯했다. 땀에 젖어 번득이는 머리카락이 젖은 밧줄처럼 얼굴 앞으로 흘러내렸다. 창백한 얼굴은 병색이 완연했다. 십 년은 더 늙어 보였다.

레오나르도를 발견하자 로렌초의 얼굴이 환하게 밝아졌다.

"레오나르도," 그가 말했다. "내 친구, 자네가 여기 있다니…."

"사태를 방금 알고 달려오는 길입니다. 최악의 사태가 벌어진 줄 알고 걱정했습니다."

"줄리아노가 살해당했네." 로렌초가 눈물을 흘렸다.

레오나르도가 다가가서 로렌초를 껴안았다. 그 순간 레오나르도는 친구가 얼마나 기진맥진했는지를 확인했다. "조심스럽게 잘 부축해서 가셔야 합니다." 그가 루크레치아와 브라초 마르텔리에게 말했다. 마르텔리가 고개를 끄덕였다.

"친구." 로렌초가 중얼거렸다. "한 가지만 부탁해도 되겠나?"

"뭐든 말씀하십시오."

"루크레치아를 집까지 안전하게 데려다 줄 수 있겠나? 난 그럴 수 없을 듯해서."

"난 당신하고 같이 갈 거예요!" 그녀가 조그맣게 소곤거렸다.

"그럴 수 없어, 루크레치아. 잘 알잖소. 팔라초 메디치까지 가는 동안 누군가 공격을 해올지도 모르오. 그러니 당신하고 레오나르도는 눈에 띄지 않는 게 좋소. 어쨌든 빨리 움직이시오. 피렌체는 벌집을 들쑤셔 놓은 듯하니까. 곧 도시가 무덤으로 변할 거요. 군중들은 피를 원하오. 이 때문에 레오나르도가 당신을 보호해주길 바라는 거요. 당신들 두 사람이 내겐 그 누구보다 소중하니까… 그리고 내가 레오나르도를 믿으니…." 그러다 로렌초가 말끝을 흐렸다. 거의 의식을 잃어가는 중이었다.

"서두릅시다!" 레오나르도가 말했다. "계속 여기서 이러고 있다가는 표적이 되고 말 거요."

"루크레치아를 지켜주겠다고 약속해주게." 로렌초가 중얼거렸다. 있는 힘을 다해 그 말을 하는 듯했다.

"약속합니다!" 레오나르도가 대답했다. "그것보다 이제 당신은 여기를 떠나야 해요, 내 말 알겠어요?" 레오나르도는 자신이 높게 평가하는 브라초 마르텔리에게 말했다. "로렌초를 호위해서 무사히 집까지 모셔다 드리십시오."

루크레치아가 로렌초에게 입을 맞췄다. "당신을, 당신을 이렇게 놔두고 갈 수 없어요… 로렌초."

"빨리, 갑시다." 레오나르도가 그녀의 손을 잡았다. 그녀는 저항하려 했으나 레오나르도가 그녀를 끌어당겼다. "그만해요. 그래봤자 로렌초를 더 힘들게 할 뿐이오. 가게 내버려둬요. 지금 중요한 건 되도록 빨리 건강을 찾는 것이니까."

두 사람은 걷기 시작했다. 레오나르도는 자신의 작업실로 갈 생각이었다. 거기라면 안전할 것이다. 적어도 당분간은. 어디에도 쓸모없는 화가의 목숨에 누가 관심을 갖겠는가, 레오나르도가 생각했다.

모든 일을 정상으로 돌려놓을 수 있는 기회였다. 비이성적이고 터무니없고 정신이 나갈 만한 상황에서 세 사람이 다시 만나기는 했지만 이 기회를 놓칠 수는 없었다. 의심과 거짓과 배신을 마침내 모조리 지울 수 있었다. 예전의 우정을 되찾게 될 것이다. 레오나르도에게는 그 우정이 꼭 필요했다. 로렌초도 마찬가지였다. 루크레치아는 두말할 필요도 없었다. 레오나르도는 그녀가 용기 있으면서도 잔인했던 행동의 여파로 얼마나 고통을 겪었는지 잘 알았다.

레오나르도에게 두 사람 모두 없어서는 안 되는 존재였다. 그는 인간들에게 선한 일을 하고 서로 화해할 새로운 가능성을 선물하는 자연과 운명이 한없이 너그럽다는 생각을 하며 미소를 지었다. 레오나르도는 행복했다.

루크레치아가 마지막으로 로렌초를 돌아보았다. "로렌초가 나를 구했어요. 살해당할 위험을 무릅쓰고."

"그럴 줄 알았습니다." 레오나르도가 대답했다. "로렌초 같은 남자는 충분히 그러고도 남지요."

그 말을 듣자 루크레치아가 눈물을 쏟았다. 사실이었으니까. 시원한 바람에 그녀의 눈물이 서서히 말라갔다. 비극적인 상황이기는 하나 잠시 가벼워진 기분이었다. 그러다가 줄리아노의 일을 생각하자, 끔찍하게 살해된 그를 떠올리자 부끄러웠다.

그녀는 레오나르도와 함께 시내를 달렸다. 자신의 자식들을 다 집어삼켜버리려는 도시 한가운데를. 하지만 그녀는 사랑과 우정을 되찾았으므로 두렵지 않았다. 그녀의 인생에서 이제 그보다 중요한 것은 없었다.

49. 클라리체의 계획

부상을 당해 한쪽 팔이 피투성이가 된 로렌초를 보자 클라리체는 겁이 났다. 부활절 아침 미사는 로렌초와 젊은 추기경 라파엘로 리아리오 사이의 우정을 기리기 위한 것이었으므로 그녀는 미사에 참석하지 않았다. 그녀에게는 추기경이 조금도 중요하지 않았다.

종교와 믿음은 그녀가 가진 모든 것이어서 이른 아침부터 그녀는 팔라초 메디치 예배당 기도실에 틀어박혔다. 올해도 로렌초와의 관계는 조금도 좋아지지 않았다. 그래서 공식석상에 모습을 보일 생각이 추호도 없었다. 로렌초를 기쁘게 해주고 싶지 않았을 뿐더러, 그녀의 남편이 아직도 루크레치아 도나티에게 빠져 있다고 뒤에서 신이 나서 수다를 떠는 피렌체 귀부인들의 동정이나 멸시를 받을 생각도 없었다.

그런데 브라초 마르텔리와 아뇰로 폴리치아노의 부축을 받아 들어오는 로렌초를 보자 그녀는 할 말을 잃었다. 그러나 곧 정신을 차렸다. 하녀들에게 하얀 리넨 붕대와 찬물을 담은 대야를 로렌초의 방으로 가져오라고 명령을 했다. 그러고 난 뒤, 남편과 단둘이 있기 위해 방에 들어온 사람들 모두에게 나가라고 말했다.

로렌초를 침대에 눕힌 뒤에 지혈을 위해 팔의 상처 부위에 임시방편으로 묶어둔 천을 풀었다. 하인들이 필요한 물건들을 가져오자 엉겨붙은 피와 그사이 나온 체액을 닦아내고 깨끗하고 부드러운 리넨 붕대로 묶었다. 그런 뒤 목의 상처를 정성껏 치료했다.

치료가 끝나고 그녀는 로렌초의 눈을 바라보았다. 치료를 하는 내내 그는 아무 말 없이 그녀에게 몸을 맡기고 있었다.

"고맙소, 여보." 그가 말했다. 그리고 들릴락 말락 한 목소리로 덧붙였다. "줄리아노가 살해당했소."

"뭐라고요?" 클라리체는 잠시 자신의 귀를 의심했다.

"말한 대로요. 오늘 아침 성당에서 프란체스코 데 파치와 베르나르도 반디니가 줄리아노를 잔인하게 살해했소."

클라리체가 한 손으로 입을 막았다. 그녀는 자리에서 일어났다. 머리가 빙빙 도는 기분이었다. 순식간의 일이었다. 뭔가가 속을 뒤집어놓은듯 금방이라도 구토를 할 것 같았다. 로렌초가 몸을 일으켜보려 했으나 그녀가 한 팔로 제지했다. 그리고 침대 앞의 소파에 앉았다.

"어떻게 그런 일이." 그녀가 말했다. "어찌된 일인지 말해줘요."

로렌초가 파치가 사람들이 꾸민 음모에 관해 말했다. 그리고 줄리아노가 어떻게 자신의 눈앞에서 죽어갔는지 이야기했다. 자신은 친구들의 도움으로 대성당 성구실로 몸을 피해서 기적적으로 살아남았다는 것도. 그 과정에서 프란체스코 노리처럼 비극적으로 생을 마친 친구도 있었다는 이야기도 들려주었다.

로렌초의 목소리가 갈라졌다. 클라리체는 깜짝 놀란 눈으로 그를 보았다. 그녀는 혼란스러웠다. 너무나 혼란스러워 눈물조차 나지 않을 지경이었다. 처음으로 정말 남편을 잃을 뻔한 상황이 벌어졌고 어떤 의미에서는, 앞으로도 남편을 잃을 수 있다는 사실이 공포로 다가왔다. 그녀는 남편을 포옹했고 옆에 앉아 그의 풍성한 검은 머리를 쓰다듬었다.

그리고 따뜻한 수프를 마시게 한 뒤 좀 쉬라고 권했다. 하지만 로렌초는 친구와 동맹자들과 이야기를 나누고 싶었다. 그들에게 감사 인사를 하고 신중하게 행동하라고 꼭 당부해야만 했다. 그는 이런 비극이 구실이 되어 메디치가 지지자들이 도시에서 전쟁을 벌이지 않길 바랐다. 클라리체가 그에게 입을 맞췄다.

그럼 이제 어떻게 해야 할까? 그녀는 난데없이 남편을 영원히 잃을지도 모를 위험한 상황에 처했다. 지금까지 많은 일이 있었다. 수많은 굴욕을 경험했고, 로렌초는 남편의 도리를 저버리지는 않았을 뿐 무관심으로 일관해왔다. 하지만 그녀는 마음속으로 남편을 사랑하고 있음을 알아차렸다.

그녀는 거울을 보았다. 얼마 전부터 몸에 자해하는 일을 멈췄다.

가슴의 상처들은 다 아물어서 이제 불그레한 흉터 몇 개만 남아 있을 뿐이었다. 그녀는 앞으로 가능한 한 로렌초의 곁에 머물러야겠다고 생각했다. 전에는 그럴 수 없었지만 이제 이 비극적인 사태를 이용해서 정치를 멀리하고 가정에 전념하게 할 수 있으리라. 줄리아노의 죽음으로 로렌초는 더욱 집안에서 없어서는 안 될 존재가 되었다.

불쌍한 줄리아노! 그는 아무에게도 피해를 준 적 없고 모두에게 선량했으며 권력이나 도시를 지배하는 문제에 크게 관여하지도 않았다.

그제야 비로소 클라리체는 눈물을 흘리기 시작했다. 그들에게 들이닥친 불행 때문에 흐르는 눈물이었다. 아무 죄도 없는 젊은이가 개처럼 학살을 당했다. 줄리아노는 다정다감한 남자였고, 그녀의 남편인 로렌초 역시 여러 잘못이 있기는 해도 이렇게 목숨을 위협받는 공격을 당할 사람은 아니었다.

비극적인 사건들을 생각하는 사이, 클라리체는 마음속에서 서서히 깊은 분노가 이는 것을 느꼈다. 거의 본능적으로 사람을 보내 자신의 일을 돕는 귀부인 한 명을 불러오게 했다. 그녀가 맹목적으로 신뢰하는 비올라였다. 비올라를 기다리는 동안 그녀의 마음속에서 한 가지 생각이 점점 뚜렷해져갔다. 처음에는 그냥 느낌, 직감, 막연한 생각에 불과했으나 자신의 방문을 두드리는 소리를 듣자 한 가지 계획이 떠올랐다.

비올라가 방에 들어서자 클라리체는 자신이 지금 옳은 일을 하려는 중이라고 되뇌었다. 뿐만 아니라 로렌초의 안전을 위해서는 이 방법밖에 없을 게 분명했다.

루크레치아 도나티를 사랑하게 된 뒤로 로렌초는 클라리체가 다 상상하기 힘들 정도로 많은 위험에 노출되었다. 레오나르도와 그 동성애 재판은 말할 필요도 없었다. 결국 레오나르도가 무죄로 방면되기는 했지만 클라리체는 레오나르도가 고발을 당한 데에는 분명 뭔가가 있다고 확신했다. 다른 무엇보다 레오나르도가 인물화를 그리는 광기 어린 방식은 천재적일 뿐만 아니라 위험하기까지 했다. 폰테 베키오 다리에서 본 레오나르도는 해를 끼칠 사람처럼 보이지는 않았지만 독특하고 기이해 보이긴 했다.

클라리체는 레오나르도의 작업실이 올트라노에 있다는 걸 알았다. 정확한 위치는 몰랐지만 똑똑한 남자라면 분명 그곳을 찾아낼 수 있을 것이다. 그리고 그녀는 작업실에서 그리 멀지 않은 곳에서 루크레치아 도나티도 만날 수 있을 것이라 확신했다. 용병에게 돈을 주어 자객 몇 명을 거느리고 두 사람 모두에게 피렌체를 떠나지 않으면 살해하겠다고 협박하게 하면 어떨까? 두 사람을 죽여서는 안 되고 그저 겁만 주어야 했다.

그렇게 하면 시간이 흐르면서 남편을 되찾게 되리라. 그녀에게 다른 바람은 없었다.

수레국화를 연상시키는 파란 눈에 연한 금발 머리의 비올라가 들어오자, 클라리체는 용병을 설득해 그런 일을 시킬 가장 적당한 사람이 바로 비올라라고 생각했다. 전설적이라고 할 만한 비올라의 가벼운 정사들은 클라리체의 곁에 있는 귀부인들 모두가 다 아는 사실이었다. 심지어 시간이 자유로운 날에는 평이 좋지 않은 여관에도 즐겨 드나든다는 것까지 알고 있었다. 비올라는 항상 나무랄 데가 없었고, 클라리체의 일을 해주는 다른 귀부인보다 두 배는 똑똑했기 때문에 클라리체는 그런 행실에 전혀 신경을 쓰지 않았다.

그러니까 여러 가지 이유에서 그런 일을 맡기기에 비올라보다 더 적합한 사람이 없었다. 확실한 성공을 위해 그녀에게 피오리노가 가득 든 가방을 선물할 것이다.

비올라가 영리한 눈으로 클라리체의 눈을 똑바로 보았다.

"저를 보자고 하셨어요, 마돈나?"

"그래요, 비올라. 내 머릿속에 맴도는 계획 하나를 말할 테니 들어봐요. 이 계획이 성공하면 당신은 원하던 것을 살 수 있는 돈을 얻을 거고 나는 오래전부터 갈구하던 마음의 평화를 얻게 될 거예요." 클라리체가 그렇게 말하면서 비올라에게 앉으라는 시늉을 했다. "편히 앉아요." 그녀가 말했다. "그래야 내가 계획을 차분히 설명할 수 있을 테니까."

50. 로렌초의 말

로렌초는 지쳐 있었다. 그를 쓰러뜨린 부상으로 인한 육체적 고통 때문만은 아니었다. 그보다 더 나쁜, 부당하고 사악한 뭔가가 있었다. 그로 인해 로렌초는 이미 오래전부터 원래 그가 아닌 다른 존재가 되어야만 했다. 적어도 부분적으로는. 자신의 남자들이 앞에 서 있었다. 오래전 필요악으로 그가 받아들였던 변화에 그들 역시 일조를 했다. 그리고 지금은 그것이 그를 무겁게 짓눌렀다.

로렌초는 자신의 서재 벨벳 소파에 앉았다. 젠틸레 데 베키와 브라초 마르텔리, 안토니오 푸치, 아뇰로 폴리치아노와 다른 남자들이 로렌초 주위에서 지나치게 오랫동안 줄리아노의 불행한 운명에 대해 이야기하며 음모가들에게 욕설을 퍼붓는 중이었다. 길게 이어지는 저주와 욕설이 과도해서 노골적으로 드러내는 그들의 감정들 속에서 로렌초는 미미하지만 위선을 감지했다. 적어도 몇몇 사람들에게서 드러났다.

매순간 긴장감이 고조되는 게 느껴졌다. 정치와 가족 간의 뿌리 깊은 증오에 익숙하지 않은 사람은 감지하기 어려울 긴장감이었다. 물론 그는 아니었다. 그는 그런 긴장감, 왜곡되고 사악한 무엇인가가 노골적으로 드러날 때까지 무르익어가는 기대감을 지나칠 정도로 잘 알았다. 그러니까 모두가 방금 일어난 일을 핑계로, 지금 진행되는 대학살을 정당화하고 싶은 게 분명했다.

파치 가문이 꾸민 음모로 줄리아노가 죽었다. 하지만 로렌초의 남자들은 피의 제물을 요구했고, 피렌체를 도살장으로 만들고 싶어 했다.

물론 그들은 뜻대로 할 것이다. 하지만 로렌초의 승낙을 받지는 못할 것이다. 꿈도 꾸지 말아야 한다. 십여 년 동안 지나칠 정도로 많은 피를 흘렸다. 로렌초는 그 모든 피의 책임이 자신에게 있다는 걸 잘 알았다. 더 이상은 그 공포와 고통을 자신의 어깨에 짊어질 수 없었다.

십여 년이라는 긴 세월 동안 그는 모든 책임을 졌다. 그럴 권한을 받아들인 건 자신의 이익을 위해서가 아니라 그게 생존을 위한 방법이었기 때문이었다.

그의 머릿속에 떠오른 이유는 그것 하나였다. 그렇지만 다시 같은 일이 되풀이되는 것은 허락할 수 없었다. 줄리아노의 죽음이 모든 것을 바꿔놓았다. 그는 언제나 평화를 원했지만 평화라는 이름으로 무시무시한 행동을 정당화하기도 했다. 이번에는 거부하리라.

"여러분들이 무슨 생각을 하는지 잘 아오." 그가 말했다. "파치 가문에 형벌을 내리고 그들을 잡초처럼 뽑아버릴 생각들이지요."

"달리 어찌할 방법이 없네, 로렌초." 젠틸레 데 베키가 대답했다. "지금 저질러진 범죄를 처벌하지 않는다는 건 부당한 걸 넘어 위험하기도 하니까."

"알지만 학살을 허락할 수 없습니다. 나와 관련된 문제라면 파치 가문을 추방시키면 됩니다. 난 또 다시 피바다가 되는 걸 원치 않아요."

"로렌초 말이 맞다고 생각해요." 마르텔리가 자신의 의견을 말했다.

잠시 모두 아무 말도 하지 않았다. 브라초 마르텔리의 아내가 파치 가문 출신이라는 걸 모두가 알기 때문이었다. 하지만 그게 단념할 만한 이유가 되지는 못했다

침묵을 깬 사람은 베키였다. "나는 반대요." 그가 주장했다. "지금 우리가 허약하다는 걸 보여서는 안 되오."

"뿐만 아니라," 안토니오 푸치가 베키의 말에 힘을 실어주려는 듯했다. "그 어느 때보다 공포가 뭔지를 그들에게 가르쳐줘야 할 때요. 체사레 페트루치는 그렇게 하기만을 기다리고 있어요."

"체사레에게 내가 신세를 많이 졌소." 로렌초가 고개를 들었다. 눈은 푹 꺼졌고 얼굴은 수척했다. 두 눈에 담긴 고통을 읽을 수 있었다. 그가 따뜻한 수프가 담긴 컵을 입으로 가져갔다. 부상을 당하고 난 뒤라 빨리 기운을 차릴 필요가 있었다. "체사레는 베르나르도 나르디에게 저항을 해서 프라토를 우리에게 돌려주는 데 큰 기여를 했소. 그에게 나는 더없이 감사하지만 그렇다고 해도 여러분은 내게서 증오의 말을 듣지는 못할 겁니다. 곧 도시가 지옥으로 변하리라는 걸 알고 있지만 내가 그걸 부추기지는 않을 거요. 여러분들은 이 점을 분명히 알아둬야 하오. 앞으로 일어날 일은 여러분이 책임을 져야 할 거요. 내 동생이 살해된 오늘 같은 참극을 되풀이하게 허락할 생각은 추호도 없소. 난 이미 열 명이 죽어가며 흘린 피를 보았소. 당신들 줄리아노의 시신을 잊었소? 프란체스코 노리의 시신은? 프란체스코 노리도 내 눈앞에서 처참하게 죽었소. 정말 내가 더 이상의 피를 원할 거라고 생각하는 거요? 당신들 좋을 대로 하시오. 하지만 내게 허락을 구하러 오지 마시오! 이번만은 아니오!"

"로렌초, 진정하게, 흥분하면 회복이 안 될 거야." 베키가 로렌초의 어깨에 한 손을 올려놓으며 조언했다.

"날 그냥 내버려둬요." 로렌초가 분노하며 말했다. "내 동생의 기억을 떠올리며 혼자 있고 싶소. 내 요구가 지나친가? 지금까지

내 역할이 충분하지 않았습니까? 피렌체가 한 번이라도 나 없이 일을 해결해보라는 겁니다! 내 말 알겠소?"

베키는 할 말을 잃었다. 다른 누구도 감히 말을 꺼내지 못했다.

로렌초의 말들이 명령처럼 허공에 맴돌았다. 그의 지지자들은 정확한 명령을 받은 것이다. 하지만 어쩌면 처음이자 마지막으로 로렌초의 말을 따를 계획이 전혀 없을지도 몰랐다.

베키와 폴리치아노, 안토니오 푸치와 다른 사람들이 말없이 방에서 나갔다. 마르텔리만 남았다. 오래전 로렌초가 마상대회에서 승리한 그날부터 두 사람은 형제 같은 친구가 되었다.

마르텔리가 로렌초의 손을 꽉 잡았다. 로렌초가 그를 보았다. 로렌초의 눈에서 눈물이 반짝였다.

"브라초." 그가 말했다. "저 사람들이 피에 굶주려 있다는 생각이 들었네. 내 여동생 비앙카의 남편인 굴리엘모 데 파치만이라도 살려볼 생각이야. 굴리엘모가 죽으면 견딜 수 없을 걸세. 자네는 피렌체를 위해 최선을 다해주게나."

"나도 자네 말처럼 하겠네, 친구. 저들이 뭐라고 할지 알고 있기는 하지만."

"자네 처와 관련된 문제 말인가?"

브라초가 고개를 끄덕였다. "내 아내가 파치 가문이잖나. 행운이 따라야만 아내를 구할 수 있겠지."

"이제 가 보게." 로렌초가 말했다. "며칠 동안 혼자 슬퍼하며 생각을 정리하고 싶네. 둘 다 필요하니까."

마르텔리가 대답 없이 방에서 나갔다. 그는 로렌초가 어떤 기분일지 절실하게 이해했다. 마르텔리는 그날 핏발이 선 다른 사람들의 눈을 보았다. 그들 각자가 저마다 이 음모를 자기들 복수의 방패막이로 삼고자 했다. 그들은 피렌체가 지옥으로 변하게 놔둘 것이다. 하지만 이번만큼은 그 누구도 로렌초 데 메디치에게 그 책임을 물을 수는 없을 터였다.

레오나르도는 가야 할 길이 그리 가깝지 않다는 것을 알았다. 그들은 올트라노로 가야 했다. 그는 사람들이 많이 다니지 않는 길로 가려 애썼다. 행운의 부적이라도 되듯 잠시 쇠뇌를 꽉 쥐어보았다. 루크레치아가 그의 뒤를 따랐다. 그녀는 레오나르도와 로렌초를 다시 만나게 하고 그들의 길을 다시금 겹쳐 놓은 운명이 믿기지 않는다는 생각을 했다.

도시에 대재앙이 몰아닥친 듯했다. 문짝들이 나가 떨어졌고 처음에는 한산하던 거리마다 이제 메디치 가문 편인 놈팡이와 싸움꾼들이 북적였다. 그들은 먹이를 찾아, 더 정확히 말하자면 파치의 충복이나 친구를 찾아다니는 게 분명했다. 오로지 다 죽여버릴 목적으로.

레오나르도와 루크레치아는 한 무리의 청년이 늙은 남자의 목을 자르는 광경을 목격했다. 남자는 길 한가운데에 무릎을 꿇고 앉아 있었다. 두 눈에는 초점이 없었다. 매끈한 대머리에 한 움큼의 흰 머리가 꼭 깃털처럼 나 있었다. 무리의 누군가 그의 머리를 뒤로 젖히고 단검으로, 빨간 피가 솟구치게 정확하고 깊게 목을 베며 다른 사람들에게 웃어 보였다. 또 다른 청년이 키득거리며 남자의 어깨를 발로 찼다. 노인이 앞으로 고꾸라졌고 진흙에 얼굴이 묻혔다.

노인이 숨을 거두었다. 루크레치아는 터지는 비명을 겨우 눌렀다.

"이쪽으로." 레오나르도가 그녀에게 소곤거렸다.

그들은 산타크로체 쪽으로 가고 있었다. 그 시간쯤이면 점점 심해지는 혼란과 폭동을 기꺼이 이용하려는 자객과 도적들이 더 날뛸 때였다. 레오나르도는 그들이 장악한 지역을 피하기 위해 일부러 멀리 돌아가는 쪽을 택했다. 두 사람이 보르고 델리 알비치 거리를 막 지났을 때 시뇨리아 광장과 그 근처 산 풀리나리 광장에서 큰 고함이 들렸다.

서둘러야만 했다. 아니, 이미 너무 늦었는지도 몰랐다. 긴박한 일이 벌어지려는 상황에서 유일한 해결책은 집으로 들어가 몸을 숨기는 것뿐이었다. 급박한 상황에서 그들이 좁은 골목길을 달려가고 있을 때 더러운 누더기를 걸친 몇몇 청년이 앞을 가로막아섰다.

대략 여섯 명 정도였다. 뼈만 앙상할 정도로 말라 해골 같았고 커다란 눈은 핏기 없는 얼굴에서 금방이라도 튀어나올 듯했다. 광대뼈가 툭 불거져 있었고 머리는 더러웠다. 손에는 칼과 몽둥이가 들려 있었다. 제일 키가 큰 청년이 무리를 지휘했는데 뺨에 길게 상처가 나 있었다. 모두 맨발이었고 쥐 떼들처럼 더럽고, 냄새가 났다. 뺨에 흉터가 있는 키 큰 청년이 공격할 의도를 명백히 드러내며 레오나르도를 부른 건 바로 그때였다.

51. 불한당 패거리

“이봐요, 나리.” 키 큰 청년이 말했다. “부자 같으신데. 옆에 있는 부인은 두말할 필요도 없이 하루 온종일 우리 몸을 부풀게 할 것 같고. 내 말 알아들었는지 모르겠네.” 그러더니 좀 더 정확히 설명하려고 청년이 자신의 두 다리 한가운데의 성기를 툭 쳤다.

같이 있던 청년들이 꼴사납게 웃어댔다.

레오나르도는 대답을 하지 않고 그들 쪽으로 계속 걸어나갔다. 다른 선택의 여지가 없다는 것을 잘 알았다. 그가 머뭇거리면 청년들은 그가 겁을 먹었다고 생각할 게 뻔했다. 레오나르도가 몇 발짝 떨어지지 않는 곳까지 오자 불량배의 대장이 레오나르도를 향해 발을 뗐다.

“내 말 못 들었나?” 그가 다시 말했다. 차분한 레오나르도의 태도 때문에 점점 화가 치밀었다. 무리의 다른 누군가가, 술에 취한 게 분명한 청년이, 같은 패 청년들을 더 흥분시킬 목적으로 욕설을 퍼붓고 협박을 했다.

레오나르도가 계속 앞으로 걸어나갔고 잠시 후 태연하게 왼손으로 청년의 한 팔을 잡아 등 뒤에서 비틀었다. 나머지 한 손으로는 작은 쇠뇌를 수평으로 조준해서 패거리의 다른 청년을 겨냥했다. 그 무리 중 제일 위험해 보이는 청년이었다.

팔이 비틀린 대장이 비명을 질렀다. 그사이 공격자 중 한 명이 칼을 휘둘렀다. 칼날이 번득였다. 레오나르도가 방아쇠를 당겼다. 작은 화살이 날아가서 적의 손을 뚫었다. 손에서 솟구쳐 나온 피가 길 바닥에 희한한 무늬를 그렸다. 청년이 고통으로 비명을 지르며 한 손을 상처 입은 손에 갖다 댔다. 그 바람에 칼이 음울하게 땡그랑 소리를 내며 바닥에 떨어졌다. 공격자가 무릎을 꿇고 말았다.

빰에 흉터가 있는 청년의 손목이 부러졌다. 레오나르도는 팔뚝에 찬 화살 통에서 다른 화살 하나를 꺼내 쇠뇌에 끼웠다. 화살을 발사할 준비가 되었다.

"이제," 레오나르도가 말했다. "누가 덤벼볼래?" 패거리 대장의 목소리가 통증 때문에 갈라졌다. 다른 청년은 손바닥을 관통한 화살 때문에 비명을 질렀다. 나머지 네 명은 자신들의 눈앞에서 벌어진 일 때문에 너무 놀라 눈이 화등잔만해졌다.

루크레치아 역시 말을 잃었다. 레오나르도는 그녀도 놀랄 만큼 빠르게 움직였다. 그의 동작은 어떤 군인에게서도 찾아볼 수 없을 정도로 우아했다. 치명적이기는 하지만 마치 춤을 추는 것 같았다.

아무도 그에게 대항할 생각을 하지 못했다. 패거리 중 둘이 부상당한 친구들을 부축하고 레오나르도와 루크레치아를 그냥 가게 해주었다. 바로 그때 팔라초 델라 시뇨리아의 종소리가 들리기 시작했다. 비상사태를 알리며 시내에 있는 시민들을 소집하는 경종이었다.

"지금 우린 난관에 빠진 것 같군요." 레오나르도가 중얼거리듯 말했다.

"왜요?" 루크레치아가 물었다.

"우리를 공격했던 그 불한당들 봤지요?"

루크레치아가 고개를 끄덕였다.

"이제 더 많은 사람들이 광장으로 나올 겁니다. 도시가 온갖 사람들, 게다가 더 질이 안 좋은 사람들로 북적일 거고. 선동가와 책략꾼들이 군중을 부추겨 파치가를 공격하게 하겠지요. 살인자와 도둑들이 이 혼란을 이용해서 사악한 짓을 할 테고. 그러니 서둘지 않으면 그 혼란의 한가운데에 있게 됩니다."

"하느님께서 우리를 지켜주시길."

"그들이 너무 빠르게 행동에 들어갔습니다. 너무 빨랐어요. 명령을 내려서 도시가 무정부 상태에 빠지는 걸 조금이라도 미룰 줄 알았는데."

"로렌초가 원한 일이라고 생각해요?"

"절대 그렇게 생각하지 않아요! 물론 로렌초가 과거에 실수를 하긴 했지만 사람들이 떠드는 것과 달리 로렌초는 피를 좋아하는 폭군이 아닙니다. 오히려 내가 보기에는 이런 일들을 처리하기에는 너무 허약하고 지나치게 괴로워하는 것 같더군요. 그래서 그에게 협력하는 자들이 자신들이 취할 이익을 다 취하는 것 같고."

"맙소사!"

"이제 이야기는 그만하고 서두릅시다."

야코포 데 파치는 산갈로 성문이 보이는 곳에 도착했을 때 경종 소리를 들었다. 그는 모든 게 수포로 돌아갔다는 것을 알았고 니콜로 다 톨렌티노도 종소리를 들으며 거사가 실패했다는 사실을 알게 될 거라고 짐작했다. 니콜로 다 톨렌티노는 야코포의 운명에는 전혀 신경을 쓰지 않고 로마로 돌아갔을 것이다.

그는 니콜로에게 사태를 알리고 학살을 피할 시간이 없었다. 앞으로 몇 시간 뒤면 메디치가 일당들이 거리로 몰려 나와 파치가의 친구라고 생각되는 사람이든 그저 돕기만 한 사람이든 가리지 않고 살해하고 해를 입힐 것이다. 그가 팔라초 델 포데스타와 도시의 수비대들이 전열을 정비하기 전에 도시에서 빠져 나온 것은 엄청난 행운이었다. 그는 돌로 만든 아치 밑을 지나자마자 말을 달려 가능한 한 피렌체에서 멀어지려 했다.

라우라는 달리 어쩔 방법이 없었다. 생각만 해도 심장이 찢어지는 듯 했지만 적어도 루도비코의 시신을 수습해야 한다는 건 알았다. 텅 빈 성당 안에서 누군가 버리고 간 게 분명한 얇은 망토를 찾아냈다. 바닥에 쓰러졌을 때 사람들에게 짓밟혀 기진맥진했기 때문에 망토를 아들에게 겨우 입혔다. 아무도 그녀가 누구인지 모르지만 그게 그리 큰 도움이 되지는 않았다. 메디치 일당들은 그들 편이 아닌 사람은 누구든 공격할 수 있었다. 그리고 피렌체 거리를 혼자 지나는 여인은 저항할 수 없게 매력적인 표적이었다.

그녀가 겨우 성당 밖으로 나왔을 때, 오전에 그녀가 성당까지 타고 왔던 마차는 이제 보이지 않았다. 사태를 지켜본 마부가 그 자리를 피하기로 결심한 게 분명했다. 아니면 그에게도 무슨 일이 있었는지 누가 알겠는가? 만일 마부가 단순히 겁이 나서 그녀를 거기 버려두고 갔다면 라우라는 이몰라에 돌아갔을 때 그자를 채찍으로 쳐죽일 작정이었다.

말이 필요했다.

그녀는 카스텔라초가 쪽으로 계속 걸어갔다. 그녀가 알고 있기로는 그 길로 쭉 가면 발라 성문에 도착한다. 그곳까지만 가면 어떻게 해서든 피에솔레 쪽으로 가다가 거기서 다시 이몰라로 향할 수 있었다. 물론 걸어서는 갈 수 없었다. 게다가 이상한 짐까지 있어서 그녀는 망토 자락으로 가려 보려 애를 쓰는 중이었다. 그녀는 피비아이가 쪽으로 방향을 바꿨다. 발라 성문으로 가는 큰 길인 세르비가는 메디치 일당들이 깔렸을 게 분명해서였다.

라우라는 불상사를 피하고 싶었다. 거리로 들어서자 문이 다 닫힌 상가가 눈에 뜨였다. 상인들은 꼼짝 않고 집에 틀어박혀 있는 게 낫다고 생각하는 게 분명했다. 그녀가 정확한 목적도 없이 집과 공방들 사이를 헤매고 있을 때 드디어 행운이 찾아왔다. 누군가가 놓아두고 간 말 한 필이 그녀 앞의 말뚝에 묶여 있었다. 목숨을 부지하기 위해 급히 달아나느라 말을 거기 버린 게 분명했다.

라우라가 슬며시 미소를 지었다. 마침내 목숨을 구할 가능성을 하나 갖게 되었다. 천천히 말에 다가갔다. 말이 자신의 말을 알아듣기라도 하는 양 둘째손가락을 입술에 가져다 댔다. 그리고 말 앞에 도착하자마자 매끄러운 몸을 쓰다듬었다. 멋진 갈색 말이었다. 노란 갈기는 밝은 구리 색을 연상시켰다.

그녀는 말의 귀에 부드럽게 뭐라고 소곤거렸다. 말이 그녀의 뜻을 이해한 것처럼 알겠다는 듯 낮게 히잉 울었다. 말이 가볍게 발을 구르는 사이 라우라가 수레에서 말을 풀었다. 그녀는 물론 노련하지는 않았지만 어지간히 말을 탈 줄 알아서 등자에 한 발을 단단하게 고정시키고 다리에 힘을 주어 민첩하게 안장에 오를 수 있었었다. 온몸이 찢어진 상처와 멍투성이여서 그렇게 움직이다 보니 지옥의 형벌이라 생각할 정도로 통증이 끔찍했다. 하지만 그녀는 굴복하지 않았다.

그녀는 이몰라에 도착해서 그녀에게 맡겨진 임무를 끝내리라고 스스로에게 약속했다. 그러니 말을 타는 게 아무리 힘들어도 멈출 수는 없었다. 뿐만 아니라 그 말은 계속 앞으로 나가라고 그녀를 격려하는 운명의 신호였다. 그녀는 말을 타고 발라 성문까지 갔다.

이미 수많은 수비병이 성문에 모여 있었다. 쉬운 일은 아니었지만 뭔가 핑계를 둘러대야 할 것이다. 어떻게 해야 할지 궁리하는 동안 좋은 수가 떠올랐다.

그녀는 말머리를 돌려 말을 발견한 곳으로 돌아갔다. 말이 묶여 있던 말뚝 근방에서 막 싸놓은 말똥을 발견했다. 그녀는 말에서 내렸다. 말똥을 손으로 집어 망토와 찢어진 옷에 발랐다. 되도록 구역질이 나게 만들려고 꼼꼼하게 계속했다. 망토의 구석구석에 악취가 나는 말의 분비물이 충분히 스며들 수 있게.

수비병들이 가까이 접근할 수 없을 정도로 충분히 발랐다고 판단되자 다시 말에 올라 발라 성문 쪽으로 갔다. 성문에 가까워질수록 그녀는 고개를 숙이고 달렸다. 망토 모자를 푹 눌러써서 그녀의 눈이 거의 보이지 않았다. 도시 수비병 하나가 그녀를 보고 다가왔다.

키가 크고 건장한 사내였다. 포도주와 구운 고기 냄새를 풍겼다. 긴 검은 머리가 얼굴가리개 없는 투구 밖으로 흘러내렸다. 허리에는 단검을 차고 있었다. 검은 수염이 수색을 하는 듯한 밝은색 눈과 대비되었다.

"여기 우리 앞에 있는 이 여인이 누군지 한번 볼까." 그가 불길한 예감이 드는 말투로 비웃으며 말했다. 하지만 말에 손을 대려는 순간 악취가 가차 없이 그를 공격했다.

"빌어먹을!" 그가 진저리를 쳤다. "이 고약한 냄새!"

"죄송합니다, 나리." 라우라가 말했다. "나리를 위해 뭐든 할 수 있는데…." 그녀가 한 손을 뻗어 수비병을 만지려 했다.

"멀리 떨어져라, 더러운 거지년! 너한테 나는 똥냄새 때문에 숨이 막혀 죽겠어!" 그러더니 손가락을 들어 되는 대로 코를 틀어막아보았다.

"무슨 일인가, 카포니?" 수비대 상사가 그에게 물었다. 상사는 지금 서둘러 시내를 빠져나가려는 한 가족을 수색 중이었다. 가족은 네 명이었는데 온갖 가재도구과 짐을 가지고 있었다. 그 많은 짐을 노새의 등에 잔뜩 실어서, 뼈가 앙상한 노새가 그대로 짐에 눌려 등이 부러질 것만 같았다.

"아무것도 아닙니다. 떠돌이 거지인데 몸에서 나는 악취가 참을 수 없습니다."

"그럼 그냥 보내주는 게 좋겠네. 빨리 그 여자에게서 해방되게 말이야."

"저도 그렇게 할 생각이었습니다."

그러더니 수비병은 다른 말없이 손을 들어 라우라에게 성문 밖으로 나가라는 신호를 보냈다.

52. 지상의 지옥

"팔라! 팔라! 팔라!" 메디치가의 지지자들이 어둠에 잠긴 도시의 거리를 돌아다니며 집요하게 같은 말을 반복했다. 최고행정관과 8인 위원회와 포데스타가 모든 성문을 잠그라고 명령했다. 피렌체는 거대한 감옥이 되었다. 그 안에서 파치 일당은 색출되고 살해당할 것이다. 한 사람도 남김없이.

횃불에서 푸르스름하고 검붉은 빛이 발산되었다. 피가 흥건하고 쓰레기들이 넘쳐나는 골목은 쥐의 소굴 같았다. 저택의 대문들은 문짝이 떨어져 나갔지만 메디치가 지지자들은 눈도 깜짝 하지 않았다. 유리가 깨지고 경첩이 뽑혀나가고 자물쇠가 부러졌다. 메디치가 지지자들은 어디든 들어가 죽음을 불러올 수 있었다.

시체가 거리를 메웠다. 비가 내리기 시작해서 피가 강물이 되어 흐르며 피렌체를 더럽혔다. 농부들은 이 저주스러운 사건으로 수확물을 망쳤다고 생각했다. 그래서 그들까지 파치 가문을 향해 분통을 터뜨렸다.

땅 위에 지옥이 펼쳐졌다. 범죄자와 도둑들이 메뚜기 떼처럼 시내로 몰려들었다. 그들은 시체를 약탈하고 순례자들을 죽이고 여자들을 강간했다. 피렌체는 거대한 변소, 무슨 일이든 다 일어날 수 있는 자유 무역항과 다르지 않았다. 어떤 행동이든, 그것이 더없이 비열한 행동이라 해도 파치 가문을 해치는 일이라면 절대 처벌을 받지 않았다. 음모는 야코포 집안을 폐허로 만들었고, 지금 서서히 메디치 가문이 그 음모의 승자가 되어가는 중이었다. 참극과 고통

위에 만들어진 승리였다.

젠틸레 데 베키와 안토니오 푸치, 체사레 페트루치와 다른 지도자들은 일시적인 권력 공백의 상태를 이용해서, 자신들의 반대파로 드러난 사람들 모두를, 심지어 그저 메디치 가문에 충성하지 않았을 뿐인 사람들까지 모두 타도해버렸다. 그들은 잔혹한 복수심에 불탔다. 줄리아노의 시신은 새로운 피렌체 건설의 토대가 될 순교의 상징 자체가 되었고 그들의 정치적 당파에 아주 유리했다.

로렌초는 말할 수 없는 슬픔과 고통에 빠져 있었다. 정의는 모든 위엄을 잃고 보복의 수단으로 변해버렸다. 원리원칙은 사라지고 독단적인 의견으로 바뀌었으며 정확함은 잔인함으로, 규율은 폭력으로 변했다. 공포와 두려움의 세계에서 눈앞에 펼쳐지는 악몽이 시민들의 삶을 물들였다.

야코포 데 파치에게도 사형이 선고됐다. 곧 이어 팔라초 델라 시뇨리아 창문에서 교수형을 집행하고 난 뒤에도 분노의 대향연은 끝이 나지 않았다. 오히려 광기의 시간으로 불타올라 이전보다 훨씬 더 잔인한 온갖 범죄가 자행되었다.

한 무리의 메디치 지지자들이 팔라초 델 포데스타 앞에 위치한 베네딕트 수도회 수도원으로 들어갔다. 수도원을 샅샅이 뒤지고 파괴한 뒤 안토니오 마페이와 스테파노 다 바뇨네를 찾아냈다. 로렌초 데 메디치의 목숨을 빼앗으려 했던 수도사들이었다. 지지자들이 그들의 머리채를 잡아 거리로 끌고 나와 군중의 손에 넘겼다.

죽음의 행렬이 이어지는 그 며칠 동안 시내에 구리세공사, 창녀, 농부, 장인, 거지, 모험가들이 모여들었다. 그 대열에서 은빛 머리를 길게 기른 한 남자가 떨어져 나왔다. 그는 이를 테면 그 사람들의 우두머리로 독특한 머리 색깔 때문에 "그리조"*라고 불렀다. 그는 과거에 여러 용병부대에서 일했고 지금은 그저 건달로 살았다. 그는 이런 혼란을 이용해서 한몫 챙길 욕심으로 폭력을 휘두르는 중이었다.

그가 겁에 질린 두 수도사에게 다가가면서 허리춤에서 날카롭고 긴 칼을 꺼냈다. 마치 맛있는 요리를 미리 맛보듯이 혀를 칼에 쓰윽 갖다댔다. 그리고 어깨를 잡고 무릎 아래쪽을 차서 마페이를 땅에 쓰러뜨렸다.

수도사가 절망적으로 눈물을 흘리기 시작했다. 그리조가 경멸의 표시로 그에게 침을 뱉었다. 왼손을 그의 머리에 갖다댔다. 횃불과 화로의 불빛에 잠시 그리조의 칼날이 번득였다. 곧 메마른 소리와 함께 발밑의 오줌과 눈물의 웅덩이 속에 웅크린 불행한 수도사의 한쪽 귀가 잘려나갔다.

군중이 흥분해서, 그리고 극악한 행동에 만족해하며 함성을 질렀다. 그들은 다시 한 번 더 반복하길 바랐다. 그리조가 고문을 계속하도록 환호하며 격려했다. 그는 자신을 지켜보는 구경꾼을 실망시키지 않기 위해 다른 쪽 귀도 잘라서 땅에 던졌다.

검은 피가 안토니오 마페이의 얼굴에 줄줄 흘러내렸다. 그리조라는 미치광이가 거사를 같이 한 동료를 처참하게 고문하는 광경을 본 스테파노 다 바뇨네가 비명을 지르기 시작했다. 군중 몇몇은

* '회색의'라는 뜻의 이탈리아어.

그 잔인한 행동에 숨죽여 흐느끼기도 했다. 어떤 사람들은 욕설을 퍼부어, 그자들에게 본보기로 형벌을 내릴 수 있게 했다.

이미 믿기 어려울 정도로 흥분한 군중이 수도사들과의 간격을 점점 좁혔다. 메디치 지지자들 중 제일 난폭한 두 사람이 그들을 발로 차기 시작했다. 두 사람을 따라 적어도 열두어 명 정도되는 남자들도 두 수사에게 주먹질을 하고 침을 뱉고 몽둥이로 때렸다.

소나기처럼 퍼붓는 주먹질에 계란껍질 부서지듯 뼈가 부러지며 우두둑 소리가 났다. 그리조는 끔찍한 광경을 보자 기분이 좋았다. 환하게 미소를 지었다. 사악하고 심술궂게 빛나는 두 눈이 희미한 불빛 속에서 음산하게 번득였다.

당혹스러운 상황이 끝나자 그가 말에 올라탔고 다른 동료 한 명도 그를 따랐다. 지지자 몇 명이 두 음모자들의 목에 올가미를 씌우고 밧줄의 끝을 말을 탄 두 남자에게 넘겼다. 말을 탄 두 남자가 각각 밧줄을 단단히 잡은 뒤 말에 박차를 가해 달렸다. 두 수도사가 미친 듯이 달리는 말에게 끌려가는 동안 군중은 다시 한 번 더 환호성을 질렀다.

그 너머에 교수대가 있는, 주스티치아 문까지 가는 동안 수도사들은 다시 뼈가 부러지는 소리를 들었다. 이가 빠졌고 혀가 잘려나갔다. 주스티치아 문에 도착하자 그리조와 그의 동료가 미친 듯이 질주한 말을 세웠다. 판사들은 우스운 연극 같은 소름끼치는 재판을 진행 중이었다. 그들은 두 수도사에게 교수형을 언도했다.

그 광경을 지켜보던 수많은 남녀에게서 함성과 박수갈채가 터져 나왔다. 도시 수비병들이 두 수도사를 교수대로 끌고 갔다. 하늘에서 까마귀들이 높이 날며 울어댔다. 들개들이 으르렁거리는 사이 이미 무슨 소리인지 알아듣기도 힘든 안토니오 마페이와 스테파노 다 바뇨네의 비명 소리가 우스꽝스러우면서도 소름끼치는 교수대에서 하늘로 올라갔다.

사형집행인이 튼튼한 새 올가미를 다시 두 수도사의 머리에 씌웠다. 최고행정관으로부터 사형을 집행하라는 신호를 기다렸다. 그런 혼란한 틈을 타서 누군가 죄인들에게 썩은 과일을 던지기 시작했다. 과일이 깨지며 즙이 많은 누르스름하고 진득한 덩어리들이 그들의 몸과 얼굴을 더럽혔다. 눈물과 콧물, 썩은 내 나는 과육으로 얼룩진 안토니오 마페이의 얼굴은 끔찍한 괴물의 가면 같았다. 귓바퀴 없이 피가 흐르는 두 개의 구멍만 남은 귀가 그 음산한 광경을 더욱 소름끼치게 만들며 수도사에게 남아 있던 얼마 되지 않는 마지막 품위와 연민을 앗아가버렸다.

최고행정관이 고개를 끄덕이자 사형집행인이 지렛대를 움직여 교수대의 마루를 밑으로 내렸다. 사형수들의 발이 허공에서 발버둥쳤고 다리가 빙글빙글 돌았다. 얼굴은 고통으로 일그러졌고 목이 졸리며 컥컥 소리가 났다. 안토니오 마페이는 금방 숨을 거두었지만 스테파노 다 바뇨네는 시간이 좀 더 걸렸다. 얼굴이 퉁퉁 부어올랐고 눈은 거의 안구에서 튀어나오기 일보직전이었다. 군중이 욕설을 퍼부으며 빨리 죽으라고 저주하는 동안, 운명의 장난을 이해하지 못하는 그의 육신은 죽을 수밖에 없는 자신의 운명에 어리석게도 저항하는 듯이 보였다. 마치 인간들이 저지른 일에 분노한 하느님이 그를 부당함에 대한 저항의 본보기로 삼기라도 하는 것 같았다. 그의 육체를 이용해 초자연적인 경고를 하는 것인지도 몰랐다.

마침내 잔인한 고통 속에서 스테파노 다 바뇨네도 숨을 거두었다. 하지만 죽음과의 마지막 극적인 무도는 그 자리에 있던 사람들의 뇌리에 깊게 박힐 정도로 인상적이어서 몸을 떠는 사람이 한둘이 아니었다. 마치 그런 광적인 분노를 터트리기 시작한 뒤 처음으로, 어떤 일이 자행되었는지를 알아차리기라도 한 듯했다.

53. 결산

시골 여자가 주는 쾌락에 그는 미칠 지경이었다. 그녀의 몸에 올라가 있으면 동물을 소유하는 기분이 들었다. 순종적이고 유연한 그녀는 온순한 노새여서 온갖 종류의 성적 만족을 주기에 완벽했다. 그는 자기에게 저항하지 않고 어떤 짓을 해도 모두 받아들이는 여자에게 도취되어 무아지경에 빠져 있었다. 그는 그 여자를 벌줄 수도 있고, 채찍을 휘두를 수도, 있고 몸 어느 구멍에나 삽입을 할 수도 있었다. 그녀는 그가 여자에게 원하던 바로 그 고분고분한 태도로 그를 맞아주었다.

그는 안나와 있을 때면 정말 그 땅의 주인인 기분이 들었다. 그녀를 달콤한 과일처럼 맛볼 수 있기 때문이었다. 그녀는 무방비 상태로 자연스럽게 자신을 그에게 맡겨 순순히 강간을 당하고 먹이가 되었다. 죽 한 그릇과 깨끗한 잠자리 이상의 대가를 원하지도 않았다. 그가 흥분을 하는 이유는 그녀의 외모 때문만이 아니라 단순하고 매우 충실한 여자로서 그에게 보이는 감사의 마음도 한몫을 했다. 그는 자신이 안나를 매혹시킬 정도의 힘을 가지고 있다는 것을 알고 있었다. 그 힘은 그가 원초적으로 휘두르는 우월감, 귀족이라는 출신과 연결된 그 우월감을 생생하게 증명했다. 가장 강력한 권리였다.

하지만 그렇게 하면서 그는 서서히 그녀에게 순종적인 남자가 되어 가고 있었다. 아니, 좀 더 정확히 말하면 그녀에게 종속되어 가는 중이었다. 그녀와의 섹스는 말할 수 없는 기쁨을 주었기에 지롤라모 리아리오는 이제 그것 없이는 살 수가 없었다.

더, 더, 더 원했다. 만족할 줄을 몰랐다.

낮이고 밤이고 매일 매시간 그녀를 가졌다. 그녀는 항상 준비가 되어 있었다. 불평을 하지 않았을 뿐더러 오히려 항상 놀라운 힘으로 응대했다.

부드러운 엉덩이와 풍만한 가슴, 얼굴 표정은 특징이 없어서 거의 바보 같아 보였지만 바로 이 때문에 더없이 매력적이었다. 얼굴이 섹스의 정수라고 할 정도로 안나는 섹스 그 자체였다.

지롤라모 리아리오는 지금까지 가졌던 생각과는 정반대의 의미에서 그녀를 여신처럼 떠받들었다. 그녀가 자신의 성기로 이성을 뒤흔들며 그를 자신의 손아귀에 넣었고, 그의 의지를 죄다 빨아들여버렸기 때문이었다.

그렇게 자신을 지우고, 세상을 부정하며 리아리오는 정신을 잃어갔고 자유를 맛보았다. 세상의 윤곽이 서서히 사라지면서 오로지 정액과 애무와 발기와 신음으로만 물든 육욕의 대향연장으로 변해갔다. 그는 자유를 맛보며 생각도, 걱정도 다 떨쳐버리고 가벼워진 기분이었다.

바로 지금이 그런 순간이었다. 그는 안나를 어린아이처럼 자기 무릎에 앉혔다. 그녀는 그런 자세가 좋았는데 그곳이 몸을 피하기에 가장 안전한 유일한 장소이기 때문이었다.

그녀는 참지 못하고 장난스럽게 비명을 질렀다. 그가 천천히 두 번째 손가락으로 입술을 벌렸다. 체리처럼 빨간 입술의 부드럽고 촉촉한 느낌이 손가락에 전해졌다.

"빨아!" 그가 손가락을 위아래로 움직이며 말했다.

안나가 탐욕스레 입술로 손가락을 감쌌고 그의 손가락이 목까지 닿게 내버려 두었다. 그와 동시에 그의 성기가 차츰 부풀어 오르며 자신의 항문을 누르는 게 느껴졌다. 지롤라모 리아리오는 벌써 흥분하기 시작했다. 더 이상 참을 수 없을 정도로 단단하게 발기가 되었다. 그는 가운데와 넷째손가락까지 그녀의 아름다운 입에 집어넣었다. 뭐든 할 준비가 되어 있는 그녀의 입에서는 욕정이 뚝뚝 떨어졌다.

그의 손가락을 빨고 난 뒤 안나가 그의 앞에 무릎을 꿇고 앉아 귀두에 한 손을 올려놓고 살짝 꼬집으면서 성기를 주무르기 시작했다. 천천히, 힘없이, 거의 건성으로 그렇게 했다. 이몰라의 군주는 그녀를 갖고, 그녀의 몸속에 가라앉고 싶은 욕망에 몸이 달아올랐다.

어떻게 그녀는 이렇게 단순한 방식으로 그를 노예이자 주인으로 만든 것일까? 그런 의문으로 그는 당황했고 아득할 정도의 희열에 빠졌다. 그는 안나가 한참 성기를 만지게 내버려두었다. 그가 거의 오르가즘을 느낄 순간에 이르자 안나가 몸을 돌렸다. 그에게 등을 보이고 엉덩이를 내밀고 두 팔로 땅을 짚었다. 그가 사정을 해서 여자의 항문 위쪽을 미지근한 정액으로 적셨다. 투명한 그녀의 살 위로 정액이 흘렀다. 그녀가 둘째손가락에 정액을 조금 묻혀 리아리오의 세 손가락과 함께 자기 입에 집어넣었다.

그는 미칠 것 같았다. 정신을 잃을 정도의 쾌락에 빠져 들어갔다.

그가 안나를 강제로 침대에 눕히려던 순간 차가운 뭔가가 그 뜨거운 순간에 사악하게 끼어들었고 촛불이 잠시 흔들리며 어둑한 침실 안 여기저기에 불빛을 퍼뜨렸다.

"그러니까 거사의 결과를 이런 식으로 기다리고 있었던 거군요, 안 그렇소?"

리아리오가 아는 목소리였지만 그 순간 안나의 관능적인 격한 비명과 뒤섞여서 목소리의 주인이 쉽게 떠오르지 않았다. 그렇지 않았으면 금방 알았을 거라고 자신했다.

빌어먹을, 누구란 말인가?

"당신은 그러니까 이 시골 여자가 주는 쾌락의 노예가 돼서 내가 누군지도 이제 모른다는 거군? 그렇게 하찮은 남자였어, 안 그래? 진즉에 알았어야 하는데, 얼마나 어리석었는지!"

"라우라…."

"리치!" 라우라가 그의 등 뒤에서 그 대신 말을 마무리했다.

"잠깐만 기다리시오…." 그가 말을 해보려 했다.

"너무 오래 기다렸는데, 안 그렇소?"

지롤라모 리아리오는 목에 와닿는 차가운 뭔가를 느꼈다.

칼날이 번득였다.

"당신 여자에게 이 방에서 나가라고 하시오." 라우라가 계속 말했다.

지롤라모 리아리오는 지체하지 않았다. "안나, 이제 가도 돼."

여자가 고개를 끄덕였다. 부드러운 두 눈으로 바닥을 내려다보며 옷을 챙겨 총총걸음으로 문 쪽으로 걸어갔다.

문이 닫히는 소리를 듣자 라우라가 자기도 모르게 말을 내뱉었다. "저렇게 핏기 없고 촌스러운 여자에게서 뭘 찾는지 여전히 불가사의하다니까."

리아리오는 섣불리 대답을 하지 않으려 조심했다.

"이제," 라우라가 다시 말했다. "벌레처럼 벗은 알몸 그대로 꼼짝 말고 서 있으시오. 그리고 내가 시키는 대로 하시오."

"알았소." 그가 확실하게 대답했다.

"쓸데없는 말은 할 필요가 없소." 라우라가 그의 목에 댄 칼에 힘을 주었다. 살짝 찢어진 상처에서 피가 방울방울 떨어졌다. 그사이 그녀가 팔을 뻗어 짐 꾸러미를 침대에, 리아리오의 눈앞에 내려놓았다. "매듭을 풀어 꾸러미를 펼치시오."

리아리오는 지체하지 않았다. 목숨이 달린 문제였다.

이상하고 흉측한 물건이었다. 가까이에 있기도 힘들 정도로 고약한 냄새가 풍겼다. 누군가 더러운 걸레를 둘둘 말아 놓아 주위에 이상한 냄새가 고인 것만 같았다. 리아리오는 매듭을 끄르고 시커먼 액체에 흠뻑 젖은 긴 천 조각을 풀었다.

천천히 끈을 푸는 동안 구역질나는 악취는 점점 더 참을 수 없이 강해졌다. 몇 시간 전에 먹은 음식이 목구멍으로 자꾸 올라와 아무리 노력을 해도 금방이라도 구토를 할 것만 같았다. 마침내 구역질나는 일을 마친 리아리오는 무의식적으로는 이미 직감했으나 이성이 받아들이기를 거부했던 사실을 발견하게 되었다.

하얀 천의 제일 안쪽은 시커멓게 변해 있었고 그의 두 손은 곧 역겨운 액체에 뒤덮였다. 천조각의 어느 곳은 이미 말라버렸고 어떤 곳은 딱지처럼 무언가 엉겨붙어 있었다. 응고된 피였다. 마침내 천을 다 펼치자 머리가 침대로 굴러 나왔다. 눈은 놀라움으로 딱 벌어져 있었고 더러운 머리카락은 촉수처럼 뻿뻿하게 아무렇게나 뻗어 있었다. 한때 차가운 가면 같았던 얼굴이었다.

루도비코 리치!

지롤라모 리아리오는 더 이상 버틸 수가 없었다. 위가 요동을 쳐서 그는 털썩 주저앉아 있는 대로 다 토해냈다. 라우라가 그의 갈비뼈 부근을 발로 찼다. 리아리오가 바닥에 쓰러져 방금 토해낸 토사물을 뒤집어썼다.

“내 아들이야!” 라우라 리치가 소리쳤다. “내가 얼마나 바보였는지. 타로 카드 점을 꼭 쳐야 할 때였는데 거기서 나올 대답이 무서워 그렇게 하지 않았지. 그래서 지금 내가 여기 있고.” 그녀가 비통하게 말했다. 아주 오래전에, 기억조차 하기 힘든 옛 시간의 한 구석에서 시작된 비통함 같았다. 그 오랜 시간 마음에 간직하고 있다가 이 순간에야 비로소 그로부터 자유로워진 것 같았다.

"제발 부탁이오…." 그가 다시 말했다.

"푭." 그녀가 최대한의 분노를 모두 담아 분통을 터트렸다. "의미조차 모르는 그런 말 입에 담지도 마시오. 그런 말을 들어줄 인내심을 찾기도 힘드니까." 라우라는 이제 완전히 정신이 나간 듯했다. 그녀는 무릎을 꿇고 있는 죄인을 내려다보았지만 그와 동시에 그를 보지 않는 것 같기도 했다. 그녀의 눈에 베일이 드리워졌다. 그 자리에 있는 게 아니라 전혀 다른 머나먼 곳에 갇혀 꼼짝 못하는 듯했다.

어떤 의미에서 보면 그녀의 인생은 슈바르츠가 죽었을 때 끝났다. 태어난 아들은 그녀에게 믿기 어려울 정도의 기쁨을 안겨주었지만 어쨌든 아들은 삶의 환영일 뿐이었다. 그녀가 영원히 잃어버린 어떤 것, 아들인 루도비코조차 대체할 수 없는 어떤 것의 환영이었다.

그녀는 자신에게 필요한 모든 것을 아들에게 투사했다. 아들은 그녀가 사는 유일한 이유였고, 그녀가 애정을 쏟고, 위로를 받고, 기쁨을 얻는 존재였고 심지어 사랑하는 남자이기도 했다.

이제 그 아들도 잃었다.

비참하게.

다시 한 번 그녀가 이해할 수 없는 방식으로 아들은 죽었다. 또다시 사랑하는 사람이 살해당함으로써 그녀는 무엇보다 여자로서, 그리고 어머니로서 자신이 실패했다는 것을 인정해야 했다. 그녀를 사랑했던 남자들을 보호할 수 없었으니까.

그래서 그녀는 스스로를 증오했다. 이미 생기가 사라진 눈으로 리아리오를 바라보았다. 그리고 자신은 이제 지쳤다고 생각했다. 이자를 죽인다 해도 루도비코가 살아오지 않을 것이며, 그녀가 일평생 가장 사랑했던 남자 리하르트 슈바르츠를 되살릴 수도 없다고 생각했다. 지롤라모 리아리오는 바닥에, 자신이 토한 토사물 속에 웅크리고 앉아 있었다. 그는 진저리나게 허약한 인간이었다. 공기 중에는 숨을 쉴 수 없을 정도로 악취가 진동했다. 라우라는 마지막으로 이몰라의 군주를 바라보았다. 그리고 자기 쪽으로 칼을 돌려 자신의 목에 칼을 갖다댔다. "잘 보시오. 빌어먹을 겁쟁이, 날 잘 보라고. 이제 진짜 여자가 어떻게 죽는지 보게 될 테니."

라우라는 더 이상 다른 말을 덧붙이지 않고 칼로 자기 목을 찌르고 반원 모양으로 칼을 움직여서 정확하고 깊게 목을 벴다. 피가 방사상으로 튀어 그녀 주위의 것들을 전부 흠뻑 적셨다. 새하얀 침대 시트도, 바닥에 깔린 늑대 가죽도, 침과 토사물로 뒤범벅된 리아리오의 얼굴까지도. 단도가 나무 바닥에 떨어져 쨍그랑 소리를 내며 위로 튀어올랐다. 라우라가 마지막으로 지롤라모 리아리오를 보았다. 그러고는 침대로 고꾸라졌다가 바닥으로 미끄러졌다. 그녀가 쓰러지며 움켜잡은 시트가 바닥까지 끌려 내려갔다. 검고 반짝이는 눈이 이제 빛을 잃어갔다. 생명이 그녀의 몸을 떠나갔지만 그녀의 영혼이 몸을 떠나는 마지막 순간 입술에 희미한 미소가 떠올랐다. 마침내 그 오랜 시간 끝에 그녀는 평화를 찾았다.

리아리오는 겁에 질려 딱 벌어진 눈으로 그녀를 지켜보았다. 끝도 없이 눈물이 흘러나왔다.

잠시 후 그가 비명을 지르기 시작했다.

54. 백일몽

레오나르도의 인도로 그의 작업실에 도착한 뒤로 꼬박 하루가 흘렀지만 루크레치아는 경이로운 그곳을 아직도 제대로 파악하지 못했다. 레오나르도의 작업실이 있는 낡은 건물은 올트라노가에 있었는데 그 건물은 그저 놀라웠다.

그녀는 그림과 스케치, 기계 설계도, 인간 신체에 대한 연구와 수백 가지 기이한 것들이 빼곡한 지하 벽을 보고 깜짝 놀라며 몹시 당황했던 몇 년 전 일이 기억났다. 하지만 지금 그 집의 구조를 알고 난 뒤로는 경이로움을 느꼈다.

구석구석이 새롭고 믿어지지 않는 발상들을 토대로 만들어져 있었다. 레오나르도는 승강기라고 부르는 기계를 제작했다. 한 층에서 다른 층으로 빠르게 이동할 수 있고, 지나치게 무겁고 부피가 커서 계단을 통해 손으로 운반할 수 없는 장비를 옮길 때도 사용할 수 있는 기계였다. 그 기계는 도르래와 일련의 회전바퀴를 이용한 복잡한 체계에 의해 작동이 되었다. 그러니까 권양기로 회전바퀴가 승강기를 위에서 아래로, 혹은 그 반대로 이동하게 했다. 승강기에 부착된 방향키로 작동을 했는데 레오나르도는 올라갈 때와 내려갈 때 서로 다른 방향으로 키를 돌렸다.

루크레치아는 주위를 둘러보았다. 커다란 나무 상자가 만들어내는 이상한 불빛이 그녀가 있는 방을 환히 밝혀주고 있었다. 상자 안에는 초가 들어 있었다. 레오나르도는 상자의 네 면 중 한 면에 커다란 유리렌즈를 끼워 넣었다. 그렇게 해서 그 희한한 촛대는 다른 어떤 불빛보다 훨씬 강렬하고 오래가는 빛을 발산했다.

루크레치아가 눈을 돌렸다. 그리 멀리 떨어지지 않은 곳에 근사한 리라가 그녀를 바라보고 있었다. 레오나르도는 청동으로 만든 상상의 동물상에 그 악기를 끼워놓았다. 동물이 앞발로 리라를 떠받치고 있는 모양새였다. 아니, 좀 더 정확히 말하자면 악기는 거대한 발톱을 가지고 있고 온몸이 비늘에 뒤덮인 그 야수의 입안에 들어 있는 것 같아 보였다.

루크레치아를 더욱 놀라게 한 곳은 거울의 방이었다. 여덟 면의 벽이 온통 거울인 방이었다. 한 면은 완전히 매끄럽고 투명해서 그 앞에 선 루크레치아의 모습을 그대로 반사했다. 나머지 일곱 면의 거울들은 그녀의 모습을 여러 개로 비추어서, 그녀가 이동을 하지 않아도 그녀의 몸 구석구석 다 볼 수 있었다. 루크레치아는 머리가 빙빙 도는 것 같았다. 그 방을 여러 차례 찾았는데 그때마다 놀라 숨이 멎을 것 같았다. 그녀는 두 눈에 그 경이로운 광경을 가득 담았다.

그녀는 레오나르도가 어떤 발명품을 얼마나 만들고 있는 건지 궁금했다. 누군가는 그를 화가라고 불렀지만 이 건물을 본 사람이라면 누구든 레오나르도가 화가 이상이라는 것을 알게 될 것이다. 그는 천재였다. 루크레치아는 그보다 더 적당한 말을 상상조차 할 수 없었다.

"레오나르도, 당신 때문에 너무 놀랐어요." 그녀가 긴 금발 머리, 살짝 여윈 두 뺨, 솜털에 가까운 부드러운 밝은색 수염을 가진 잘생긴 청년을 보며 말했다.

레오나르도가 겸손하게 말했다.

"그만하세요, 마돈나, 아무것도 아닙니다. 그냥 시간이나 보내려고 몇 가지 바보 같은 장난을 한 것뿐인걸요."

"아니에요. 너무 겸손하네요."

"사실 난 절대 그런 사람이 아닙니다. 그렇지만 내가 아무리 잘났다고 해도 정말 하고 싶은 일 근처에도 갈 수 없습니다. 루크레치아, 지금 당신 눈앞에 있는 건 현실을 연구하려는 애처로운 시도에 불과해요."

"당신의 꿈 중 가장 원대한 건 뭐예요?" 그녀가 다시 한 번 레오나르도의 천재적인 상상력에 감탄을 하며 물었다.

"오래전부터 인간이 꿈꿔온 가장 원대한 꿈은 뭘까요?"

루크레치아는 그게 뭔지 알지 못했다. "사랑? 평화?" 그녀가 물었다.

레오나르도가 웃었다. "사랑, 당연하지요! 평화, 두말할 필요도 없고요! 당신 말이 다 맞습니다. 어떤 남자도 이런 대답을 할 수 없을 거예요. 이것만 봐도 여자가 남자보다 훨씬 똑똑하다는 게 확실히 증명됩니다."

레오나르도는 잠시 자기 생각에 빠져 들었다. 마치 자신의 질문에 대한 루크레치아의 단순한 대답 두 마디가 그의 마음 깊은 곳을 건드린 것 같았다.

"다시 당신 웃음소리를 들으니 멋져요." 루크레치아가 말했다. "지난 번 내가 여기 왔던 때를 생각했어요. 그때 당신은 예전 당신의 허깨비 같았거든요."

"다 내 친구들 덕이지요." 그가 대답했다.

"그 친구가 누굴까요?" 루크레치아가 물었다.

"누군지 모르겠어요?"

"알아요. 다만 당신이 직접 그 이름들을 말하는 걸 듣고 싶어요."

"당신 루크레치아, 그리고 로렌초 데 메디치지요."

"봤죠, 레오나르도? 어쨌든 쉽지 않았죠?"

"뭐가요?"

"한 번이라도 감정에, 우정이 주는 기쁨에 자신을 맡기는 일이요! 그리고 당신 가까이에 있는 사람에게 애정을 주는 일이요. 드디어!"

"맞아요." 그가 웃으면서 말했다. "당신 말이 정말 맞아요."

루크레치아가 고개를 끄덕였다.

"그건 그렇고 아까 하던 말로 돌아오면," 레오나르도가 다시 말했다. "최근 피렌체에서 벌어진 일을 생각해봐요. 사람들이 사랑과 평화 같은 것들에 진짜 관심이 있다고 생각합니까?"

이번에는 루크레치아가 아무 말도 하지 않았다.

"웃음을 뺏고 싶지 않았는데, 마돈나." 레오나르도는 자신이 한 말이 예상치 못한 결과를 가져왔다는 걸 너무 늦게 알아차렸다. "내 대답은 '아니다'입니다. 어쨌든 아까 그 질문을 했을 때 난 좀 더 단순한 뭔가를 얘기하려던 거였답니다."

"어떤?"

"나는 것이지요."

루크레치아의 눈이 휘둥그레졌다. "진심이에요? 그게 가능하다고 생각해요?"

"나는 확신합니다." 레오나르도가 대답했다. "물론 복잡한 일이지요. 하지만 대답은 자연 속에 있습니다, 루크레치아. 뿐만 아니라 언제나 그랬지요. 이리 와보세요." 그가 계속 말했다. "보여주고 싶은 게 하나 있습니다."

그들은 승강기를 탔다. 레오나르도가 방향키를 아래로 돌아가게 해서 금방 지하로 내려갔다. 승강기에서 내리자 레오나르도가 그녀를 여러 기계와 물건들 한가운데로 안내했다. 그러다가 루크레치아는 복잡하게 뒤얽힌 밧줄들에 매달린 뭔가를 발견하고 숨이 멎는 것 같았다.

날개 두 개, 아니 좀 더 정확히 말하자면 날개가 달린 일종의 기계였다. 정말 날개가 달린.

레오나르도는 그녀가 놀라 어쩔 줄 몰라 하는 걸 알아차렸다. 그는 재치 넘치는 진행자의 기질을 발휘해서 설명을 계속해야겠다고 생각했다. 레오나르도는 루크레치아에게는 마법의 물건 같은 그것에 달린, 나무와 가죽으로 만든 단단한 몸통 같은 것 속으로 들어갔다. 몸통에서 갈라져 나간 여러 개의 지렛대를 통해 그 몸통에 달린 거대한 막처럼 생긴 날개가 작동되기 시작했고 날개가 공기를 갈랐다.

그녀의 검고 큰 눈이 한층 더 커졌다.

"움직이는 거예요?" 그녀가 물었다.

"아직 완성된 게 아닙니다. 지금 만들고 있지만 조만간 용기를 내서 시험 비행을 해보려고 해요. 그렇게 되면 당신에게 제일 먼저 알리지요."

그녀가 웃었다. "굉장하겠는걸요. 인간이 발명한 것 중 가장 위대한 발명품이 될 거예요." 그녀가 말했다.

레오나르도가 건성으로 고개를 끄덕였다. 잠깐이지만 자신의 발명품을 보여주다 보니 어느새 그만이 볼 수 있는 세계로 들어가 그 안에서 넋을 잃은 것 같았다. "이걸 오르니토테로*라고 부르기로 했습니다. 보다시피 새들의 비행을 보고 연구했거든요. 특히 갈색 솔개였지요."

"왜 하필 솔개였나요?" 루크레치아가 물었다.

"긴 이야기입니다." 레오나르도가 말했다. "언젠가 반드시 들려주도록 하겠습니다."

그리조는 어린 청년이 돌아오길 기다렸다. 못처럼 마른 청년이었다. 이는 다 썩었고 얼굴에는 검댕이가 시커멓게 묻어 있었다. 하지만 고양이처럼 날쌨다. 아무도 그처럼 민첩하게 발코니며 창문 위로 걸어다니지 못했다. 그는 칠흑 같은 어둠이 내린 피렌체에서 날렵하게 움직였다. 드문드문 서 있는 횃불들이 거리를 비추기는 했지만 그들이 있는 올트라노가는 거의 깜깜했다.

전날 밤 금발 머리 여자가 그에게 일을 맡는 대가를 지불했을 때 그는 그 일에 전혀 신경을 쓸 필요가 없다고 생각했다. 돈만 받고 달아날 생각이었다. 무엇보다 누가 그 일의 결과를 확인하겠는가?

* 날갯짓을 하며 비행하는 비행체를 뜻한다.

하지만 여자가 일을 마치면 이미 받은 만큼의 피오리노를 더 주겠다고 말했을 때 그의 탐욕이 여타의 생각을 눌러버렸다. 이것저것 다 생각해봐도 뭐 그리 힘든 일이겠는가? 반미치광이인 화가에게 겁을 주고 루크레치아 도나티를 만날 수 있는 곳을 알아내기만 하면 됐다. 레오나르도 같은 남자에게 겁을 주는 일은 별로 힘들어 보이지도 않았다. 그래서 그리조는 뜻밖의 행운을 잡게 되었다고 생각했다. 피렌체가 이렇게 완전히 무정부 상태에 빠져 있으니 더할 나위 없이 완벽한 때였다. 사람들은 다 집에 들어가서 꼼짝하지 않았다. 사방에서 떠들썩한 소음과 비명이 들려왔다. 메디치 지지자들이 처형해야 할 파치 동맹자들을 계속 수색하고 있기 때문이었다.

피에 대한 갈증이 도시를 파멸로 몰아가고 있었지만 어떤 기관도 그것을 막으려는 시도를 하지 않았다. 뿐만 아니라 어떤 면에서는 그것을 부추겼다. 그래서 용병과 도둑들이 떼를 지어 거리를 돌아다니며 메디치 가문의 적이라고 추정되는 집들을 마음 놓고 약탈했다. 그리조가 빙긋 웃었다. 그 역시 그런 종류의 남자였다. 그는 광기를 확산시키는 데 큰 기여를 했다. 그러므로 여기서 뭔가를 더 손에 넣을 수 있다면 그건 정말 축복이었다. 5천 피오리노를 더 벌 수 있는 기회를 절대 놓치지 않을 생각이었다.

도시에서 벌어지는 폭력의 대향연은 결국 시민들의 재산을 다시 균등하게 배분하는 유일한 방법이었다. 그러니까 부자의 돈과 재산을 빼앗아 가난한 이들에게 주어 그들을 가난에서 조금 벗어나게 해줄 수 있는 방법 말이다. 그리조는 다른 방법을 알지 못했다. 귀족과 부유한 시민들은 탐욕스럽고 욕심이 많았다. 자기들끼리 수없이 이야기를 나누고 좋은 계획을 세우기는 했으나 하층 계급에게 뭔가를 허용할 생각은 꿈에도 하지 않았다. 그래서 어떤 질서든 전복시키거나 반란이 일어나면 아무리 짧은 기간이라도 그 전복과 반란은 집단적인 정화의식과 같은 모습을 취한다.

그리조는 주저 없이 이런 광란의 상황에서 최상의 결과를 얻어내려 했다. 그래서 이 상황이 되도록 길게 지속되길 바랐다. 최근 몇 년 동안 권력을 가진 자들이 휘두른 횡포와 가난한 이들과 소외당한 이들이 겪어야 했던 부당한 일들로 쌓인 원한을 모두 풀 수 있을 만큼은 계속되어야 했다. 그래야만 다시 억압과 부당함으로 이루어질 일상의 삶을 받아들일 수 있을 테니까.

그가 초승달을 보았다. 달은 검은 밤하늘에서 비웃음 짓는 누런 입매처럼 빛났다. 레오나르도의 집 앞으로 염탐을 보낸 청년을 기다리고 있을 때 귀를 기울여야만 겨우 들릴 만큼 가벼운 발소리가 들렸다. 청년을 향해 잠시 등불을 비췄다가 다시 넓은 망토 자락 속에 얼른 작은 등을 감추었다.

"두 사람이 있습니다." 청년이 속삭였다.

"확실하냐?

"네. 남자와 여자였습니다."

"봤나?"

"지금 아저씨를 보듯 똑똑히요."

"잘했다."

청년이 기침을 했다.

"왜 그러냐?" 그리조가 물었다.

"그 남자가 정말 화가가 분명해요?"

"그런 걸 왜 묻지?"

"이상한 기계들을 몇 개 봐서요. 어떤 기계인지 알 수가 없어서 설명도 못하겠어요. 그렇지만 그림과는 아무 상관없어 보이더라고요."

"너 한 번이라도 그림 그려본 적 있냐?" 그리조가 비웃는 투로 물었다.

"저요? 한 번도 없죠."

"그런데 네가 그림에 대해 뭘 알아?"

"죄송합니다."

"됐다. 그보다 가서 다른 사람들을 불러와."

"알겠습니다."

그리조의 말이 떨어지기가 무섭게 청년이 길 끝까지 달려갔다. 그리조가 주위를 둘러보았다. 상황은 완벽했다. 떠돌이 개들이 시신 주위를 떠돌며 짖어댔다. 근처에서 고함이 들렸고 희미한 불빛이 보였다. 딱 좋은 상황이었다. 아무도 그에게 신경 쓰지 않을 것이다. 그 집에 들어가는 건 식은 죽 먹기였고 일단 들어가면 무슨 일이든 벌일 수 있었다.

55. 밤의 전투

레오나르도는 조금 전부터 경계를 늦추지 않았다. 어떤 청년이 발코니에서 머리를 살짝 내밀고 자신의 집 안을 훔쳐보는 게 눈에 띄었다. 누군가 훔쳐본다는 걸 알아차리고도 레오나르도는 루크레치아에게 자신이 만든 기계에 대해 계속 설명했다. 되도록 루크레치아를 놀라게 하고 싶지 않았다. 하지만 젊은 첩자가 떠나고 난 뒤 곧 길 반대편에서 작은 불빛이 이리저리 흔들리는 게 보였다. 순간적으로 반짝이던 불빛이 곧 사라지고 거리는 깜깜해졌다. 하지만 그 순간에 레오나르도는 불길한 인상의 남자 얼굴을 확실히 볼 수 있었다.

그래서 더 이상 시간을 낭비하지 않고 루크레치아에게 파란만장한 밤을 맞을 준비를 하라고 말했다. 그는 요 며칠 사이 복수심과 난무하는 폭력에 고무되어 시내를 배회하는 약탈자와 도둑들 중 누군가가 이를 기회로 그의 집에 들어와 값나가는 물건을 가져갈까 걱정이 되었다. 이유는 알 수 없었고 설사 이유가 있다 해도 그것을 생각할 시간은 없었다. 지금 정말 중요한 것은 대비를 하는 일이었다.

레오나르도는 남자들이 자신을 죽이러 온 게 아니라 도둑질을 하려는 게 거의 확실하다고 생각했다. 물론 그냥 보고 있지만은 않을 것이다. 가능하면 그들을 해치지 않고 두어 가지 장난스러운 속임수를 써서 그냥 겁만 줄 생각이었다.

그는 길 끝까지 달려가는 청년을 보았다. 청년은 회색 머리를 길게 기른 그 남자에게 명령받은 대로만 행동했다.

그리조가 공격할 준비를 마치고 얼마 지나지 않아 마침내 다른 남자들이 도착했다. 그들은 화가 집의 육중한 떡갈나무 문을 부수려고 공성퇴를 끌고 왔다. 거의 모두가 창문에 던질 돌멩이를 들고 있었다. 그들은 전열을 정비하느라 정신이 없어서 이층이 순간적으로 환히 빛나는 것을 알아차리지도 못했다. 그러고 나서 한 번도 본 적이 없는, 세상에서 제일 이상하고도 믿기지 않는 일이 벌어졌다.

누군가 창문을 활짝 열자 불빛이 거리를 뒤덮었다. 그리고 위에서 희한한 것들이 비처럼 쏟아지기 시작했다.

새인가?

그것들을 보자마자 그리조는 분명 새라고 생각했다. 사실 모양과 날갯짓만 봤을 때 새라고 생각할 만했다. 그렇지만 이상한 소음, 일종의 윙윙거리는 소리 같은 게 위협적으로 들려왔다. 완전히 미쳐버린 새인가 싶었다. 어떤 것은 위로 치솟았다가 밑으로 뚝 떨어졌다. 바닥에 떨어져 부서지는 것들도 있었다. 그것들 중 일부가 그리조들을 향해 급강하했다.

귀가 먹먹할 정도로 소음이 났다. 그런데 갑자기 불빛이 깜깜한 어둠을 밝혀서 쏜살같이 빠르고 미친 듯이 움직이는 그것들의 형체가 드러나자 남자들의 반응은 예상했던 대로였다. 그리조의 남자들이 비명을 지르기 시작했다. 그들 중 두 사람이 계속 날갯짓을 하는 희한한 도구 하나를 집어들었다가 미친 듯이 비명을 지르며 바닥에 떨어뜨렸다. 나무와 스프링으로 만들어진 괴물, 아니, 뭔지 모를 물건이 바닥에서 산산조각 났다.

그리조가 난장판을 수습해보려고 할 때 화살이 빗발치기 시작했다. 수비병 부대가 집 안에서 방어라도 하는 듯 엄청난 화살이 쏟아졌다. 어떤 화살도 표적에 맞지 않는 것으로 봐서 쇠뇌를 쏘는 사람이 정확히 목표물을 겨냥하지는 않는 것 같았다. 그저 겁을 주려는 의도처럼 보였다.

어쨌든 화살 하나가 그리조 옆을 아슬아슬하게 스쳐 지나갔기 때문에 그는 겁에 질렸다. 그리조는 집 안에 두 명밖에 없다고 자신 있게 말했던 멍텅구리 청년을 눈으로 찾았다. 바로 그때 청년이 눈에 띄었다. 그는 빗물을 모아놓은 통 뒤에 숨어서, 지빠귀처럼 화살에 맞지 않고 어떻게든 그 자리에서 도망치려고 했다.

그리조는 때를 놓치지 않고 그의 목덜미를 잡았다.

"너, 우라질 놈. 대체 그 눈깔로 뭘 본 거냐? 집 안에 적어도 열 명 이상이 있어!"

"놔주세요, 나리, 제발. 저 집 안에 악령이 사는 겁니다. 저 나무새들 못 보셨어요?"

"퉷!" 그리조가 가래침을 탁 뱉었다. "저런 기괴한 일에 난 신경 안 쓴다. 네가 제대로 정찰을 하지 않아 지금 우리가 이 빗발치는 화살 속에 있다는 게 중요하지."

그 말을 하는 사이 화살 하나가 둔탁한 소리를 내며 물통 한 가운데에 박혔다.

"여기 계속 있다가는 다 죽고 말거예요." 이미 공포로 이성을 잃은 청년이 소리를 질렀다.

"맞다." 그리조가 동의했다. 그가 청년의 목에 두 손을 올려놓은 순간 거리 끝에서 말발굽 소리가 들렸다. 그리조가 잠시 길 쪽으로 눈을 돌리며 방심한 사이 청년이 그의 손에서 빠져나가 꽁지가 빠지게 달아났다.

"육시랄 놈." 그리조가 고함을 쳤다.

말들이 앞으로 달려나오며 말을 탄 인물들의 윤곽이 서서히 또렷해졌다. 그리조는 그 자리에 더 이상 가만히 있을 수 없었다. 그랬다가는 팔라초 포데스타 감옥에 갇히거나 그대로 교수형에 처해지고 말테니까. 됐다, 선금이라도 미리 받아서 다행이라고 생각하자. 나머지 돈은 포기하는 게 좋았다. 어서 달아나 목숨을 구하는 게 훨씬 중요하니까.

그래서 더 기다릴 것도 없이 방금 청년이 달아났던 방향 쪽으로 달리기 시작했다.

로렌초는 사흘을 기다렸다. 그는 집에 머물렀다. 동생의 시신을 잘 수습하고 모든 예를 갖춰 묻어주었다. 고통스러운 시간이었다. 추억에 젖기도 하고, 가슴이 찢어질 듯 오열하기도 했으며, 납득할 만한 이유를 찾아보려 했으나 정말 이해할 수 없었다. 줄리아노를 저세상으로 데려간 죽음에는 어떤 의미도 있을 수 없었다.

게다가 그는 죽음의 의미를 찾고 싶지도 않았다. 그는 자신만 살아남았다는 사실에 죄책감을 느꼈다. 그게 그의 진심이었다. 그의 동생은 이 사태에서 가장 죄가 없는 유일한 사람이었다. 줄리아노는 책임을 질 만한 정치 활동을 하지 않았고, 정치적인 사건을 가족들을 위해 이용하려 하지도 않았다. 누구를 배신하지도 않았고, 그런 시도조차 하지 않았다. 피렌체가 벌인 전쟁 중에 그의 이름이 거론된 적도 물론 없었다. 뿐만 아니라 그는 자신의 힘이 닿는 데까지 전쟁을 막아보려 애썼다.

하지만 배신자들의 수중에 들어간 이는 줄리아노, 그였다.

차디찬 밤공기가 폴고레를 타고 달리는 로렌초의 얼굴을 때렸다. 로렌초는 이제 자신은 아무것도 할 수 없다는 생각을 받아들이고 싶었다. 이제 할 수가 없었다. 그렇기는 해도 자신이 살아남은 행운에 보답하려는 시도만이라도 해야 한다고 생각했다.

사흘째 되는 날이 저물 무렵 그는 호위병들을 이끌고 팔라초에서 나왔다. 사방에서 고통과 광기의 울부짖음이 들리는 불지옥으로 변한 피렌체를 보고 당황했다. 집들은 불타고 있었다. 떠돌이 개들이 갈기갈기 찢긴 채 거리에서 썩어가는 시신들을 뜯어먹었다. 젊은 범죄자 무리가 약탈을 하려고, 까마귀 떼처럼 연기가 피어오르는 팔라초의 폐허를 뒤지고 다녔다. 차마 입에 올리기도 어려운 다른 장면도 있었다. 그것은 로렌초가 자신의 눈으로 보게 되리라고 상상조차 하지 못했던 대재앙 그 자체였다.

그와 호위병이 레오나르도의 작업장으로 가는 동안, 몸에서 잘려 나와 거리에 나뒹구는 머리를 재미 삼아 발로 차는 가짜 메디치 지지자 떼거리와 부딪쳤다. 로렌초를 보자 그들은 원래의 겁쟁이로 돌아가 토끼 떼처럼 달아났다.

불과 며칠 사이에 최소 백여 명의 사람들이 팔라초 델라 시뇨리아 창문에서 교수형을 당하거나 교수대에서 참수당했다. 그와 같은 잔인함과 광란을 다시 견딜 수 있을 사람이 과연 있을까? 로렌초가 예상했던 가장 불길한 일들이 실제로 벌어졌다.

로렌초는 무슨 일이 생기기 전에 도착하고 싶었다. 마침내 폴고레가 레오나르도의 작업실 앞에서 걸음을 멈추었다. 그는 말에서 내렸다. 그리고 기계로 만든 상상 속의 동물 뼈대 같은, 길가를 뒤덮은 새 모양의 이상한 나무 물체들을 보고 깜짝 놀랐다. 거리에, 나무 계단에, 빗물을 받아놓는 통 위에 쌓인 수많은 쇠뇌 화살들은 두말할 필요도 없었다.

로렌초가 문으로 달려가서 쇠고리로 거칠게 문을 두드렸다.

"레오나르도! 레오나르도!" 그가 소리쳤다. 위를 올려다 본 로렌초는 창문들이 다 열려 있고 거기서 환한 불빛이 새어나오는 것을 발견했다.

레오나르도가 발코니에서 얼굴을 내민 건 바로 그때였다. "우리 집을 다 무너뜨릴 작정입니까?" 그가 물었다.

"살아 있는 건가? 오 하느님 감사합니다! 루크레치아는?" 로렌초가 크게 물었다.

"문 열려 있습니다." 친구가 짧게 대답했다. "나리가 직접 확인하십시오."

로렌초는 지체하지 않고 육중한 문을 밀었다. 문이 열려 있으리라고는 예상하지 못했다. 그는 호위병들에게 출입구를 잘 지키며 밖에서 기다리라고 말하고 안으로 들어갔다.

그의 앞에 이상한 상자, 일종의 발판 같은 게 나타났다. 계단이 없어서 어떻게 위층으로 올라가야 하는지 감이 잡히지 않았다. 내려오는 것도 마찬가지였다. 하지만 레오나르도는 분명 위층에 있었다.

“승강기에 오르세요.” 위에서 레오나르도의 목소리가 들렸다. “올라오려면 방향키를 오른쪽으로 돌리면 됩니다.”

로렌초가 발을 내딛었다. 그리고 등받이 역할을 하는 나무 빗장 근처에서 방향키를 찾아내서 레오나르도가 말한 대로 돌렸다. 잠시 후 로렌초는 자신이 위로 올라가고 있다는 걸 알아차렸다. 바퀴와 기계장치들이 돌아가며 다리 같은 상자가 위로 움직였다. 바닥에서 멀어지면서 살짝 불안해졌다. 등받이에 몸을 기댔는데 얼마 되지 않아 위층에 도착했다. 발판이 끼익 소리를 내며 멈추더니 바닥에 설치된 유도장치 안으로 들어갔다.

루크레치아를 본 건 그때였다. 환하게 웃고 있는 그녀의 두 눈은 눈물이 고여 반짝였고, 머리카락은 강물처럼 흘러내려 어깨를 덮었다. 아무 말도 필요가 없었다. 서로 포옹을 했고 순식간에 모든 게 제자리를 찾았다. 어깃장 놓던 말들과 지키지 못한 약속들은 잊혔고, 지난 세월 흘린 눈물과 아픔도 모두 사라졌다.

레오나르도는 말없이 웃으며 그들을 지켜보았다.

1479년 9월

MEDICI

56. 잊히지 않는 사랑

그날은 로렌초가 루크레치아의 집으로 갔다. 아주 오랜만이었다. 수레국화의 향기가 집에 도착한 로렌초를 맞았다. 그의 마음을 사로잡았던 매력적인 향이었다.

그가 응접실로 들어갔다. 꽃으로 장식된 아름답고 우아한 응접실이었다. 얼마 남지 않은 여름의 끝자락을 잡고 싶은 듯이 넓은 창은 활짝 열려져 있었다. 지는 해가 피렌체의 하늘을 붉게 물들였다. 사방에 색색의 초들이 켜져 있어서 어스름한 초저녁 응접실에 수천 개 불빛을 퍼뜨리고 있었다.

장난스러운 산들바람이 마치 눈부시게 반짝이는 강물처럼 윤기가 나는 그의 풍성한 머리카락을 간질였다. 베네치아나 극동지방에서 온 고급 비단을 떠올리게 하는 머리였다. 로렌초는 오랫동안 루크레치아를 바라보았다. 마지막으로 아름다운 그녀의 모습을 두 눈에 다 담고 싶어서였다. 새빨간 입술과 햇빛에 그을린 피부, 도드라진 광대뼈와 사람을 끌어당기는 대담한 두 눈, 새빨간 촛불의 불꽃을 강렬하고도 열정적으로 반사시키는 검은 진주 같은 그 두 눈을 모두.

루크레치아와 마주하자 남자가 여자보다 얼마나 열등한지 명확하게 느껴졌다. 여자는 한없이 아름답고, 고귀하고, 청순한 존재였다. 여자는 지상의 모든 사건들, 명성과 권력 같은 하루살이에 불과한 보잘것없는 것들을 초월한 듯이 보였다. 그리고 루크레치아는 무한하고 매력적인 신비를 가진 여인 그 자체였다.

그는 말을 할 수가 없었다. 수천 가지 말을 하고 싶었지만 그녀의 매력을 완벽하게 드러내는 드레스를 보며 넋을 잃고 말았다. 루크레치아는 맑고 푸른 하늘 같은 짙은 파란색 드레스를 입었다. 벨벳의 바다 같은 드레스 위로 길게 수놓인 진주들이 옷을 빛나게 했다. 목 부분은 깊이 파여 완벽한 가슴을 부각시켰고, 드레스 위로 드러난 매혹적인 맨살의 어깨 위로 석양빛이 고스란히 반사되었다. 브로케이드 천에 보석이 박힌 소매가 아름다운 손까지 이어졌다. 루크레치아는 그림 같았다.

로렌초는 자신이 그녀를 얼마나 원하고 사랑했는지, 어떻게 배신을 하고 헤어졌다가 다시 기적적으로 그녀를 만나게 되었는지를 떠올렸다. 지금 이 순간 그녀를 바라보며 그는 자신이 다시 그녀를 기만할까봐 두려워하고 있다는 사실을 알아차렸다. 그녀에게 손을 대는 것만으로도 그녀의 광휘만이 아니라 완전무결함까지 망가뜨릴 것만 같았다. 그녀는 항상 그에게 진실했고, 옳게 행동했다. 그의 친우를 구하기 위해 거짓말을 했을 때조차도 그랬다. 로렌초는 문득 그들 사이를 가로막는 게 무엇이든 지금 이보다 더 아름다운 순간은 없을 거라고 생각했다. 앞으로 어떤 일이 벌어지든, 지금 이 순수하고 아름다운 순간들에 뒤섞여버리고 말 것이라고.

"인사를 하러 왔군요." 질문이 아니라 그저 사실을 말한 것뿐이었다. 많은 일을 겪은 뒤 걷잡을 수 없는 격정과 수많은 기다림, 여러 가지 말, 피와 용서들이 지나간 뒤에 이제 작별 인사를 할 시간이 다가왔다.

하지만 영원한 이별은 아니었다. 예전에 숲속의 외딴 농가에서 타인처럼 만났을 때의 씁쓸함은 사라졌다. 로렌초의 상황을 알고 싶어 미칠 정도로 고통스러워하지 않아도 되었다. 그런 감정은 파치가의 음모 이후 헤어지며 사라졌다.

루크레치아는 대신 평화로웠고 위로를 받는 기분이었다. 로렌초는 말을 떼는 게 두렵기까지 했다. 말이라는 건 믿을 수 없고, 불확실하고, 때와 기분의 산물인 반면, 사랑은 영원하기 때문이었다.

루크레치아는 로렌초의 검은 눈 속에서 그가 그녀에게 느끼는 모든 조화로운 감정을 읽었다. 수많은 일이 벌어졌어도, 서로 기쁨을 주고받았고 또 뺏기도 했던 그 오랜 시간 한 번도 빛을 잃지 않았던 그의 넓고 부드러운 마음을 다시 보았다. 그는 자신의 목숨을 걸고 그녀를 구했다. 한 남자가 한 여자를 위해 할 수 있는 일 중 그보다 더 멋진 일이 있을까?

"내가 오늘 여기 내 집 응접실에서 석양을 보고 있는 건 다 당신 덕이에요." 마침내 그녀가 말했다.

로렌초가 한숨을 쉬었다.

"우린 어떻게 될까요?" 루크레치아가 물었다.

"당신을 생각할 때마다 내 눈과 내 심장은 빗물로 젖곤 하는데 그 이유를 설명할 수가 없소. 당신을 위해 시를 써보려고 하면 잉크가 말라버린다오. 단어가 마른 낙엽이, 유령이 되어 버리오. 눈으로만 표현할 수 있는 것, 내 마음속에 자리 잡고 있는 사랑으로만 표현할 수 있는 것을 활기 없이 보여주는 유령, 어떤 고통도 어떤 약속도 이야기할 수 없는 그런 유령 말이오." 로렌초가 말을 멈췄다.

그는 마음속 깊이 자리한 은밀한 곳에서 나오는 말을 한데 모으기라도 하려는 듯 깊이 숨을 들이마셨다. "사랑을 더욱 강하게 만드는 것은 기다림과 거절이오. 그리고 지금 나는 아마도 그 누구보다 당신을 사랑한다고 생각하오. 예전에 내가 했던 말은 진심이었소. 이제야 나는 당신 없는 삶과 행복을 맞바꿔버렸다는 걸 알게 되었소. 그렇게 한 나 자신이 저주스럽소. 우리가 함께한 시간이 짧아서가 아니라 정치와 권력이 내 모든 것을 다 차지하게 내버려뒀기 때문이오. 그 대가를 얻지 못할 걸 알면서도."

루크레치아가 로렌초의 말을 들으며 눈물을 흘렸다. 기쁨의 눈물이자 동시에 잃어버렸던 것, 다시 잃어버릴 것에 대한 아쉬움의 눈물이었다.

"우리가 다시 사랑할 수 있을지는 시간이 말해줄 거요. 난 지킬 수 없는 약속은 하고 싶지 않소. 그렇지만 어떤 일이 벌어져도 결코 꺼지지 않을 빛이 있다는 걸 아오. 당신의 음악처럼 말이오. 잠시라도 흔들릴 수 있다는 걸 발견하게 해주었던 무한에 대한 느낌 같은 것, 기억하오?"

그녀가 고개를 끄덕였다.

"그때 나는 젊었소." 그가 계속 말했다. "지금보다 훨씬 훌륭한 남자였지. 하지만 내가 인생에서 뭔가 배웠다면 그건 다 당신, 완벽한 당신 덕이오. 당신이 내게 한 모든 행동에서 일관성과 용기를 보았으니까. 나는 절대 그럴 수 없을 거요. 내가 당신을 보며 감탄하는 건 바로 이 때문이오."

"당신은 항상 날 울릴 말만 골라서 하는군요." 그녀가 흐느끼며 말했다. "당신보다 날 더 잘 아는 사람은 없으니까요. 내가 어떤 사람인지 말해줄 줄 아는 사람은 없으니까요. 당신은 그 어려운 일을 해냈어요. 그래서 당신을 사랑했고 영원히 사랑할 거예요."

그렇게 말하며 창가를 떠났다. 소파에 앉아 류트를 들었다. 결코 쓰이지 않은 위대한 사랑의 약속 같은 감미로운 선율이 비처럼 흘러내렸다. 로렌초는 가만히 음악을 들었다. 오래전 그랬듯이 부드럽게 그를 달래주는, 눈에 보이지 않는 선율의 품에 가만히 몸을 맡긴 채.

정말 그랬다.

사랑은 결코 죽지도, 잊히지도 않을 것이다.

57. 옛 친구들

두 남자가 언덕 위에 앉아 하늘을 나는 새들을 바라보고 있었다. 새들의 동작에는 낯선 완벽함이 담겨 있었다. 로렌초는 레오나르도를 보았다. 레오나르도는 홀린 듯 하늘을 바라보고 있었다.

로렌초는 잠시 십여 년 전으로 돌아간 기분이었다. 그때 바로 이 언덕에서 레오나르도가 그에게 처음 만든, 속도가 빠른 쇠뇌를 보여주었다. 그 이후로 그는 수많은 쇠뇌를 제작했다. 그래도 로렌초는 그날 레오나르도에게 선물받은 쇠뇌를 항상 가지고 다녔다.

광기와 죽음으로 얼룩진 나날들이 끝났다. 그 누구도 로렌초에게 동생을 다시 돌려주지 못했고 그와 마찬가지로 피의 부활절 이후 메디치가 지지자들이 자행한 대학살과 공포의 기억을 지울 수 없었다. 로렌초는 자신에게 수많은 잘못이 있다는 것을 알았지만 권력을 지키고 자신이 맡은 책임에서 살아남으려면 선하게 행동하는 길밖에 없다는 것도 배웠다.

최근 그가 더 나은 사람이 되었는지는 말할 수 없지만 분명 그런 사람이 되려고 노력하는 중이기는 했다. 피렌체에 마침내 평화의 시기가 도래했고 이제 그는 더욱 아름다운 도시를 만드는 데에만 골몰했다.

그는 공모를 원하지 않았고 거기서 파생하는 보복도 마찬가지였다. 그는 자신의 지지자들에게 동생의 죽음을 최악의 범죄를 저지를 핑계로 삼지 말라고 명령했지만 그들은 그의 말을 듣지 않았다. 시간이 흐르고 로렌초는 그 남자들 중 대다수를 권력의 자리에서 제거했고, 다른 사람으로 대체했다.

"무슨 생각을 하십니까?" 레오나르도가 그에게 물었다. 레오나르도는 로렌초를 보지 않았다. 그의 눈은 설탕 입자처럼 하늘에 떠 있는 흰 구름들에 고정되어 있었다.

"그날 이후 벌어진 일 전부."

"제가 쇠뇌를 선물했던 날 말입니까?"

로렌초가 고개를 끄덕였다. 친구가 그의 마음을 읽었다는 게 신기했다. "바로 그날이네."

"우리를… 어떻게 생각하십니까?"

"무슨 뜻이지?"

"제 말은, 친구로서 말입니다. 그동안 우리는 좋은 친구가 되지 않았습니까? 우리 각자 온갖 실수를 하고 서로를 이해하지 못했기는 했어도."

"정말 그런 것 같아." 로렌초가 대답했다.

"저도 그렇게 생각합니다. 그렇지만 제게 쉬운 일은 아니었던 것 같습니다. 저는 비관적인 성격이어서 되도록 사람을 멀리하지요."

"짐작하고 있었네."

"그렇습니다. 어쨌든 오래전 제가 했던 말을 철회하지는 않을 겁니다." 레오나르도가 말했다.

"잘했어. 자네 말이 맞았고, 내가 틀렸으니까."

"그렇습니다. 그때에는 맑은 정신으로 있는 게 힘들었을 거라 생각합니다. 한 도시를 책임지지 않는 사람이 이상주의자가 되기는 쉬운 일입니다."

"내가 많은 실수를 했다고 생각하고 있네." 로렌초가 고백했다. "다르게 행동했다면 아마 여러 가지 일들이 벌어지지 않았을 거야. 이건 양심의 가책 같은 거겠지."

레오나르도가 고개를 저었다. 긴 금발 머리가 여름 바람에 나부꼈다. "양심은 없습니다, 로렌초. 그저 우리의 행동만 있지요."

로렌초가 한숨을 쉬었다. 그의 말 속에 많은 진실이 담겨 있었다. 그를 괴롭혔던 게 바로 그 진실이었다.

선명한 색으로 물결치는 들판이 그들 눈앞에 펼쳐져 있었다.

"자연과 비교할 만한 건 어디에도 없습니다. 우리가 행복해지려면 자연에 우리를 맡기고 그것의 비밀과 형식을 모방해야 한다고 생각합니다." 레오나르도가 말했다.

태양이 높은 하늘에서 빛났다. 햇빛이 구름들을 가르고 언덕을 비추었다.

"자네에게 일을 하나 부탁하고 싶은데." 로렌초가 말했다. "자네가 피렌체에 아무 빚이 없다는 건 잘 아네. 아니, 오히려 피렌체가 빚이 있지. 그래도 내 제안을 받아줬으면 하는데."

"뭡니까?"

"다시 그림을 시작했으면 좋겠네. 자네가 여러 가지 일에 매력을 느끼고 거기에 몰두한다는 건 알아. 그리고 정말 자네에게 중요한 일을 방해하려는 건 아닐세. 그렇지만 그 그림을 다시 보면서…."

"루크레치아의 초상화 말입니까?"

로렌초가 고개를 끄덕이고 다시 말을 이었다. "우아함을 포착해내고 천상의 평화를 느끼게 하는 재능을 보았네. 파란색과 초록색을 충분히 사용해서 아름다움을 표현했고. 난 다시 그런 걸작을 감상하고 싶네. 그래서 자네가 그림 주문을 받아들일지 먼저 나 자신에게 물어보곤 했어."

레오나르도가 웃었다. "그림을 그릴 수 있을지 확실히 모르겠습니다."

"어쨌든 생각은 해볼 수 있겠지. 시간을 좀 가지고 생각해본 뒤 말해주게. 그사이 괜찮으면 산마르코 정원에 있는 베르톨도 디 조반니 조각 학교에 가보지 않겠나? 그 사람을 잘 아네. 최고의 조각가일세. 혹시 아나, 거기서 뭔가 흥미로운 걸 찾게 될지."

"그런데 그림은 어떤 주제로 그리면 될까요?"

로렌초가 생각에 잠기는 듯했다.

"솔직히 말하면 자네가 그림을 다시 그리겠다고 승낙하면 말하고 싶네." 그러더니 슬쩍 웃었다. "어쨌든 자네에 대한 또 다른 계획이 있는데."

"다른 계획이오?"

"그렇다네. 내 제안을 받아들이면 자네를 밀라노의 루도비코 마리아 스포르차 공작에게 보내고 싶네, 친구. 거기 가면 자네의 재능을 마음껏 발휘할 수 있을 것이고, 천재적인 화가이자 전령으로 피렌체를 표현할 수 있을 걸세."

레오나르도가 아무 말도 하지 않았다.

"생각해보겠습니다." 그가 말했다. "보셨습니까?" 잠시 후 파란 하늘과 새 한 마리를 가리키며 물었다. 새는 마치 공중의 유일한 군주라도 되듯 공기를 마음껏 가르며 하강하고 있었다.

"뭘 말인가?" 로렌초가 물었다.

"저 암갈색 솔개 말입니다. 다른 어떤 새도 저렇게 날지 못합니다."

"몰랐네."

레오나르도가 다시 하늘을 올려다보았다.

"제 오래된 옛 친구입니다. 당신처럼 말입니다." 이 말을 하는 동안 눈물이 그의 얼굴을 적셨다.

부록

MEDICI

작가의 말

메디치가를 다룬 역사소설 삼부작을 완성해가면서 내가 다룬 주제와 시대가 매력적이기는 하지만 또한 매우 복잡하다는 걸 실감한다. 2권에서는 여러 주제 중에서도 영향력이 큰 역사적인 두 인물, 로렌초 데 메디치와 레오나르도 다 빈치의 이야기를 해보기로 미리 정해두었다. 2권을 생각만 해도 내 허약한 정신이 요동쳤다. 그래서 나는 무지를 내 소설의 출발점으로 삼아 문제를 해결하기로 했다.

물론 나의 무지다.

간단히 말해 나는 전형적인 모습에 지나치게 얽매이지 않고 두 인물을 그려보려고 했다. 그래서 가능하면 그들의 인간적인 면모를 보여주는 사건들 가운데 별로 알려지지 않은 부분을 강조하려 했다.

사람들 생각과는 달리 르네상스 시기는 어느 때보다 역사적으로 폭력적이고 어두운 시대였다. 나는 이 점을 잊지 않았다.

집필 전 연구 단계에서 알게 된 몇 가지 중요한 요소들이 큰 도움이 되었다. 예를 들면 피렌체인 레오나르도는 이 이야기의 배경이 되는 1469년에서 1479년 사이에 아직 최고의 명성을 얻은 천재가 아니라 자신의 길을 찾는 다재다능한 예술가였다는 점이다. 그러니까 그 시기 레오나르도는 자신이 진정으로 좋아하고 흥미를 느끼는 일이 무엇인지 확인하는 데 전력을 기울였다.

1474년에서 1478년 사이에 신비에 싸인 청년 레오나르도는 그림을 그만두고, 그렇게 그림을 중단한 시기에 동성애 혐의로 고발을 당한다. 한편으로는 지식에 갈증을 느끼던 열정적인 견습생이던 레오나르도는 베로키오 공방에서 견습 생활을 한다.

삼부작의 2권을 쓰기 위해 많은 책을 읽었다. 독서를 하면서 빈치 출신의 위대한 예술가가 자연에서 의문의 해결책을 찾아보려 수없이 시도하며 자연을 연구하는 데 얼마나 많은 시간을 바쳤는지를 알게 되었고, 깊은 인상을 받았다. 이 때문에 나는 솔개의 비행과 같이 자연과 관련된 일화를 소설에 담는 한편, 건축 기술과 관련된 일화도 다루었다. 안드레아 델 베로키오가 제작한 황금공이 산타 마리아 델 피오레 성당 채광창 위에 올려지기 전날 밤을 가상으로 상상하면서 말이다.

간단히 말해서 몇몇 단편적인 사실들을 통해 모순되기도 하고, 수수께끼 같기도 한 인물을 형상화하려 했고 그 때문에 의도적으로 이야기를 중단하기도 했다. 그런 단편적인 사실들은 그가 그린 몇몇 걸작 한가운데에 자리한 인물들의 시선처럼 말로 표현할 수 없이 독특한 성격을 가진 레오나르도에 대해 깊이 생각해보게 했다.

그러면 로렌초는?

그에 관한 문제들 역시 없지 않았다.

내가 조사한 많은 자료와 문헌에서 매우 현실적이고, 어둡고, 예상했던 것보다 훨씬 더 냉소적인 인물이 나타났다. 나는 볼테라 전투나 굴리엘모 데 파치의 아내인 베아트리체 보로메오가 아버지의 막대한 유산을 상속받지 못하게 할 의도로 제정한 법을 소설에서 다루어야겠다고 생각했다. 또 오로지 루크레치아 도나티만을 사랑했기 때문에 아내인 클라리체 오르시니와 순탄치 않았던 결혼생활도 그려보려 했다.

그런데 소설적 시각에서 로렌초라는 인물을 살펴보며 그 인물에 대해 다시 생각을 정리하게 되었다. 그 과정에서 나는 일 마니피코가 자신의 의지와는 별개로 권력을 잡고 피렌체와 같은 도시를 지휘해야만 하는 상황에 직면해서 끔찍할 정도로 고통스러워했다는 사실을 알게 되었다.

어쩌면 일부러 그런 방향으로 로렌초에 관한 글을 읽었는지도 모른다. 즉 사랑과 권력을 행사해야 하는 의무 혹은 필요성 사이에서 고뇌하는 남자로 말이다. 아버지인 피에로가 세상을 뜨자마자 다른 누구도 아닌 로렌초, 그가 피렌체의 지도자가 되어달라는 요청을 받았기 때문이다.

로렌초는 메디치 가문과 로마 귀족 오르시니 가문 사이의 동맹이라는 명목으로 클라리체와 정략 결혼하며 루크레치아를 잃어야 했다. 그는 도시를 다스릴 책임을 맡은 메디치가와 그 지지자들의 새로운 영웅이 되고 싶은 생각은 아마 추호도 없었으리라. 적어도 스무 살 때는 말이다. 모두 그가 영웅이 되어주길 기대했지만 자신은 그런 생각은 하지 않았을 것이다.

선택을 하거나 미루기는 불가능했다. 그저 받아들일 수밖에 없었다. 그래서 내적인 투쟁, 고뇌, 중압감이 곧 그를 빛과 어둠을 지닌 인물로 만들어놓았다. 이따금 비극의 색채를 드러내는 인물, 정당함과 부당함 사이, 그러니까 선과 악의 경계에 불안정하고 위태롭게 머물고 있기에 그 자체로 매력적인 인물이었다.

서사 방식에서는 극적인 연속성을 잃지 않게 그림을 그리듯 이야기를 계속하는 게 적절하다고 생각했다. 독자들은 이 소설을 역사로 읽을 수도 있지만 1권을 먼저 읽고 이 책을 읽으면 그 시대를 표현한 더 완벽한 프레스코화를 볼 수 있을 것이다.

나는 니콜로 마키아벨리의《피렌체사》와 프란체스코 귀치아르디니의《이탈리아사》를 계속 읽고 고심하며 소설의 뼈대를 구성하기로 했다. 이 책들은 다른 어떤 책으로도 대체할 수 없는 훌륭한 안내서여서 역사적인 사실과 문학적인 요소를 적절하게 혼성하고 사실에 가장 가까운 이야기를 흔들림 없이 진행할 수 있게 해주었다.

이 책을 쓸 때에도 피렌체 '순례'는 빠뜨리지 않았고, 피렌체 전문가이자 훌륭한 문학연구자인 에도아르도 리알티와 대화도 나누었다. 둘도 없는 내 친구에게 깊이 감사한다.

내게 허용된 범위 안에서 열정적으로 심혈을 기울여 연구를 했고, 거기서 많은 힌트를 얻었다.

내가 읽은 여러 자료들 중 *인 프리미스*[1] 로렌초 데 메디치에 관해 에밀리오 비지가 편집한 책[2]을 언급하는 게 옳을 것 같다. 이어서 잉에보르크 발터[3], 잭 랑[4], 이반 클룰라[5], 디미트리 미리스코프스키[6], 브루노 나르디니[7], 프랑크 췰너[8], 마리오 타데이와 에도아르도 자노네가 편집한 책[9]도 있다.

파치의 음모를 정확하게 재구성하기 위해 위에 언급한 책과 다른 책, 그리고 여러 논문을 함께 참조했다.[10] 여기서 꼭 언급해야 할 논문은, 프랑코 카르디니[11], 니콜로 카포니[12]의 것이다. 음모를 긴박하고 역동적으로 표현하기 위해서 깊이 있는 연구가 필요했고 사건을 시간 순서대로 표현할 필요가 있었다.

음모에 등장하는 수많은 등장인물과 그들의 신속한 행동을 묘사하기 위해 파치 음모와 관련된 연속적인 사건에 관해 매우 세심하게 준비해야만 했다.

이런 여러 가지 이유로 인해 수차례 실패를 거듭한 끝에 이야기의 세 번째 부분을 '재구성'했고 극적인 효과뿐 아니라, 독자들이 되도록 분명하게 이해하고 도움이 될 만한 이야기로 발전시켰다.

물론 나로서는 지금까지 쓴 어떤 사건보다 어려운 부분이었다.

소설의 마지막 부분에서 속도를 낸 것은 음모가 결국 무정부 상태에서 폭력이 난무하는 대혼란으로 끝나고 말았다는 것을 보여줄 목적에서였다. 극도의 잔혹함이 열흘간 피렌체를 뒤흔들어서 피렌체는 아주 힘들게, 오랜 시간이 지난 뒤에야 원래의 모습을 되찾았다.

물론 음모 사건에서도 우리는 역사적인 인물들을 만날 수 있는 데, 사실 대부분이 그런 인물들이기도 하다. 그런데 1권과 2권의 연속성을 살리기 위해 허구의 인물들 몇 명을 등장시키기도 했다. 알렉상드르 뒤마의《20년 후》에서의 삼총사처럼 말이다. 윈터경의 아내 밀라디를 생각해보면 내 말의 의미를 알게 될 것이다.

그리고 '신문소설feuilleton'은 연재소설의 샘에서 갈증을 푸는 내 작업의 최초 참고자료라고 할 수 있다. 특히 알렉상드르 뒤마, 로버트 루이 스티븐슨, 테오필 고티에, 에드거 앨런 포, 빅토르 위고, 에밀리오 살가리가 떠오른다. 또한 내가 매우 사랑했으며 독자로서 즐기고 나서 '그것을 훼손시키려는' 시도를 했던 장르도 생각이 난다. 그러니까 난 에밀리오 데 마르키의 훌륭한 가르침에 따라 느와르 색채로 글을 써보려고 했다.

1권에서와 마찬가지로 유서 깊은 펜싱 교본이 없었다면 결투와 전투 장면을 만족스럽게 표현하지 못했을 게 분명하다. 그래서 자코모 그라시[13]와 프란체스코 디 산드로 달토니[14]의 도움을 받았음을 꼭 밝히고 싶다.

1. in primis, '우선'이라는 뜻의 라틴어.
2. Emilio Bigi, Scritti scelti, Torino, 1996.
3. Ingeborg Walter, Lorenzo il Magnifico e il suo tempo, Roma 2005.
4. Jack Lang, Il Magnifico, vita di Lorenzo de' Medici, Milano 2003.
5. Ivan Cloulas, Lorenzo il Magnifico, Roma 1988.
6. Dimitri Mereskovskij, Leonardo da Vinci. La vita del più grande genio di tutti i tempi, Firenze 2005.
7. Bruno Nardini, Vita di Leonardo, Firenze 2013.
8. Frank Z llner, Leonardo da Vinci, i disegni, Köln 2014.
9. Mario Taddei e Edoardo Zanon(a cura di), Le macchine de Leonardo: segreti e invenzioni nei codici da Vinci, Firenze 2004.
10. 주로 다음 책에 실린 논문을 참조. Lauro Martines, La congiura dei Pazzi. Intrighi politici, sangue e vendetta nella Firenze dei Medici, Milano 2005.
11. Franco Cardini, 1478, La congiura dei Pazzi, Bari, 2014.
12. Niccolò Capponi, Al traditor s'uccida. La congiura dei Pazzi, un dramma italiano, Milano 2014.
13. Giacomo di Grassi, Ragione di adoprar sicuramente l'Arme sì da offesa, come da difesa; con un Trattato dell'inganno, et con un modo di esercitarsi da se stesso, per acquistare forsa, giudizio, et prestezza, Venezia, 1570.
14. Francesco di Sandro Altoni, Monomachia: Trattato dell'arte di scherma, a cura di Alessandro Battistini, Marco Rubboli, Iacopo Venni, San Marino, 2007.

감사의 말

삼부작 중 1권과 2권을 마쳤다. 두 권을 계산해보니 대략 1100쪽 정도 된다. 뉴턴 콤프턴 출판사가 없었다면 이런 도전을 할 수 없었을 것이다. 의례적이거나 지나친 감사의 말이 절대 아니다. 대중문학의 잠재력과 가치를 항상 신뢰해온 뉴턴 콤프턴 출판사는 완벽한 파트너였다. 대중문학은 그동안 독자들에게 놀라운 이야기와 기억에 남을 만한 인물들을 보여주었고 그를 통해 오늘날에도 집단적 상상력을 만들어내는 역할을 하고 있다.

내 책도 거기에 해당하는지는 모르겠지만 내 작업이 의미가 있기를 바란다. 작품을 위한 영감을 어마어마하게 받긴 했지만 그것을 최적의 조건에서 글로 옮길 수 있었던 것은 모두 출판사 덕분이다.

1권에서도 밝혔듯이 나는 오래전부터 메디치 삼부작을 뉴턴 콤프턴 출판사에서 출간하고 싶었다. 열 살 무렵부터 열다섯 살까지 나는 〈뉴턴 라가치〉 전집에 포함된 흥미진진한 소설들을 읽으며 성장했다. 또 덧붙이자면 〈마무트〉 시리즈의 책들, 그러니까 세련된 판형에 복고풍 표지가 달린 두꺼운 책들도 읽었다. 이 시리즈 덕에 《삼총사》, 《20년 후》, 《철가면》 같은 고전들을 재발견하고 다시 읽었다. 프란체스코 페르페티의 서문이 실린 이 소설들은 1993년 두 권으로 출간되었는데 나는 근사한 표지의 이 책을 출간되자마자 읽었다. 헤르브란트 반 덴 에이크하우트의 〈트릭트랙 게임을 하는 병사들〉과 미키엘 반 미에레벨트의 〈몰타 기사단과 신사의 초상〉 그림이 실린 표지가 아직도 생각난다.

그러니까 삼부작의 2권에서도 나는 이탈리아 출판계의 대부라고 할 비토리니 아반치니에게 진심으로 깊이 감사하지 않을 수 없다. 이렇게 귀한 출간 목록에 내 책이 들어갈 수 있게 해주어서 감사하다. 이번에도 그의 조언과 힌트가 소설의 구성에 중요한 역할을 했다.

이런 터무니없는 계획이 진행되는 내내, 감탄할 정도로 주의를 기울이고 때로는 매서운 눈으로, 지지하고 격려해준 라파엘로 아반치니에게도 다시 한 번 감사한다. 라파엘로와 특별한 대화를 끊임없이 나누며 함께한 작업은 정말 근사했다. 얼마나 놀라운 경험인지! 다시 한 번 감사합니다, 대장님.

삼부작의 두 번째 소설을 쓸 때 완벽한 기준점이 되어준 이탈리아 작가 두 사람을 언급하고 싶다. 바로 움베르토 에코와 세바스티아노 바살리이다.

지금의 나를 만들어준 부모님, 루치아와 조르조 스트루쿨에게 감사한다.

레오나르도, 키아라, 그레타 스트루쿨에게도 감사한다. 항상 내 곁에 있어주어 얼마나 큰 힘이 되는지!

사랑과 음모와 결투와 배신이 넘치는 내 삼부작에 신뢰를 보내준 독자, 서점상, 출판기획자 모두에게 감사한다.

2권을 포함한 삼부작을 쓸 때, 날마다 여전사처럼 용기 있게 별이 뜬 하늘처럼 아름다운 모습으로 나를 지켜봐준 내 아내 실비아에게 이 책을 바친다. 또 나의 형 레오나르도에게도 바친다. 나를 높이 평가해주는 형의 사랑이 매일 자랑스럽다.

권력의 가문 메디치 2
피렌체를 사로잡은 남자

마테오 스트루쿨 지음
이현경 옮김

초판 1쇄 2020년 04월 24일 발행
초판 2쇄 2020년 06월 05일 발행

ISBN 979-11-5706-196-9 (04880)
979-11-5706-194-5 (04880) 세트

만든사람들

편집 유온누리
디자인 곽은선
마케팅 김성현 김규리
홍보 고광일 최재희
인쇄 한영문화사

펴낸이 김현종
펴낸곳 (주)메디치미디어
경영지원 전선정 김유라
등록일 2008년 8월 20일
제300-2008-76호
주소 서울시 종로구 사직로 9길 22 2층
전화 02-735-3308
팩스 02-735-3309
이메일 medici@medicimedia.co.kr
페이스북 facebook.com/medicimedia
인스타그램 @medicimedia
홈페이지 www.medicimedia.co.kr

이 도서의 국립중앙도서관 출판예정도서목록(CIP)은
서지정보유통지원시스템 홈페이지(http://seoji.nl.go.kr)와
국가자료종합목록시스템(http://www.nl.go.kr/kolisnet)에서
이용하실 수 있습니다. (CIP제어번호: CIP2020013934)